Dea

I'm
and
tou

Con
to
I
Fe

If
so,
sh

translation of *The Benefactor*.

I am grateful for all your
work and loyalty —
helping to make my books
known to Chinese readers.

Very cordially,
Susan Sontag

上海出版资金项目
Shanghai Publishing Funds

SUSAN SONTAG

苏珊·桑塔格全集

重点所在

Where the Stress Falls

〔美〕苏珊·桑塔格 著 陶洁 黄灿然 等译

上海译文出版社

献给伊丽莎白·哈德威克

目　录

I 阅　　读

莽原、都城、邦国、尘寰
选择无多因为身不由己
去路非此即彼……所以，我们当伫足家园
只是家在何方？

——伊丽莎白·毕晓普
《旅行的问题》

诗人的散文

“如果没有俄罗斯十九世纪……我便什么也不是，”加缪在1958年一封向帕斯捷尔纳克致敬的信中如此说，后者是一群才华横溢的杰出作家之一。在过去二十五年间，这群作家的著作，连同他们悲剧命运的历史，在翻译中被保留、恢复、发现，使得俄罗斯二十世纪成为一次事件，这次事件具有（或将被证明具有）跟俄罗斯十九世纪同样决定性的影响，并且由于它也是我们的世纪，其迫切性和撞击力也要大得多。

改变我们灵魂的俄罗斯十九世纪，是散文作家们的一项成就。俄罗斯二十世纪主要是诗人们的一项成就——但不只是诗歌中的一项成就。对于他们自己的散文，诗人们信奉了最激烈的看法：任何完美的严肃性将不可避免地浸透着诋毁。帕斯捷尔纳克在其生命后期，把他青年时代那些出色、微妙的回忆录式散文（例如《安全保护证》）斥为可怖地追求现代主义和自我意识，同时宣称他当时写的长篇小说《日瓦戈医生》是他所有作品中最真实和完整的，他的诗歌根本不能相提并论。更典型的是，诗人们都致力于诗歌的一个定义，把它当成一种事业，其固有的优越性（文学的最高目标，语言的最高状态）使得任何散文作品变成相形见绌的投机项目——仿佛散文永远是一种沟通，一种服务活动。“教导是散文的神经，”曼德尔施塔姆在一篇早期散文中说，因此“对散文作家或随笔作家有意义的东西，在诗人看来是完全没有意义的”。曼德尔施塔姆说，散文作家必须对他们同代的具体读者发言，而诗歌总的来说则是对一个多少有点距离的、未知的读者说话：“与火星交流信号……是一项值得抒情诗人去做的任务。”

茨维塔耶娃认同这种把诗歌作为文学努力之顶点的看法——这意味着把所有伟大的作品，甚至伟大的散文作品，跟诗歌等同起来。“普希金是个诗人，”她在随笔《普希金与普加乔夫》中总结道，而“他这位诗人在‘古典’散文《上尉的女儿》中展示的力量，是他在别处所难以比拟的”。

茨维塔耶娃在概括她对普希金这部中篇小说的热爱时所表现出来的这种看似悖论的态度，被约瑟夫·布罗茨基在他为茨维塔耶娃的散文集（俄文）所写的前言中加以发挥：伟大的散文，必须被描述成“以其他方式延续的诗歌”。像较早的伟大俄罗斯诗人一样，布罗茨基为他的诗歌定义取得一个漫画式的对立面：他把松弛的精神状态等同于散文。给散文并给诗人转写散文的动机，定了一个匮乏性的标准（“通常受制于经济考虑、‘干旱期’，或较罕见地受制于好争辩的必要性”），另一方面给诗歌定了最崇高、规范的标准（其“真正的主题”是“绝对的客体和绝对的感情”），这样一来诗人就不可避免地被视为文学的贵族，散文作家则是中产阶级和平民；依此——布罗茨基的另一个概念——诗歌是飞行术，散文则是步兵。

这样一种诗歌定义，实际上是同义反复——仿佛散文与“散文味”是同一回事。而“散文味”作为一个贬词，意味着冗赘、平凡、普通、驯服，这恰恰是一种浪漫主义的理念。

（据《牛津英语词典》，最早以借喻方式使用这个词，是 1813 年。）西欧浪漫主义文学具有鲜明特征的主题之一，是“为诗辩护”，而在这辩护中，诗歌是一种既是语言又是生命的形式：一种强度、绝对坦诚、高贵、英雄主义的典范。

在现实中，文学共和国是贵族。而“诗人”向来是一种“贵族称号”。但是在浪漫主义时代，诗人的高贵与优越性已不再被画上等号，反而是扮演一个敌对角色：作为自由之化身的诗人。浪漫主义者发明了作为英雄的作家，这英雄是俄罗斯文学的中心（俄罗斯文学直到十九世纪初才起航）；并且，碰巧，历史把修辞当成一种现实。伟大的俄罗斯作家们是英雄——他们别无选择，如果他们要成为伟大作家，而俄罗斯文学则继续孕育有关诗人的浪漫主义概念。对现代俄罗斯诗人来说，诗歌捍卫不墨守成规，捍卫自由，捍卫个人对抗社会、对抗可怜粗劣的现在和群众的叫嚣。（仿佛散文最终的真正状况是“国家”。）难怪他们继续维持诗歌的绝对性及其与散文的截然不同。

瓦莱里说，散文之于诗歌，犹如走路之于跳舞——对诗歌固有优越性的浪漫主义假设，绝不仅仅局限于俄罗斯伟大诗人们。布罗茨基说，诗人转写散文，永远是一种衰弱，“如同疾奔变成小跑”。这种悬殊当然不是速度，而是质量：抒情诗的浓缩与散文的纯粹铺展。（那位精于反简洁的艺术、写铺展的散文的高手格特鲁德·斯泰因说，诗歌是名词，散文是动词。换句话说，诗歌的特殊天赋是命名，散文则显示运动、过程、时间——过去，现在，和未来。）任何曾写重要散文的重要诗人——瓦莱里、里尔克、曼德尔施塔姆、茨维塔耶娃——的散文合集都远比他或她的诗合集厚。文学中有一种东西，相等于浪漫主义者赋予纤瘦的声望。

诗人经常写散文，而散文作家很少写诗，这并非如布罗茨基所辩称的，是诗歌优越性的证据。按布罗茨基的说法："诗人原则上'高于'散文作家……是因为一个缺钱的诗人可以坐下来作一篇文章，而处于同样困境的散文作家，却几乎不会想到要写一首诗。"但是，问题肯定不是因为写诗报酬不如写散文，而是因为诗歌是特别的——诗歌及其读者的边缘化；以前被认为是正常技能的东西，例如玩一种乐器，现在似乎变成一个困难而令人望而生畏的领域。不仅散文作家，就连有教养的人士一般也不再写诗。（如同诗歌不再是背诵的东西这一尽人皆知的事实。）文学在现代的表演，部分是由文学技艺这一理念广受怀疑塑造的；是由技艺的真正丧失塑造的。现在，如果有谁可以用多于一种语言写一手好散文，似乎是极其难得的；我们惊叹某个纳博科夫、某个贝克特和某个卡夫雷拉·因凡特——但是，直至两百年前，这种技艺却是理所当然的。同样地，直至最近以前，写诗又写散文的能力也是理所当然的。

在二十世纪，写诗往往是散文作家青年时代的闲混（乔伊斯、贝克特、纳博科夫……）或同时以左手练习的一种活动（博尔赫斯、厄普代克……）。诗人被假定为不仅仅是写诗，甚至不仅仅是写伟大的诗：劳伦斯和贝克特都写伟大的诗，但他们通常不被视为伟大诗人。做一个诗人，是定义自己只是诗人，是坚持（尽管非常困难）只做一个诗人。因此，二十世纪唯一被普遍认为既是伟大散文家又是伟大诗人的例子——托马斯·哈代，是一个为了写诗而放弃写小说的人。（哈代停止做散文作家。他成为诗人。）在这个意义上，有关诗人的浪漫主义概念，诗人作为某个与诗歌有最大程度关系的人这一概念，是很盛行的，而不只局限于现代俄罗斯作家。

不过，批评却是一个例外。诗人同时是批评性随笔的能手，并不会有损于诗人身份；从勃洛克到布罗茨基，大多数俄罗斯诗人都写出色的批评性散文。事实上，自浪漫主义时代以降，大多数真正有影响力的批评家都是诗人：柯尔律治、波德莱尔、瓦莱里、艾略特。散文的其他形式更加难得有人尝试，是与浪漫主义时代存在巨大差别的标志。歌德或普希金或莱奥帕尔迪既写伟大的诗又写伟大的（非批评性的）散文，似乎并不奇怪或放肆。但是，接下来的几代文学中，散文标准的分化——“艺术”散文这一少数派传统的崛起，粗俗散文或泛散文地位的攀升——使得那种成就变得远远更为反常。

事实上，散文与诗歌之间的边界，已变得愈来愈具有浸透性——被现代艺术家典型的极大化精神特质统合起来：创造能走多远就走多远的作品。那个似乎特别适合于抒情诗的标准（根据这个标准，诗作可被视为语言手工艺品，此外再也没有什么可做的了），现在影响了散文中大部分具有现代特色的东西。正因为自福楼拜以来，随着散文愈来愈追求诗歌中某些密度、速度和词汇上的无可替代性，似乎也就更需要稳住文学中这个两党制，把散文与诗歌区别开来，并使它们对峙。

为什么总是散文而非诗歌处于守势？原因是散文党充其量只是一个临时联盟。一种如今可以涵括随笔、回忆录、长篇或短篇小说、戏剧的文体，怎可以不让人生疑？散文不只是一种鬼怪似的类别，一种被其对立面——诗歌——负面地定义的语言状态。（“我们要么作诗，要么作散文。任何不是诗的东西，不管是好是坏，都一定是散文。”诚如莫里哀《贵人迷》

一剧中哲学教师所宣称的，这使得那个布尔乔亚发现他一生都在——真吃惊！——讲散文。）现在，它是一个笼统的词语，用来形容一套由各种正处于现代演化和高速溶解中的文学形式构成的全副装备，你再也不知道如何称呼它。作为一个用来描述茨维塔耶娃所写的那些不能称为诗歌的东西的术语，“散文”是一种相对晚近的概念。当随笔不再像它习惯上被称呼的那种随笔的时候，当长篇或短篇虚构作品不再像它习惯上被称呼的长篇或短篇小说的时候，我们就把它们统统称为散文。

二十世纪文学的伟大事件之一，是一个特殊种类的散文的演化：不耐烦、热烈、省略、往往使用第一人称、常常使用不连贯或破碎的形式、主要是由诗人所写（如果不是，则是由心中有诗歌标准的作家所写）。对某些诗人来说，写散文是从事一种真正不同的活动，使用一种不同的（更有说服力的、更理性的）声音。艾略特、奥登和帕斯的批评和与文化有关的报刊文章，虽然极好，但是不是以诗人的散文写的；曼德尔施塔姆和茨维塔耶娃的批评和应景之作却是。与曼德尔施塔姆——他写批评、报刊文章、诗学论文（《关于但丁的谈话》）、中篇小说（《埃及邮票》）、回忆录（《时代的喧嚣》）——相反，茨维塔耶娃在她的散文中提供了一种幅度更窄的体裁，一种诗人的散文的更纯粹范例。

诗人的散文不仅有一种特别的味道、密度、速度、肌理，更有一个特别的题材：诗人使命感的成长。

一般而言，它以一个包含两种叙述的面目出现。一种是具有直接自传性质的。另一种也具有回忆录的性质，却是描绘另一个人，要么是一位同行作家（常常是老一辈作家，或一位导师），要么是一位被爱戴的亲人（常常是父母、祖父母或外祖父母）。向别人致敬，是对有关自己的描述的补充：诗人通过他或她的赞赏所展示的力量和纯粹性，使自己避免陷于粗俗的自我主义。在向重要楷模致敬和回忆真实生活中或文学中决定性的邂逅时，作者等于是在阐述用来评判自我的标准。

诗人的散文，主要是关于做一个诗人。而写这样一种自传，写如何成为一个诗人，就需要一种自我的神话学。被描述的自我，是诗人的自我，日常的自我（和其他自我）常常因此被无情地牺牲。诗人的自我是真正的自我，另一个自我则是承载者；而当诗人的自我死了，这个人也就死了。（拥有两个自我，是悲惨命运的定义。）诗人们的大部分散文——尤其是以回忆录形式写成的散文——都是用于记载诗人那个自我的胜利崛起。（在诗人的散文的另一个重要体裁也即日志或日记中，焦点往往是诗人与日常的自我之间的差距，以及两者之间往往并非胜利的交易。这些日记——例如，波德莱尔或勃洛克的日记——充满保护诗人的自我的各种规则；绝望的鼓励性箴言；对危险、沮丧和失败的记述。）

茨维塔耶娃的很多散文作品，都是对诗人的自我的描写。在那篇关于马克斯·沃洛申的回忆文章《关于一个活生生的人的活生生的文字》（1933）中，茨维塔耶娃描绘了那个剃掉头发、戴眼镜、刚出版第一本诗集的倔强女学生；沃洛申是一位成名诗人和批评家，在称赞了她的诗集之后，不宣而至来探访她。（那年是1910年，茨维塔耶娃十八岁。像大多数诗人，而不像大多数散文作家，她早熟地支配自己的天赋。）茨维塔耶娃充满深情地讲到沃洛申“求才若渴”，这，当然是对她自己的坦率承认。那些更直接地具有回忆录性质的文章，也是讲述诗人使命感的成长。《母亲与音乐》（1935）通过这一家人沉醉于音乐来描写诗人的抒情性的诞生；茨维塔耶娃的母亲是一位钢琴家。《我的普希金》（1937）通过回忆茨维塔耶娃童年最初几年与普希金传奇形象的关系，来讲述诗人激情容量的诞生（还有激情的特殊倾向——“我内心对不快乐、非相互的爱的所有激情”）。

诗人们的散文总是挽歌式的、回顾式的。仿佛被描述的对象按定义来说是属于消失的过去。场合可能是某个人的实际死亡——有关沃洛申和别雷的回忆录。但并不是流亡的悲剧，甚至不是茨维塔耶娃直到 1939 年重返苏联（她在苏联变成内心流亡者，并于 1941 年 8 月自杀）之前在流亡中所忍受的骇人匮乏和痛苦，构成了这种挽歌式的声调。在散文中，诗人永远都在哀悼伊甸园的丧失；请求记忆说话，或哭泣。

诗人的散文是激情的自传。茨维塔耶娃的所有散文都是为狂喜辩护；为天才，也即为等级辩护：一种普罗米修斯式的诗学。“我们与艺术的整体关系，是对天才的特别重视，”茨维塔耶娃在她那篇令人赞叹的散文《在良心照射下的艺术》中如此说。做一个诗人，即是一种存在状态，一种高昂的存在状态：茨维塔耶娃谈到她对“那最高的”东西的爱。她散文中具有一种跟她诗歌中同样的情感高扬的特质：没有任何现代作家可以使我们如此接近一种崇高的经验。就像茨维塔耶娃指出的：“没有人两次踏入同一条河。但有人两次踏入同一本书吗？”

[1983]

（黄灿然　译）

重点所在

致 P. D.①

这部伟大的美国小说（我们别叫它为“这部伟大的不长的美国小说”）是用回忆的口气开始的；也就是说，是用不确定的口气开始的。

卡伦夫妇是爱尔兰人；但我是在法国遇见他们并得以对他们的爱情和烦恼形成印象。他们正要去匈牙利，在那儿他们租下了一套房产；一天下午他们到香斯乐来看我了不起的朋友亚历山德拉·亨利。那是1928或1929年的五月，在我们大家回美国之前，在她遇到我兄弟并跟他结婚以前。

无须多说，二十年代跟三十年代很不一样，而现在四十年代已经开始了。二十年代，在某个无论对他们还是对你来说都是外国的国家里，遇到几个外国人并不是什么不平常的事情，你的旅程正好跟他们相交；你尽自己所能在一个下午左右的时间里努力去了解他们；也许你把那闪电般的了解称之为友谊。空气中有一种理想主义或乐观主义的好奇心。人物的变化无常、心灵里进行的战争与和平似乎是最大的兴趣，甚至是最重要的东西。

提一下年代——小说是在 1940 年出版的，因此是四十年代刚刚开始的时候——给故事另外添加了一层光泽，赋予一种不合时宜的魅力；这还表明，故事发生在世界大事[②]以后，削弱了“心灵里进行的战争与和平”的重要性。这只不过仅仅是某些关于私人生活的东西，在创纪录的时间里被消化了：“一个下午左右的时间”确实就是故事持续的那段时间，因为卡伦夫妇是在午饭以后，大约两点半的时候到的，又在晚饭（他们刚要坐下来吃的晚饭）前匆匆忙忙地跑掉的。在这几个小时里——比《达洛卫夫人》[③]的整整一天或一个晚上要短得多——感情的风暴将猛烈袭击上流社会的种种约束和卡伦夫妇之间牢不可破的结合，“他们的爱情和烦恼”将受到巧妙的彻底的检验。“闪电般的了解”——那是什么样的了解？

格兰维·韦斯科特[④]所写的《游隼》这本小说，至今仍被忽视，实在叫人吃惊。在我看来，尽管它有不太具代表性的地方，如语言太油滑，太难以捉摸、对人物的刻画到了令人费解的地步，十分挑剔的悲观主义，其视角带有过分修饰的世俗性，但它还是二十世纪美国文学宝藏之一。人们认为典型的美国特色是自以为是、粗率无礼、有一点单纯，甚至是头脑简单，尤其在看待欧洲人眼里值得敬重的诸如婚姻等问题的时

① 即 Paolo Dilonarde，桑塔格的好朋友和她作品的意大利文翻译者。——译者

② 指第一次世界大战。——译者

③ 英国作家弗吉尼亚·伍尔夫的作品。——译者

④ Wescott，Glenway（1901—1987），美国作家，近年来重新受到批评家的注意。——译者

候。但《游隼》在看待婚姻问题上可一点都不简单化。

当然，美国文学一直在道德想像方面作出十分复杂的表演，有些是由一个见证人在一旁观察和思索的复杂的精神暴力的戏剧。《游隼》的叙述者“我”的任务就是观察、思考、理解（也可以说为之困惑）正在发生的事情。这个肉墩墩的、虚张声势的、浑身不自在的男人是谁？那个带着一只戴头罩的成年猎鹰或游隼——它贴着主人手腕上的防护手套——衣着考究的女人又是谁呢？叙述者发现他们的出现、他们的疯狂很有刺激性。他很快就对他们的性格作了雄辩的概括性评价。随着他们的骚动不安逐渐展现，这些评价也进一步发展。

小说的开端表明了一个什么都想知道的观察者对两个迄今为止并不认识的人可能形成“印象”的出奇速度：“你尽自己所能努力去了解他们。”它还对这印象是什么时候形成的表示了高超的模糊性：“那是 1928 或 1929 年的五月，在我们大家回美国之前……”为什么韦斯科特要让叙述者对年代不能确定？这样做可能是为了削弱 1929 年这个年份（这一年美国股市全面崩溃）对那两位游手好闲，长居国外的美国富人的重要性，他们不是珊尔达和司各特 · 菲茨杰拉德[1]那种意义上的有钱，而是真正意义上的有钱，就像亨利 · 詹姆斯的小说中在欧洲“旅游”的美国人那样。或者这种模糊性也许只是那个有着非常詹姆斯式的名字的艾尔温 · 托尔的良好礼仪而已。而良好的礼仪也许说明叙述者有时对自己的敏锐性产生怀疑：一个叫

① Fitzgerald，Scott（1896—1940），美国作家，代表作为《了不起的盖茨比》。珊尔达（Zelda）是他的妻子，也曾写过一部长篇小说《下一个舞曲跟我跳》和一些短篇小说。他们在二十世纪二十年代靠稿费过着相当奢侈的生活，曾一度成为时尚的领头人。——译者

艾尔温·托尔的人并不希望表现得仅仅是在努力显得很聪明。

名字是遵循功能的。叙述者是漠然的；不仅如此：他还是打消幻想的，完全没有过去的（我们并不知道什么事情使他放逐自己不去爱人也不要人爱；我们甚至一直要看了三分之一的书以后才知道他姓什么，而要想知道他叫什么名字我们得知道艾尔温·托尔是韦斯科特早期自传体小说《前辈们》中的主人公），他其实并不像他看起来那么神秘。事实上，《游隼》中的“我”是一个我们很熟悉的人物，是一个或一个以上主要人物的隐秘的单身汉朋友，此人在类似的故事里叙述了霍桑[①]的《福谷传奇》、詹姆斯的《圣泉》和菲茨杰拉德的《了不起的盖茨比》。这些隐性的叙述者总是在某种程度上为他们所观察到的某些人感到尴尬，这些人或更加无所顾忌，或充满活力，或自我毁灭。

作为观察家的叙述者当然一定是某种有偷窥癖的人。凝视可以变成窥探，或者至少看见不应该看的东西。《福谷传奇》的偷偷摸摸的叙述者科弗代尔从树上的眺望台和他在旅馆房间窗户边一个可以看到对面房子窗户里面的情形的地方观察他的朋友们。《圣泉》是一本高超的在窥视孔后面的叙述者的小说。《游隼》中揭示卡伦对他妻子的宠物的仇恨最关键的时刻，是在托尔无意之中向窗外望的时候，他看见卡伦手里拿着刀蹑手蹑脚地走到刚吃完一顿血淋淋的饭食被放到花园里的猎鹰边上，解下它的头套，割断拴着的皮带，放它自由。

在这个成双成对的世界里，这个不仅包括卡伦夫妇和一对

① Hawthorne, Nathaniel (1804—1864)，美国作家，擅长写寓言和象征性故事。他是美国文学界最伟大的小说家之一，著有《红字》和《带有七个尖角阁的房子》等。——译者

怒气冲冲风波不断的用人夫妇，还包括由亚历克斯[①]·亨利和她那性别不明的、好沉思的朋友与客人所形成的并非夫妇的那一对的世界里，婚姻是规范性的纽带。也许托尔对自己的理解过程所产生的不安情绪来自他知道自己处于夫妇关系的深厚经验之外，以及知道自己是孤单一人。“生活几乎到处都是小憩处。没有窝；没人跟你在一起，人们都在同一块岩石上或高高地在同一根树枝上。产生激情的氛围根本不够，因此无法成为伴侣。”他的见解是一个从来没有结婚也不想结婚的人枯燥的智慧。“不管我最终是否达成对人的正确认识，我总是在一开始时用一种苦恼的非常浅薄的方法。”

托尔是在谈认识过程的缺陷，但也是在谈小说创作过程中难以预料的变化。所有这些体弱多病的叙述者也是作者的自我画像，而且也是作者自惭形秽的体验。霍桑的“冷若冰霜的单身汉”——科弗代尔——是个诗人。韦斯科特的单身汉—叙述者仍然对自己没成为“文学艺术家”而耿耿于怀（“没有人警告我我实在没有足够的才华”），但这并没有制止他像小说家那样地思考问题，像小说家那样地观察一切，炫耀小说家看待问题时的发散性。“有时候我像女人一样，对别人的脾气和性格非常敏感；而且我的这种敏感可以几乎总是非常偶然地变得支持他们或反对他们。”

托尔在承认小说家对主题的矛盾态度时并不沾沾自喜，完全不同于科弗代尔令人寒心的思考：

> 这个想法——我留下了一些责任没有尽到——是自己

① 亚历克斯是亚历山德拉的爱称。——译者

> 到我头脑里的。也许，由于我有力量，能代替命运行事，能防止从我朋友那里来的厄运，我听凭他们受其命运的支配。那处于本能与理智之间的冷漠性格，使我对别人的激情和冲动感兴趣，我想揣测，但似乎走得很远，使我的心肠没有人性。
>
> 但一个人不可能永远为自己的心是热还是冷作出判断。我现在的看法是，如果我在看待霍林华斯、齐诺比娅和普丽西拉的问题上错了的话，那是由于我对他们过于同情而不是同情得太少。

托尔能把他对所观察的那对夫妇的复杂感情表达得更明晰。他感到厌恶。他有时候同情那妻子，有时候同情那丈夫——她是那么迫切，那么充满性活力，他是那么绝望，那么沮丧。卡伦夫妇似乎随着相互之间力量平衡的变化而多次分解又重新组合。（那神经衰弱的、弱不禁风的妻子甚至仿佛产生形体的变化，变得结实、粗俗、不可控制。）有时候托尔似乎迟迟不交代他们越来越有意思的性格，有时候他似乎把更多不可信的复杂的内容强加到他们的故事里，使他的叙述有一种危险：可能变成关于他自己的故事、关于他那曲折复杂的、自我折磨的看问题的方式——亨利·詹姆斯晚年时的方式。但韦斯科特并没有走那么远。他满足于维持对故事进展、对那不自在的叙述者的进步有好处的东西。要讲一个痛苦故事的小说家总要在故事里配备一些复杂的人物，让他们慢慢地表现自己。通过一个不稳定一致的第一人称叙述者的观点来展示人物的复杂性，还有什么办法比这个更巧妙更经济呢？要达到这个目的，托尔是最佳人选。他对发现意义和批判意义的胃口大得无法满足。

对于这样的叙述者结局只有一种方式：让他从自己的认识中作又一次的退缩。在醉醺醺的推心置腹、哭泣、大叫大喊和危险的调情以后，在一把大手枪被挥舞（然后被扔进池塘）以后，在神经质的告别勉强掩盖了深渊、卡伦夫妇和游隼坐在长长的黑色戴姆勒汽车中飞速驶入夜空以后，在托尔与亚历克斯到花园闲逛，仔细考虑了所有那些乱糟糟的行为以后，托尔回顾起他在卡伦夫妇来访期间所积累起来的关于贪婪和非人性的种种看法——也就是说，回顾了我们一直在读的这本书：

> ……我脸红了。一半的时间里，我担心我对人的看法只不过是一种猜测，把他们漫画化了。我不断地听任自己使用一种不精确的、报复性的抒情手法；我说不清我有什么被报复的权利，我也为此感到羞耻。有时候我完全怀疑我对道德问题的判断；然而，只要我想做个讲故事的人，这就是那魔鬼对我的悄声细语。

这个非常激烈的经过思考的想法是否有很明显的美国特点？我认为是美国式的，虽然我无法证明。我知道的有这种语气——那痛苦的胆怯和压抑的痛楚——的英国小说是一本显然给韦斯科特的《游隼》以一定灵感的书：福特·麦道克斯·福特[①]的《好士兵》(1915)。福特的小说也是关于在琐碎的日常生活秩序中爆发的婚姻的痛苦，也是通过一个在欧洲消磨时光的海外美国人的回忆来表达的。戏剧的中心是一对在国外的英国夫妇，他们是一对有钱的美国夫妇的朋友。讲述故事的是那

① Ford，Ford Madox (1873—1939)，英国小说家、诗人、文学评论家。著有《好士兵》和《游行的结尾》等作品。——译者

美国丈夫，现在已是鳏夫——他妻子在他所回忆的那件“悲伤的事件”后去世了。

无论在小说还是在自传里，第一人称叙述一般都需要一个借口——也称为理由——作为开端。过去人们常认为谈论自己是不得体的：经典的自传和经典的伪装是某人回忆录的小说都在开始时为做如此自我中心的事情提供一些情有可原的理由。即使在当今时代，在自我中心几乎不需要辩护的时代，一本自我审视的书，一部以个人回忆录为形式的小说，仍然要求有解释来证明自己这样做是正确的。这对别人有好处。这也是我所知道的惟一方式。这是我能够做的全部事情。有些事情我不明白，而我想弄清楚。我其实并不在谈我自己而是在谈他们。

《好士兵》是以一个背井离乡的叙述者的解释开始的，他说他“今天”坐下来，想好好“弄明白”一些当年在发生的时候他很糟糕地搞不清楚的事情。“我妻子和我了解阿什伯纳姆上尉和阿什伯纳姆太太，就像你可能了解任何人一样，然而从另一种观点来看，我们对他们一无所知。”当时不知道——根据小说的规则，在那里（不像在生活中）总得发生些事情——就是现在知道了。叙述者可以重新申述他的迷惑，不时埋怨自己不能进行恰当的描述，担心他没有把某些事实说对头。对读者来说，这些承认自己理解有欠缺的话只能是叙述者了解——或者说，允许我们看到——那位注定要失败的阿什伯纳姆上尉的证据，除此以外，没有别的可能性。

在大多数伟大的小说中，婚姻是主要材料，而且可能激活人们想做推论的冲动。在用第三人称叙述的小说里，吹响推论的号角的最好的地方就是在小说的开始处。

“凡是有钱的单身汉，总是想娶位太太，这已经成了一条举世公认的真理。”[①]谁在说这番话。是作者，带着讽刺的味道说的。奥斯丁让故事发生的那个小小的世界里的居住者确实是这么想的——这使得这句格言完全不是“公认的普遍真理”。

谁在说“幸福的家庭都是相似的；不幸福的家庭各有各的不幸”[②]？还是作者。或者，如果你这么想的话，是书。托尔斯泰高度概括的婚姻小说的第一句话只有一点点讽刺意味。但书里书外真有人这么认为吗？当然没有。

《傲慢与偏见》和《安娜·卡列尼娜》著名的第一句话的权威在于它们并不出自任何一个具体的人，而是自由流动的，仿佛智慧的本性就是客观的、神谕似的、无名无姓而又专横的。两个断言其实都不正确。作为对婚姻状况的残酷性和对一个幼稚的妻子在发现丈夫不忠以后绝望的不耐烦的观察，两者却又都显出无可辩驳的成熟与中肯。这是用作小说开端的一副好牌，一条针对人的行为的格言，它是先发制人或是带有讽刺意味的作为永恒真理提出来的格言公理。（“这是……的真理”“幸福的家庭是……”）老派的对人性的知识总是采用现在时态。

当代小说中的智慧可能更多地表现为回顾性的，听起来很亲密的。那脆弱的、自我怀疑的叙述声音听起来更有吸引力，看起来也更可信。读者迫切地要看到人格的表现——人格的入

① 此译文引自王科一译，奥斯丁著《傲慢与偏见》，上海译文出版社，1955年。——译者

② 此译文引自周扬译，托尔斯泰著《安娜·卡列尼娜》，人民文学出版社，1978年。——译者

侵；也就是说，人格的弱点。客观是令人怀疑的；通常被认为是虚假的、冷漠的。归纳性的说法可以提出来，但它是解嘲式的（悲怆或自我怀疑永远是受欢迎的调味品）。断然性看起来似乎像傲慢。“这是我听到的最悲哀的故事”是《好士兵》很出名的开场白。悲哀的故事总像汗水那样散发出各种迹象，一个神经质的叙述声音，将带着无数的犹豫与怀疑承担起解析这些迹象的任务。

第三人称叙述的故事可以制造故事刚刚发生、刚由人叙述的假象，第一人称叙述者的故事总是发生在过去。叙述就是再叙述。如果再叙述和证明的过程是紧张而不自在的，那总是有错误的可能——不，是极有可能出错。一部想着要悼念某些事情的第一人称小说有很多方面可以说明为什么那回顾总是错误百出：记忆有误、人心的不可揣摩、过去与现在之间令人模糊的距离等等。

在用第一人称叙述的小说开始处突出过去与现在之间的距离是一种新的强有力的开篇手法。因此，《游隼》让我们看不到明晰的年代，“1928 或 1929 的五月”，从那时起许多事情已经产生了变化，接着作者又散布了一些关于各年代的看法：二十年代“无须多说”跟三十年代和“现在”的四十年代很不一样。伊丽莎白·哈德威克[①]的小说《不眠之夜》（1979）开始时也是对作为标记的时间的嘲弄：

> 此时正当六月。这是我现在才决定的要对我的生活采取的方式。我将做这个改造过的、甚至歪曲了的记忆的工

① Hardwick，Elizabeth（1916—2007），美国小说家、文学评论家，著有《不眠之夜》等作品。——译者

作，并且过这个我今天在过的生活。每天早晨蓝色的钟和有着粉色、蓝色和灰色的正方形和菱形的钩针钩的床罩。这是多么好啊——这个住在肮脏的老人院里老朽无用的女人的作品。处于冷漠的冲突之中的美好和肮脏以及悲伤——那就是我所看到的。更美好的是那放着电话机的桌子、那些书和杂志，门口的《纽约时报》、街上粗野的、刺耳的卡车声交织成的鸣叫声。

要是一个人知道应该记得什么或假装记得什么，那有多好啊。作出一个决定，于是你想重新获得的某些失去的东西就会出现在你面前。你可以像从架子上取下一个罐头那样把它取出来。也许。有一个罐头上会显示肯塔基州的兰德大道……

说明月份，六月，而不说明年代的古怪的做法；关于要做的事情（“改造过的、甚至歪曲了的记忆”）的说明；关于普普通通但给人舒适感的东西的清单（钟和床罩）；随后是突然转向不受人喜欢的世界（老人院里老朽无用的女人），让人预先体验到许多书里将描绘的袒露而直白的感情与不安；对可能出现错误的主观性的大胆承认（“那就是我所看到的”）；回到叙述者所喜欢的给人舒适感的东西的更复杂的清单（书、杂志、门口的《纽约时报》）；关于了解要从回忆里、从过去时光中企图找回什么东西的担心；最后，对要进行的冒险的种种规定的留恋（“这是我现在才决定的要对我的生活采取的方式”）——这种在语气和故事方面无可比拟的快速调整是作家哈德威克写作方式的一个标志性方面。

跟《游隼》一样，《不眠之夜》也是一本评判人与人之间关系的书，特别侧重于婚姻问题。跟韦斯科特的小说一样，这也是由一个当作家（还能是什么别的人？）的多少有些面目不清的第一人称叙述者叙述的。哈德威克的成功之处在于让叙述者——她本人的一种表现——既是书的主人公又是一个冷漠的、出色的旁观者的声音。《不眠之夜》不是只有一个故事，而是有好多个故事，“我”并不处在她想要复述的大部分故事的中心，而是在它们的一侧——召唤鬼魂、跟鬼魂说话、谴责鬼魂、为鬼魂悲哀。

“回到‘很久以前’。”在搜索过往的时候，记忆对要讲述的东西作出狭隘的、似乎是武断的选择。（“你可以像从架子上取下一个罐头那样把它取出来。”）然后，由于联想持续不断的流动和断断续续地受压抑，使之成为蒙太奇式的画面。有时候为了记忆而记忆。你甚至可以为了别人而记忆。（“亲爱的老亚历克斯：我要为你记住这件事。”）记住就是说出来——把记忆用语言浇铸出来——而且，总是一种说话的方式。其中，更多的是援引别人的话，而不是自我描述。而且没有自传性小说通常喜欢的对自我伤害的描写。所描写的伤害——这类伤害有很多——都是由别人承受的。

许多记忆是不愉快的；有些回忆充满了筋疲力尽的痛苦。跟理解在《游隼》中所起的作用相反，《不眠之夜》里积累起来的认识有净化心灵的作用。那认识是亲身体验的、是组合构成的、写下来的、挤压出来的、加速的。在《游隼》里，叙述者只有对自己说话，对一个自我说话。而你会有个印象——他并不真正喜欢这个自我（或者，不管怎样他都不大情愿让人觉得他对这个自我表示任何赞赏）。在《不眠之夜》里，叙述者可以对一大群形形色色的、深情地或懊恼地回忆起来的人说话，她对大部分她描写的人表示一种解嘲般的宽容，而且对自己也采取同样的态度。有些回忆被唤醒但又很快被束之高阁，另外一些被扩大，成为好几页的内容。所有一切都摆在那里等待质疑；所有一切在回忆时都浸透了伤感。没有一丝的抱怨（但的确有许多值得抱怨的事）：不管是什么，现在都已经过去了，是过去的一部分，是没有办法的事情，是“难道真的是这样的吗”一类的事情，所有这一切在复述时用的都是既对自我很投入却又对之很冷漠的语气。（“难道我就是那主题？”）怀疑与强烈的敏锐感互相补充。

如果那个在发表评论做总结的观察者对怀疑不予理会的话，语言的风格毫无疑问就会变得喜剧化。举个例子：兰德尔·贾雷尔①俏皮得让人肃然起敬的《学院小景》（1954）里的那个声音，那个虚构小说中最充满自信的观察他人的叙述者。这声音在开始时没有明确的身份，虽然，根据文化习俗，一个优越到了引人注目的地步的声音——沉思的、有学问的、放肆的——恐怕应该是个男人的声音。我们后来所知道的只是他（是个男性的他）是本顿学院的一名教员，该学院是一个离纽约不远的“进步”的女子学院，著名的小说家格特鲁德·约翰逊曾来此教了一学期的书，而他是结了婚的人。

我们要过一会儿才意识到小说里有一个第一人称叙述者，一个在故事中扮演小角色的人。小说的头七页讲述了只有全能叙述者才可能知道的事情，无可辩驳地指向另一个方向。然后，贾雷尔迅速结束了一段滑稽已极的关于他作家—魔鬼的虚荣心与自以为是的即兴谈话，让人感觉有一点小小

① Jarrell，Randall（1914—1965），美国诗人、小说家、评论家。著有《失去的世界》和《学院小景》等作品。——译者

的惊讶：

> 格特鲁德认为欧洲也被评价过高；她去那里旅行过，又旅行回来，然后告诉了她的朋友们；他们听着，肃然起敬，有点忐忑不安。她有个绝妙的理论，认为对我们美国人来说，欧洲人不过是孩子，因为我们是最古老的人类——我为什么曾经知道这一点：因为我们的政治制度比他们的老，或者因为欧洲人在发展过程中跳过了几个阶段，或者因为格特鲁德是个美国人——我忘记了。

这个曾经知道，这个又忘记了的“我”是谁？没有什么人为他的记忆不准确而烦恼。虽然《学院小景》中的第一人称的声音出现得晚了一点，但这完全是经典风格：公开承认其不确实性。然而这肯定是一个灵活而冷静的人的嘲讽式的承认。我们不会要求叙述者把格特鲁德每一个油腔滑调的说法都记得一清二楚；忘掉一些反倒对他有好处。在贾雷尔小说的世界里，真正充满怀疑的叙述者并不合适。

只有悲剧或者凄凉黯淡的叙述才容忍，甚至提倡不确实性。喜剧依靠确实性，对什么是愚蠢和什么不是愚蠢的东西的确认；还依靠作为“人物”的人物，也就是类型的人物。在《学院小景》里他们成双成对地出现（因为这也是一本婚姻小说）；格特鲁德和她的丈夫；那作曲家，那社会学家，学院那极为称职的孩子般的校长和他们那些令人发笑的不满足的或安于现状的配偶们——他们都居住在这个充满傻瓜和生来就该当靶子的人的学院里，他们都是叙述者灵感来时欢快宜人的嘲弄对象。拿每个人开玩笑也许会让贾雷尔显得不很友好。他显然更愿意冒多愁善感的危险，因此在这一群人中又加了个名叫康斯坦斯的真诚与善良的尽善尽美的人物。他不知羞耻地表现自己令人狂热的博学多才、变化多端的智慧、极端的滑稽古怪，和编造词句的神奇魔法。而从反面看（时光不同，风俗各异），这些是明显的了不起的资产。但也许还是有些担心，对于讽刺太尖锐或被认为讽刺太尖锐有些担心。康斯坦斯是个可爱的、心地善良的年轻女子，最初读者看到她在校长办公室工作，她看待问题很宽容，而叙述者却很激烈。她的宽容使他可以继续评论下去。

贾雷尔小说的真正情节是由对人物——尤其是对那无穷无尽地令人着迷的、可怕的格特鲁德——连绵不断的、熠熠生辉的描绘构成，如此而已。人物需要反复描写，不是因为他们的行动“不符合性格”而使我们吃惊；也不是因为叙述者——如《游隼》中的托尔——改变了对他们的看法。（韦斯科特小说中的人物不可能是类型：完全是叙述者对他们的注意起作用，使他们变得更复杂。）在《学院小景》里，“我”不断地描述他的人物，因为他不断地创造新的、精巧的、令人眩晕的、越来越多的夸张词句来概括总结他们。他们不断表现得傻里傻气，而他——那叙述者的声音——不断地有所创新。他的焦躁表现在词汇、修辞方面；并非心理或伦理道德方面。现在还有没有另外一个办法在口头上证实这些傻事？前进！

如何限定与提炼一个故事跟如何把故事展开是同一个任务的两个方面。

解释、提供信息、充实、连接、添色上彩——想一想《幻灭》、《交际花盛衰记》[①]、《白鲸》[②]、《米德尔马契》[③]、《利己主义者》[④]、《战争与和平》、普鲁斯特的杰作、《魔山》[⑤]等。这种对完整的追求使小说变得丰满。有没有“百科全书化”这样的动词？必须得有。

压缩、删节、加快速度、堆积、准备批判、蒸发浓缩、跃过、得出结论（即便你打算一而再、再而三地得出结论）——想一想《游隼》、《学院小景》、《不眠之夜》那警句格言式的光彩。这种对速度的追求把小说的重量和长度大大缩减，一心着眼于总结、不可阻挡地要强调的小说往往都是只有一个声音，而且很短小，常常不是传统意义上的小说。偶尔，它们会追求讽喻或寓言的漠然和假装的流畅，像唐纳德·巴塞尔姆[⑥]的《死去的父亲》那样。有没有“棱角化”或“椭圆化”这样的动词？应该是有的。

高度压缩的第一人称叙述并不讲述任何一种故事；他们往往营造一些很明确的情绪。常常暗示一些能带来世俗智慧（往往是不再抱有幻想）的过度经验。很难想像一个偏爱警句般总结的幼稚叙述者。这些情绪影响整个叙述过程，它们可以使叙述变得黯淡但严格说来并不会显露出来。由一个固有的观察者叙述的小说中，结尾离开端的距离比用添枝加叶使内容更丰富

---

① 《幻灭》和《交际花盛衰记》均为法国作家巴尔扎克的作品。前者发表于1841年，后者在1838年出版。——译者

② 《白鲸》是美国作家梅尔维尔的作品，发表于1851年。——译者

③ 《米德尔马契》是英国女作家乔治·爱略特的代表作，发表于1871—1872年。——译者

④ 《利己主义者》是英国维多利亚时代小说家乔治·梅里德斯的作品，1879年出版。——译者

⑤ 《魔山》是德国作家托马斯·曼的一部重要代表作。——译者

⑥ Barthelme，Donald（1931—1989），美国实验小说家，代表作有《白雪公主》和《天堂》等。——译者

的小说要近得多。不仅仅因为那种小说要短一些，而是因为它用的是回顾的眼光，故事则是在开局就知道结果的那一种。无论叙述者怎样努力进行直截了当的讲述，总是不可避免地出现一些预期的悲怆（已经知道的和没有阻止的悲怆）的战栗。开端是结尾的早一点的变体，结尾是开端的晚一点的、缩小的变体。

因采用省略或精练的评论而变得短小的小说似乎要比因散文随笔式的发挥而膨胀的小说看起来快一点。其实不然。即便句子像发射子弹那样迅速，注意力还是可能分散。每个精妙语言上的时刻（或者说，深刻的见解）都是停滞的时刻，一种可能的结局。警句式的结论削弱前进的势头，而更为松散的句子会使这势头越来越盛。《不眠之夜》——一本谈精神气象的小说——之所以吸引人是因为叙述者的话语是严格认真而又充满活力的，它描写自如同时采用了类似断奏般的描述和警句般的冲击。它没有通常所谓的小说的形状。跟天气一样，它来了又走了，不是像通常的结构那样开局和结束。

一个专注于观察和沉思的第一人称的叙述者往往倾向于讲述他的流离失所，仿佛这是一个孤独的人消磨时光的主要方式。这些拥有忧郁或坦率的自认高人一等的叙述者的虚构作品往往是旅行者的故事、某种漂泊或在漂泊途中停留的故事。《游隼》是在一群周游四方的有钱人中发生的。《学院小景》描写的单调的学院村里都是些刚回来的或正要去某个地方的成功专业人员。这些精心安排的旅行跟故事一样富有戏剧性。也许精练的虚构作品应该是相对来说没有情节的，乱哄哄的打打闹闹的大事情更适合厚实而且偏长的书。

《不眠之夜》记录了许多次流离漂泊，每一次都是跟一辈子不停的阅读有关系，无论是厚的还是薄的书：

> 从肯塔基到纽约，从波士顿到缅因，到欧洲，沿着由段落与章节、素体诗、从波兰文翻译过来的小书、从俄文翻译过来的大书组成的河流前进——所有这一切都在坐着不活动的失眠中读完的。这足够了吗——别在意这是事实。

书呆子的旅行毫无疑问是许多浓厚乐趣的源泉，然而也是遭受讽刺的机会，仿佛一个人的生活没有能够满足一个大家同意的兴趣标准。由相当一部分安全而相对舒适的旅行来阐明的精神旅行事业并不能构成非常激动人心的情节。“它当然没有那么富于戏剧性——我看见甲板上那个白胡子的护卫舰船长，便登记参加这次旅行。然而归根结底”——最好详细说明其他有代表性的出色的第一人称叙述者所不知道而又难以对付的约束——“然而归根结底，那个‘我’是个女人。”

跟开局相比，小说的结局不太可能激起共鸣，或有一种警句式的劲头。结局表现的常常是允许张力逐渐削弱。它们更像是一种效果，而不是陈述。

《游隼》以卡伦夫妇的到来为开端，必须一直发展到他们离去，而且在他们离开后不久就结束。《学院小景》也是以离开为结局，确切地说是两次分离。格特鲁德和她的丈夫在春季学期刚一结束就坐上回纽约市的火车，这让大家都非常高兴。接着，我们就知道叙述者本人已经接受另一个学院的更好的工作，也快要离开本顿学院，他有些遗憾但更多的感受是松了口气。

《游隼》以对婚姻的模棱两可的思考作为结束。托尔声称他担心亚历克斯看到卡伦夫妇的痛苦会有不好的影响：

> “你永远不会结婚了，亲爱的，”我说，为了逗逗亚历克斯……“经历这场荒诞的坏运气，你会怕结婚的。”
>
> “什么坏运气，请你说说明白，”她问，微笑着表示她欢迎我的嘲弄。
>
> “荒诞而糟糕的客观教训。”
>
> “你不是小说家，”她说，这是在故意逗我。“我妒忌卡伦夫妇，你不知道吗？”但我从她脸上的表情看出来她自己都不知道她说这话是否是当真的。

韦斯科特在小说结尾的几行中拼凑了一些对什么是本意和什么是感受的怀疑，进行了并非真实思想的交流：“你永远不会结婚了。”“你不是小说家。”对于仍然记得在小说第一段就提供的信息的读者们（亚历克斯不久就会遇见叙述者的兄弟并跟他结婚），对于那些仍然沉浸在不快乐的叙述者所描述和评析的卡伦夫妇装腔作势的痛苦之中的人们，这结尾也许显得有些轻描淡写；也许太轻描淡写了。或者说，太重复了[①]。

《学院小景》的结尾跟伟大的喜剧一样，是婚礼庆典。那个没有名字的叙述者，迄今为止最急迫的观察者把小说风平浪静的最后一幕完全保留给自己。暑假开始了；校园冷清了；他

① 原文为 da capo，意大利语，意为“从头”，指示音乐重复的意思。——译者

在办公室里阅读书籍和论文（“我在余下的下午时间里努力工作：我扔掉，扔掉，扔掉……”），然后他离开了：

> 我最后下楼时，到处空荡荡的，一片寂静；我沿着走廊往前走，一面看着楼外树木中的阳光，我的脚步声在走廊里回荡着。楼里没有人——我觉得在本顿学院所有的楼房里都没有人。我站在一楼的电话间里，拨了我家的号码，我妻子的“你好”在寂静中显得微弱和遥远；我说，“亲爱的，你现在能来接我吗？”她回答说，“当然能。我马上就过来。”

虽然有这一段，我们实际上对叙述者仍一无所知，对他那个纯属观念上的妻子知道得更少，这本关于喜剧性的和可怜巴巴（但从来不是悲剧性）的婚姻的小说如此这般地结束似乎很合适，尤其是那个活体的“当然”，以极其精妙的简练手法让我们看到真正婚姻的保护作用和正确性。

下面是《不眠之夜》的最后几行。这本小说没有讲述一个故事，因此没有明显的可以结束的地方。《游隼》和《学院小景》是随着一个明说的有固定长度的时间前进：一个下午和傍晚；一个春季学期。《不眠之夜》跨越了好几十年，在时间上来回穿越，那位英勇地取消婚姻的叙述者在不断地积累孤独。他最善于确定孤独——写作，记忆的工作——同时也承认想跟人沟通，想写信，想打电话：

> 有时我痛恨许多人像一副多余的眼镜一样对我的真实生活所做的注释——它与真实情况相符。我的意思是，这

个事实对我是一种记忆的障碍。

否则的话，我很喜欢被那些我喜欢的人所了解。公众的帮助，漂亮的措词。因此，我总是在打电话，总是在写信，总是在醒过来跟B，跟D，跟C说话——那些我只有等到早晨才敢打电话而又必须整夜与之说话的人。

于是，《不眠之夜》也是以离开为结束。它结束时离开了——也就是说，非常含蓄地排斥了——读者（“我很喜欢被那些我喜欢的人了解”），因为读者被认为是在阅读中入侵，在寻求关于“真正生活”的真相的索引。

哈德威克提到以日记形式出现的自传体小说（里尔克的《马尔特·劳里茨·布里格记事》），诗人的散文回忆录（帕斯捷尔纳克的《安全通行证》）和一本短篇小说集（伊舍伍德[①]的《柏林故事》）等书，认为它们在她写《不眠之夜》这本解构传统体裁概念的小说时对她起了鼓励作用。

当然，各种各样的虚构小说都从作家的生活中汲取营养。一部虚构作品中的每一个细节都曾经是一度观察到的现象，或一个记忆，或一个愿望，或是对一个独立于自我之外的现实的真诚的敬意。《学院小景》中那自命不凡的小说家和那自视甚高的女子学院都有众所周知的样板。这一点说明虚构小说常用的手法。（这在讽刺小说中是个规范；要是贾雷尔心目中没有一个真正的小说家，一个真正的学院，那倒是会令人奇怪的。）人们还常常发现用第一人称叙述故事的作者还常常让那

① Isherwood，Christopher（1904—1986），美籍英国作家，曾与诗人奥登合写日记《战地行》，记载1938年在中国的所见所闻。——译者

叙述者说出一些偏离故事的传记事实。比如，回想叙述者说过的亚历克斯·亨利要结婚一事可以解释《游隼》的结尾。但她要嫁给小说中一字未提的叙述者的兄弟的做法似乎有些太漫不经心了。但并非如此。那位给作家以灵感使之塑造亚历克斯这个人物的好朋友，一个二十世纪二十年代有钱的在海外居住的美国人，住在巴黎附近时髦的朗布依埃（那村子重新命名为“香斯乐”）的一座房子里，后来，在回国以后确实嫁给了韦斯科特的兄弟。

好多第一人称叙述者都被赋予一定的特性使之跟他们的作者有相似之处，而作者本人乐于接受这种相似之处。其他的叙述者不过是“为了讨上帝的喜欢”才创造的，是作者相信（或希望）他或她有幸不是的人。韦斯科特，虽然不是——像托尔那样——一个失败的作家，但他常常责怪自己太懒惰。而且，奇怪的是，一个能够写出《游隼》这样精彩绝妙的书的人居然在漫长的一生中只写了一本达到高峰的小说。霍桑始终跟自己身上的科弗代尔进行搏斗。他在 1841 年从布鲁克农场——《福谷传奇》所描写的合作社区的原型——给索菲亚·皮博迪写的信中，祈愿他未来的妻子能给予他关于生活“现实”的感受，防止“一种冷漠和生疏感”侵入他的心灵；换言之，挽救他，使他不会变成科弗代尔那样的人。

然而，要是那个“我”和作者有同样的名字和差不多的生活环境的话，那又怎么样呢？譬如《不眠之夜》，或 V·S·奈保尔的《抵达之谜》和 W·G·谢巴德[1]的《眩晕》。在我们很

① Sebald，W.G.（1944—2001），德国出生但长期在英国居住工作的作家、文学评论家，著有《眩晕》、《移居国外的人们》、《土星之环》等作品。——译者

不情愿地把书称为小说之前，我们能从小说中了解到多少作者生活中的事实呢？谢巴德是现在最大胆地使用这种方式写小说的作家。他那些关于精神上的困扰的作品——他要人们认为是虚构的——跟另一个感情上十分痛苦的自我有关系，而这个自我为了强调作品严肃的事实性，甚至把他自己的照片跟许多为他作品作注释的照片放在一起。当然，谢巴德的书里并没有几乎所有通常会在自传作品中出现的东西。

其实，隐匿——也可以称为缄默，或守口如瓶，或拒不透露——在使这些不合情理的虚构作品不至于走过头成为自传或回忆录方面是极其重要的。你可以利用你的生活经历，但只能采用一小点，而且要从间接的角度。我们知道《不眠之夜》来自真实的生活。肯塔基是一个叫伊丽莎白·哈德威克的作家的出生地，她在二十世纪四十年代到曼哈顿来居住后不久确实遇到过比利·霍利迪[①]，确实于五十年代早期在荷兰生活过一年，确实有个好朋友名字叫 M—，确实在波士顿居住过，在缅因州有一栋房子，在曼哈顿的西区住过好多年，等等。小说提到所有这一切，但都是点滴内容——叙述目的是为了揭示但也是为了隐瞒，为了使读者偏离轨道。

编辑你的生活是为了保存它，为虚构小说，也为你自己。让别人将小说和你的生活视为一体，可能意味着你最终也接受这个看法。这对记忆（还可能对创造）是种障碍。

如果记忆不是按年代岁月来撰写的话，那省略和删节就有更大的自由。记忆——记忆的碎片，改变了的记忆——就会像详实的符号链那样围着故事的核心绕来绕去，把它掩盖起来。

---

① Holiday, Billie（1919—1959），美国黑人女爵士歌唱家。——译者

哈德威克高度压缩和分散中心的艺术绝对速度太快，因此不可能在一个时候讲一个故事；有时候快得都没法讲故事，尤其在人们期望听到故事的地方。譬如说，小说讲了许多关于婚姻的事情，特别是一个挺长的肥皂剧，主人公是叙述者和她当时的丈夫在荷兰住的时候的朋友——一对荷兰夫妇中好玩弄女性的丈夫。她自己的婚姻是在第五页上这样宣布的："我当时是个'我们'……丈夫—妻子：并非那强大的经典传统中将要发现的新的行动。"接下来的关于那"我们"的沉默——对那权威性的、在探索的"我"的形成、对她有能力写《不眠之夜》起重要作用的独立宣言——一直延续到五十页以后的另外一个句子："我一个人在纽约，不再是'我们'了。好几年，甚至好几十年都已经过去了。"也许专注于高标准的散文的书总是会因为没有把足够的内容告诉读者而受到批评指责。

但这并不是自传，甚至不是这个"伊丽莎白"，虽然她是根据从伊丽莎白·哈德威克的身上得到的素材而创造的，但并不等同于伊丽莎白·哈德威克。它讲的是"伊丽莎白"所看见的，她对别人的看法。它的力量在于它的拒绝和它鲜明的同情色彩。她对糟糕的婚姻中长期受苦的人的评价很无情，但她对那些典型的小镇居民却很宽容，为那些无能的老做错事的人、背叛阶级的人和自命不凡的失败者所触动。记忆唤起一系列受伤害的灵魂：愚蠢的、好欺骗的、穷困的男人，一些短暂的爱人，他们被自己也被女人放纵，结果没有好下场，还有那些谦卑的、彬彬有礼的、单纯地扮演那古老角色的女人，她们只知道艰难时光，从来没受到别人的纵容。书中有对叙述者的母亲无比急迫的充满爱心的召唤，还有好几个拐弯抹角地描绘的、像梅兰克塔[①]那样的女人的画像，她们像缪斯般地被召唤：

> 当我想到患有不公平的疾病的清洁女工时我想到你，乔塞特。当我必须烫衣服或用一个笨重的锅煮东西的时候我想到你，伊达。当我想到聋哑、心脏病和我不会说的语言时，我想到你，安吉拉。泡满床单的大洗衣盆让我想起不止一个的名字。

这部记忆的作品，这个记忆，是选择，非常有重点地选择讨论女人，尤其是一辈子做苦工的女人，那些描写精致的书常常习惯于忽视的女人。正义要求我们记住她们。为她们绘画。把她们召唤起来成为想像力和语言的取之不尽的源泉。

当然，你把鬼魂召唤回来是要冒风险的。他人的痛苦可以成为血液进入你的灵魂。你试图保护自己。记忆是有创造性的。记忆是演出。记忆可以不请自来，而且难以驱除。因此有了给这本书起这个名字的迷人的洞察力：记忆是跟失眠密切相连的。记忆是使你难以入睡的东西。记忆可以繁殖。而那些送上门来的记忆似乎总是很中肯的。（犹如在虚构小说里：任何包括在内的东西都是相互关联的。）哈德威克在联想方面的大胆和精湛技巧令人陶醉。

在最后一页，在《不眠之夜》结尾的结束语中，叙述者最后一次发表总结性的胡言乱语时说：

---

① 这是美国女作家格特鲁德·斯泰因的小说《三个女人的一生》中第二个短篇《梅兰克塔》的主人公。一个黑白混血的女人，一生都在漂泊，只有痛苦与不幸。——译者

母亲，那些执著的教会的太太们一脸病容，显得非常苍白，脸上留着阅读时用的眼镜和幽会的痕迹。还有那被一大堆男人爬上爬下的一辈子。

人际关系的折磨。那里面没有什么新鲜的东西，除了伪装的，除了驾着形容词的翅膀逃离的。在段落结尾处能被匕首刺穿，真是美好。

除了语言，那永远能找到的语言以外，没有什么新鲜的东西。用滚烫的选择过的语言、神经质的标点符号、反复无常的句子节奏烧灼人际关系中的烦恼。创造更加含蓄微妙的、更多狼吞虎咽的了解、同情和阻止人受伤害的方法。这是个形容词的问题。这就是重点所在。

[2001]

（陶洁　译）

死后立传：以马查多·德·阿西斯[①]为例

想像有这么一位作家，他在比较长的有生之年从未出过远门，最远只不过离开他出生的首都七十五英里，他创作了一大批作品……你打断我说，是一位十九世纪的作家吧；你说对了：他写了大量的长篇、中篇、短篇小说、戏剧、散文、诗歌、书评、政治编年史，同时还是记者、杂志编辑、政府官员、公职竞选人、国家文学院的创始人兼首任院长；他奇迹般地超越了自身卑微的社会地位并克服了生理上的缺陷，取得了非凡的成就（他是一个黑白混血儿、奴隶的儿子，直到年届五十岁时他的国家才废除了奴隶制；他还患有癫痫症）；尽管政务缠身政绩显赫，他还是设法完成了数量可观的小说和故事，这些作品足以在世界文学之林中永久地占据一席之地，国人将他视为他们最伟大的作家，但是他的杰作在国外却鲜为人知，很少有人提及。

想像有这么一位作家，他曾经活在这世上，直到他去世八十多年以后，他最富创意的作品还在源源不断地被发掘出来。时间的过滤通常公正不倚，丢弃名噪一时的，挽救被遗忘的，抬高被低估的东西。一位伟大的作家去世以后的日子，也是关于价值与永恒的神秘问题得以解决的时候。也许这一点是很恰当的：即这位身后没有给作品带来应有认可的作家自己生前对死后这一切的感觉竟是如此敏锐透彻，充满尖刻嘲讽，让人觉得可亲可敬。

关于个人声誉的论断同样——也应该——适用于人生。既然只有走完的人生历程才显现出它的轨迹，才昭示出一个生命的意义，一部欲下定论的传记作品必须等到传主去世以后方可下笔。不幸的是，自传作品无法在这种理想状态下完成。几乎所有出色的虚构型自传都对真正的自传的局限性予以尊重，同时构想一种等而次之的对死亡的清晰阐述。与真正的自传相比，虚构型自传甚至更经常地作为暮年事业出现：一位年长（或者，至少是饱尝生死离别的痛苦）的叙述者从生活中隐退，开始从事写作。但是，虽然老年可能会赋予虚构型自传作者得天独厚的视角，他或者她仍旧在生死界限的一边写作，而一个生命，一段人生历程，只有到了另一边才终将产生意义。

在虚构型自传这个令人着迷的文体样式中，我只知道一个达到理想境界——其实是喜剧效果——的事例，这就是那部名叫《布拉兹·库巴斯的死后回忆》（1880）的杰作，译成英语时标题被莫名其妙地改成了《小赢家的墓志铭》。在第一章“作者之死”的首段，布拉兹·库巴斯快乐地宣称：“我是一名死去的作家，意思不是说本人曾经写过作品而现在已经死去，而是说本人已经死去但现在从事写作。”这是小说中的第

---

① Assis，Manchado（1839—1908），巴西现实主义文学的杰出代表。本文重点讨论他的作品《布拉兹·库巴斯的死后回忆》（1880），下文提及的《堂卡斯穆罗》（1899）和另一部小说《金斯卡·博尔巴》（1891）是他的代表作，这三部作品被巴西文学界称为“不朽的三部曲”。——译者

一个玩笑，为全书定下了基调，它讲的是作家的自由。读者应邀加入这样一个游戏：想像手里的这本书是文学史上一项前所未有的壮举。一个人在死后用第一人称写的回忆录。

当然，就连一天的活动都难以完整地复述下来，更不要说一生的时光。人生不是一段故事情节。以第一人称和第三人称展开的叙事有不同的行文规则。减速、快进、大段删节；长篇大论，不加评论——与转述他人的事情或者代人言说相比，这一切如果以“我”的身份来做就会有不同的权威性，给人以不同的感觉。若是换上第三人称，那么第一人称叙事中大多数令人感动、可以原谅、无法容忍的成分都会产生截然相反的效果，反之亦然：先从马查多·德·阿西斯的书里任选一页大声朗读原文，然后再把“我”换成“他”来读，这个论点就不难得到证实。（然后试着用“她”来代替“他”，体会一下限定第三人称叙述的原则内部的强烈反差。）有些感情范畴只能用第一人称来表述，比如焦虑。另外，叙事行为的某些方面也是如此：例如，节外生枝（跑题）在第一人称的文本中显得很自然，但是在客观的第三人称叙事中就显得笔法不够老练。因此，任何一篇有意突出自身写作手法的文章都应该被理解为第一人称叙事，不管主要的代词是不是“我”。

写自己的事情——真实的也是私人的经历——在过去往往被看作自命不凡，这样做需要提出充分的理由。蒙田的《随笔集》、卢梭的《忏悔录》、梭罗的《瓦尔登湖》以及其他大多数立意高远的经典自传作品都有一篇序言，作者直接面对读者，承认自己的冒昧，指出需要克服的种种顾虑或心理障碍（谦虚、焦虑），声称该作品是诚实或坦白的范例，并表白这种自我剖析对他人的好处。而且，如同真正的自传作品一样，多数有品位或有深度的虚构型自传作品也是以一段自我辩护性或者对抗性的文字开篇，向刚刚翻开这本书的读者解释自己的创作动机——或者，至少作出一种动人的自我贬抑姿态，表示已然意识到会被人指责为自我中心。这种做法不只是清清喉咙说几句客套话，给读者入场就座的时间。这是诱人上钩的战役中的第一声枪响，自传作者心照不宣地承认，自告奋勇长篇累牍地写自己的确有失体面，显得有点厚颜无耻——把自我暴露给陌生人，没有任何明显的兴趣点（一项宏伟事业、一起滔天罪行），也没有某些纪实手法，比如，假装作品仅在转述一些实际存在的私人文件，比如日记或书信等原先只供小圈子内的亲密朋友阅读的不加雕琢的材料。要想把一段人生经历以第一人称直截了当地讲述给尽可能多的读者（“公众”），自传作者预先征求许可，这只是最起码的慎重和礼貌。小说以非凡的想像力假设这些回忆录出自逝者之手，这种做法越发使作者显得十分在意读者的看法。自传作者也可以公然表示对此毫不在乎。

然而，在坟墓的另一边写作并没有把这位叙述者解脱出来，他仍然对作品的接受问题表现出夸张的关注。他刻意装出来的焦虑体现在作品形式本身、作品独特的叙事速度上面。具体体现在叙事剪辑和跳跃的方式以及起承转合的节奏上：一百六十个章节，其中几章只有短短的两句话，很少有超过两页的章节。它还体现在诙谐的说明文字中，这些文字通常出现在每个章节的开头或结尾，用来说明如何使用文本才能取得最佳效果。（“本章需要插在第一百二十九章的开头两句话之间。”“请注意：本章绝无故作深沉之意。”“但是请不要沉溺于心理学之中，”诸如此类。）它还体现在叙述者对作品叙事手法表现出一种嘲弄性的关注，再三否认自己试图操纵读者（“我喜欢快乐的章节”）。如同向读者许诺激情和新知一样，要求读者纵容叙述者对轻快风格的偏好同样也是哗众取宠的花招。自传作者矫揉造作地在叙事顺序的准确性上大做文章，这令人好笑地反衬出他自我陶醉的强烈程度。

节外生枝是控制作品感情起伏的主要手段。满腹经纶的叙述者表现了纯熟的描述技巧——那种被冠以现实主义之名的类型，描述强烈的情感如何持续、变化、发展、转移。他还通过叙事空间的转换来证明自己超然于外：将事件切割成片段，进行富有反讽意味的说教性陈述。叙事声音里带有一种奇特的怒气而且不加掩饰地流露出幻灭情绪（可除此以外我们又能期望一位已然死去的叙述者如何呢？），每每讲述一件事情便一定要从中汲取些教训。第一百三十三章开篇道：“这段话旨在说明或许修正爱尔维修[①]的如下理论……”自传作者恳求读者迁就自己，担心读者作何反应（读者领会到作者意图没有？读者获得愉悦感没有？读者感到乏味了吗？），他不时地打断故事叙述，转而解释故事背后的理论，表达自己的观点——仿佛需要借助这样的手段来增添故事的趣味性。布拉兹 · 库巴斯属于自命不凡的社会特权阶层，他的生活无异于这类人惯常的情况，完全平淡无奇；主要事件不是未曾发生过就是令人感到失望。通过安排叙述者避免作出该作的结论，其妙趣横生的丰富思想反而暴露了这种生活在感情上的贫瘠。作品的幽默效果也大多从这种东拉西扯的写作手法而来，首先表现为生活（平凡的事件，微妙含蓄的描述）和叙述者的理念（非凡的思想，突

① Helvetius，Claude-Adrien（1715—1771），十八世纪法国教育家、哲学家，著有《论人》等作品。——译者

冗直白的表述）之间的反差本身。

《项第传》[①]当然是这些揣摩读者心思的有趣手法的主要蓝本。它采用短小章节的手法和一些版面特技，比如第五十五章（“亚当和夏娃之间令人肃然起敬的对话”）和第一百三十九章（“我是如何没有当上首相的”），使人联想到《项第传》变化无常的叙事节奏和形象生动的妙语警句。布拉兹·库巴斯死后开始讲述自己的故事，而众所周知，特里斯特拉姆·项第在他出生之前（孕育的那一刻）便开始描述他的意识活动——这似乎也表明了斯特恩对马查多·德·阿西斯的影响。《项第传》于1759至1767年间以连载形式刊发，写的是十九世纪出生在巴西的一位作家的故事，它的权威性不足为怪。斯特恩的作品在作家本人在世和谢世后不久的一段时间内极负盛名，后来在英国得到重新评价，被人认为过于怪异，偶尔被斥为有失检点，最终被说成枯燥乏味，但是它们在欧洲一直深受欢迎。本世纪，他在英语国家里重获高度评价，但是人们仍然把斯特恩当作一位极其古怪的边缘性天才人物（得像布莱克一样），他主要以其诡异的超前“现代性”而闻名。然而，从世界文学的角度来看，他可能是继莎士比亚和狄更斯之后最具影响力的英语作家；尼采曾经说过他最喜欢的小说是《项第传》，这个评判也许表面看起来颇有新意，其实不尽然。斯特恩在斯拉夫语言文学中具有特别强大的影响力，作为例证，《项第传》自二十世纪二十年代起在什克洛夫斯基[②]和其他俄国形式主义者

① 《项第传》，全名《绅士特里斯特拉姆·项第的生平和思想》，十八世纪英国幽默小说家斯特恩的代表作。——译者

② Shklovskii，Viktor Borisovich（1893—1945），俄国文学评论家和小说家，俄国形式主义文论代表人物。——译者

的理论中一直占据重要地位。几十年来，众多出色的散文体文学巨著都出自中欧和东欧地区以及拉丁美洲，原因或许并不在于这些地区的作家在残酷暴政下的苦难生活赋予了他们重要性、严肃性以及主题和与之相关的反讽风格（如西欧和美国的许多作家不无醋意地下结论说的那样），而是在于正是在这些地区，《项第传》的作者近百年来最受景仰。

马查多·德·阿西斯的小说与那种插科打诨的叙事传统一脉相承——健谈的第一人称叙述者试图赢得读者的欢心——这种传统从斯特恩一直延续到我们这个世纪，比如夏目漱石①的《我是猫》、罗伯特·瓦尔泽②的短篇小说、斯韦沃③的《泽诺的意识》和《当一个人变老时》、赫拉巴尔④的《过分喧嚣的孤独》以及贝克特的大多数作品。我们一次又一次地遭遇不同伪装下那个东拉西扯、故作深沉、饶舌而古怪的叙述者：此人深居简出（出于自愿或职业需要）；常常陷入徒劳无益的顽念、不切实际的理论和滑稽可笑的主观臆想之中；经常无师自通；多少有些怪癖，却也算不上怪人；有时欲念蠢动，至少一次爱情萌发，却好事难成；通常年龄偏大；总是男性。（女性不可能像这些极端自我陶醉的叙述者一样从我们这里获得哪怕是有条件的同情，因为我们期望女性比男性更富于同情心，更能为他人着想；如果一名女子有同样程度的机敏心智和感情上的独立性，那她干脆会被看作怪物。）马查多·德·阿西斯笔下体

---

① Natsume Soseki（1867—1916），近代日本著名作家，这里提到的《我是猫》是他的代表作之一。——译者

② Walser，Robert（1878—1956），瑞士作家。——译者

③ Svevo，Italo（1861—1928），二十世纪意大利作家，著有《泽诺的意识》、《当一个人变老时》等作品。——译者

④ Hrabal，Bohumil（1914—1997），捷克作家，作品有《过分喧嚣的孤独》、《上了年纪的人的舞蹈课》等。——译者

弱多病的布拉兹·库巴斯远不及斯特恩塑造的鲁莽冲动、眉飞色舞地聒噪不休的项第有活力。马查多的叙述者对自己的人生经历充满懊悔，而又表现出居高临下的优越感，其言辞犀利，一针见血，这与近期大多数自传体虚构作品中缺乏情节的典型弊病之间仅有几步之遥。但是，缺乏故事性或许是这个体裁的固有特征——作为自传体独白的小说——正如叙述声音的隔绝一样。在这个方面，像布拉兹·库巴斯这样的后斯特恩式反英雄[①]戏仿的是那些伟人圣贤自传的主人公，这些人总是未婚者，这不仅仅是环境使然，而是具有深刻的意义。它几乎成了衡量一部自传体作品的精神境界的一个标准：叙述者一定是孤身一人，或者重新恢复自由身，他是一名独行侠，当然没有配偶，即便有配偶也要如此；他的生活中心必须是无人地带。（因此，近期以小说形式出现的一些圣贤自传故意将实际存在的配偶忽略不计，比如伊丽莎白·哈德威克的《不眠之夜》和V·S·奈保尔的《抵达之谜》。）正如布拉兹·库巴斯的特立独行戏仿的是一种自我选择的或者象征性的孤独状态，他通过认识自我而获得解脱的过程是对那种超越自我的胜利的戏仿，尽管其中不乏自信和机智。

这样一部作品的魅力是多重而又复杂的。叙述者自称为读者担忧——读者能否领会主旨。同时，读者可能对叙述者心怀好奇——叙述者是否理解他所讲述的故事的所有内涵。展示思维敏捷性和创造力原本是为了取悦读者并反映叙述者思想活跃

① 反英雄（anti-hero），十九、二十世纪欧美文学中的人物类型。不同于传统意义上具有英雄品质的主人公形象，这类人物大多与社会格格不入，平庸卑下，有时荒诞可笑，常以失败者的形象出现。较为典型的如：詹姆斯·乔伊斯《尤利西斯》中的布鲁姆、约瑟夫·海勒《第二十二条军规》中的尤索林。——译者

程度的，但却更多地反衬出叙述者在情感上的隔绝和孤独。表面看来，这部作品写的是一个人的一生。然而，尽管叙述者在社会风俗和人物心理描写方面颇具才华，但是作品仍旧是在某人头脑内部的一次游历。马查多的另一个楷模是格扎维埃·德·迈斯特尔[①]的一部优秀作品，此人是一位移居国外的法国贵族（他寿命很长，大半辈子都在俄国度过），他的《房中游历》首创了文学上的微观旅程，作品写于1794年，是他因决斗而坐牢期间所写，记录了他从对角线或“之”形线走向扶手椅、书桌和床等消遣去处的一次次行程。精神或肉体监禁若不被当事人当成监禁的话就会变成一个非常滑稽有趣却又充满悲情的故事。

在作品开头，马查多·德·阿西斯大张旗鼓地向读者表白作者的自知之明，他借传主之口列举了作为作品效仿对象的若干十八世纪文学作品，同时也提出了如下严正警告：

> 事实上，这是一部散漫的作品，即便本人，布拉兹·库巴斯，的确借用了斯特恩或格扎维埃·德·迈斯特尔作品的自由形式的话，也有可能为它增添了本人所特有的焦躁不安的悲观情绪。很有可能。一位死者写的作品。我用欢乐之笔和忧郁之墨写就了它，你们很容易预见到这般结合的效果。

一条憎恶人类的脉络贯穿整个作品，尽管这种情绪被奇思怪想冲淡。如果布拉兹·库巴斯不单纯是那些压抑情感、

① Maistre，Xavier de（1763—1852），法国作家，著有《房中游历》等几部流行小说。——译者

干枯乏味、空有自知之明却被精明的读者一眼看穿的单身汉叙述者中的一员的话，那么就是因为他的愤怒——这愤怒在作品接近尾声时登峰造极，充满痛苦和怨恨，令人惶恐不安。

斯特恩式的戏谑是轻松愉快的。尽管极端紧张，它却是对读者表示友好的一种喜剧形式。在十九世纪，这种东拉西扯、喋喋不休、热衷于说理、任意从一种叙事方式转换到另一种的征候被赋予了更阴暗的意义。它被诊断为抑郁症、色情幻想、自我不满足感（陀思妥耶夫斯基笔下歇斯底里般健谈的“地下人”）、突发性精神失常（穆尔塔图里①的《马克斯·哈弗拉尔》中受到不公正对待而变得精神错乱的叙述者）。而在此之前，喜剧效果往往总是源于中了邪似的翻来覆去的唠叨。（想想莎士比亚笔下满腹牢骚的平民，比如《麦克白》中的脚夫；想想狄更斯塑造的人物匹克威克先生②。）“饶舌”这种喜剧手法没有消失。乔伊斯仿照拉伯雷③风格把饶舌当作喜剧性夸张的一种手段，赘述大师格特鲁德·斯泰因把自大狂的神经质及其自以为是的沉闷说教转化成一种极具创新性的友善的喜剧风格。但是，本世纪伟大的文学作品中大多数唠唠叨叨的第一人称叙述者都对人类怀有偏激的憎恶感。饶舌被等同于上了年纪的人充满恶意和委屈的重复性话语（贝克特笔下那些自诩为小说的散文体独白），被等同于偏执和怒不可遏（托马斯·伯恩

① Multatuli，本名 Dekker，Eduard Douwes（1820—1887），荷兰作家，代表作是《马克斯·哈弗拉尔》。——译者

② 匹克威克先生（Mr. Pickwick），十九世纪英国批判现实主义小说大师狄更斯的早期作品《匹克威克外传》中的主人公。——译者

③ Rabelais，Francois（约 1490—1553），著名法国作家，著有《巨人传》等作品。——译者

哈德[1]的小说和戏剧）。在罗伯特·瓦尔泽絮絮叨叨而刁钻古怪的沉思冥想以及唐纳德·巴塞尔姆故事所特有的深奥晦涩和冷嘲热讽的叙述声音背后，那份绝望谁会察觉不到呢？

贝克特的叙述者通常假想自己已然死去，这种努力并不全是成功的。布拉兹·库巴斯没有类似的问题。但是，马查多·德·阿西斯试图取得滑稽效果，并且也确实做到了。他笔下死去的叙述者意识里没有病态的成分；相反，意识的最大极限——有趣的是，这正是死去的叙述者有权要求的——本身就提供了一个喜剧视角。布拉兹·库巴斯写作的空间并不是真正的冥度空间（它没有地理上的意义），而只是作者拉开自身与叙事之间的距离的又一次尝试。一个幻灭的男人写下这些回忆录，其中新斯特恩派[2]叙事的狂欢效果并非来自斯特恩式的兴高采烈，甚至也不是出自斯特恩式的紧张不安。它们是一种解毒剂，起到抵消叙述者消沉情绪的作用：这种控制不良情绪的方式比叙述者在想像中发明的“伟大疗法，为减轻人类的消沉情绪而设计的一贴抗忧郁膏药”更具特效。生活提供了反面的教训。但是一个人能随心所欲地写作——这是自由的一种形式。

华金·玛利亚·马查多·德·阿西斯在发表一位六十四岁的逝者——我们在作品的开篇得知——的回忆录时年仅四十一岁。（马查多生于1839年；他让布拉兹·库巴斯这位身后为自己立传的人物比他年长一代，生于1805年。）这部小说作为预

---

① Bernhard，Thomas（1931—1989），奥地利作家。作品探索死亡、社会不公以及人的苦难，对现代文明，特别是奥地利文化极为悲观，因而引起争议。著有《霜冻》、《精神错乱》等作品。——译者

② 新斯特恩派（neo-Steanean），这里用来特别强调上文所提到的那些效仿斯特恩的十九世纪作家不同于斯特恩之处。——译者

见老年时情形的一个练习，是一种大胆的尝试，它不断吸引着生性忧郁的作家们。我在将近三十岁的时候写了第一部小说[①]，那是一名六十岁出头的男子的回忆录，此人靠养老金生活、兴趣广泛却一知半解，生性喜好幻想，他在小说开头宣布自己已经到达一处宁静的港湾，人生经历到此为止，因此他可以回顾一生了。我当时有意识地参照借鉴的作品多半来自法国文学——尤其是《憨第德》[②]和笛卡儿[③]的《沉思录》；我以为我写的是一部讽刺乐观主义以及关于心灵生活和宗教雨露滋润下的人类本性的一些（对我而言）宝贵思想的作品。（如今回想起来，我当时没有意识到自己写的是另外一个故事）《恩主》有幸被我投稿的第一位出版商法勒·斯特劳斯接受了，然后我又有幸被分配到塞西尔·赫姆利做我的编辑，他于 1952 年编辑出版了马查多小说的译本，把那部作品真正推向了英语世界（采用的却是那样一个标题！），其时他还在担任正午出版社社长（近期被我的新出版商挖了过来）。我们第一次见面时，赫姆利对我说："我可以看出你受了《小赢家的墓志铭》的影响。"什么的墓志铭？"怎么，你该知道的，马查多·德·阿西斯呀。"谁？我说。他借给我一本书，几天以后我宣布自己果然受了影响。

尽管我从此以后读了大量的马查多的翻译作品，《布拉兹·库巴斯的死后回忆》——他后期创作的五部小说之首（完成这部作品以后他又活了二十八年），普遍被认为是他才华的

① 桑塔格的第一部小说，指下文提到的《恩主》。——译者

② *Candide*，也译作《老实人》或《乐天派》，十八世纪法国作家伏尔泰的中篇小说代表作。——译者

③ Descartes, Renè （1596—1650），法国古典哲学家、数学家，著有《沉思录》等作品。——译者

最高成就——一直是我的最爱。我被告知，巴西以外的读者往往偏好这部作品，尽管评论家通常会选择《堂卡斯穆罗》(1899)。一位如此伟大的作家尚未获得他应得的地位，我对此感到震惊。有另一位才华横溢的多产作家作参照，在一定程度上，或许不难理解马查多在巴西以外受到的相对冷落，该作家被以欧洲中心论为导向的世界文学观放逐到边缘：此人即夏目漱石。当然，假如马查多不是巴西人，也没有在里约热内卢度过一生的话，他的知名度会更高——比如他是意大利人或者俄国人，甚至葡萄牙人。但是麻烦不单单在于马查多不是欧洲作家。比起他在世界文学舞台上的缺席这一点更值得注意的是，他在拉丁美洲的其他地区鲜为人知，也很少有人读他的作品——仿佛人们仍旧很难理解这样一个事实：拉丁美洲有史以来最伟大的作家用葡萄牙语而不是西班牙语写作。巴西或许是拉丁美洲最大的国家（在十九世纪，里约热内卢是该洲最大的城市），但是这个国家一直被排斥在外——被南美洲的其他国家，即讲西班牙语的南美国家，以屈尊的姿态俯视，经常带有种族主义的偏见。来自这些国家的作家更可能对欧洲文学或英语文学有所了解却不知道巴西文学，而巴西作家对通用西班牙语的美洲地区的文学了如指掌。另一位诞生于这块大陆的伟大作家博尔赫斯似乎从未读过马查多·德·阿西斯的作品。的确，与那些看过马查多作品英译本的读者相比，马查多的名字在西班牙语读者中间甚至更不为人知。《布拉兹·库巴斯的死后回忆》直到二十世纪六十年代才终于被译成西班牙语，那已是作品完成八十多年以后并被（两次）译成英语十年以后的事情了。

倘若有充足的时间，艺术生命足够长的话，一部伟大作品必定会找到本该属于它的位置。或许一些作品需要一次又一次地被发现。那些使人耳目一新、具有激进的怀疑精神的作品总会使读者深切地感受到私人发现的震撼力量，《布拉兹·库巴斯的死后回忆》很可能就是其中之一。这部写于一个多世纪以前的小说似乎，嗯……很现代，这么讲似乎很难算是溢美之词。每部具备我们有能力识别的创新精神和鲜明观点的作品，我们不是都要将其纳入我们所理解的现代派吗？我们为现代性限定的标准是一系列曲意逢迎的主观臆想，这些观念允许我们有选择地对过去进行殖民，正如我们对“褊狭”概念的界定允许世界上的一些地区颐指气使地对待其他地区。死亡也许代表了一种无法被指控为褊狭的视角。当然，《布拉兹·库巴斯的死后回忆》是有史以来最不褊狭的趣味盎然的作品中的一部。爱上这部作品就是在对文学的看法和文学的可能性上，在对自我的认识上减少一点褊狭。

[1990]

（林斌　译）

悲怆的心灵

在文学领域里仍然有获得伟大声誉的可能性吗？考虑到文学潮流的无情更迭，而且平淡无味、油腔滑调、残酷无情的东西同时跃升为正规的文学题材，一项高尚的文学事业现在会是什么样子呢？对于英语读者来说为数不多的几个答案之一就是W·G·谢巴德的作品。

谢巴德第三部被译成英语的作品《眩晕》是他创作事业的开始。它于1990年以德语发表，当时其作者年届四十六岁；三年以后出版了《移居国外的人们》；此后两年是《土星之环》。1996年《移居国外的人们》的英译本问世时，引起的热烈反响几近敬畏。这是一位大师级的作家，个性成熟，主题和人物处理手法老到，甚至显得有点老气横秋，他的这部作品不仅无可指摘，而且有着异乎寻常的吸引力。它的语言是个奇迹——精致凝练，出神入化；但是仅就此而言，英语文学中已有大量的先例。看来，不仅极具说服力而且与众不同的是谢巴德声音里那种不可思议的影响力；它庄严，委婉，精确，完全没有那种否定一切或有失尊严的自我意识或自我嘲弄。

在W·G·谢巴德的作品中，我们不时被提醒：叙述者的名字也叫W·G·谢巴德，他四处游历，记录下大自然劫数的证据，为现代性的破坏力表示忧虑，揣摩着芸芸众生的秘密。关于一个万劫不复的世界的片段记忆或者来自那个世界的零星消息促使他踏上探索的征途，他回忆着，召唤过去，神游虚境，忧伤不已。

叙述者是谢巴德本人吗？抑或是一个虚构人物借用了作者的名字和他本人生活经历的片段？1944 年出生于一个被他在作品中称作“W”的德国小村庄（我们从封面上辨认出那是阿尔高地区的维尔塔赫），二十岁出头定居英格兰，现在东安格利亚大学教授现代德国文学并从事学术研究，作者在作品里零零散散地提及上述及其他一些事实，除作品中收入的其他自我指涉的文件以外，《土星之环》还包括作者本人在一棵巨大的黎巴嫩香柏树前的一幅木纹纸照片，《眩晕》里有他的新护照照片。

然而，我们有理由把这些作品列为虚构文学。他讲述的一些细节确有其事——姓名、地点、日期等，但它们仍然是虚构作品，因为有充足的理由相信许多情节都是编造的或是改动了的事实。虚构和事实当然并不相互抵触。这部小说英译本的推荐词之一就是这是一段真实的历史。一本书是虚构作品的原因并不在于故事不真实——它很有可能部分或全部真实——而是在于它动用或发展各种叙事技巧（包括虚假或伪造的文件）制造了文学理论家所谓“真实的效果”。谢巴德的虚构作品——及其配套的插图——把真实的效果推向了令人震撼的极致。

这位“真实”的叙述者是一个典型的虚构人物：浪漫主义文学中世代相传的独行侠。甚至即便作品提到伴侣时（《移居国外的人们》首段的克拉拉），这位叙述者依旧特立独行，随时都会外出旅行，为了满足对一个结束了的生命迸发的好奇心

（比如在《移居国外的人们》中，深受爱戴的小学教师保罗的故事第一次把叙述者带回了“新德国”①，还有他的叔叔阿德尔沃斯的故事把叙述者带到了美国）。《眩晕》和《土星之环》提出了旅行的另一个动机，这两部作品更加清楚地表明了叙述者的作家身份，具备作家特有的不安分的天性和远离尘世的欲望。叙述者经常在一场危机之后开始旅行。旅程通常是一场探寻，即使探寻的性质当时不明确。

以下是《眩晕》的四段故事中第二段的开头部分：

> 1980 年 10 月，我从英格兰出发去维也纳旅行，我在一个几乎总是天色灰暗的国度里生活了近二十五年，希望环境的变换能帮我度过生命中特别困难的一段时期。然而，在维也纳，没有了往日一成不变的写作活动和园艺任务，我发现日子特别的长，我几乎不知道该干点什么。每天一早，我便出发，无所事事、漫无目的地走过内城的一条条街道。

这一部分很长，标题为“All’estero”（出国），写叙述者从维也纳到意大利北部一些地方的游历，同第一章一样，这段写生练习般的出色文字简要重述了旅行经历丰富的斯汤达的传记，接下来的第三个短章节把另一位作家“K 博士”的意大利之行同谢巴德在意大利游历的一些地方联系起来。第四章，也是最后一章，同第二章一样长，作为它的补充，标题为“Il ritorno in patria”（返乡）。《眩晕》的四个章节预示了谢巴德的所有主

① “新德国”（The new German），区别于希特勒纳粹统治下的德国。——译者

题：旅程；旅行作家的生平；梦魇及解脱。而且总是伴有毁灭的幻象。在第一章中，斯汤达在养病期间梦见了莫斯科的大火；在最后一章结尾处，谢巴德在读佩皮斯[①]的时候睡着了，梦见伦敦被大火烧毁了。

《移居国外的人们》采用了同样的四部乐曲式结构，其中第四段叙事最长最感人。一种或另一种类型的旅行构成了谢巴德所有叙事作品的核心：叙述者自己的四海游历和记忆中的生活片段，它们完全打破了原有的时空界限而随意排列组合起来。

比较一下《土星之环》的首句：

> 1992 年 8 月，当酷暑三伏将要结束的时候，我出发到萨福克郡，为的是驱散每当完成长篇作品后便会向我袭来的空虚感。

整部《土星之环》都是围绕这次驱散空虚的徒步旅行展开。尽管传统意义上的旅游使人接近大自然，它在这里却代表了不同程度的毁灭，作品开篇告诉我们说叙述者遭遇"种种毁灭的征候"而深受打击，自踏上行程那天起一年后，他在诺里奇住进了一家医院，"几乎完全陷于瘫痪状态"。

在象征忧郁的土星标志下的旅行是谢巴德在二十世纪九十年代前期创作的所有三部作品的共同主题。毁灭是他的母题：关于自然（《土星之环》的倒数第二部分对荷兰榆树病毁掉的树木和 1987 年飓风摧毁的树木表示惋惜）；关于城市；关于生

---

① Pepys，Samuel（1633—1703），英国文学家、海军行政长官，十九世纪开始以其日记闻名于世。——译者

活方式。《移居国外的人们》讲述了大约旨在寻找"往昔遗迹"的1991年多维尔之旅，这次旅行证实了"曾经富有传奇色彩的那处旅游胜地正像人们现在参观的无论哪个国家或大陆的其他地方一样，都无望地走向了衰落破败，被交通、商店和礼品店以及人们无法满足的破坏欲毁掉了。"另外，叙述者自称童年以后再也没有回过家乡W，而《眩晕》第四部分的还乡情节正是"故里寻踪"主题的发挥。

《移居国外的人们》的高潮部分是四个关于背井离乡的人们的故事，是动人心弦的追忆——据称是回忆录的手稿——回忆的是德籍犹太人田园诗般的童年。叙述者接下来描述了他重访基辛根镇的决定，他曾在那里度过了那样的美好童年，现在想要回头捕捉旧时遗迹。因为正是《移居国外的人们》使英语世界最初结识了谢巴德，也因为作品最后一部分的主人公，名叫马克斯·菲尔伯的一位著名画家，是德国犹太人，他在童年时代被救出纳粹德国并安全转移到英格兰——同父亲一起死于集中营的母亲是该回忆录的作者——作品按照惯例被多数书评家（特别是但不仅限于美国）贴上"大屠杀文学"[①]的标签。《移居国外的人们》是一部悼念作品并且最终以悼念题材作为结尾，它可能使谢巴德的一些崇拜者对随后出版的《土星之环》英译本感到失望。这部作品没有划分章节而是由一连串或渐次发展的故事构成：一个故事引向另一个。在《土星之环》中，知识渊博的叙述者猜测托马斯·布朗爵士[②]在出访荷兰时

① "大屠杀文学"（Holocaust literature），反映德国纳粹统治时期犹太人惨遭屠杀、颠沛流离的苦难经历的作品。——译者

② Browne, Sir Thomas（1605—1682），英国作家，著有《一个医生的宗教信仰》等作品。——译者

是否参加过曾被伦勃朗描绘的一堂解剖学课；他回忆起夏多布里昂[1]在流亡英格兰时的一段浪漫插曲；想起罗杰·凯斯曼[2]将利奥波在刚果的统治暴行公之于众的义举；重述了约瑟夫·康拉德[3]童年时的流浪和早年的航海探险经历——不仅这些，还有其他许多故事。《土星之环》包含了大量包罗万象而兴味盎然的逸闻趣事，描述了与学者（两位法国文学讲师，其中一位是研究福楼拜的学者；翻译家兼诗人麦克尔·汉伯格[4]）的亲密接触，这部作品可能显得——在读者体会了《移居国外的人们》的极度痛苦之后——“文学性”太强。

如果读者因《移居国外的人们》而产生的对谢巴德作品的期望同样影响到他们对《眩晕》的接受，那将会是个遗憾；《眩晕》进一步说明了他那些道德感擢升的游记作品的性质——在执着信念中的历史感；在旅程目的地上的虚构性。旅游使头脑［从日常事物中］解脱出来，自由自在地进行联想的游戏；承受记忆的折磨（和侵蚀）；品尝孤独的滋味。孤独的叙述者的意识是谢巴德作品的真正主人公，即使当它在做它所擅长的事情时：转述、总结他人的生活经历。

《眩晕》是一本最少涉及叙述者在英国的生活的书。而

---

① Chateaubriand，Francois-Rene Vicomte de（1768—1848），法国浪漫主义作家，作品有《阿塔拉》、《勒奈》、《墓畔回忆录》等。——译者

② Casement，Sir Roger（1864—1916），政治家，1904年由于大胆揭露并谴责利奥波（Leopold）政府在（比利时属）刚果对当地工人的非人待遇而闻名，曾在里约热内卢担任总领事，1911年晋爵。后来成为爱尔兰民族独立运动领导人，1916年被英国政府以叛国罪处以绞刑，其尸骨于1965年运回爱尔兰予以国葬。——译者

③ Conrad，Joseph（1857—1924），英国小说家，代表作有《黑暗的心》等。——译者

④ Hamburger，Michael（1924—2007），当代德国文学家、翻译家。——译者

且，甚至有过于随后两部作品，这本书是心灵的自画像：一个躁动不安的、永不满足的心灵；一个痛苦的心灵；一个好幻想的心灵。在维也纳漫步时，他想像认出了带着火刑柱上留下的伤痛被驱逐出故乡的诗人但丁。坐在威尼斯一条公共汽艇后座上，他看见了巴伐利亚的路德维奇二世①；在沿着加尔达湖向里佛行驶的公交车上，他看到一个长得和卡夫卡一模一样的少年。这位自称外国人的叙述者——在一家旅馆里无意中听到一些德国游客闲聊，他简直希望自己听不懂他们说的话；“那就是，他是一个更好的国家的公民，或者干脆没有国籍”——这又是一颗悲怆的心灵。在某一时刻，叙述者说他不知道自己是否还在生者的土地上还是已经到了别处。

事实上，他身在两处：既在此生又在来生，他的想像就是向导。一个旅程经常是一次重游。是为了某项未竟的事业回到一个地方，重温一段记忆，重复（或者完成）一种经历；奉献自己——比如《移居国外的人们》的第四部分——给最具震撼力的终极启示。这些回忆和追溯的英勇行为是要付出代价的。《眩晕》的力量部分在于它更加着眼于这种努力的代价。“Virtigo”（晕眩）这个词是具有调侃性的德文标题“Schwindel. Gefühle”（大意是：头晕目眩。感觉）的英译，它几乎没有表达出书中所描述的各种惊慌、麻木和失去方向的感觉。在《眩晕》中，他提到：到了维也纳以后，他走了很远，回到旅馆才发现鞋带断掉了。在《土星之环》中，尤其是

① 巴伐利亚的路德维奇二世（King Ludwig Ⅱ of Bavaria，1845—1886），生于慕尼黑，十八岁成为巴伐利亚国王，具有艺术家气质，热衷于戏剧和音乐，曾耗巨资修建城堡，却疏于朝政。被关入疯人院后不久便神秘地溺水身亡。——译者

在《移居国外的人们》中，心灵对自身的关注更少些；叙述者更加不可捉摸。《眩晕》比后来的其他作品更多地关注叙述者自身备受折磨的意识。但是，作品以简洁的语言生动地表现了叙述者平静而博学的意识边缘的精神痛苦，却没有陷于唯我论之中，这一点有别于受到更少关注的文学作品。

捕捉叙述者飘忽不定的意识靠的是细节描写的方位感和穿透力。由于旅行在谢巴德的作品中是心理活动的生成根源，空间位移为他出色的描述特别是景物描述增添了动态活力，这是一个被推动的叙述者。

有人在英语里听到过这样富于自信和准确性、表达感情如此直白并且如此虔诚地热衷于记录“真实生活”的声音吗？也许我们会想到D · H · 劳伦斯，还有《抵达之谜》的作者奈保尔。但是，他们几乎都没有谢巴德声音中强烈的苍凉感。我们必须到德国文学谱系中寻找这种东西。让 · 保尔[①]、弗朗兹 · 格里尔帕策[②]、阿达尔贝 · 斯蒂弗特[③]、罗伯特 · 瓦尔泽、写“尚多斯王的信”的霍夫曼斯塔尔[④]、托马斯 · 伯恩哈德是与这位当代悲怆文学与精神躁动文学大师相关的一些名字。在过去一个世纪中，人们就英国文学达成的共识认定挽歌和抒情诗式的题材不适合于小说，它们小题大做，矫揉造作。（甚至像

① Paul，Jean（1763—1825），德国小说家。他的作品标志着魏玛古典派的形式理想过渡到早期浪漫派的直觉先验论这一文学变迁。著有《黑斯佩罗斯》等作品。——译者

② Grillparzer，Franz，本名 Johann Paul Friedlich Richter（1791—1872），十九世纪奥地利剧作家，具有批判现实主义倾向，著有《梦幻人生》等。——译者

③ Stifter，Adalbert（1806—1868），十九世纪奥地利小说家，主要写中短篇小说，但以长篇《晚年的爱情》闻名。——译者

④ Hofmannsthal，Hugo von（1874—1929），奥地利诗人、剧作家和小品文作家。——译者

弗吉尼亚·伍尔夫的《海浪》这样一部伟大小说也没有逃脱这些规则的束缚。）战后德国文学很关注过去的文学艺术特别是德国浪漫主义文学的恢弘气势有多么适合用于制造集权的神话，却对浪漫或怀旧的风格与过去的联系表示怀疑。但是，或许只有一位长期居留国外、在一种具有反高雅的现代性倾向的文学氛围中耳濡目染的德国作家才能［在处理这样的题材时］不受约束地使用一种令人如此心悦诚服的高尚语调。

除了叙述者的道德热情和同情心（这把他与伯恩哈德区分开来），这部作品不单纯具有情绪感染力，而且使它与众不同的是意味深长的命名和语言的视觉效果；此外还有总是令人惊讶的插图。火车票的图片或者从随身日记本中撕下的一页、绘画作品、名片、剪报、取自一幅图画的一个细节，当然还有照片，都富有魅力并多半保留了历史文件的某些不完美特征。因此，在《眩晕》中，叙述者在某一刻丢失了护照；或者干脆说，旅馆把他的护照弄丢了。这里是里佛警察局签发的文件，上面——略带点神秘色彩——W·G·谢巴德中的字母G被墨迹遮盖住了。新护照的照片是由驻米兰德国领事馆颁发的。（是的，这名职业外国人携带一份德国护照旅行——至少他在1987年是这么做的。）在《移居国外的人们》中，这些视觉文件看上去像护身符。看来它们有可能不全是真的。在《土星之环》中，它们显得少了些趣味性，好像单纯起到配合文字的说明作用。叙述者倘若提到斯温伯恩①，那一页的正中间就有一小幅斯温伯恩的画像；如果讲起参观萨福克一处公墓的经历，

① Swinburne，Algernon Charles（1837—1909），英国诗人、批评家。因音韵方面的创新而著称，被誉为维多利亚时代中期反叛诗人的象征。著有《阿塔兰忒在卡吕东》和《论莎士比亚》等作品。——译者

当他的注意力被死于1799年的一名妇女的墓碑所吸引，我们便又在那一页的中心看到一幅模糊不清的坟墓小照片。他对墓碑作了详细描述，从虚情假意的墓志铭一直讲到石碑四个面的每条上棱上面钻的小洞。

在《眩晕》中，这些文件表达了更加深刻的含义。它们说，这是真的，我给你讲的是真事——而这并不是虚构作品的读者通常要求的。提供证据就是给语言描述的事物赋予一种神秘的过度悲情。复制到这一页上的照片和其他历史遗迹成为逝去的往昔的一个精美索引。

有时候，它们看来像是《项第传》中胡乱杜撰的字；作者试图拉近和我们的距离。在其他时刻，这些不断出现的视觉遗迹像是对语言自足性的傲慢挑战。但是，谢巴德在《土星之环》中描述了他喜欢光顾的一个去处，即绍斯沃尔德的水手阅览室，他在那里悉心研究过1914年秋天在港口停泊过的一艘巡逻艇的航海日志上的记录；如他在此处所讲，“每当我破译出一条记录的时候，我便震惊地看到早已从天空或水面消失了的一道痕迹在这张纸上依然清晰可见。”而且，他继续写道，在合上航海日志的大理石花纹封面时，他思考着“书面文字奇迹般的幸存”。

[2000]

（林斌　译）

智慧工程

波兰作家亚当·扎加耶夫斯基[1]的《另一种美》是一本充满智慧、闪烁着才华的书。在这本书中，作者采用了多种文学体裁，包括成长回忆录、札记、格言警句、花边文字等，还有诗辩——即为文学的伟大这一思想而做的辩护。

把扎加耶夫斯基称为作家实在不甚妥当：一个诗人因为写了必不可少的散文就被剥夺了这个更好听的头衔，显然是不合适的。散文是一种比较啰嗦的文体，扎加耶夫斯基的散文当然也不可避免地比他的诗作多出了好多篇幅。但在文学经典的二分法系统中，诗歌的地位一向要高于散文。诗歌代表文学中最严肃、最能启迪心智、最富有激情和最令人渴慕的一个方面。“作者及读者一直在寻求一部伟大的诗篇，梦想着能写出这样的诗，能读到它，能亲身经历它。”亲身经历一首诗：使情操得到提升；心智变得深沉；灵魂得到片刻的救赎。

说到伟大的波兰作家，我们总是期望看到斯拉夫式的激情。（波兰人的这一特质或许需要有抒发的途径。）作为灵魂滋养品的文学在过去的一个半世纪里一直是斯拉夫人的特长。因此，扎加耶夫斯基对于诗歌的观点会更近于雪莱而非阿什伯利[2]，这也是不足为奇的，尽管他的诗歌语言平和而又婉约。

凑巧的是，年轻一代的波兰诗人不像英语国家的诗人那样相信有自我超越的存在。而扎加耶夫斯基在谈论起自己对于文学的宗教般的向往时——即渴望通过诗歌而生活在一个“更高层次上”——也总是采用一种温和的自贬口吻。他最新的诗集名称很有意思，叫《神秘主义入门》。因为人性的缺憾，诗歌所呈现给诗人和读者的（充满细腻感情和奔放灵性的）世界，在现实生活中只能偶尔体验到。扎加耶夫斯基不无讽刺地说，诗“不能长存，尤其是现在流行的抒情短诗”。这些诗能给予人们的只是“片刻的激情体验”。散文却要更为强壮和耐久些，这也许是因为看散文需花的时间更长。

《另一种美》是扎加耶夫斯基第三本被译成英语的散文集。前两本是由有篇名的短篇组成的，其中有的是杂文，有的是回忆录。新书中的文章没有标题（也无序号），篇幅或短或长。书中既有叙事，也有观察，还有人物刻画、思索、回想，作者的情绪和抨击手法在不断地高速变化，给人的感觉就像是在看一本诗集——至少是抒情诗，它充满了一系列断断续续的激情和程度不同的关注。

这是怎样一种激情呢？（换言之，这是怎样一种散文呢？）充满思索、言语中肯；激情四溢；凄婉悲怆；谦恭有礼；振聋发聩。彼时与此刻，此地和彼处——整部书都在鲜明的对比中摇晃和摆动着。（此即如此，但彼亦如彼。或是：我们以为会这样，但却看到那样。）每个东西都是独特的，都有其特殊的滋味、信息和隐喻。就连天气也不例外：

---

① Zagajewski，Adam（1945— ），波兰最负盛名的当代诗人。——译者

② Ashbery，John（1927—2007），美国诗人。以其诗作优美新颖、诗意的朦胧性而知名。著有《凸透镜中的自画像》等作品。——译者

当低气压笼罩巴黎时，可以感受到海洋的气息；大西洋把那些低气压打发到欧洲大陆上来了。起风了，乌云像赛车一样在空中飞驰而过。雨点仿佛故意使坏，斜斜地打下来。老天偶尔探了一下头，露出一小片蓝天。接着又是昏黑一片，远远望去，塞纳河就像是一条黑色的人行道。巴黎的低地被来自海洋的活力搅动得沸腾起来，一阵阵的霹雳像香槟酒塞子似的猛然划破长空。欧洲中部地区的典型低气压天气——中心位于喀尔巴阡山脉上空附近——却全然不是这个样子：那是一种压抑的、忧郁的，甚至可说是带有哲学意味的天气。天上的云彩一动不动。云朵形状各异；像一个个大胖子似的趴在克拉科夫市中心市场上空。光线慢慢地变换着；紫色的光芒逐渐淡去，让位给黄色的聚光灯。太阳躲在丝绸般的云朵背后，把天地间最变化多端的层次一齐照亮。有的云彩看着就像浮到海面上来的深海鱼群，张大了嘴游动着，仿佛被空气的滋味吓着了似的。这种温和的中欧天气可以持续好几天。要是经过长时间的思索后，雷雨终于还是来了，那充其量也不过像是打磕巴而已。没有尖锐、决绝的霹雳，只有一串拖长了的“啪啪啪啪”声——并非惊天动地的爆炸声，而是一阵回响。如同分期清偿般断断续续的雷声。

在扎加耶夫斯基的描写中，人们发现大自然巧妙地隐藏在民族历史的陈腐气味当中。巴黎那干脆、一流的天气代表法国没完没了的好运气，而克拉科夫疲惫、忧郁的气候则是波兰无数次战败和其他伤痛的总结。诗人无法逃避历史，他所能做的不过是偶尔在华丽的描写中把历史改变成神奇的地理罢了。

“生不逢时”是中国一句古老的（或至少是格言式的）咒语。在我们这个过分新奇的时代，也许得改为“生不择地”才能更令人扼腕。

切斯瓦夫·米沃什[①]辛辣地指出，“来自陌生的地区是一种特权，在那儿人们很难逃避历史”——波兰、爱尔兰、以色列、波斯尼亚便是这样的例子。这种特权刺激和轧痛像扎加耶夫斯基这样有“世界”文学水准的作家，既让他们赢得崇高的声誉，同时也使他们疲惫不堪。历史意味着冲突。历史意味着悲剧性的绝境——以及友人受到监禁和杀害。历史意味着一个国家基本的生存权不断地受到威胁。波兰曾有过长达两个世纪的历史窒息期——从 1772 年第一次分裂开始——其后不久，自治国家的地位就终结了（直到第一次世界大战结束后才恢复），一直到 1989 年苏联式统治的垮台。

这样的国家——这样的历史——很难让其作家完全从全民族的痛苦中脱离出来。以下是生活在一个年轻和注定要经受无休止恐惧的国家中的另一位伟大作家 A · B · 耶霍夏[②]的感受：

> 你身不由己地要和周围人团结起来，这并不是外部力量左右的结果，而是你内心深处的本能，因为你时刻生活在各种新闻报道中，这种团结已成为一种技术性的，自动产生的情绪反应，因为到现在为止你已经完全养成做出这种反应的本能，已经习惯生活在紧张不安之中。你对以色列伤亡事故和飞机被击落之类新闻的情绪反应是预先已经

---

① Milosz，Czeslaw (1911—2004)，波兰裔美籍作家、评论家，1980 年诺贝尔文学奖获得者，著有《受束缚的思想》等作品。——译者

② Yehoshua， A.B. (1936—)，以色列小说家、剧作家。——译者

确定了的。因此你便缺乏孤独，在精神上无法独处，也就无法拥有思维活跃的创作生涯。

耶霍夏所用的术语与扎加耶夫斯基的一模一样，后者的第一本英文散文集就叫《团结，孤独》，其中收录了六篇写于二十世纪八十年代初的文章。孤独能腐蚀团结；团结则使孤独变质。

波兰作家的孤独总是受到文学本身带来的归属感的影响。1989 年，米沃什到波兰的贾基洛尼亚大学作了题为《以波兰诗歌对抗世界》的著名诗辩演讲。他对波兰诗歌表示敬意：波兰诗歌使他免于遭受到“侨居海外带来的无益失望”。当他陷入“难以忍受的孤独之中”时，“对前辈和后人的责任感”一直支撑着他。对于 1911 年出生的米沃什而言，波兰作家永远都逃脱不了对他人的责任感。按这个原则，持相反论点的明星作家贡布罗维奇[①]用他的小说、他那极端利己主义和尖刻的《日记》，以及他引起极大争议的辩论文《反对诗歌》举出了关于理想主义在波兰文学中的权威地位的例子，具有震撼力的例子。历史甚至以缺席的方式存在，米沃什在新书《米沃什入门》中写道：贡布罗维奇提出，除了对自己无政府主义的呼声负责外无需对任何其他东西负责，他站在卑微、幼稚和粗俗者的立场上巧妙地高谈阔论。但是让人觉得反常的是对利他主义和高尚情操的崇尚却在这样的言论中兴盛起来。

从某种角度来看，每个人的一生都有可供借鉴的经历和重大历史意义。即使是贡布罗维奇都禁不住认为自己一生是可供借鉴的，这使得一些东西具有了说教的意味（这对于他的血统

① Gombrowitz，Witold(1904—1969)，波兰小说家。——译者

不啻为一种指责）。从他锦衣玉食的童年生活，从他早慧的文学名声，从他命中注定的、无法挽回的侨居生活中，都可以找出具有说教意义的事例。何况，像他这样热爱文学并对古代巨匠满怀景仰之情、渴望从过去的辉煌传统中汲取养分的作家，不可能不把自己的生活——至少是早期岁月——视为某种具有代表性的命运。

1945年10月，扎加耶夫斯基出生在具有中世纪风格的波兰小城利沃夫。不久，三巨头在雅尔塔会议上达成协议，把利沃夫割给苏联。随后就是大迁移（及重新绘制地图），扎加耶夫斯基一家也搬离了利沃夫。诗人在曾经属于德国、现属波兰的格利维策市长大，那里距离奥斯威辛仅三十英里。在他的第二本被译成英文的散文集《两个城市》中，扎加耶夫斯基这样写道：

> 我的童年是在一个丑陋的工业城市中度过的；我被家人带到这个地方时，还不足四个月，其后数年，我无数次地听人说起我家被迫离开的那座城市有多么美丽。

用他自己的话来说，这则被驱逐出天堂的家族版神话也许让他觉得永远都无家可归。从他的作品中还可以看出，这个经历也使他变成专业的城市爱好者——尤其是“美丽、迷人的克拉科夫”，他从不可救赎的格利维策来到这座城市上大学，并一直在这里生活到三十七岁。

在《另一种美》中很少涉及时间，那些真实故事也并不是按着时间顺序编排的。但其中必定暗含着“地点”，它是诗人的心智与之对话的对象。这里描绘的不是旅行者，甚至不是流亡者——大多数波兰大诗人都去了西方，扎加耶夫斯基也不例外——这里描绘的只是始终处于兴奋状态的城市人。在《另一种美》中，很少有起居室，更没有卧室，却有许许多多公共广场、图书馆、火车。当他走出学生生涯后，寥寥无几的“我们”消失了；剩下的只有“我”。有时他会提到写作地点：扎加耶夫斯基目前住在巴黎，每年在休斯敦大学教一学期的课。“我正在巴黎街头漫步，”有一篇的开头这样写道。“此刻，我正在休斯敦听第七交响曲，”另一篇中这样写道。人们始终可以看到两个城市：利沃夫与格利维策，格利维策与克拉科夫，巴黎与休斯敦。

书中满是更为尖锐的对立：自己与他人，青春与衰老。作者动情地描绘了难以相处的长辈和性情乖僻的教授：这种爱戴老人的年轻诗人形象显得格外动人。而其中对于自己在学生时代文学和政治上适度热情的描述，也使此书迥异于时下大多数自恋式的、内容轻率的自传。在扎加耶夫斯基看来，写自传可以让人摒弃虚荣、推进自我认识的工程——可管它叫智慧工程——尽管这项工程永远也完成不了，无论生命有多长。

说自己那时年轻，其实就是认识到自己已不再年轻。扎加耶夫斯基的回忆会突然中断，转而说到身上显现出衰老的迹象，死期已不远了。犹如惊鸿一瞥般断断续续的叙事方法有以下几个优点：一是使文章内容紧凑，节奏明快；再就是便于作者把笔墨集中在能发人深思或使人产生顿悟的故事上。叙事方法本身即给读者上了一堂更为深刻的课，一堂道德课：如何能不带丝毫自得地谈论自己。当生活这所学校不再教授残忍无情时，它就在教人同情。书中所有的故事都提醒我们，在具有一定长度和虔诚的生命当中，变化——有时并不是向坏处转变——正如死亡一样真实。

所有写作都是一种纪念。要说《另一种美》的独特之处，那就是书中的回忆显得格外流畅。想像——即让过去在脑海中复活过来——总是恰到好处；它决不裹足不前，而是极其成功。唤醒记忆当然是一种伦理道德上的责任：即一种坚持领会真相的责任。这在美国就不那么明显了。在那里，回忆录是与创作有益的、具治疗作用的小说联系在一起的，而对于像扎加耶夫斯基那样一个来自四分五裂的困境的作家就完全不同了。

唤醒记忆——获得真相——是《另一种美》中至高无上的价值标准。“灭绝犹太人的行径我并没有亲见，” 扎加耶夫斯基写道：

> 我生得太晚。但我亲见了欧洲的记忆被逐渐唤醒的过程。这种记忆行动缓慢，与其说像山间的小溪倒不如说像慵懒的低地河流，但它最终明白无误地指责了大屠杀和纳粹的罪恶，以及苏维埃文明的弊病（但在这件事上却不那么成功，就好像不愿承认这两大怪物竟会同时存在似的）。

记忆会被唤醒——也就是说，被掩盖的真相能重见天日——这是一个相信在目前的社区生活中存在公正和哪怕有一点点正常的人所持有的底线。

但是，一旦被唤醒，即使是真相也可能变得洋洋得意，自命不凡。因此，扎加耶夫斯基没有跟着谴责那个 1989 年倒台的政权的种种不公正和施加的压迫，而是强调了与邪恶作斗争带给当年那个理想主义的“政治诗人”的种种好处，尽管这个职业诗人生涯的开端并不完美。他还描绘了二十世纪六十年代末至七十年代，自己在克拉科夫的持不同政见的学生和文学圈子里的活动。(1968 年，扎加耶夫斯基年方二十三岁。）在那些令人兴奋的日子里，诗歌与社会活动如出一辙。两者都能使人变得崇高；从事正义的事业，例如听从诗歌的驱遣，能使人感觉强大。

每一代人都会害怕、误解和俯就后生小辈——这也是历史与记忆等同的功能之一（历史即被大众认为应该记住的东西）。每个时代都有自己独特的记忆，随着时间的流逝，记忆会不断地模糊，并被赋予规范性，而年轻人并不买这个账，因为他们正忙于编纂自己的记忆，以及属于他们自己的标准。扎加耶夫斯基所刻画的最感人的老人形象之一是斯蒂芬·肖曼，这是两次大战期间波兰知识界的杰出人物（他认识斯坦尼斯拉夫·威基维茨和布鲁诺·舒尔茨），从大学退休后，他过着孤寂、困顿的生活。扎加耶夫斯基在回忆中意识到，在落魄潦倒的肖曼及其妻子眼里，他和那些文学圈子里的朋友们一定像是傻瓜和野蛮人一样，“是战后教育体制、新学校、新报纸、新广播、新电视调教出来的”。这里的规则似乎是这样的：每一代人都将其后面那代人视为野蛮人。

已不再年轻的扎加耶夫斯基现在成了美国学生的导师。他竭力不让上述那种绝望与不解在自己身上重演。他也决不会把波兰的老一代知识分子和艺术家，即自己那代人的“敌人”——那些真正的信仰者和叛徒——全写成卑鄙怯懦者：他们并不都是魔鬼，正如他和他的朋友并非全都是天使一样。至于那些“开始时效忠于斯大林式文明”，然后又转变了的人，扎加耶夫斯基说："我不会因为他们年轻时中过毒而谴责他们。我倒是倾向于赞美人性的宽容，它能给有才能的年轻人以第二次机会，一个重拾道德的机会。"

这个评价的核心是一位小说家，即一个以移情为职业的人的智慧，而非诗人的智慧。（扎加耶夫斯基写过四部小说，均无英译本。）《两个城市》中有一段名为"背叛"的戏剧性独白：

> 我为何要那样做？我为何会做什么？我怎么会是那个样子？我究竟是什么样的人？我已经为同意让你采访而感到后悔了。好多年来，我一直都予以拒绝；你一定是趁我心软或是焦虑的时候提出的要求……那个世界是什么样的？你生得太晚，没赶上那个时候。它跟现在这个世界一样，但又截然不同。

万物皆在变化……而不变的是诗人的智慧。其实，简单地说，就是智慧。

当然，历史永远不应大写。扎加耶夫斯基回忆录的指导思想就是他清楚地认识到自己经历过不同的历史时期，而事情到头来总是向好的方向发展。这种好转是适度的、有所欠缺的——而不是理想化的。事实是，每个人都会超越一个旧的自我，通常还不止一个，只要活得不算太短的话。

《另一种美》也可以部分看作是对放松历史钳制的思考：把自我从历史的"狰狞、反复无常"中解放出来。这在 1989 年以后，公共领域不再如此险恶的波兰应该不是一件难事。但制度也许会比性情更靠不住。扎加耶夫斯基的性情（即他与自己进行的那些对话）植根于一个英雄主义尚有可能的时代，那时，伦理道德上的严格自律仍受到敬仰，并受到多种国别文学的天才的推崇和祭献。对于那些在艰难岁月里养成了坚毅品格的中欧作家而言，如何更好地适应这个道德标准逐步降低，艺术水准日渐拙劣的新低地，是他们共同的问题。

扎加耶夫斯基所记录的成长过程可以描述为这种性情的释放：找到了适度的开放、平静和灵性。（他说只有当他感到幸福、平静时才能写作。）崇高——有谁能置疑1968年那代人作出的这个判断——现在已经受到怀疑目光的审视。过度的激情不再具有吸引力。他在宗教范畴的目标并不包括任何神圣的概念，而在已故杰西·格罗托夫斯基①的作品中和由伏洛齐米尔茨·斯坦尼耶夫斯基②负责的加兹恩尼斯戏剧中心，神圣的概念却位居于中心地位。虽然这种对神圣的迷醉在波兰的剧院里仍上演着——不过剧院，尤其是像这样的剧院，常常让人身不由己——它在当代波兰文学中没有立足之地。《另一种美》充满了精神渴求的谦卑，它排除了狂暴，并且没有夸张的牺牲姿态。用扎加耶夫斯基的话来说："一个星期当中，并非每天都是星期日。"

书中最富有感染力的描述中，有不少是关于幸福的，一个欣赏独处乐趣者的平凡幸福：散步、读书、欣赏贝多芬或舒曼的音乐。《另一种美》中的"我"是谨慎、脆弱和真诚的——不带一丁点自我保护式的讽刺。无论扎加耶夫斯基还是笔者都不

---

① Grotowski，Jerzy（1933—1999），波兰人，实验戏剧的国际创始人。——译者

② Staniewski，Wlodzimierz（1950— ），波兰最著名的实验剧场之一加兹恩尼斯（Gardzienice）戏剧中心艺术总监。——译者

愿意看到另外的样子。讽刺会毁掉很多其他的乐趣。“狂喜和讽刺在艺术世界里难得会碰在一起，”扎加耶夫斯基评论道，“当它们碰面时，其目的往往是为了互相诋毁；它们争先恐后地想削弱对方的力量。”而他则毫不掩饰地站在狂喜这一边。

这些描述是为了赞美幸福的源泉，而非为了称颂善于接纳幸福的自我。作者有时只是描述自己所喜欢的东西，或引用自己欣赏的一首诗：这本书显示了作者的喜好和同情。书中有对自己尊敬的朋友入木三分的刻画，如亚当·米奇尼克，他是反对独裁统治的一面旗帜（他在狱中曾在题为《从波兰的荣誉史谈起》的书中写到了诗人齐别根纽·赫伯特等人）；作者在书中向这位流亡巴黎的波兰老前辈、画家、作家及在苏联约瑟夫·查普斯基集中营中关押过的英雄致敬。“他人即地狱。”不，是他人拯救了我们，扎加耶夫斯基在与这本书同名的一首点题诗中这样宣称。

下面就是由该书译者克莱尔·卡瓦纳翻译的这首点题诗《另一种美》：

我们只能在另一种美，
在别人的音乐，别人的
诗歌中得到慰藉。
救赎取决于他人，
尽管独处的滋味就像是
鸦片一般。他人并非地狱，
如果你能在破晓时分，当
他们的眉毛被梦想梳洗干净后，
瞟上他们一眼。因此我很踌躇：

该说“你”还是“他”。每个他中
都有你的一部分，但平静的谈话
会在别人的诗歌中耐心等待。

下面是同一首诗在扎加耶夫斯基1985年第一个诗歌英译本《震颤：诗选》中由雷纳塔·戈津斯基翻译的另一种译文，名为《由别人创造的美》：

只有在别人创造的美之中
才能够真正找到慰藉，
即在别人的音乐和诗歌中。
只有他人才能救赎自己，
尽管孤寂的滋味就像是
鸦片一般。他人并非地狱，
倘若你在黎明时分看他们，
其前额已被梦想所洗净。
这就是为何我踌躇再三，
不知该说“他”还是“你”。
每个他中都显露出你，但
一次冷静的对话，只有在
别人的诗里才能原汁原味。

这是为诗歌所作的辩护，以及为善——或者更确切地说——为温厚所作的辩护。

扎加耶夫斯基对于安宁、同情、忍耐，以及对于“平凡生活中的平静与勇气”等充满诱惑的赞美，跟时下膜拜自我愉悦的潮流是完全背道而驰的。宣称“我信仰真理！”，以及在另一篇文章中宣告“善确实存在！”（看这些惊叹号！）。若不是过分乐观的话——有一位美国评论家在书中嗅出了一丝过分乐观的情绪——至少也是堂吉诃德式的狂想。这种文化中几乎找不到能说明当代男性甜美的例子，我们从过去的文学中看到的形象都给人以幼稚、孩子气和缺乏社会经验的联想：如《远大前程》中的乔·葛奇里，《卡拉马佐夫兄弟》里的阿辽沙。从这点上来看，扎加耶夫斯基在《另一种美》里塑造的人物绝不是天真的。但他却擅长于塑造复杂的天真和天才的天真，正如他在那首令人心酸的肖像诗《弗朗兹·舒伯特：新闻发布会》中所描写的那样。

题目也许会误导读者。《另一种美》明确地告诉读者，扎加耶夫斯基虽然崇拜文学及其他艺术的伟大性，但他并不是什么唯美主义者。诗歌应以更高的标准来评判：“那些把美看得比真更重的作家实在可悲。”我们必须让诗歌远离傲慢的诱惑，而这种傲慢正是诗歌怡然自得的本性中所固有的。

当然，美与真都像是更为纯洁的过去所留下来的易碎路标。当扎加耶夫斯基代表濒危的真相与现在展开棘手的谈判时，怀旧可视为论辩的缺失。尽管他没有过去那种毋庸置疑的口吻和爱下结论的放肆，他仍决心要捍卫文学有“卓越”和“崇高”成就的信念——认为我们仍然需要用这些现在已经几乎无法说出口的词语来加以赞美的艺术特性。扎加耶夫斯基为此所作的最雄辩也最具概括性的辩护当属他 1998 年在一所荷兰大学进行的题为《卑劣与崇高》的演讲。在演讲中，他提出了这个看似幼稚的问题：文学的伟大性仍然可能存在吗？

相信文学的伟大性的存在，表明一个人的赞赏能力依然完整。一旦赞赏的能力受到破坏，即变得愤世嫉俗之后，文学是否伟大的问题也就不复存在了。虚无主义与由衷赞赏势不两立，互相拆台，努力削弱对方的力量。（就如同讽刺与狂喜一样。）

虽然扎加耶夫斯基对于“欧洲文学的没落”深感失望，但他仍不愿对主观主义盛行和厌恶“伟大性”这种情绪产生的原因做一些推测。资本主义与文化之间有着真正激进的关联，它把伟大这个概念从艺术身上扯了下去，现今在文化进步人士和反动分子眼里，大家都把这个概念普遍而庸俗地看作是一种“精英”式的假设。

扎加耶夫斯基对传统准则的瓦解所提出的抗议并没有任何解析的成分。然而他肯定知道，单单谴责这种瓦解是无用的（也是有失尊严的）。无人理会的虔诚有时会变得过分激烈：“没有诗歌，我们与其他哺乳动物就没有什么区别。”书中很多地方都表达了类似的沮丧，尤其是当他禁不住把当今时代视为前所未有的堕落时，更是如此。他反诘道，“从前那些伟大而单纯的艺术家，如乔托、凡·艾克、普鲁斯特或阿波里奈尔，若被恶魔遣送到我们这个残缺和庸俗的世界上来，他们又会怎么做呢？”我不了解乔托和凡·艾克；但普鲁斯特（死于 1922 年）和阿波里奈尔（死于 1918 年）真是“单纯”的吗？我觉得那场被称作第一次世界大战的愚昧大屠杀时期的欧洲，要远比“残缺和庸俗”更可怕。

那个把艺术视为世俗年代中备受攻击的精神价值载体的观点，原本应该受到更为认真的推敲。然而，扎加耶夫斯基全无怨恨与报复之心，他胸怀广阔，而且他清楚没完没了的抱怨和人们的自我文化优越感是多么庸俗，因此他的立场与一般高雅文化衰亡论的职业哀悼者，如自命不凡的乔治·斯坦纳之流，是截然不同的。（偶尔他也会感叹世风日下，但他从不说冠冕堂皇的话，也不会自我标榜：这可称得上是人性化的斯坦纳主义。）

扎加耶夫斯基习惯于因循传统，偶尔也爱说教，他过于精明，过于看重普遍或寻常的智慧，因此不可能看不出周围各种形势的局限性以及自己持久激情的本质。艺术作品可以使人变得崇高、深刻，得到改善。但是，扎加耶夫斯基警告说，想像力“如果忽略了无法融入到艺术之中的现实世界”的话，就会成为自己的敌人。

由于这是一本充满符号和主题并行的书，扎加耶夫斯基可能会得到截然相反的评价。扎加耶夫斯基自己也承认，他是一个充满矛盾的人，而这恰恰是最有价值的问题。《另一种美》中的冥思和故事为我们展示了一个敏感而伟大的胸襟，那儿存在着公共世界与艺术需求、团结与独处，以及人类之城和上帝之城这最初的“两个城市”等种种矛盾。这些矛盾并没有击倒这位作家。这里虽然有痛苦，但平静总能不断地降临。这里有忧伤，但也有别人的才华所带来的让作家感到坚强的欢乐。这里有鄙视，但博爱的钟声迟早总会敲响。这里也有绝望，但慰藉的到来同样势不可挡。

[2001]

（王晓霞　译，沈弘　校）

写作本身：论罗兰·巴特

最好的诗歌是修辞的批评……

——华莱士·史蒂文斯（摘于1899年的一篇日记）

我几乎从未忽视过我自己。

——保尔·瓦莱里《趣味先生》

教师，文学家，道德家，文化哲人，强有力思想的鉴赏家，变化多端的自传作者……第二次世界大战之后在法国崛起的所有学术名家中，我最确信罗兰·巴特的作品将流芳百世。巴特才思泉涌，在三十余年中创作持续多产，直到1980年初他在巴黎街头穿过马路时被一辆运货车撞倒——他的谢世在其友人和仰慕者来说是令人痛惜的早逝。但是随着这种悲伤的回顾而来的，是人们对于其博大精深，在其所有主要作品中体现出的逐年发生变化的文体及其回溯完整性的意识。巴特作品的发展现在看来是合乎逻辑，且详尽无遗的。它甚至是在同一个主题上兴起并悄然落幕的——这正是在这位作家的意识生涯，即日记里所常用的手段。凑巧的是，巴特发表的第一篇文章赞颂了在安德烈·纪德的《日记》里所发现的典型意识，而在他死前发表的最后一篇文章中，巴特也提供了对于自己记日记做法的思考。这种对称，无论多么偶然，都是恰如其分的，因为巴特的写作主题虽浩繁纷杂，最终却都集中到了一个宏大的主题：写作本身。

他早年写作的主题是那种自由撰稿人的主题，多见于文化报刊、文学争论、剧评和书评。此外还有源于研讨会以及讲座，并被反复涉及的话题，因为巴特的文学生涯是与其（非常成功的）学术生涯同步发展的，其文学生涯是其学术生涯的一部分。然而，他的声音总是独特的，涉及自己的；其成就源于另一种更为博大的境界，即使有实践、令人激动的精湛技巧和最活跃的多学科知识也无法营造这种境界。尽管巴特对符号和结构科学等自称的科学作出过很大的贡献，但他主要还是致力于文学：他是在一系列学说支持下建构起自己思想理论的作家。而当目前由于符号学和结构主义等标签对他名誉的禁锢不可避免地崩溃瓦解时，我想巴特将会作为一个相当传统的特立独行者，即以比他最狂热的崇拜者现在所宣称的还要更伟大的作家形象展现在人们面前。

他总是酣畅淋漓地写作，总是专心致志，热切敏锐，而又不知疲倦。这种令人吃惊的创造性似乎不仅仅是巴特作为思想家和作家的杰出能力的一种特性。它似乎具有某种立场的地位——似乎评论话语就必须是这样。“文学就像是含磷的物质，”他在 1953 年出版的第一本书《写作的零度》里说，“在它就要死去的时候，就会散发出最明亮的光芒。”在巴特看来，文学已经是一种死后的事件。他的作品肯定了一种闪烁着狂热光芒的准则，这实际上是一种对文化时机的理想：相信自己在数种意义上拥有最后发言权。

除了精彩之外，巴特的作品中还有其他一些特征跟新近的文化风格相互关联——这种风格假定先于其自身有无可穷尽的言语，假定智力的深奥精妙：这种作品殚精竭虑，不愿变得枯燥或者流于浅显，偏爱严密的论述以及快速覆盖广阔领域的文体。巴特是一个富有灵感和机敏的散文及反散文的实践者——他对于冗长的文体抱有反感。很典型的是，他的句子通常都结构复杂，常有很多逗号和冒号；充满了措辞繁密的各种思想表述，似乎这些表述都是一篇流畅散文的素材。这是一种阐述风格，显然是法国式的——其文学传统可见于两次世界大战之间出版的《新法兰西文学评论》中所收录的简短而独特的论文。巴特的著作正是这种论文风格的完美再现，即每一页文字都能传达更多的思想，同时又保持了那种风格的活泼和文笔的犀利。巴特用词广泛，讲究，毫无顾忌地追求过分繁复。即使是他那些不甚流畅，有更多专业术语的作品——其中多数写于六十年代——也都风味十足；他设法使用了大量而丰富的新词。他的文章在抒发其勇往直前的精神之余，也经常采用概括扼要的形式，使之具有一种难以约束的格言风格（确实，我们可以在巴特的作品中摘录许多极好的片段——警句，箴言——然后合成一本小书，正如对王尔德和普鲁斯特的作品已经做过的那样）。巴特作为格言家的实力表明了他具有一种天赋的和未受理论干扰的结构洞察力。作为一种通过对立词语的对称排列来进行浓缩的表述方式，格言体现了情景或思想——它们的构思和形状——的对称性和互补性。如同对素描要比对彩画更具偏好一样，格言家的禀赋也可被称为一种形式主义气质。

形式主义气质仅仅是在一个意识极端饱和的时代进行思考的许多人所共享敏感性的一种变体。更能概括地标志这种敏感性的是其对于品味标准的依赖，以及它骄傲地拒绝提出任何没有主观性标记的理论。虽然显得自以为是，但具有这种敏感性的人也坚持认为自己的做法仅仅是临时性的（否则便是品味低下）。的确，具有这种敏感性的行家常常要反复表明自己的业余身份。“在语言学方面，我从来就只是个外行”，巴特在 1975 年的一次采访中这么说。在晚期作品中，巴特反复地否认自己扮演了体系创建人、权威、良师、专家等通常的角色，以便为自己保留一些能享受愉悦的特权和自由；品味的运用对于巴特常常意味着去赞美。他所要扮演的角色（尽管没有明说）就是要寻求新的和人们所不熟悉的事物来赞美（这就需要具有与大众品味不相一致的正确选择）；或者追求以不同的形式来赞美一部人们所熟悉的作品。

一个早期的例子是他于 1954 年出版的第二本书，那是论述米什莱[①]的。在这部书里，巴特通过罗列在这位伟大的十九世纪历史学家的史诗体叙述中频繁出现的暗喻和主题，揭示出一种更为个性化的叙述：米什莱自身的历史以及“过去人物的诗意复活”。巴特总是在追寻另外一种意义，一种更古怪，经常是乌托邦式的话语形式。他喜欢让索然无味和反动的作品表现出离奇和潜伏的颠覆性；在想像力最夸张的投影中展现一个对立的极端——如在他论述萨德的文章中，性欲的理想实际上表述为一种疯狂的理性；而在其有关傅立叶的论文中，理性主义的理想实际上又表现为一种性谵妄，巴特在提出有争议的问题时确实也借用文学经典的主人公形象：1960 年他所写的一

① Michelet，Jules（1798—1874），法国民族主义历史学家，以其不朽巨著《法国史》闻名于世。——译者

本论述拉辛[①]的小书使学术评论家们感到震惊（随之而来的论战以巴特完胜其毁损者而告终）；他也评论过普鲁斯特和福楼拜。但更经常的情况是，巴特以其关于“文本”的基本敌对的观点，将聪明才智运用在分析边缘性的文学主题上，一部不重要的“作品”——如巴尔扎克的《萨拉辛》，夏多布里昂的《拉辛传》——可以变成一个绝妙的“文本”。把某件事物视为“文本”，对于巴特而言其实就是中止传统的评价（主要文学作品与次要文学作品），以及颠覆既定的分类（体裁和不同艺术的区分）。

尽管在“文本”的伟大民主制度下，各种形式和价值的作品都有资格占据一席之地，但评论家倾向于避免那些人人经历过的事情，或人人皆知的意义。现代批评中向形式主义的转变——从初期什克洛夫斯基的“不熟悉化”（defamiliarizing）到后来的一系列理论——正好反映了这种倾向。它给予评论家“弃旧迎新”的任务，这是一种要求搜寻新意义的指令。这真是让人惊奇。

同样的指令也见于巴特的“文本”和“文本性”的概念之中。这些概念把一种开放的，有多重阐释意义的文学现代主义理想演绎成为批评，从而使批评家跟这种文学的创作者一样，变成了意义的创造者（巴特认为，文学的目的就在于把“意义”，但不是“一种意义”，引入世界）。要决定批评的重点就得改变并重新定位意义——添加，删减，使之成倍增殖，实际上就是要使批评家的努力基于一种回避的事业，从而使批评

① Racine，Jean（1639—1699），法国戏剧诗人和古典悲剧大师，代表作有《布里塔尼居斯》和《贝蕾妮斯》等。——译者

（如果还幸存的话）重新服从品味的支配。因为说到底这种作法是只认可熟悉事物的一种品味演练；是辨别过于熟识的意义的品味判断；是一种品味的观念形态，即认为人们熟悉的事物就是粗鄙和容易的。巴特最决断的形式主义，即他号召批评者重塑作品的“体系”——其形式，结构——而非“信息”的规定，也许能以下面的方式得到最好的理解：一种对于明显意义的解脱性回避，一种高尚品味的非常姿态。

对于现代主义的——即形式主义的——批评家来说，有既定评价的作品已经存在。那么现在还有什么别的可说呢？伟大作品的标准已经确立，我们还能增添或恢复其中的什么呢？“信息”已经被理解，或早已过时。让我们忽略不计吧。

在各种巴特借以找出话题的方式中——他有一种特别流畅和巧妙的概括能力——最基本的就是他作为格言家想像出一种富于活力的二元性的能力：任何事物都可以被拆解成其自身及其相对面，或自身的两个不同变体；这种正反面的相对峙产生出一种出乎意料的关系。他说，伏尔泰式旅行的要点在于“表现一种静止性”；波德莱尔“不得不保护戏剧性不受戏剧的破坏”，埃菲尔铁塔“使城市变成了一种自然”——巴特的文章充溢着这种表面上似是而非的，警句式的模式，其宗旨在于概括某些东西。格言式思维的本质在于总是处于结论的状态中；一种要得出最后结论的企图内含于所有强有力的创造警句的活动之中。

不够优雅，竭力而固执地强调明晰，为自身寻求话题而成为一个过分强大的工具，这些就是巴特文章中的一些分类模式。巴特作出分类，以便使自己进入一种论辩——他把事物分成两个、三个、四个不同的方面来进行分析。论文往往一开始便宣称有两类主要和两小类次要的叙述单元：神话融入历史的两种方式；拉辛式情爱的两个方面，两种音乐，两种阐释拉罗什福科[①]作品的方法，两种作家，他自己对相片感兴趣的两种形式。一个作家修订作品的三种方式；拉辛作品中的三个地中海和三个悲剧场地；阅读百科全书中插图的三层不同意义；日本木偶剧中的三种场景和三种姿势，对言语和写作的三种态度，与此对等的三种职业：作家，知识分子和教师。还有四种类型的读者；记日记的四种理由……

凡此种种。这就是法国式思辨性文章的编纂式直书风格，一种被法国人不甚准确地称为"笛卡儿式"的修辞策略。尽管巴特也运用了一些标准的分类法，比如语义学上经典的三分：所指，能指和符号，但很多分类法是巴特发明出来的，专门用于自己的论证，譬如他在后期作品《文本的快乐》中主张，现代主义的艺术家致力于毁灭艺术，"这种努力有三种表现形式"。这种无以改变的分类方法，其目的不仅仅在于规划知识领域：巴特的分类从不是静态的。他这样做的目的常常正是为了用一个类型去推翻另一个，如所谓"知性空间"和"渴望"，这两种形式源于他对照片的兴趣。巴特提出的分类故意使问题悬而不决——以便为未编纂的、迷醉的、难驾驭的、戏剧性的范畴留出空间。他偏好古怪的分类，喜欢分类的极端（例如对傅立叶的分类），而且他有关精神生活的大胆形体隐喻所强调的不是局部解剖学，而是转变。跟所有偏爱夸张的格言家一样，巴特用戏剧来表达思想，而且往往是用诉诸世俗的

① La Rochefoucauld，Francois Ⅵ，Duke（1613—1680），十七世纪法国古典作家，著有《箴言录》、《回忆录》等作品。——译者

情节剧或略带哥特式风格的神秘剧。他谈论意义的颤动、刺激或战栗，那些自己会振动，聚集，松散，分散，加速，闪耀，折叠，变异，延宕，滑行和分离的意义，那些会施压，破裂，分崩离析和碎为齑粉的意义。巴特提出一种类似于思想诗学的概念，后者把主体的意义与意义本身的流动性和意识动力学等同起来；使得作为艺术家的批评家获得了解放。巴特的想像力对于二元和三元性思维的运用总是临时性的，可以被更正的，不稳定的和经过凝聚的。

作为一名作家，巴特偏爱简短的形式，并曾计划就此题目开一个研讨班；他对袖珍的东西尤其入迷，如俳句和名言；同时，像所有真正的作家一样，他被"细节"（他的原话），即经验的典型简短形式，所深深吸引。既使作为散文家，巴特也往往是惜字如金，而他写出来的书更像是短文的复合体，而非"真正的"书籍；更像是综合各类话题的旅行指南，而非主题鲜明的严密论证。譬如他的《米什莱》一书把这个历史学家的各类主题与大量从其丰富论著中节选下来的简短片段互相印证。关于巴特的论著借助引语而变得形同旅行指南这一点，最典型的一个例子是1970年出版的《S/Z》中对巴尔扎克《萨拉辛》的评论。从演绎别人的文本开始，他不可避免地转向演绎自己的各种观点，此外，在同一系列的著名作家评论（"不朽的作家"）丛书中（丛书中包含《米什莱》这一卷），他于1975年终于写了一卷有关自己的书。这就是该系列中令人目眩的怪书《罗兰·巴特》，作者即被评论者本人。对巴特晚期作品的高速而迅捷的安排使他的多产（永不满足感和轻盈敏捷）和颠覆一切理论体系倾向的欲望变得戏剧化了。

一个多世纪以来，对于体系架构者的敌意一直是显示优雅思想品味的一种周而复始的特点。众多具有卓尔不群（其实是难以忍受的）优越感的人宣告了体系的荒诞性，其中包括克尔恺郭尔，尼采和维特根斯坦。对体系的蔑视，以其强大的现代形式，成为反对法律，反对强权自身的一个方面，另外一种比较陈旧而温和的拒绝存在于从蒙田到纪德的法国式怀疑论传统之中：那些作家是自身意识的鉴赏家，可以依赖他们来贬损“体系硬化症”——这个术语是巴特在他论述纪德的第一篇作品中所使用的。而伴随着这些拒绝，一种独树一帜的现代文体学逐渐形成，其原型至少可以追溯到斯特恩和德国浪漫主义作家——即反直线型叙述形式的发明：在小说中表现为对“故事”的解构，在非虚构文体中则表现为舍弃直线型论证。关于作出持续系统论证的不可能性（或不相关性）的假设导致了对标准长篇形式——如专题论文，长篇巨著——的改变，并且使作家重塑小说、自传和散文等文学体裁。巴特正是这种文体学中一位尤其有独创性的实践者。

浪漫主义和后浪漫主义的敏感性使人在每本书中都能观察到第一人称的作用：写作是一种戏剧性行为，受到戏剧性精微阐述的支配。有一种方法是像克尔恺郭尔那样使用多种笔名，从而掩饰作者的形象，并使其形象多重化。在自传性文体中，作品总是很不情愿以第一人称说话。《罗兰·巴特》中的一条惯例是：自传作者有时以“我”，有时则以“他”来称呼自己。所有这一切，巴特在评论自己的那本书扉页上写道，“必须被认为好像是小说中的一个人物在说话那样”。在这种跨范畴的写作实践中，不仅自传与小说之间的界限模糊了，散文与小说之间的界限亦是如此。“让散文公开宣称自己几乎是小说吧”，他在《罗兰·巴特》中如是说。写作表现了戏剧性重点以及提及自我的新形式：写作变成了写作冲动和制约的记录（依此观点延伸开来，写作本身变成了作家的主题）。

为了达到一种理想的离题程度以及理想的强度，有两种策略被广泛运用。一种是废除一些或所有对于话语的传统界定或区分，比如章节，段落甚至停顿，以及一切被认为在形式上阻碍（作者）声音持续产生的因素——如海尔曼·布洛克[①]，乔伊斯，斯泰因，贝克特这些哲学小说作家所偏爱的冗长叙事方式。另一种策略则恰好相反：创造更多的分割话语的方式，发明更进一步分裂话语的方法。乔伊斯和斯泰因也使用这种方法；维克多·什克洛夫斯基在其（二十世纪二十年代以来）最好的著作中写单句的段落，这种开始/停顿的方式创造出多重的开端和结尾，并允许话语尽可能地变得迥然不同，音调繁杂。它在阐述性话语中的最普通形式是由空行分隔而成的简短和只有一、两个段落的单元。"对于……的注释"是常用的文章题目——这种形式巴特在关于纪德的文章中曾用过，在其晚期的作品中也常常使用。他的很多作品运用中断的技巧来写作，有时则采用节录与反意评论互相交替的形式，就像在《米什莱》和《S/Z》中那样。以片段、插曲或"注释"的形式写作必须要有新鲜的，序列的（而不是直线型的）排列形式。这些序列可以通过某种主观任意的形式表现出来。比如，可以将它们编号——这是维特根斯坦以极其精确的方式运用过的一种方法。或者也可以给这些序列加上一些略有嘲讽意味的或过分强调的标题——如巴特在《罗兰·巴特》中所采用的方法。标

① Broch，Hermann（1886—1951），德语作家，他的"多向度小说"获国际好评。著有《未知数》、《无罪的人们》等作品。——译者

题允许有添加说明的余地；如各要素可按字母顺序排列，以进一步凸显这种序列的主观随意性——这是《恋人语录》（1977）中所使用的方法；该书名的法语原文（*Fragments d'un discours amoureux*）[1]勾起人们有关断片的理念。

巴特晚期的作品是其形式上最大胆的作品：所有主要作品均以序列的而非直线型的形式架构起来。开门见山的散文写作仍被保留，用于一些文学善举（如巴特为许多书写过的序言）或用于纪实报道。然而，其晚期作品的这些强有力形式只是彰显了暗含于其所有作品中的一种欲望——巴特想拥有的一种优于断言的叙述：即一种艺术所具有的，跟快乐有关的叙述。这种写作的理念摒弃对矛盾的畏惧。（用王尔德的话说，"艺术中的真实即其对立面也是真实的。"）巴特反复地把教学比作游戏，把读书比作性爱，把写作比作引诱，他的声音变得越来越个人化，如其所言，越来越富有特质；他的思想艺术越来越变成了一种公开的表演，如同另一位伟大的反系统论者。尼采以各种语调与读者对话，大部分都有些咄咄逼人——狂喜的，斥责的，哄瞒的，尖刻的，奚落的，诱人同谋的，巴特则一贯以令人愉悦的语调来进行表演。没有粗鲁或预言式的主张，没有对读者的恳求，也没有任何不能被人理解的努力。这是一种作为游戏的引诱，绝不是侵犯。巴特所有的作品都是对戏剧或滑稽的探索；他的作品以各种巧妙的形式追求一种对思想的嗜好和与思想之间欢快的（而非教条的或轻信的）联系。跟尼采一样，巴特认为重要的并不是要通过作品教诲我们某种特定的东西，而是要使我们变得大胆、灵活、敏锐、聪颖、超然。而且

① 该书名的直译为《恋人絮语》。——译者

给予我们快乐。

写作是巴特一成不变的主题——确实，也许自从福楼拜（在其信札中）的表述之后，没有人能像巴特这样精彩和充满激情地思考写作的本质。他的许多作品都是专门用以刻画作家这一职业的：较早的例子有在1957年《神话集》中被别人视为是专揭作家老底的文章，即把作家描绘成骗子，如《休假中的作家》；之后又有一些关于作家写作的长篇大论，即把作家视为作品主人公和殉难者，如《福楼拜与句子》，以及论述作家"追求风格的痛苦"。巴特论述作家的那些精彩文章应被视为是他对作家这一职业所作伟大辩解的不同版本。虽然他对福楼拜所提出的近似于自我惩罚的诚实准则十分仰慕，他还是敢于把写作看作是一种快乐；这正是他关于伏尔泰的文章（"最后一位快乐的作家"），以及他描绘傅立叶的文章中的观点，这一观点并未受到罪恶感的困扰。在后来的作品中他直截了当地谈论自己的笔耕、忧虑和狂喜。

巴特把写作看作是意识的一种理想复杂形态：即既被动又主动，既善于交际又独善其身，个人生活中既存在又缺失的一种方式。他有关作家生涯的理念排除了那种福楼拜认为是难以避免的第三者代管，这种理念似乎否认在作家所必需的内审与尘世的享乐之间存在任何的矛盾。这就像是福楼拜的观念在很大程度上受到了纪德的修正：这是一种更有教养的，看似不经意的严谨，一种与摒弃狂热的思想之间热切而狡黠的联系。的确，巴特贯穿全书的理想自画像——即将自我描绘成作家——在他第一篇有关纪德"自我主义作品"（《日记》）的论文中就已经基本上可以窥见全貌了。作为思维敏捷而又庞杂的作家，纪德为巴特提供了一个高雅的典范。这样的作家从不高声叫骂，或以粗鄙的方式宣泄愤怒；他慷慨大方，但却保持得体的利己主义态度；并且不可能被人牵着鼻子走。巴特注意到，纪德博览群书，但并没有因此改变自己（“他有如此之多的自我认识”），同时他的“发现”从来都不是“否定”。他称颂纪德的顾忌重重，评论说纪德“处在巨大矛盾的湍流之中，立身处世绝非易事……”。巴特同时也赞同纪德的观点，认为写作是难以捉摸的，甘愿拜其下风。巴特与政治的关系也使人想起纪德：即在意识形态总动员的时期愿意采取正确的立场，显得有政治觉悟——但最终却非如此：因而也许会讲一些几乎没有人说的真话（参见巴特 1974 年访华之后写的短文）。巴特与纪德之间有很多近似之处，他很多针对纪德的评论也可以原封不动地适用于他自己。在他登上文坛之前很久，所有的一切——包括“恒久自我修正”的计划——都已经有人为他安排就绪，这可是一个惊人的发现。（巴特于 1942 年为一所学生结核病患者疗养院的杂志撰写这篇文章时才二十七岁，当时他是这所疗养院里的病人。直到五年之后，他才登上了巴黎的文坛。）

当巴特在纪德的精神教义和道德效力的引领下开始正规写作时，纪德的重要作品已经过时，其影响力已经变得微不足道（他于 1951 年去世）。而巴特却身披盔甲，参加了战后关于文学职责的论争，这个术语是由萨特提出来的——即要求作者与德行之间应处于一种交战关系之中。萨特用同义反复的“承担”（“commitment”）理念来描述这一点。纪德和萨特二人当然是本世纪法国最有影响力的作家兼道德家，而这两位法兰西新教（French Protestant）文化之子的作品暗示着相当敌对的道德和审美选择。然而巴特作为另一位反对新教道德观的新教徒，正是试图要避免这种两极分化。他虽是从善如流的纪德追随者，但也很想承认萨特的模式。虽然他的第一本书《写作的零度》围绕着一场与萨特文学观的论争（萨特的名字从未被提及），但是对萨特关于想像力及其巨大能量的观点，巴特在他最后一本书《明室》（“尊崇地”题献给了早年《想像》的作者萨特）还是明确地表示了赞同。即使在第一本书里，巴特还是在萨特对文学及语言的观点上作出了极大的让步——譬如，将诗歌与其他“艺术”并列，将文学与散文和说理等同起来。在其随后的作品中巴特的文学观更加复杂。尽管他从不评论诗歌，他为文学设定的标准与对诗人的标准却甚为相近：经历过剧变的语言已经从令人生厌的上下文中被移置及解放出来了；也就是说，它自己独立存在。尽管巴特认同萨特的看法，认为作家的职业有道德的责任，他仍坚持它的复杂性和不明确性。萨特呼吁目的的道德性，巴特提出“形式的道德性”——正是这个使文学变成了问题而不是解决的途径，也正是由于这一点文学才成其为文学。

把文学设想为成功的“交流”或立场选择是一种必定会不可避免地变得墨守成规的情感。萨特在《什么是文学》(1945) 一书中阐述的工具主义观点从方式学中提取出一种永久废弃了的事物，一种道德优良的战士与文学纯粹主义者即现代主义者之间无用的，错置的斗争（请对比这种文学观中潜在的市侩作风与萨特论及视觉形象时的精微与敏锐之间的差异）。对文学的热爱（这种爱在他一本完美的书《文字》里有描述）以及一种传教士般对文学的蔑视困扰着萨特。这位本世纪最伟大的“文人”在他生命的最后几年里用那个贫乏的字眼

“文学的神经症”来侮辱文学以及他自己。他就作者承担责任的规划所作的辩护也不再令人信服。当被指责对文学进行贬低（成政治）时，萨特反驳说指责自己高估了它反倒更恰当，“如果文学不是一切，它就连一个小时的辛苦都不值”，他在1960年的一次访谈中说，“这就是我所说的‘投入’的含义”。但是萨特将文学膨胀到“一切事物”也是另一种形式的贬损。

巴特也同样可被指摘高估了文学的作用——他也把文学当作“一切”，但至少他为这样做找到了很好的理由。因为巴特认为（如同萨特反对的那样）文学首先始于语言，最终也就归于语言。语言就是一切。也就是说所有的现实，如诗人的智慧，以及结构主义者的智慧，都是以语言的形式体现的。巴特理所当然地认为（正如认为写作是交流的萨特所否认的那样）马拉美[1]，乔伊斯，普鲁斯特以及他们的后来者所进行的是他所谓的“激进的写作探索”。任何写作的尝试如果不被认为是一种激进主义就都是没有价值的，因此脱离任何特定内容的激进主义也许就是我们所说的现代主义的精髓。巴特的作品，就其假定敌对姿态存在之必要性的程度而言，属于现代主义的感受性：即根据现代主义标准孕育的文学，但不一定就是现代主义文学。相反，它包括了各种各样的对立面。

也许萨特与巴特最显著的区别是深藏于其性格之中的。萨特有一种在思想上近乎蛮横的幼稚的世界观，即一心要追求简洁、决断和透明。巴特的世界观则显出不可改变的复

① Mallarme, Stephane (1842—1898)，法国诗人，诗歌象征派运动的倡导者。——译者

杂、自觉、精细和优柔寡断。萨特热切地，过分热切地，寻求对抗。他伟大作家生涯的悲剧，以及他对于自己惊人才华的运用，只表现为要简化自身的意愿。巴特则宁可回避冲突，避免极端化。他把作家定义为“站在所有其他话语交汇十字路口的旁观者”——这跟一种活跃分子或传播教条者正好恰恰相反。

巴特的文学乌托邦有一种与萨特几乎截然相反的伦理特征，这一点是从他对于欲望和阅读，欲望与写作的联系中涌现出来的——他坚持自己的作品首先是食欲的产物。“快乐”、“极乐”、“幸福”这样的字眼醒目地在他的作品中反复出现，令人回想到纪德充满情欲和具有颠覆性的作品。正如道德家——无论是否清教徒——会严肃地区分为了繁衍后代的性爱与追求快乐的性爱那样，巴特把作家分为写某些作品的人（萨特所认为的作家）以及真正的作家，即不是写某些作品，而是在以写作为生的人。巴特认为“写作”这个不及物动词的含义不仅仅是作家幸福的源泉，而且是自由的样板。对于巴特而言，并非对写作本身之外事物的投入（以实现社会或道德的目标）使得文学变成反对或颠覆的工具，而是写作本身的某种实践使然：过度的、游戏的、复杂的、微妙的和感官的——这是一种决不隶属于权势的语言。

巴特赞美写作是没有缘由和自由的行为，这在某种意义上说是一种政治观点。他把文学视作是对个人主张之权利的不断更新；而归根结蒂所有的权利都是政治的权利。然而，巴特对于政治具有一种规避的态度；他是拒绝历史的最伟大现代人物之一。巴特于第二次世界大战浩劫的余波中开始发表作品和激扬文字；可令人吃惊的是，他从未提到过第二次世界大战。实际上，就我所知，他所有的作品中都没有提到过“战争”二字。巴特理解问题的友善方式最好地驯服了这些问题。他缺乏瓦尔特·本雅明①那样的悲剧意识，即认为每件文明的作品同时也是野蛮的作品。伦理的重负对于本雅明而言是一种牺牲；他不由自主地将其与政治联系在一起。巴特认为政治是对于人类（以及思想的）主体的压抑，因而必须要加以智取；在《罗兰·巴特》一书中，他宣称喜欢淡化政治立场。因而他也许从未受制于本雅明及所有真正的现代主义者所视为的中心问题：即去探索“现代”的本质。巴特并没有经受过现代性灾难的折磨，也不为其革命的幻梦引诱；因此他具有一种“后悲剧”的感受性。他把当前的文学时代称为“一个温和的启示录契机”。能道出此言的作家确实是快乐的。

巴特的很多作品都是为快乐的保留剧目而撰写的——正如他在论布里亚·萨瓦兰②《品位的心理》一文中所指出的那样，是“欲望的伟大探险”。他从被审视的每件事物中采撷幸福的模型，并将思想活动本身融入性爱之中。巴特称欲望是思想的生命，并竭力为“欲望的多元性”辩护。意义从来就不是单配性的。他那愉悦的智慧或快活的科学为一种自由而又博大和满足的意识提供了一种理想的境界；在这种理想境界中，人们不必选择好与坏，真与假，不必为自己的行动作出辩解。最吸引巴特的大多是那些对于这类二元对立表示蔑视的文本和事

---

① Benjamin，Walter（1892—1940），文学家和美学家，被视为二十世纪前半期德国最重要的文学评论家。著有《莫斯科日记》、《柏林记事》等作品。——译者

② Savarin，Brillat（1755—1826），法国作家，美食家。——译者

物。譬如，巴特是这样解析时尚的：作为一个领域，它如同性爱一般，其中并不存在对立的双方（“时尚寻求对等和有效——而非真实性”）。在这一领域里，个人可以使自己得到满足，意义与快乐都极其丰富。

要以这种方式来解析，巴特需要有一个总的范畴，借以折射一切事物，并使思想活动的最大化成为可能。这个涵盖面最广泛的范畴就是语言，最广泛意义上的语言——即指形式本身。因此，《流行体系》（1967）一书的主题不是时尚，而是时尚的语言。当然，巴特假定时尚的语言就是时尚；如同他在一次访谈中所说，“时尚仅通过与其有关的话语而存在”。此类假设（神话是一种语言，时尚是一种语言）已经变成了当代思想实践的一种主要的，经常是还原性的惯例。在巴特的作品中，这种假设与其说是还原性的，倒不如说是扩散性的——他显示了作为艺术家的评论者对于财富的尴尬。规定理解不能存在于语言之外就是主张意义无处不在。

通过如此扩展意义的范围，巴特超越了这个理念的含义，使之成为了一些成功的悖论，如同囊括一切的空洞主体和泛指所有意义的空洞象征。带着这种有关意义扩散的欣快感，巴特把“零点纪念碑”（埃菲尔铁塔）解读成“这种纯粹的——完全空洞的——符号”“*意味着一切*”（巴特使用的斜特标志）。（巴特悖论的独特之处就在于它为不囿于功利性的主体辩护。正是埃菲尔铁塔的无用性使其作为一个极其有用的象征，而真正文学的无用性也使其在伦理道德上变得非常实用。）巴特在日本找到了这么一个意义解放性缺失的世界，它既是现代主义的，又是完全非西方的。他指出日本充满空洞的符号。巴特将伦理道德的二元对立——真与假，好与坏——用互补的极端所取代。“其形式空洞但却存在；其意义缺乏然而丰满，”他在二十世纪五十年代的一篇论文中这样描写神话。关于诸多问题的论证都有相同的高潮：缺失实际上是存在，空虚是充实，非人格性是个人的最高成就。

如同在最陈腐和无意义的事物中窥见意义的宝藏，和把缺乏意义的事物当作意义最丰富的载体这类宗教理解的欣快记录一样，巴特作品中的精妙描述表达了一种心醉神迷的理解体验，而这种体验——无论是宗教的，审美的，或性欲的——不断地被人们用暗喻描述为空虚和充实，最低落状态和最充盈状态：它们的交替和对等。将主体引入与此相关的话语中也是一种类似行为：倒空主体，以便再将它们装满。这是一种意味着心醉神迷和培养超然态度的理解方式。而巴特对语言的理解也支持他感受性的两个方面：在赞同意义多样性的同时，索绪尔[①]的理论——即语言是形式（而不是实质）——尤其适合于优雅的品味，即有节制的话语。巴特的方法通过否定空间的思想对等物来创造意义，使得人们从不谈论自身的主体；时尚是时尚的语言，国家是“符号的国度”——这是最高的褒奖。让现实以符号形式存在契合于得体的最广泛概念：即所有的意义都是迟延的，间接的，优雅的。

巴特有关非人格化、节制和优雅的理想在《符号帝国》(1970) 一书对日本文化的鉴赏和在一篇论述文乐木偶剧[②]的文章中得到了最优美的表述。这篇论文《写作的教训》令人回想

① Saussure，Ferdinand de (1857—1913)，瑞士语言学家，著有《论印欧系语元音的原始系统》等作品。——译者

② Bunraku，文乐木偶剧。用几乎与真人般大小的玩偶演出，以日本三弦伴奏的说唱曲艺，被称为“净琉璃”。——译者

起克莱斯特[1]的《论木偶剧》，后者同样称赞了其中的静谧，轻盈，以及各种无须思索，没有意义，置身“意识的错乱”之外的事物的优雅。如同克莱斯特论述的木偶一样，文乐木偶剧被认为是塑造了一种“冷漠”、“清晰”、“灵敏”、“精妙”等理想的化身。冷漠而荒诞，空虚却深刻，不自觉但极具美感，这些巴特从日本文明的各个侧面所观察到的品质呈现出一种品味和举止的理想，这种较广意义上的审美理想从十八世纪末期的纨绔子弟起就开始大行其道了。巴特认为日本是审美乌托邦，在那儿处处可以发现审美观，并可自由实践自己的审美观，但他恐怕不是持这种观点的第一个西方人。在那里的文化中审美目标占据了中心地位——而不是像在西方那样可有可无——这样的文化必定会激起强烈的反响（纪德在 1942 年的文章中曾提及日本）。

现有审美世界观的样板中，法国与日本也许是最为雄辩的例子。法国主要是有一种文学传统，尽管这一传统附带着两种通俗艺术：烹饪与时尚，巴特确实把食物的话题当作意识形态、分类法，以及品味——他常常谈及品尝，而且似乎不可避免的是，他发现自己很喜欢谈论时尚的问题。从波德莱尔到科克托[2]的作家们都严肃地看待时尚的问题，而作为文学现代主义奠基人之一的马拉美还编辑过一本时尚杂志。在法国文化中，审美的理想要比在任何其他欧洲文化中都更彰显其影响

---

① Kleist，Heinrich（1777—1811），被认为是十九世纪第一个伟大的德国剧作家。法国和德国的现实主义、表现主义、民族主义和存在主义运动的诗人都把他奉为楷模。——译者

② Cocteau，Jean（1889—1963），法国诗人、歌剧脚本作家和画家。——译者

力，并且这种文化也允许先锋艺术的思想与时尚之间存在联系（法国人从没有像英美人那样有使时尚成为严肃艺术对立面的想法）。在日本，审美的标准似乎浸染了整个文化，而且远远早于现代的反语法；它们形成的历史可以追溯到十世纪末清少纳言[①]的《枕草子》，其中对完整的纨绔风气的摘要以短笺、轶事及一览表等令我们吃惊的现代和反意形式撰写出来的。巴特对日本的兴趣表现出对不设防的，更为天真的，更精微复杂的审美敏感性的一种痴迷：比法国审美观更为空洞和优美，更直接（丑中无美，如波德莱尔诗中所说），它要更早于启示录，典雅而宁静。

在西方文化中，纨绔风气虽处在边缘地位，但却有一种夸张的特点。在一种较陈旧的形式中，审美者对于品味而言是一个任性的排外主义者，其态度就是尽可能地喜欢，适应或赞同最少数量的事物（当品味分配其褒贬时，往往偏爱于昵称形容词，比如在赞扬时说“高兴”、“有趣”、“迷人”、“惬意”、“得体”）。优雅相当于最大限度的拒绝。在语言上，这种态度在悔恨的讽刺话和傲慢的俏皮话中表现得最为完满。在另一种形式中，审美者保留了一些标准，以便可能对尽可能多的事物感到愉悦；此外附加上新颖的，不落窠臼的甚至违禁的快乐源泉。最能完美体现这种态度的文学技巧是一览表（《罗兰·巴特》一书中有很多）——这种怪僻的一符多音的审美将性质迥然不同的，不和谐的事物和体验并列在一起，并以这种技巧使它们全部变为人工制品和审美对象。此时优雅等同于最诙谐的接受，审美者的姿态在永不满足和总是能找到得以满足的方

① Sei Shonagon（966—1013？），日本日记作家和诗人，其作品《枕草子》是了解平安时期日本宫廷生活的最好资料。——译者

法，对几乎一切都表示中意这两种态度之间交错转换。①

尽管这两种纨绔品味都是以超然态度为前提的，但排外主义的品味更为冷漠。而包涵一切的纨绔品味则可以是热情的，甚至是奔放的；用来赞美的言辞倾向于过度赞美而不是低估。具有很多高度排外主义的纨绔品味的巴特更倾向于其现代的，民主化的形态：审美水准——因而他愿意在如此众多的事物中发现魅力、愉悦、幸福和快乐。譬如他对于傅立叶的记述最终是对一位唯美主义者的赞颂。他说在自己是从那些“微小的细节”来构架出“一个完整的傅立叶”。巴特写道：“我身不由己地被一种表达的魅力所迷住，被它眩惑，被它说服……傅立叶身上充满了这样的欣悦……我无法拒绝这些快乐，它们在我看来似乎是‘真实’的。”同样地，如同巴特认为东京街道上那种压迫性的过分拥挤象征着“量变引起质变”一样，另外一种对于处处去发现快乐却不太投入的闲人也许会体验到一种新的关系，后者是“无穷尽的快乐的源泉”。

巴特的很多主张和兴趣都含蓄地肯定了唯美主义者的标准。他早期的论文倡导罗伯-格里耶②的小说，这给巴特带来了一种误导性的声誉，即人们以为他是文学现代主义的倡导者。其实这些文章是关于审美的论说。“客观的”，“字面的”——这些严肃的最低纲领派理念实际上是巴特对于唯美主义者一个

① 我曾经试图以“阵营”这个名称涵盖的审美感受性可以被认为促使审美欣赏不过于排外的一种品味技巧（一种比人真正想要喜爱的程度更甚的喜爱方式），以及使纨绔态度民主化的一部分，然而，阵营的品味仍假定存在有老而高的歧视标准——与此相对照的是像安迪·沃霍尔这类纨绔主义平均标准的特许经营者和推销者。

② Robbe-Grillet，Alain（1922—2008），二十世纪五十年代在法国出现的“反小说”即“新小说”的代表作家和主要理论家。著有《争取新的小说》和《幽会的房子》等作品。——译者

主要论点的巧妙再版：表面如深层一样生动有力。二十世纪五十年代，巴特在罗伯-格里耶身上所发现的是一位新的，具有高度技巧的纨绔作家；他称颂罗伯-格里耶的是一种“在表面上建构小说”的欲望，因而挫败了我们“依赖一种心理学”的欲望。有关深层的理念是令人困惑和蛊惑性的，事物的底蕴中并不存在人的本质，自由存在于事物表面，而欲望在这个大镜子表面上驰骋——这就是当代审美立场的中心论点，尽管在过去一百多年里，这一观点曾有过不同的典型形式（波德莱尔、王尔德、杜尚[①]、凯奇[②]）。

巴特不断地撰文反对深刻，反对认为最真实事物是潜在和深藏的观点，文乐剧被认为是拒绝了物质与精神，外在与内在的矛盾，“神话什么也不掩蔽”，他在《当今神话》（1956）一文中宣称。审美立场不仅认为深刻，潜在的概念是一种神秘化和谎言，而且还反对对比这一概念的本身。当然，谈论深层和表面已经是歪曲了审美的世界观——因为重申形式与内容一类二元性正是它所明确否定的。这一立场的最重大声明是由尼采提出来的，他的作品建构起了对固定对偶（善与恶，对与错，真与假）的批判。

然而尼采虽然蔑视“深层”，他同时也赞颂“高度”。可在后尼采的传统中既没有深层，也没有高度；只有各种各样的表面和景观（spectacle）。尼采说，每一种深刻的性格都需要有一个面具，并且竭力赞扬思想计谋；然而，当他说即将到来

① Duchamp, Marcel（1887—1968），法国画家。他打破了美术作品和日常作品之间的界限。代表作有《下楼梯的裸体，第二号》等。——译者

② Cage, John（1912—1992），美国先锋派作曲家，以其创新性作品和离经叛道的见解对二十世纪中叶的音乐产生深刻影响。最著名的作品有《4分33秒》等。——译者

的我们这个世纪是一个演员的时代时，他作出的是最悲观的预言。贯穿尼采所有作品的一种严肃而诚挚的理想使得他与真正审美家（如王尔德、巴特）的思想交迭之处是如此难以确定。尼采是一位戏剧性的思想家，却非戏剧的爱好者。他对于景观的矛盾心理（毕竟，他对于瓦格纳音乐的评论最终认为它是一种诱惑），他对于景观真实性的坚持，意味着除了戏剧之外的其他准则在起作用。从审美家的立场上看，真实与幻景的理念恰恰是相互增强和渗透的，而诱惑总是某种正面的东西。在这个方面，巴特的思想有一种典范的连贯性。戏剧的理念直接或间接地充盈于他所有的作品之中。（在《罗兰·巴特》中他吐露秘密说，他的文本“没有一个不是关于某个戏剧的；而景观是一个普遍的范畴，世界正是通过景观的形式得以观察到的。”）巴特将罗伯-格里耶的空洞和“文选式的”描述阐述为一种戏剧性距离的技巧（“把客体本身当作一种景观”来加以表现）。当然，时尚是戏剧化的另一种个案记录。巴特对于摄影的兴趣也是如此。他把摄影纯粹视作是一个旁观者出没的领域。在《明室》中，几乎没有什么摄影者——主体就是照片本身（完全当作是被发现的物体）和那些痴迷于这些照片的人们：照片就像是性幻想的客体，是死的象征。

1954 年他发现了布莱希特（当时柏林人剧团带着剧目《大胆妈妈》来巴黎演出），并使他在法国成名。巴特写的布莱希特评论与其说是讨论戏剧性，不如说是后者对于作为戏剧性形式的众多主题的处理。在十九世纪七十年代的研讨会中，巴特经常提到布莱希特，并引用他的散文作品，作为犀利批评的典范。引起巴特重视的并非说教景观的制作者布莱希特，而是作为说教知识分子的布莱希特。与此相对，在文乐剧上，巴特所重视的是它的戏剧性要素本身。在巴特早期的作品中，戏剧性属于自由的范畴。在这个领域里，身份仅仅是角色，人们能改换角色；在这儿意义本身可能会遭到拒绝。（巴特专门论述了文乐剧特有的“意义免除”）巴特所谈论的戏剧性，就像他追求享乐的福音传道，是削弱，减轻和挫败理念和意义本身的一种改变方式。

对景观概念的肯定就是审美艺术家地位的胜利确立：公布游戏，拒绝悲剧。巴特所有的思想步骤都具有取消作品“内容”的效果，即取消最终结果的悲剧性。这正是因为巴特作品具有真正的颠覆性和解放性——游戏人生。在伟大的审美传统中这是违规的话语，因为该传统经常自由地抛弃话语的实质，以便能更好地欣赏它的“形式”：就这样，在各种形式主义理论的协助下，违规的话语就变得高雅了。在众多关于他自己理性发展的文章中，巴特把自己描述成一位永久的信徒——可是他真正想强调的是，最终他仍是一成不变的。他谈到自己曾在一系列理论和大师的庇护下进行工作。实际上，巴特的理论总体上说具有更多的连贯性和辩证矛盾性。尽管他与诸多庇护性的学说具有因缘关系，但巴特对那些学说的信服只是表面上的。归根结蒂，所有那些思想理论都将被扬弃。巴特的最后一部作品是对自己理论的一种阐释。他说，《罗兰·巴特》这本书是对他自己思想的抵制，是对自身权力的摧毁。1977 年，在法兰西学院就任文学符号学讲座教授这个他一生中最显赫的职位的就职演说中，巴特很有特色地论证了一种温和的思想权威。他称颂教学是一个宽容的而不是强制性的领域，那里人们可以松弛下来，缓和矛盾并自由定位。

巴特在结束《写作的零度》时曾把语言本身称之为欣快配

方中的“乌托邦”，而现在，语言本身作为“权力”的另外一种形式却遭到了攻击。正是为了努力传达他对语言即“权力”这一方式的敏感性，巴特在法兰西学院讲座中引用了立即令其声名远扬的那个夸张说法：即语言的权力就是“不折不扣的法西斯主义”。巴特要宣扬后革命的，可又是自相矛盾的自我主义——他肯定个人不懈努力是一种颠覆性行为的概念，就必须要假定社会是由单一的意识形态和压抑的神秘事物所统治的。这是对审美态度的一种经典拓展，使审美态度成为了一种政治，一种极端个人主义的政治。愉悦在很大程度上被等同于未经许可的愉悦；而个人主张的权利则被等同于非社会自我的神圣性。在巴特后期的作品中，抗议权力的主题以一种越来越个人化的经验（盲目迷恋等）定义和对思想的玩笑式定义等形式出现。在后来的一次访谈中，巴特说，“最大的问题是要击败所指物，击败法律，击败父权，击败被压抑事物，不是说毁灭它们，而是要击败它们。”唯美主义者对于超然态度及超然态度之自私的理想造成了一种激情洋溢，堪称入迷的投入状态：这就是热情和神魂颠倒的自私性。（王尔德谈及过他身上有种“热情和冷漠的奇怪混合……我会宁可为追求一种激情而走上火刑架，即使死也要做一个怀疑论者”。）巴特不得不满怀激情地不断肯定唯美主义者的超然，而又要不断诋毁它。

和所有伟大的唯美主义者一样，巴特很擅长采取这样的两面态度。因此，他既把写作等同于和世界形成的一种宽宏大量的关系（写作作为“永久性的生产”），又等同于一种挑衅的关系（写作作为权力范围以外的“一种永久性的语言革命”）。他既想要得到一种政治，又想要得到一种反政治，想要和世界形成一种批判性的关系，一种不受伦理道德观念所限制的关系。唯美主义的激进思想是一种有特权的，甚至是充实意识的激进思想——然而仍然是一种真正的激进思想。所有真正的伦理观点都是建立在一种拒绝的观念之上的，而唯美主义的观点，尽管可能是墨守成规的，仍确实为最终的拒绝提供了某种具有潜在力量的（而不仅仅是优雅的）基础。

唯美主义的激进思想将是多重性的，形成多重性的认同，充分展现个人的特权。巴特的作品——他声称写作时走火入魔——包括连续性和迂回法，观点的积累，以及最终这些重负的解脱：这是一种进步和反复无常的混合。对于巴特，自由是包括保持多样性，流动性和理论活跃的一种状态，这种状态的代价则是不确定性、担心、害怕被人当作冒名顶替者。巴特所描述的作家自由从部分意义上说就是逃逸。作家是其自我的代言人——在被作品定格下来之前，自我永远是在逃逸，就像人的头脑在不断逃脱教条。“说话的人不等于写作的人，写作的人不等于人的真正自我。”巴特总想往前走——这就是唯美主义敏感性的迫切任务之一。

在他整个作品中，巴特都把自己投射在写作主题之中。他就是傅立叶，不受罪恶感的影响，远离政治那种“必要的荡涤”，他认为政治“令人作呕”；他就是文乐木偶剧里的木偶：非人格化，难以捉摸。他就是纪德：永葆青春的作者（永远年轻，永远成熟）；作为以自我为中心的作家是“共时性生物”或具有多重渴望的洋洋自得的物种。他是自己所赞赏的所有主题中的主题（他必须如此做的理由恰恰是可以跟他为自己定义和设立标准的方案有关联）。从这种意义上来说，巴特的大部分作品现在可以算作他的自传性作品。

最终，他的作品成为了名至实归的自传。对于个人和自我的勇敢反思是他晚期作品和讨论会的核心。巴特的大多数作品，尤其是后期的三部以失去为沉重主题的书，为他的感觉论（以及性）——即他的情调以及感受世界的方式——做了坦诚辩护。这些书也是巧妙的反自白式作品。《明室》是一本超小说，是对一本更为个人化的自传体作品的反思，在后一本书里他打算写他于1978年去世的母亲，但后来又搁下了。巴特从现代主义写作模式出发，这种模式优越于任何意图或仅仅是表达力的想法，这就是面具。瓦莱里坚持说，“作品不应该向受它影响的读者提供能够归纳为作者个人看法和思想的某种理念。”[①]可是这种对作品非人格性的承诺并没有排除对自我的宣扬；这只是自我审视方案的另外一种变体——法国文学中的最崇高方案。瓦莱里提出了一种自我吸收的理想形式——即非人格化和客观的。卢梭提供了另一种理想形式——充满了激情，并坦率承认其弱点。巴特作品的许多主题存在于法国文学文化的经典话语之中：如它对优雅抽象的品味，尤其是对情绪作形式分析的品味；对单纯心理学的藐视，以及对非人格化的献媚（福楼拜宣称“包法利夫人就是我自己”，但在信札中坚持维护他小说的“非人格化”特征，即它与他自己没有什么关联）。

在由蒙田开创的伟大国家文学计划中，巴特是最近一位主

① 这种有关写作应该是一种非人格化或缺失的形式的现代主义宣言可以解释巴特为什么在考虑一本书的时候要消灭“作者”的行为。（他在《S/Z》一书中所使用的方法：一种阐释范例就是将巴尔扎克中篇小说视作一个没有作者的文本。）作为批评家，巴特所做的事情之一就是为读者阐释一种现代主义的代表作家（福楼拜、瓦莱里、艾略特）的总纲领。另一件事就是在实践中跟这种代表作家叫板——因为巴特的大多数作品都正是为了彰显个人特点的。

要参与者，该计划将自我视为天职，而生命就是对自我的解读。事业把自我解释为所有可能性的载体，劲头十足，不畏惧任何冲突（不必失去什么，所有都可以得到），并将运用意识解释为生命的最高目的，因为只有具备完整的意识，人才可以有自由。有鲜明法国特征的乌托邦传统就是意识超越被救赎和找回的现实这一幻象，把心智的生活视为充满渴望的生活，具有完备智力和欢乐的生活这一幻想——这与德国和俄国文学中具有高度伦理严肃性的传统具有很大的不同。

巴特的作品最后必然会以自传结束。在一次研讨会上巴特曾经说过，“一个人必须选择是成为恐怖分子，还是成为个人主义者。”这种选择是很有法国特色的。思想上的恐怖主义是法国一种核心而受尊敬的思想实践形式——它受到容忍，被人开玩笑，并且得到回报：这就是有关无情断言和厚颜无耻的意识形态倒转的“雅各宾”传统[①]，是不断做出判断，发表见解、诅咒和溢美之词的训令；采取极端立场，然后又随意逆反的情趣和有意挑衅的品味。与此相比，自我主义又是多么的谦恭！

巴特的声音不断地变得更为亲近，主题也更加具有精神性。对于他自己风格（对此他并没有“译解”）的肯定是《罗兰·巴特》这本书的主题。他描写了身体、品味、爱和孤独；性爱的颓败；以及最后的死亡，或者可以说欲望和死亡：这是他论摄影的那本论著中不可分割的两个主题。就像在柏拉图式

① 雅各宾传统源起于雅各宾俱乐部（Jacobin Club），该俱乐部的正式名称为宪政之友社，它是法国大革命中最著名的政治团体，后来与极端平均主义和暴力密不可分，1793 年夏开始，随着革命专政建立，地方上的雅各宾俱乐部成了恐怖统治的工具。——译者

的对话中一样，思想者（作者，读者和老师）和情人——即巴特自我的两个主要形象——是联系在一起的。当然，巴特文学中的性爱其意思更加平实，尽可能地表达了字面意义（文本进入，填充，赐人以欣悦）。可说到底，巴特毕竟是相当柏拉图式的。《恋人语录》显然是用一次失望的爱情故事为原型，其中的独白以典型的柏拉图式的精神幻象结束，较低级的爱转化成较高层次和内涵更丰富的爱。巴特宣称他“想要揭开面具，不再解读，而是把意识本身变成一种迷药，从而进入一种难以回复的现实的景象之中，进入清晰可见的伟大戏剧之中，进入预言式的爱情之中。”

当他摆脱了各种理论之后，他便不再看重烦琐复杂的现代主义标准。他说，他不想在自己和读者之间设置任何障碍。最后一部作品既是（关于他母亲）的一部回忆录，又是对性爱的反思；既是有关摄影图像的论文，同时也是死亡的祷文——这是一本关于虔诚、顺从和渴望的书，摒弃了某种光辉，观点本身也是最简单的。摄影术的主题对于形式主义品味的苛求来说是一种大豁免或者释放。在选择论述摄影时，巴特趁机采取了最温和的现实主义态度：摄影是由于其艺术本身而令人入迷。而且摄影作品有可能唤醒对进一步解剖自我的渴望。（“看着某些照片，”他在《明室》里写道，“我就想要成为一个没有文化的原始人。”）苏格拉底式的可爱和迷人变得更加明显，也更为绝望：写作就是一种拥抱，一个被拥抱的生命，每个想法都在向外伸展。在作品中他的想法和本人都给人以一种分解的感觉——他对所谓“细节”越来越多的迷恋便体现了这一点。在《萨德、傅立叶、罗耀拉》一书前言里，巴特写道，“假如我是一个作家，并已故世，我将会多么高兴地看到某个友善而公正的传记作者努力把我的一生表现成一些细节，一些偏爱，一些曲折变化形式等所谓‘传记元素’，这些元素的清晰特征和灵活性可能会超越任何命运的界限，并且就像伊壁鸠鲁的原子那样，会接触到某个未来的躯体，注定要同样散射开来。”甚至从自身死亡的角度看，都有一种接触的必要。

巴特后来的作品充满了信号，表明他已经走到某件事情的尽头——即作为艺术家的评论家事业的尽头，并且正寻求成为另外一种作家（他宣布了他想要写小说的意愿）。作品中还竭力宣称他自身的弱点和绝望。巴特越来越倾向于一种认为写作类似于神性放弃（*kenosis*）的神秘观点。他承认，不仅是体系——他的思想正处于一种融合状态——而且作品中的“我”也必须被拆散（真正的知识，巴特说，有赖于“我”的暴露）。缺失的美学——空的符号，空的主题，意义免除——都是人格解体这一伟大计划的征兆，显示了唯美主义者优雅品味的最高姿态。在巴特的作品行将结束之时，这种理想以另一种曲折形式出现了。人格解体的精神理想可能是每一个严肃的唯美主义立场的特殊终结（想一想王尔德和瓦莱里）。这正是唯美主义者观点自我解构的要点，随之而来的便是寂静——或是转变。

巴特蕴藏的精神追求得不到他唯美主义立场的支持。所以他必然要超越这种立场，就像他在最后的作品和教学中所做的那样。他最终扬弃了缺失美学，并将文学看作是主观与客观的相互拥抱。于是便出现了一种柏拉图式的“智慧”幻象——当然，在这种幻象中也糅合了一种世俗的智慧：如对教条的怀疑态度，对愉悦的真诚期待，对乌托邦理想的渴求。至此，巴特的性情、风格和鉴赏力都已经完成了各自的发展。而正是从这一高度，他的作品现在似乎逐渐开始表露在读者面前，其优雅、辛辣和思想力度远远超过了任何一个同时代的人。其唯美主义鉴赏力，对思想探索的投入，以及抵触和转换的技巧，无不蕴含着相当可观的真理——那些都是巴特体验，评价和阐释世界的“后期”方式，也是他在这个世界中生存，获取力量，寻找慰藉（但最终却没有找到），享受乐趣，表达爱情的“后期”方式。

[1982]

（沈弘、郭丽　译）

瓦尔泽的声音

罗伯特·瓦尔泽是二十世纪重要的德语作家之一，以他幸存的四部小说和短篇散文而著名。我本人最欣赏的是写于1908年的第三部小说《好人雅可布》。他的短篇散文乐感很强，而且文笔流畅，很少受故事情节的束缚。任何力图把瓦尔泽介绍给公众并需要进一步研究他作品的人，都可以找到大量的著名作家来跟他进行比较。他就像是散文中的保罗·克利[①]——像幽灵那样精明和狡猾。他也像是斯特维·史密斯[②]和贝克特之间的交叉点：一个诙谐而又甜美的贝克特。正如现时的文学不可避免地在重塑以往的文学，我们会情不自禁的把瓦尔泽看作是克莱斯特及其崇拜者卡夫卡之间一个缺失的环节。(当时更有可能是通过瓦尔泽的棱镜所观察到的卡夫卡。瓦尔泽同时代人中的另一个仰慕者罗伯特·穆齐尔[③]，在初次读完卡夫卡之后，就宣称卡夫卡是“瓦尔泽类型的一个特例”。）在阅读瓦尔泽单声部的短篇散文时，我获得了类似于我在莱奥帕尔迪的对话和短剧（这位伟大作家成功的短篇散文体裁）中所体会到的快乐。瓦尔泽故事和随笔中多样式的人物心态，它们的典雅和不可预知的长度，都使我想到大量存在于日本古典文学中自由的第一人称体裁作品：枕边书、诗体日记、“休闲随笔”。但凡是真正喜欢瓦尔泽的人都会想要忽略人们为了作这类比较而撒在他作品之上的那张网。

无论在长篇还是短篇散文中，瓦尔泽都是一个微型图画家，传播着反英雄的、有限的、卑微的和渺小的主张——仿佛这是他对冗长作品的敏锐感觉的反馈。瓦尔泽的生活阐明了一种抑郁性情的焦躁不安；他对于停滞不动，以及时间的延续方式，怀有一种令人沮丧的迷恋。他形容枯槁，一生中花费很多时间试图将时间变为空间：他的散步。他的作品与性情抑郁者对于无穷尽的可怕幻觉有关：文本中充斥着各种声音——自言自语，相互交谈，说东道西，喋喋不休。举足轻重者被当作一种芝麻绿豆般的事物来救赎，智慧则被视为是一种羞涩而勇敢的饶舌健谈。

瓦尔泽艺术的伦理核心是对权力和统治的拒绝。我很普通——即我什么也不是——这就是瓦尔泽笔下典型的人物角色。在《花日》中，瓦尔泽招来了一群“缺乏个性的怪人”，他们并不想做任何的事情。在瓦尔泽散文中反复出现的“我”是自我主义者的对立面，即那种习惯于“俯首听命的人”。人们知道瓦尔泽对成功所怀有的厌恶——他的一生中充满了无数次巨大的失败。在《基那斯特》中，瓦尔泽描述了一个“一无所求的人”。当然，这个非行动者（non-doer）是一个自傲而极其高产的作家，他的许多作品都是不间断地书写在他惊人的

---

① Klee, Paul (1879—1940)，瑞士画家，其绘画和理论对二十世纪现代派艺术有重大影响。——译者

② Smith, Stevie (1902—1971)，英国女诗人，其作品表现出一种独特而喜爱幻想的性格。——译者

③ Musil, Robert (1880—1942)，奥地利-德意志小说家。以他未完成的巨著《没有个性的人》著称。——译者

微型手稿之中。瓦尔泽所谓的无行动、放弃努力和消极无为实际上是一套有关艺术家创作行为的和反浪漫主义的计划方案。他在《漫笔》一文中评论道，“我们没有必要从平凡中觉察到什么。我们所看到的就已经足够多了。”

瓦尔泽经常从一个受害者的角度来描写一个浪漫主义的幻觉。《克莱斯特在图恩》既是作者的自画像，也是对一位注定要自杀的浪漫主义天才作家心路历程的权威诠释，作品描绘了瓦尔泽所亲身经历过的悬崖边缘。该作品最后一段中撕心裂肺的变调叙述是我所了解的文学中最惨烈的精神毁灭。但是他的大部分故事和笔记都将主人公从毁灭的边缘带回到了清醒的意识。他仅仅是在“温文尔雅地开开玩笑而已”，瓦尔泽在《局促不安》一文中以第一人称的口吻让我们放心。“牢骚，牢骚，人们一定会有的，而且人们一定要有勇气去面对它们。这才是最好的生活方式。每一个人都不应该害怕自己的怪异心情。”《散步》是瓦尔泽最长的一篇小说，作者把散步视为充满诗意的游动和带有“自由的狂喜”的一种超然性情；黑暗仅仅是在结尾才出现的。瓦尔泽的艺术将抑郁症和恐怖视作当然，其目的（在大多数情况下）是要接受现状——对它加以讽刺，并减轻其伤害。作品中跟重力有关的那些独白既引人发笑，又令人黯然神伤，无论在实际描写或性格刻画上均是如此：反重力的写作，赞颂运动、脱落和失重；描写意识在俗世间的漫游，享受“点滴的生活”，因绝望而回光返照。

在瓦尔泽小说（和许多现代艺术）中，人们总是在探索内心的世界，但这个宇宙——以及这种绝望——绝不是唯我论的。它充满了怜悯：意识到人生的动物性和悲哀的共有性。“我在思考什么样的人呢？”瓦尔泽的代言人在《一种言语》中这样问道。“是我，是你，是我们所有戏剧性的小角色，是根本不存在的自由人，是让人轻视的丧失自由的人，是那些从不错过任何笑柄的破坏者，还是那些孤寂凄凉的人们？”答案末尾的问号是瓦尔泽特有的礼节。瓦尔泽所擅长的正是最成熟和最文明的艺术。他的确是一个杰出的、让人心碎的作家。

[1982]

（张媛 译，沈弘 校）

丹尼洛·基什

丹尼洛·基什（Danilo Kiš）于 1989 年 10 月 15 日逝世，享年五十四岁。他的辞世中断了二十世纪下半叶全世界作家中最重要的文学旅程，令人扼腕痛心。基什于第二次世界大战爆发前几年出生在南斯拉夫边境地区（与匈牙利接壤的苏博蒂察市）。他父亲是匈牙利籍的犹太人（基什是匈牙利语的名字），死于奥斯威辛集中营；母亲出生在黑山农村，塞族人，信奉东正教。基什基本是在匈牙利和黑山长大，毕业于贝尔格莱德大学文学系并开始文学生涯，后来时常侨居海外，曾在法国授过课，后来长期任教巴黎，在那里他度过了人生的最后十年。基什的一生正值当时他所在的地区最黑暗的时期：纳粹的统治，对犹太人的屠杀以及后来苏联的占领。

1989 年基什死于癌症，这一年无疑是奇事迭出的一年，就在这一年，苏联极权统治在欧洲中部垮台了。十月中旬，一度看似坚不可摧的堡垒明显开始坍塌；三个星期之后，柏林墙被推倒。令人欣慰的是，他死前得知的都是好消息。身为公民（出身的“复杂性”让他更像是南斯拉夫人），他生前未能目睹这个多教派、多民族国家的分崩离析，未能目睹集中营和种族灭绝重新回到欧洲大地上他自己的祖国。这是英年早逝的他惟一能感到安慰的地方。他强烈反对民族主义的自负，憎恶塞尔维亚的种族法西斯主义，甚至超过对它所取代的第二个南斯拉夫[①]的新布尔什维克官僚作风的厌恶。如果他仍健在，很难想像他会对波斯尼亚的毁灭忍气吞声。

一位作家不因其所承受的历史或恐怖事件之严重而成就其伟大。但他所处的地理位置乃天生注定。基什作为一名作家，与生俱来的对作家地位的优越感和使命感是无可推卸的。基什生长在一个小国，那里的作家是举足轻重的，无论这是好事还是坏事，由不得个人选择，最有天赋的作家即是道德上有时甚至是政治上的立法者。这可能多半是件坏事；正是贝尔格莱德的著名作家为被称为种族清洗的塞尔维亚种族屠杀计划提供了思想理论依据。在当前大塞尔维亚帝国中未被流放的大多数塞族作家和艺术家沆瀣一气，更加彰显出反种族主义声音之微弱，而基什在这种声音中是最为英勇和雄辩的。就性格和精深的、超越民族限制的文学素养而言，基什本可选择一条远离政治、回避争斗的文学道路，然而基什在屡遭攻击之后不得已而采取攻势。第一场斗争是反对地方主义。这种地方主义所指并非微不足道的文学（因为前南斯拉夫曾培育出至少两位世界级的散文家，伊沃·安德里奇[②]和米洛斯拉夫·克尔莱扎[③]），而是由国家支持和奖励的文学。几乎从一开始，他就需要为自己的完全独创性和艺术上的大胆追求而战。但更为凶恶的攻击还

---

① The second Yogoslavia，指 1946 年由铁托领导成立的社会主义的南斯拉夫。——译者

② Andric，Ivo (1892—1975)，塞尔维亚-克罗地亚小说家，1961 年获诺贝尔文学奖。著有《德里纳河上的大桥》等作品。——译者

③ Krleza，Miroslav (1893—1981)，南斯拉夫小说家和剧作家。其代表作为戏剧三部曲《格莱姆巴伊老爷们》。——译者

在后头。

基什是个作家，但他首先是位读者。他喜欢在大图书馆里读书消遣、自得其乐，只是当创作的欲望难以遏制之时，才会屈身于写作，因此基什并非多产作家。他一生中著书九部，其中七部写于他二十七岁时的1962年和他四十一岁时的1976年之间。最早写就的是两部短篇小说：《阁楼》和《诗篇44》（出版于1962年；尚未译成英文）。第二部书《花园，灰烬》（1965）是一部长篇小说。第三部《栗树街的回忆》（1968）是一部小说集。第四部《沙漏》（1972）是一部长篇小说。第五和第六部是两本散文集，*Po-etika*（1972）和 *Po-etika* Ⅱ（1974）。第七部，《红木柄小刀》（1976）是一部同主题的小说集，而出版商称其为一部长篇小说。这部书是他在波尔多大学讲授塞尔维亚-克罗地亚语时写成的，而《花园，灰烬》是在斯特拉斯堡教书时写的。

到这个时候为止，基什越来越多的时间都是在国外度过的，尽管他自己不认为是被流放，也不认为自己是个“持不同政见的作家”，但他很明白，可称得上是文学的写作必与官方意志相悖。他的第七部书讲述了一组虚构的斯大林式的恐怖历史事件，这本书终于吸引了世界应予的注目。《红木柄小刀》在家乡贝尔格莱德同样遭受了长达七个月的批判。这场充满反犹意味的运动的核心是一项指控，即这部书是从一秘密书目中剽窃又经编辑而来。对此，基什无可选择，只能作出反驳。结果就写出了第八部书：《解剖课》（1978）。在书中基什为《红木柄小刀》一书所受的毁谤进行申辩，全面展示自己的文学谱系（即其文学风格）和这部作品的后现代或现代主义语言，还展现了作家的高风亮节所在。在此后的十年中，他只写了一部书，《死亡百科全书》（1984），这是一些互不关联的短篇小说集。

西欧和北美先后对《红木柄小刀》给予高度评价，普遍视其为来自“另一个欧洲”的持不同政见者的作品，并将他前期的著作译成几个重要的外国语种。基什本人也始受最高规格的文学会议约请，获领奖项，并有望获诺贝尔奖提名。成为国际知名作家的他难免频受采访。在被问及文学问题及不可避免地就故乡受难之事发表评论时，他的回答总是严厉尖锐、敢怒敢言，采访内容充实而精彩。报刊约他写的一些小文章，无不是引人动情的文学素材。基什生前最后十年中仅出版一部小说，但却作了那么多次的访谈，撰写了那么多的杂文和序言，确为憾事。依塔洛·卡尔维诺[①]和托马斯·伯恩哈德在二十世纪八十年代也销声文坛，基什与他们不同，他可能在小说方面尚未达到自己的巅峰状态。但仅就他业已完成的长短篇小说，就足以确立他与两位多产的年长作家同样的文学地位，亦即基什是本世纪下半叶无可争议的几位伟大作家之一。

基什的文学谱系十分复杂，他本人常常自称是博尔赫斯和布鲁诺·舒尔茨[②]之后，这显然过于简单化了。然而把一位见多识广的阿根廷作家和一位闭塞的小镇上的波兰犹太人结合在一起是合拍的。很显然，他把与外国作家的关系置于与本国塞尔维亚-克罗地亚文学界的关系之上。尤为甚者，博尔赫斯博学深邃，舒尔茨长于内心描写，此二人的结合也凸显了他的作品的双重性。奇怪的混合对基什的风格起重要作用。他的“混

① Calvino，Italo（1923—1985），意大利当代著名小说家。著有《树木中间的男爵》等作品。——译者

② Schulz，Bruno（1892—1942），波兰犹太作家。——译者

杂的”文学风格（这在历史小说《沙漏》和历史题材小说《红木柄小刀》中得到充分体现）赋予他探求真理和艺术之源以恰适的自由。最终，他可以在文学上选择自己的门第。但没有人会逼迫一位作家公开道明自己所宗何门何派。但基什却不得不公开声明。像所有沉湎于阅读的作家一样，基什对他人的作品迷恋有加。他的鉴赏才能也使他在同行中广结人缘，这一点在他的众多翻译作品中得到最好的体现，他曾把现代作家的多部法语、匈牙利语、俄语和英语著作译成塞尔维亚-克罗地亚语。在身居异国时，他的思想和工作如同在国内一样，虽然他远离了本国的文学圈子。他从未抛弃他们，他们却背弃了他。

1989 年基什在巴黎溘然长逝，贝尔格莱德的传媒发起举国哀悼。这位南斯拉夫文学的叛逆者从肉体上消失了。盖棺定论，一向心怀嫉妒、将他逐出文学界的平庸之辈自身的利益不再受到威胁，于是为他歌功颂德，随后又顺势（因南斯拉夫解体）摇身一变成为后共产党时代民族沙文主义体制下新的官方作家。诚然，基什深受每一位真正喜爱文学的人的敬仰，不管是在贝尔格莱德还是在其他任何地方。在前南斯拉夫，他最受尊崇的地方可能是萨拉热窝。我 1993 年 4 月第一次访问萨拉热窝时，那里文学界的人士并未过多地就美国文学发问，但对于我有幸与基什生前为友之事感慨良多。在萨拉热窝遭到围困之时，人们深深地思念基什。他在《解剖课》一书中反对民族主义的激情言论，成为人们最常引用的两个预言性文本之一——另一文本是安德里奇的小说《1920 年的一封信》。由于非宗教的多民族的波斯尼亚——南斯拉夫的南斯拉夫——被一族一国的新体制摧毁，基什比以往任何时候都更加广为人知。他是萨拉热窝当之无愧的英雄，这座城市在斗争中求生存的精神是欧洲的荣誉。

不幸的是，欧洲的荣誉在萨拉热窝已丧失殆尽。即使基什和反对民族主义、反对滋生于上层的种族仇视的作家同仁也无力拯救欧洲的荣誉，欧洲的高尚理念。奥登有一句话，即使伟大的作家也不能影响事件的发生，这种说法是不正确的。如今在世纪之末，许多事情处于终端，文学也遭到围困。丹尼洛·基什的作品维护了文学的荣誉。

[1994]

（于海江　译）

贡布罗维奇[①]的《费迪杜克》

先说书名吧。意思是……毫无意义。小说中压根儿就没有一个叫费迪杜克的人物。这只是开了个头而已，后面还有更多让人气愤的地方。

1937 年岁末《费迪杜克》出版时，作者年方三十三岁，它是这位伟大的波兰作家写的第二本书。他的第一本书名为《不成熟时期回忆录》，这个题目倒是很适合这本小说。也许贡布罗维奇就是因为这个原因而选用了一个没有意义的题目吧。

第一本书的题目曾遭到华沙评论界一窝蜂地抨击，觉得它听起来就好像贡布罗维奇是在假装漫不经心地抖搂自己丑事似的。那本书是一个短篇小说集（那些作品从 1926 年起陆续发表在一些杂志上）；其后的两年间，他又写了很多短篇小说，其中包括两个姊妹篇（《跑入费利多深处的孩子》和《跑入费利伯深处的孩子》）。后来他把这两篇短篇小说分别配上冗长的滑稽模仿序言，就像《费迪杜克》中的插曲。这期间，他还写了处女作剧本《艾佛娜公主》。1935 年，他着手创作长篇小说。难道那第一本离奇短篇小说集的题目真的似乎——他的原话——“取得很差”？现在他可是真的要挑衅了。他决定写一个史诗般的作品来为不成熟辩护。他在晚年时曾经宣称：“不成熟——多么折中、讨厌的词啊！——它变成了我的战斗口号。”

贡布罗维奇坚持使用“不成熟”（而非“年轻”）一词，这是因为它给人以缺乏吸引力和“劣等”（他的另一关键词）的联想。他在小说中所描绘和认可的并不是像浮士德那种想要重返年轻时光辉岁月的渴望。一天早晨，年届三十的青年一觉醒来，想到自己的一生和所从事的事业一无是处，顿生恼怒。他被老师诱拐，带到了乳臭未干的小学生中间。这一经历对他而言是一种耻辱和堕落。

贡布罗维奇从一开始写作就决定选用一种近乎于“癫狂、愚昧、荒谬”的“荒诞古怪，而又异乎寻常的风格”。也许在贡布罗维奇看来，激怒一个人就等于征服了他。我思故我斗。在二十世纪三十年代，这个一心想在华沙文学界崭露头角的年轻人早已成为作家咖啡馆中的谈资，他们津津乐道贡布罗维奇狂妄的鬼脸和姿态。在写作中，他希望呈现给读者的故事也同样狂野。夸张和癫狂，这就是不依不饶的叙述产物。

然而，贡布罗维奇动手写这部小说时，也许根本没有想到结果会是这个样子。“我记得很清楚，”贡布罗维奇在去世的前一年，即1968年，还这样宣称（他真是回想起来的吗？还是想卖弄他的传奇故事？）：

> 我当初动笔写《费迪杜克》时，只是想写一篇尖刻的讽刺小说，以此来挫败我的仇敌们。但我的笔很快就不听我使唤了，犹如上了嚼子的马似的，自己冲着疯狂的境地

① Gombrowitz，Witold（1904—1969），波兰小说家，本文主要讨论的《费迪杜克》是其著名的代表作品。——译者

直奔而去，怎么撵也撵不上。我只好把小说的开头部分重新写过，好让它跟后面部分的怪诞风格保持一致。

然而，（我怀疑）问题不在于小说的前几章需要进一步加强疯狂的力量，而是贡布罗维奇没有料到自己的故事会承载这么多关于性爱本质、关于文化（尤其是波兰文化）和关于理想的内容。

《费迪杜克》开篇讲述主人公被骗到一个梦幻般的荒谬世界，那里的一切都倒了个儿：大的东西在那儿是小的，小的东西倒出奇地大：例如半空中巨大的臀部。与刘易斯·卡罗尔①为一个小女孩编出来的那个童话世界不同，贡布罗维奇的变形奇境充满了欲望：

> 黑暗中一切都在扩张。在膨胀和变宽的同时，也在收缩和拉紧，躲避着某种东西，无差别或有选择地剔除着，有凝聚作用的压力与有压力的凝聚，千钧悬于一发，转变成另一种东西，变形，接着——落入一种累积的、高耸的系统，就像在一块狭小的木板上竖起了六层高楼，伴随着所有器官的兴奋。痒痒的感觉。

在《爱丽思漫游奇境记》里，一个孩子掉进了一个无性的地底世界，那里的人们自有一套稀奇古怪而又冷酷无情的逻辑。在《费迪杜克》中，那个变回小学生的成人发现自己可以重新像孩子那样自由自在地惹是生非、坦白自己难以启齿的欲望。

---

① Carroll, Lewis（1832—1898），英国数学家、逻辑学家、摄影家和小说家。著有《爱丽思漫游奇境记》等作品。——译者

小说以诱拐始，也以诱拐终。第一次（由平科教授施行的）诱拐把主人公带回真实的，即难以驾驭的情感和欲望。第二次诱拐则使主人公暂时变回了所谓的成人：

> 万一有人看到我站在黑暗的门庭里，我该怎么解释自己的越轨行径呢？我们怎么会走在这种崎岖异常的道路上？正常就是在异常的深渊上走钢丝。在日常秩序中包含着多少潜在的疯狂——不知何时你就会给逼得去绑架一个农夫，带着他逃遁到荒郊野外。要绑也得绑佐西娅，把佐西娅从庄园里拐出来，这才是正常和合理的事，要绑就得绑佐西娅，而不是这个愚蠢、白痴似的农夫……

《费迪杜克》堪称是迄今描写性欲最爽和最直接的一部小说——可书中却没有一处涉及描写性交场面。当然，小说从一开始就充满了性爱的意念。在臀部、大腿、小腿的喧闹声压倒了社交客套话的氛围下又有谁不会发生共鸣呢？大脑命令这样做，或希望这样做。臀部统治一切。

后来，贡布罗维奇称这部小说为小册子。他还称其为是对伏尔泰风格的哲学故事的拙劣模仿。贡布罗维奇是二十世纪超级辩手之一——“在鸡毛蒜皮的事情上也要唱反调，”他宣称，“这是当今艺术的首要因素”——而《费迪杜克》则是一本闪烁着思想火花的小说。这些思想让这本小说有了分量和翅膀。

贡布罗维奇雀跃，咆哮；威吓，嘲弄；但他对于自己的重新评估工程、对崇高“理想”的批判也是完全认真的。《费迪杜克》是我所知为数不多的尼采风格小说之一；当然它也是独一无二可以担当得起这个称谓的喜剧小说。（相比之下，黑塞[①]那篇动人的幻想小说《荒原狼》则显得过于感伤。）尼采痛感由基督教撑腰的奴隶思想之盛行，号召人们起来推翻腐朽的理想，创造新的上乘艺术形式。贡布罗维奇断言“人性”需要缺憾、不完善和卑劣的青春，他自称是精通于描写各种低劣行为的专家。将粗野的青少年时期视为拯救体面的成人生活的一剂猛药，似乎过于激进，但贡布罗维奇正是这么认为的。“堕落成了我不变的理想。我崇拜奴隶。”这仍是一项尼采式的还原和揭露工程，伴随着二元论欢快的双人舞：成熟对不成熟、整体对局部、衣冠楚楚对赤身裸体、异性恋对同性恋、完整对不完整。

贡布罗维奇欣然展示了高雅文学现代派（后被贴上“后现代”的标签）所运用的多种背离传统小说创作的手法：最引人注目的就是故事叙述者都是喋喋不休、爱管闲事的人，陷于矛盾情绪之中无法自拔。滑稽逐渐变成了悲怆。在不自我夸耀时，他就变得很可怜；在不装疯卖傻时，他就显得脆弱而自怜。

不成熟的叙述者必然是一个坦白的叙述者；他甚至会把通常隐去不说的东西拿出来炫耀。然而他却不是一个“真诚的”叙述者，因为类似于真诚这样理想化的东西在那个充满坦白与挑衅的世界里是毫无意义的。“真诚在文学世界毫无用武之地……我们越是矫揉造作，距离坦诚就越近。矫揉造作使艺术家得以窥见不体面的真相。”至于他那著名的《日记》，贡布罗维奇说：

---

① Hesse，Hermann（1877—1962），德国小说家、诗人，著有《荒原狼》、《德米安》等作品。——译者

你读到过“真诚”的日记吗？所谓“真诚”的日记其实是最骗人的……而且，从长远来看，真诚是多么令人乏味的东西！它毫无用处。

那又如何？我的日记必须是真诚的，但它却不可能真诚。我该如何解决这个难题呢？词语这种不确切和文过饰非的东西幸好有一个特性：它近乎真诚，这不是说它所坦陈的内容，而是就它所标榜和追求的东西而言。

因此我不得不避免把自己的日记变成坦白的供认。我得用行动，用我把自己以某种方式强加给读者的决心，用我在众目睽睽之下创造一个自我的欲望，来展现自己。“我想让你以为我是这个样子的”，而非“我就是这个样子的”。

不过，尽管《费迪杜克》情节离奇，读者还是能一眼看出主人公及其渴求其实就是作者本人个性与异常心态的折射。作者安排乔依·科瓦尔斯基（主人公兼叙述者波兰语名字的音译）当作家——主人公还写了一本失败的、饱受讥讽的短篇小说集，对了，题目就叫《不成熟时期回忆录》——贡布罗维奇倒想看看，有哪个读者敢不联想到小说作者本人。

这是一位梦想摆脱自己身份及附属特权的作家。一位幻想通过诱拐回到青春年华的作家；以此来逃避成年人可预见的命运（在书中表现为离开那个自己所处的世界）。

接着幻想变成了现实。（很少有作家能像他那样，一生为命运所左右）三十五岁那年，就在1939年9月1日这个灾难的前几天，贡布罗维奇意外地受到驱逐，来到远离欧洲的“不成熟的”新大陆。真实生活中的这一变化对于他来说，就像小说中三十岁的男人忽然变成小男孩一样可怕。他束手无策，无以维持生计，人们对他没有任何期望，因为没人知道他是干什么的，他终于得到了一个可以丢弃自己的千载难逢的机会。在波兰，他是出身名门的维托尔德·贡布罗维奇，著名的“先锋派”作家，写过一本被很多人（包括他朋友，同时期波兰另一伟大作家，布鲁诺·舒尔茨）奉为经典的书。在阿根廷，他写道，“我什么都不是，也就什么都干不了。”

要是没有在阿根廷生活的这二十四个年头（其中很多日子都是在贫困中度过的），简直无法想像贡布罗维奇会是现在这个样子。他把阿根廷视为磨炼自己幻想、勇气和自尊的对象。他离开波兰时，正当壮年；而当他回到欧洲（但再也没去过波兰）时，已年近花甲，六年后，他在法国南部溘然长逝。与欧洲的隔绝并非使贡布罗维奇成为作家的主要因素：这个在流放前两年就出版了《费迪杜克》的人早已奠定了一位文学艺术家的名声。是机缘巧合，让他验证了自己在小说中写过的那些际遇，并指引他写出了后来那些富有感染力的非凡作品。

离乡背井的痛苦经历——贡布罗维奇确实觉得痛苦——磨炼了他文化批判的敏锐感，这在《日记》中就有记述。他的《日记》——英文版分为三卷，全然不是什么“私人”日记——可被当成自由体小说、后现代的先锋派作品来读；也就是说，受到类似于《费迪杜克》那样打破常规的计划启迪。在人们折服于作者惊人的天赋和敏锐的才智时，也有传言说作者不甚可靠，议论他的种种缺点和让人难堪的地方，甚至还指责他野蛮和粗鄙。贡布罗维奇认为自己受到了三十年代十分活跃的布宜诺斯艾利斯文学界的轻视，因此他对其进行了抵制，但他同时也认识到这儿的文坛中有一位毋庸置疑的伟大作家，所以贡布罗维奇宣称自己与博尔赫斯“截然相反”。“他深深地植根于文学中，而我却植根于生活。说实话，我是反文学的。”

就好像是为了附和（浅薄地附和）贡布罗维奇完全出于自身考虑的文学理念之争，现在很多人都把《日记》看成贡布罗维奇最伟大的作品，而不是《费迪杜克》。

没人会忘记《日记》那个著名的开场白吧：

星期一

我。

星期二

我。

星期三

我。

星期四

我。

在确定了上述体例之后，贡布罗维奇才在星期五的日记中写下了自己对刚刚从波兰报纸上读到的一则消息的敏锐思考。

贡布罗维奇试图用他的自我中心来引起读者的愤慨：一个作家必须时刻捍卫自己的疆界。但作家也不得不放弃自己的领土，而贡布罗维奇争辩说，自我中心是获得精神和思想自由的前提。从“我……我……我……我”的声音之中，人们可以听到这位孤独的流亡者在嘲弄“我们……我们……我们……我们”。贡布罗维奇从没有停止与波兰文化的论战，质疑它顽固的精神统一（通常称为浪漫主义）和波兰作家对为国捐躯和民族身份的迷恋。他在文化与艺术领域充满睿智与活力的观点，他对波兰人的虔诚的不懈挑战，他的滔滔雄辩——这一切使他成为过去的半个世纪中波兰最有影响力的散文作家。

波兰在历史上经历了很长的外国占领时期，而波兰文化在整个欧洲文化中一直处于边缘地位，它所关注的焦点也与西欧国家截然不同——正是这些因素帮助这个不幸的流亡者在多年近乎与世隔绝的写作生涯中挺了过来，这恐怕连他自己也没有料到。他勇敢地着手从自己在阿根廷所遭遇的无依无靠的境遇中挖掘出深刻和解放性的意义。流放考验和拓展了他的写作才能。他对民族主义者的虔诚和沾沾自喜现象的不满日益加深，使得他成为世界文学领域里的顶尖人物。

距《费迪杜克》写成已过去了六十多年，贡布罗维奇当年嘲笑的波兰式的专门目标现在大多已不存在了。它们与贡布罗维奇生于斯、长于斯的那个波兰一起消失了——在历次战争、纳粹占领、苏联统治（禁止他再踏上故土半步），以及 1989 年后的消费风潮中被破坏殆尽。同样过时的是他关于成年人总是号称自己已经成熟的假定：

> 在与他人的交往中，我们希望自己有教养、胜人一筹、成熟稳重，于是我们使用成熟的语言，而且谈一些美、善、真之类的话题。但事实上，私底下我们只感觉力不胜任、尚未成熟……

这种看法好像来自另一个世界似的。现在人们不可能用美、善、真之类夸夸其谈的词来掩饰令人难堪的力不从心的局面。

成熟、教养、智慧等欧洲式理想已稳步让位于美国推崇的永远年轻。对文学及其他“高雅”文化形式的怀疑，把它们视为精英文化或反生活的东西，这正是受娱乐价值支配的新兴文化出现的根源。对自己异常的性需求的轻率现已成为公众娱乐业的常规的（如果不是强制性的）推动力。号称喜欢“劣等事物”的人会说，那东西本来就不低劣；相反，是高级的。贡布罗维奇当年曾驳斥过的那些为人们津津乐道的观点，现在几乎全都失了宠。

那么《费迪杜克》还能激起人们的愤慨吗？还那么让人难以容忍吗？除了小说中带有厌恶女性心理的刻薄言词外，也许回答是否定的。它仍然显得放纵不羁、才华横溢、令人不安、无畏、有趣……奇妙吗？不错。

贡布罗维奇是个精心维护自己传奇形象的人，因此当他号称成功地躲开了各种形式的伟大时，他既说了真话，也没有说真话。但无论他是怎么想的，或者说他想要我们以为他这样想的，当一部杰作问世以后，总会带来某种不可避免的后果，并最终得到世人的认可。二十世纪五十年代末期，《费迪杜克》终于（幸运地得到了赞助）被译成法文，贡布罗维奇也终于被“发现”了。他所追求的不过就是这种成功；这种打败真实及想像出来的对手和恶意诽谤者的快意。但作为奉劝读者尽力避免表达自我，捍卫自己的所有信念，不要相信自己的感觉，尤其不要把别人对自己的描述当成真实自我的一个作家，贡布罗维奇肯定会坚持说，他并不等于那本书。实际上，他得比它差才对。“作品被改造成文化，在空中翱翔，而我还待在地面上。”就像小说最后，主人公不太情愿地飞向正常世界那样，《费迪杜克》已经飞向了文学领域的最高峰。它对于企图把欲望正常化的所有尝试的绝妙讽刺万岁……伟大文学作品的深远影响万岁。

[2000]

(王晓霞　译，沈弘　校)

《佩德罗·帕拉莫》

“我来到科马拉，因为有人告诉我，我的父亲，一个叫佩德罗·帕拉莫的男人，住在这里。这是我的母亲告诉我的。我曾向她起誓，在她死后便动身去找他。我紧握她的手，表示我一定会这样做。在她濒临死亡的一刻，我可以答应她任何事情……”读着胡安·鲁尔福[①]的《佩德罗·帕拉莫》的开头，就像阅读克莱斯特的中篇小说《米夏埃尔·科尔哈斯》和约瑟夫·罗思[②]的小说《拉德茨基进行曲》一样，我们已经知道自己被一位叙事大师掌控在手心。这些深具蛊惑力的句子，如童话的开场白一般扣人心弦，简洁而又直接地将读者引入小说之中。

然而小说简明扼要的开头不过是其第一个步骤而已。实际上，《佩德罗·帕拉莫》的叙事手法要远比最初看到的更为复杂。小说的预述——死去的母亲将她的儿子送到了这个世界，儿子开始寻找他的父亲——逐渐演变成为地狱间一场多声部的重唱。小说中叙述的故事发生在两个世界：现在的科马拉，即文中的“我”，胡安·佩莱西亚多，所要去的地方；以及往昔的科马拉，一个留在他母亲记忆中的村庄和佩德罗·帕拉莫年轻时生活过的地方。故事线索就在第一人称和第三人称、过去和现在之间来回穿梭。（伟大的小说不仅仅只是用过去时态来讲述故事，而是这些故事都跟过去有关。）往昔的科马拉是个活人居住的村庄。现在的科马拉则被亡灵所占领，胡安·佩莱西亚多到达科马拉时将遇到的人全部都是幽灵。在西班牙语中，Páramo（帕拉莫）意为荒芜的土地、荒原。不仅仅叙述者要寻找的父亲已经死去，就连村子里所有其他人也都如此。作为死人，他们除了本质，无法表达其他的东西。

“我这一生中寂静的时间太多了，”鲁尔福如是说，“我的写作也同样如此。”

鲁尔福曾经说过，在他确定如何写作《佩德罗·帕拉莫》之前，曾在心里酝酿了很长时间。往往是写了数百页之后，然后又将它们丢弃——他曾把写小说称作排除法练习。“写作短篇小说的实践使我得到了修炼，”他说道，“并让我明白需要让自己消失，以便让我塑造的人物角色有随意说话的自由，这似乎造成了我的作品结构松散。是的，《佩德罗·帕拉莫》确实有一个叙事结构，然而这个结构是由寂静、悬念和删减的场景所组成，小说中所有的事情都是在同一时刻发生的，也就是说没有时间。”

《佩德罗·帕拉莫》是一部传奇般的小说，它的作者也成为了一个传奇。鲁尔福于1918年出生在哈里斯科州的一个村庄里，十五岁时来到墨西哥城，在大学学习法律，同时开始写作，但直到三十年代末期才开始出版作品。他最初的一些短篇

---

① Rulfo, Juan（1918—1986），墨西哥小说家，在拉丁美洲“魔幻现实主义”派小说发展中占有重要的地位。《佩德罗·帕拉莫》是其代表作。——译者

② Roth, Joseph（1894—1939），新闻记者和小说家，《拉德茨基进行曲》是他的代表作。——译者

小说刊登在四十年代的杂志上，1953 年才出版了一本短篇小说集。该书题为《烈火平原》，其英译名为《烈火平原及其他故事》。《佩德罗 · 帕拉莫》是在此两年之后出版的。这两本书奠定了他在墨西哥文坛上史无前例的独创性和权威性。宁静（或守口如瓶）、谦恭、挑剔、博学，完全没有任何架子，鲁尔福是一个根本不被别人所注意的人，而且他挣钱养家的途径与文学全无任何联系（他做过多年汽车轮胎推销员的工作）。他结婚生子，大多数晚上都是在读书（“我在书中漫游”）和听音乐中度过的。与此同时，他的盛名无以复加，备受后辈作家的推崇。一位作家年届不惑才出版自己的最初作品是一件很稀奇的事，更为稀罕的是这些作品一经出版，便马上被尊为杰作。而最令人叫绝的是这位作家终其一生，再也没有出版过别的作品。从六十年代末期开始，鲁尔福的出版商便一再宣称有一部叫做《山脉》的小说即将付梓，但在作家于 1986 年去世的前几年，鲁尔福亲口宣布他已经销毁了这部小说。

每个人都在询问鲁尔福为什么不再继续出书，似乎作家生命的意义就在于不断地写作和出版。实际上，作家生命的意义就在于创造一部伟大的作品——也就是一部经世之作——鲁尔福已经做到了这一点。一部作品如果经不起反复阅读的话，那它就不值得一读。加西亚 · 马尔克斯说过，在他发现了《佩德罗 · 帕拉莫》之后（与卡夫卡的《变形记》一起，这本书是他写作生涯初期所阅读过的最重要作品），他便可以大段地背诵，最终能够默诵全书。他是如此地崇拜和沉迷于这本书。

鲁尔福的小说不仅仅是二十世纪文学中的一部杰作，而且也是二十世纪影响最大的书籍之一；实际上，无论怎么高度评价它在过去四十年中对西班牙语文学所产生的影响都不会是过分的。《佩德罗 · 帕拉莫》是一部真正意义上的名著。回溯往事，这本书的问世似乎是在完成一项历史使命。它对文学创作的影响极其深远，至今在其他作品中仍然可以看到它的影子。在胡安 · 鲁尔福去世前不久，我去布宜诺斯艾利斯看望他时曾向他保证，《佩德罗 · 帕拉莫》将会有一部准确和不删节的英译本。玛格利特 · 吉尔 · 科斯特的译本问世不仅满足了这个愿望，而且同时也是很重要的一件文坛盛事。

[1994]

（张媛　译，沈弘　校）

《堂吉诃德》

他“就这样把自己埋在书堆之中，夜以继日地阅读，从黄昏读到黎明，又从清晨读到夜幕降临；由于睡眠不足和阅读过量，他的神经出了毛病，变得疯疯癫癫的”。

跟《包法利夫人》一样，《堂吉诃德》是一部关于阅读的悲剧。不过福楼拜的小说是一部现实主义作品：爱玛的想像力被她阅读的那些庸俗言情故事所腐蚀。而对于堂吉诃德这样一位精力过剩的主人公，问题并不在于阅读的书籍不好，而是阅读过量。阅读不仅仅损坏了他的想像力，而且还绑架了它。他认为世界只是像书本中所描写的那样（按塞万提斯的说法，堂吉诃德的所思、所见、所想均受制于他的阅读模式）。他与爱玛·包法利恰恰相反，书生气十足使得堂吉诃德变得不会妥协和堕落。这种书生气造就了他的疯狂；将他变成了一个深刻，英勇，真正高贵的人。

不仅仅是小说主人公，就连小说的叙述者也沉醉于阅读中而无力自拔。《堂吉诃德》的叙述者称，他喜爱阅读，就连街头的残破纸片也不放过。虽然堂吉诃德过量阅读的结果是疯狂，但叙述者过量阅读的结果却使他变成了作者。

作为第一部，也是最伟大的一部关于嗜读症的作品，《堂吉诃德》既是对现有文学体制的谴责，也是一种狂想曲般的文学感召。《堂吉诃德》是一本蕴义不可穷尽的书，它的主题囊括了所有一切（整个世界）和虚无（人们头脑里的思想——即疯狂）。无情、冗长、自我吞噬、反省、嬉戏、不负责任、递进增长、自我复制——塞万提斯的书恰好是一种辉煌的回环式（mise-en-abîme）文学形象。而它所表现的那种脆弱的精神狂乱也正是作家身份及其病态自大狂的一种表述。

作家首先是读者——一位狂暴的读者；一位无赖的读者；一位自认为能做得更好的鲁莽读者。然而，公正地说来，当这位在世的最伟大作家撰写有关作家职业的权威寓言时，他也发明了一个二十世纪早期的作家，这个作家把撰写（部分）《堂吉诃德》作为他最雄心勃勃的任务来完成。周而复始。丝毫不变。因为和其他任何一本书相比，《堂吉诃德》的的确确堪称文学。

[1985]

（张媛　译，沈弘　校）

给博尔赫斯的一封信

1996年6月13日
纽约

亲爱的博尔赫斯：

由于你的文学总是被贴上永恒的标签，所以给你写信这件事并不能算太出格。（博尔赫斯，十年没见了！）如果有哪一位同时代人在文学上称得起不朽，那个人必定是你。你是你那个时代和文化的产物，然而你却以一种神奇的方式知道该如何超越你的时代和文化。这与你所关注事物的开放性和豁达性有关。你最少考虑自己的利益，是最透明的也是最有艺术性的作家。与之相关的还在于你灵魂的天然纯洁性。虽然你长时间地生活在我们中间，但是你使咬文嚼字和洁身自好的做法臻于完美，同时也使你成为一个前往其他时代的精神旅行专家。你具有一种与众不同的时间感。有关过去、现在和将来的普通观念在你看来是那么的陈腐。你喜欢说，时间的每时每刻都包括过去和未来，引述（据我所记）诗人勃朗宁的话来说，好像“现在是一个瞬间，未来在其中回溯到了过去”。这当然是你谦逊的一部分：即你喜欢在其他作家的观点中寻找自己观点的那种情趣。

你的谦逊是你存在明证的一部分。你是新快乐的发现者。像你那样深奥而宁静的悲观主义是不需要感到愤怒的，相反，它必须具有创造力——而你是最善于创新的。在我看来，你所发现的宁静和自我超越很具有典范性。你的所作所为表明人们没有必要不高兴，即使他们清楚地意识到周围的事物有多糟糕，并对此不抱任何幻想。在某个场合你曾经说过，一个作家——你还特意补充说：所有人——必须这样想，对于他或她来说，所发生的任何事情都是一种资源。（当时你正提及自己的失明）

对于其他作家来说，你一直是一种很好的资源。1982年——即你去世的前四年——我在一次采访时说过，“没有一个健在的作家能比博尔赫斯对其他作家的影响更加深远。很多人都会说他是在世的最伟大作家……当今很少有作家没有学习或模仿过他的。”此话至今仍然是正确的。我们仍在向你学习，我们仍在模仿你。你向人们提供了新的想像途径，并一再宣称我们受惠于过去，尤其是受惠于文学。你说我们现在和曾经有过的一切都归功于文学。如果书籍消失了，历史就会化为乌有，人类也就会灭亡。我确信你是正确的。书籍不仅仅是我们梦想和记忆的独断总结，它们也给我们提供了自我超越的模型。有的人认为读书只是一种逃避，即从“现实”生活的每一天逃到一个虚幻的世界，一个书籍的世界。书籍不单单是这样的。它们是使人实现自我的一种方式。

很抱歉，我不得不告诉你，书籍现在被认为正濒临灭亡。我说到书籍时还泛指使文学成为可能和给灵魂带来影响的阅读条件。有人告诉我们，不久我们就可以从“书屏”唤出任何所需的“文本”，我们能够改变它的外观，向它提问，跟它“互动”。当书籍变成了我们依据实用性标准跟它们进行“互动”的“文本”时，书写的文字将会简单地变为一种被广告所驱动的电视画面。这就是正在创造中的，并向我们保证能够变得更加“民主”的辉煌未来。当然，它只意味着内心世界的死亡——以及书籍的死亡。

到了那个时候，就没有纵火焚书的必要了。野蛮民族无需烧书。老虎就在图书馆里。亲爱的博尔赫斯，请你理解这一点，我无法从抱怨中感到满足。然而如果不和你发牢骚，我还可以向谁去抱怨书籍的命运——以及有关阅读本身的命运呢？（博尔赫斯，十年不见了！）我想说的只是我们想念你。我想念你。你仍在继续发挥重大的影响力。我们当前正在迈进的二十一世纪这个时代将会以新的方式来检验灵魂。但你可以肯定，我们中的一些人是决不会因此放弃国家图书馆的。而你仍将继续做我们的庇护人和英雄。

苏珊

（张媛　译，沈弘　校）

Ⅱ 视　　觉

百年电影回眸

电影的百年历史形同生命的轮回：不由人意地出生，持续获得各种荣誉，在过去十年中开始了颜面尽失、不可逆转的颓势。这不是说再也不会有令人称赏的新影片出现。但佳片的出现只不过是例外情况；任何艺术中的伟大成就莫不如此。这种佳片必须大胆地打破现在以及将来的资本主义世界也就是说在整个世界中束缚电影制作的一切经验和常规。而普通影片，纯粹的娱乐片（即商业片）将保持其惊人的弱智；大多数媚俗影片已彻底失败，它们不再能吸引挑剔的目标观众。如今佳片的重要特征（比任何时候都突出）就是独树一帜，而商业片却采取了过度膨胀、墨守成规的制片方式，无所顾忌地组合或再组合，以图再现昨日的辉煌。每一部希冀尽可能吸引更多观众的影片无不是某种仿效或重拍。电影曾被誉为是二十世纪的艺术，而今天面临本世纪将尽之际，电影似乎也成了一种没落的艺术。

也许没落的不是电影，而只是人们的电影迷恋（cinephilia），这个词特指电影所激发的某种爱。每一种艺术都会吸引一批迷恋者。电影所激发的爱曾十分博大，因为人们一开始就确信电影不同于其他任何一门艺术：它具有典型的现代性；为人所喜闻乐见；诗情与神秘感、色情与道德存于一体。电影有门徒追随（如同宗教）。电影是一场圣战。电影是一种世界观。喜爱诗歌、歌剧和舞蹈的人心中不仅有诗歌、歌剧或舞蹈。但影迷会认为电影是他们的惟一。电影包容一切——它们的确做到了这一点。电影既是艺术，也是生活。

许多人注意到，一百年前电影的诞生是双重的开端。在1895年，电影诞生的第一年，制作出两类影片，发展成电影的两种模式：一种是再现非舞台的真实生活的电影（卢米埃尔兄弟[①]的制作），一种是作为创作、技巧、幻觉、梦想的电影（梅利耶的作品）。但这两者从来也不是完全对立的。对于那些初次观看卢米埃尔兄弟所拍的《火车进入拉西约塔站》的观众，电影所再现的单调场景是奇妙的经历。电影的诞生是个奇迹，奇在现实竟能如此奇妙地瞬间再现。电影的全部就是在努力使这种神奇感永存和再生。

一切都开始于一百年前火车进站的那个瞬间。当人们兴奋地叫喊，甚至火车朝他们开来时起身躲避时，他们就已经接受了电影。在电影院被电视掏空之前，我们是从每周一次的电影中学会了昂首阔步、吸烟、接吻、打架和痛不欲生。电影教你如何增加个人魅力，如……即使不下雨，穿雨衣也会更帅气。但你所学到的只不过是在模仿他人之中迷失自己——在电影欣赏中体现了你更多样的欲望。最强烈的体验则是完全被银幕征服和感染。你情愿做电影的俘虏。

被俘虏的前提条件是被电影画面所征服。而“看电影”的

① Lumiere，Auguste and Louis（1862—1954；1864—1948），卢米埃尔兄弟是法国发明家，发明了被称作电影机的早期电影摄影机和放映机，他们拍摄的电影《工厂大门》被认为是真正意义上的第一部电影。——译者

环境场所为获得这种体验提供了保证。在电视上看一部大片算不上是看过这部影片。(对于专为电视拍摄的影片也是如此，如法斯宾德[①]的《柏林亚历山大广场》和埃德加·赖茨的两部故乡影片）屏幕尺寸相差悬殊：影院中超级的大于真人的实景画面不同于家里电视匣子上的小影像。更为重要的是，在家庭氛围中看电影无法聚精会神，这种环境是对电影极端的不尊重。由于银幕不再有标准的尺寸，在家里放电影可以和客厅或卧室的墙壁一样大。但你仍然是在客厅或卧室里，不管是独自一个还是有亲友陪伴。要被征服，就必须到影院中去，在黑暗中和陌生人坐在一起。

再多的哀思也无法使黑暗的影院中逝去的仪式——引起性欲的，沉默的——复活。电影退化成武斗场，为达到吸引观众注意力的目的，画面剪辑毫无规则（速度越来越快），使得电影成为不值得任何人去全身心关注的无足轻重的东西。电影画面现在可以以任何尺寸放映到各种平面上：影院中的银幕，小如手掌或大到整面墙壁的家庭屏幕，迪斯科舞厅的墙壁或体育场的超大屏幕，以及大型公共建筑的外墙。无处不在的移动画面逐步伤害了人们曾经拥有的电影标准，不管是作为严肃艺术，还是作为大众娱乐方式。

在电影出现的早期，基本上没有艺术片和娱乐片的区分。在无声时代，所有的影片，从弗亚雷[②]、D·W·格里菲斯[③]、

---

① Fassbinder，Rainer Werner（1946—1982），电影和戏剧导演、作家、演员，战后西德影坛的重要人物。——译者

② Feuillade，Louis（1874—1925），法国电影导演，拍摄了《太内行的邮差》、《恶癖》等影片。——译者

③ Griffith，D.W.（1875—1948），美国电影导演，拍摄了《两性的斗争》和《林肯传》等影片。——译者

济加·维尔托夫[1]、帕布斯特[2]、茂瑙[3]、金·维多[4]的代表作到俗套的情节剧和喜剧，都比后来大多数的影片好。有声时代到来之后，画面的制作失却了原有的诗情画意，商业标准严格了。这一制片模式——好莱坞体系——主导制片业达二十五年（约从 1930 至 1955 年）。最富创新精神的导演，如埃里希·冯·斯特劳亨[5]和奥森·韦尔斯[6]被这一体制击败，过低的预算最终使他们在欧洲遭艺术流放——欧洲也或多或少奉行同样的损害影片质量的体制。在这一时期，只有法国制作出数量不菲的佳片。在二十世纪五十年代中期，开拓创新意识又一次占据上风，其根源在于战后意大利电影所倡导的电影即是工艺的思想。一批由新人主演，小班组拍摄的富有激情的原创严肃片参加电影节（这种电影节越来越多），并在荣膺大奖后走入世界影院。这一电影的黄金时代持续了二十年。

在百年电影史中的这一特定时刻，看电影、想电影、谈电影成为大学生和其他青年人的时尚。人们不仅爱剧中演员，还会爱电影本身。对电影的迷恋于二十世纪五十年代初现于法国：其园地为声名远播的电影杂志《电影手册》（德、意、英、瑞典、美、

① Vertov，Dziga（1896—1954），苏联导演，拍摄了《前进，苏维埃》、《第十一个》等影片。——译者

② Pabst，G.W.（1895—1967），奥地利电影导演，拍摄了《没有欢乐的街道》、《一个灵魂的秘密》等影片。——译者

③ Murnau，F.W.（1889—1931），德国电影导演，拍摄了《穿蓝衣服的男孩》、《魔王》等影片。——译者

④ Vidor，King（1894—1982），美国电影导演，拍摄了《大检阅》、《哈利路亚》等影片。——译者

⑤ Stroheim，Erich von（1885—1957），第一次世界大战之后最受评论界推崇的电影导演之一，其代表作包括《贪婪》等。——译者

⑥ Welles，Orson（1915—1985），美国电影导演，拍摄了《公民凯恩》、《陌生人》等影片。——译者

加等国也相继出版了类似的热销杂志）。随着电影在欧美的风靡，各种专事经典影片回顾展播的文献影片馆和电影俱乐部成为电影的圣殿。二十世纪六十年代和七十年代早期是电影的理想时代，全职影迷终日渴盼在离银幕尽可能近的地方找到座位，最理想的位置在第三排正中。“没有罗塞里尼就无法生活，”贝尔托卢奇[1]《革命前》(1964) 中的人物如是说——那时的情形确实如此。

电影迷恋多发于西欧——不管是对戈达尔[2]和特吕弗[3]及贝尔托卢奇和西贝尔贝格[4]早期的电影引发的欢乐，还是近年南尼·莫雷蒂[5]影片中阴郁的悲伤。“另一个欧洲”的大导演（波兰的赞努西[6]，希腊的安耶洛普洛斯[7]，俄罗斯的塔尔科夫斯基[8]和苏可洛夫[9]，匈牙利的扬乔[10]和塔尔[11]）和日本的大导

---

① Bertolucci，Bernardo（1940— ），意大利电影导演，拍摄了《巴黎最后的探戈》等影片。——译者

② Godard，Jean-Luc（1930— ），二十世纪五十年代末和六十年代法国“新浪潮”的重要导演。拍摄了《混凝土工程》、《中国姑娘》等影片。——译者

③ Truffaut，Francois（1932—1984），法国电影评论家和导演，他对传统电影创作技巧的攻击为所谓“新浪潮”运动铺平了道路。拍摄了《四百下》、《枪击钢琴师》等影片。——译者

④ Syberberg，Hans-Jurgen（1935— ），德国电影导演，拍摄了《希特勒，来自德国的电影》等。——译者

⑤ Moretti，Nanni（1953— ），意大利电影导演，拍摄了《儿子的房间》等影片。

⑥ Zanussi，Krzysztof（1939— ），波兰电影导演，拍摄了《灵性之光》、《波兰式出轨》等影片。——译者

⑦ Angelopoulos，Theo（1935—2012），希腊电影导演，拍摄了《哭泣的大地》等影片。——译者

⑧ Tarkovsky，Andrey Arsenyevich（1932—1986），俄罗斯电影导演，拍摄了《安德烈·鲁勃廖夫》等影片。——译者

⑨ Sokurov，Alexander（1951— ），俄罗斯电影导演，拍摄了《父与子》等影片。——译者

⑩ Jancsó，Miklós（1921—2014），匈牙利电影导演。——译者

⑪ Tarr，Béla（1955— ），匈牙利电影导演，拍摄了《恶魔的探戈》等影片。——译者

演（小津安二郎[1]，沟口健二[2]，黑泽明[3]，成濑已喜男[4]，大岛渚[5]，今村昌平[6]）并非影迷，可能由于在布达佩斯、莫斯科、东京、华沙或雅典他们未受到电影馆的熏陶。影迷口味的独特之处在于它既爱“艺术”片，也爱通俗片。因此，处于艺术极点的欧洲影迷会痴迷于某些好莱坞导演的电影：戈达尔喜爱霍华德·霍克斯[7]，法斯宾德喜爱道格拉斯·西尔克[8]。当然，电影迷恋产生的时刻也是好莱坞制片体系衰落之时，电影业似乎又重新获得了实验的权利；怀旧的影迷能去看那些好莱坞流派的经典老片。一群新人闯入电影界，包括来自《电影手册》的年轻一代的影评人士；那一代人中，实际上电影界几十年中最伟大的人物是让-吕克·戈达尔。有几位作家成为才能卓越的制片人：德国的亚历山大·克鲁格[9]，意大利的皮尔·保罗·帕索里尼[10]。（作家投笔从影的现象实际上此前出现在法

---

① Ozu Yasujiro（1903—1963），日本电影导演，拍摄了《户田的妹妹们》、《东京物语》等影片。——译者

② Mizoguchi Kenji（1898—1956），日本电影导演，拍摄了《纸人春天的私语》、《东京进行曲》等影片。——译者

③ Kurosawa Akira（1910—1998），日本电影导演，拍摄了《罗生门》、《七武士》、《乱》等影片。——译者

④ Naruse Mikio（1905—1969），日本电影导演，代表作包括《浮云》等。——译者

⑤ Oshima Nagisa（1932—2013），战后日本最富争议性的电影导演，拍摄了《感官世界》、《御法度》等影片。——译者

⑥ Imamura Shohei（1926—2006），日本电影导演，拍摄了《木酋山节考》、《鳗鱼》等影片。——译者

⑦ Hawks，Howard（1896—1977），美国导演，拍摄了《每个港口都有个姑娘》、《只有天使才有翅膀》等影片。——译者

⑧ Sirk，Douglas（1900—1987），德国电影导演，拍摄了《天堂所允的一切》等影片。——译者

⑨ Kluge，Alexander（1932— ），德国电影导演，拍摄了《奴隶》等影片。——译者

⑩ Pasolini，Pier Paolo（1922—1975），意大利诗人、电影导演，拍摄了《马太福音》等影片。——译者

国，二十世纪三十年代的帕尼奥尔[1]和四十年代的科克托；但直到六十年代这在欧洲才成为寻常事。）电影似乎获得了新生。

在约十五年的时间里，杰作大量涌现，人们不免猜想这种景象会永远持续下去。诚然，在电影产业性和艺术性之间及沿袭常规和实验创新之间始终存在着冲突。但这一冲突并未遏止佳片的产生，佳片有时出自主流电影，有时出自非主流电影。现在天平绝对地倾向了以电影为产业的一方。六十年代和七十年代的巨片无不遭冷遇。自七十年代始，好莱坞就在平庸地模仿成功的欧洲新片的剪辑以及不断走向边缘化的美国独立影片的叙事手法的创新之处。随之在八十年代，制片成本上升到灾难性的高度，全球范围内被迫实行制片和发行的新产业标准。其结果可以从过去数十年中的一些大导演的凄惨命运上看出。像汉斯·尤尔根·西贝尔贝格这样一位独树一帜的导演，如今完全退出了电影制作，而伟大的戈达尔现在拍摄的是一些关于电影历史的录像片，电影界哪里还有他们的位置呢？再看看其他几个例子。在他辉煌而悲剧性的短暂电影生涯中，资金和演员的国际化给安德烈·塔尔科夫斯基的最后的两部影片带来灾难性的打击，这种制片环境也同样给两位仍在工作的最有价值导演的艺术带来灾难：他们是克里斯多夫·赞努西（《晶体的结构》、《灵性之光》、《盘旋》、《契约》）和特奥·安耶洛普洛斯（《重建》、《1936年的一天》、《流浪艺人》）。而现在的贝拉·塔尔（《入地

① Pagnol，Marcel Paul（1895—1974），法国作家、电影导演，拍摄了《面包师的妻子》、《掘井人的女儿》等影片。——译者

狱》、《恶魔的探戈》）将会怎样呢？在俄罗斯残酷的资本主义环境下，亚历山大·苏可洛夫（《生存和抵抗》、《日食》、《第二圈》、《石》、《耳语专页》）如何才能筹得资金去拍摄他的高贵典雅的影片呢？

对电影的热爱无疑已经降温。人们仍然喜欢去看电影，有人仍然至爱电影，期待从一部影片中获得那种特有的、不可或缺的东西。佳片仍然不时产生：迈克·利[1]的《裸露》，詹尼·阿梅利奥[2]的《联社亚美利加》，侯孝贤的《南国再见，南国》，阿巴斯·基阿鲁斯达米[3]的《特写》和科克的三部曲。但是，人们至少在青年人当中已很难发现那种对电影特有的迷恋，这种迷恋不仅仅是喜欢，而是一种对电影的审美品味（建立在大量观看和重温电影辉煌历史的基础之上）。迷恋电影本身亦受责难，被认为是古怪、陈旧和故作高深的行为。因为迷恋电影的前提是这些电影是独特而不可复现的奇异体验。电影迷恋显示出好莱坞重拍的戈达尔的《精疲力竭》无法与原作媲美。在高度产业化的时代，电影迷恋是没有地位的。由于对电影的情感变得宽泛和繁杂，不可避免地将电影变成了诗人吟咏之物，也不可避免地吸引画家和作家等非电影业人士去拍电影。恰恰是这种思想必须首先被破除。这种思想已经被破除了。

如果电影迷恋死亡了，电影也就死亡了……无论还会拍出

---

① Leigh，Mike（1943— ），英国电影导演，拍摄了《黯淡时刻》等影片。——译者

② Amelio，Gianni（1945— ），意大利电影导演，拍摄了《他们微笑的样子》等影片。——译者

③ Kiarostami， Abbas（1940— ），伊朗电影导演，拍摄了《何处是我朋友的家》等影片。——译者

多少影片，甚至是很好的片子。要想电影能够复活，首先必须有一种新的电影迷恋出现。

[1995]

（于海江　译）

从小说到电影

——法斯宾德的《柏林亚历山大广场》

我们认为电影导演是在玩废品循环利用的游戏。小说改编成电影是最体面的营生，而把电影改编成小说听起来却不登大雅。电影作为一门新生的综合性艺术，素与其他叙事艺术样式相通。人们最初认为电影在魔幻剧方面颇具潜力，长方形的银幕与舞台的台口相似，演员在其中表演。在默片早期，常把戏剧“改作”电影。但拍摄戏剧并不能展现电影的自身特性——镜头的穿插和视角的动感。而小说属于一种叙事性艺术，在时间和空间上同电影一样可以自由转换，作为情节、人物和对话的来源更为合适。一些早期的成功电影作品（如《一个国家的诞生》、《启示录四骑士》、《拉蒙纳》、《史蒂拉·达拉斯》、《它》）都是根据小说改编而成的。三十年代和四十年代，电影观众数量达到最高峰，在娱乐业独占鳌头，而这一时期也是小说改编成电影的高潮期。由勃朗特姐妹或托尔斯泰的小说改编的古典喜剧流光溢彩，这些影片可与由《飘》、《消失的地平线》、《蝴蝶梦》、《大地》、《君子协议》等畅销书改编的影片媲美。小说改编成电影的理由就是，小说命中注定是要“变”成电影的。

由于从小说改编而成的电影是搭着小说名利的顺风车而来，对小说和电影进行比较就在所难免了。由于这时电影已不再能够垄断娱乐业，各种评价标准随之产生。看过由《洛丽塔》或《奥勃洛莫夫》或《大审判》改编的电影的人，都不禁要问一下，电影是否充分传达了原著的内容——就小说是否属于文学范畴作些招人嫌恶的比较。即使像克劳斯·曼的《梅非斯特升官记》这样短的小说，其内容也比电影丰富。似乎电影的本质——不论其质量好坏——就是把优秀的原著小说删节、冲淡、简化。事实上，从优秀的剧作拍摄的好影片比从优秀小说改编的好影片要多得多——尽管人们认为这些电影太过静态，有违电影的特征。

三四十年代的导演，如华尔、斯蒂文斯、里恩和奥当-拉哈及近期的维斯康蒂、陆赛和施隆多夫对优秀小说改拍电影兴趣尤为浓厚。但由于失败率过高，自二十世纪六十年代起，这项工作在某些地区受到质疑。戈达尔、雷奈和特吕弗宣称自己偏爱通俗文学——犯罪、冒险和科幻小说，古典作品遭冷遇：电影的营养来自垃圾小说而非来自文学，这句话似乎成了格言。一部无名的小说可以当作拍片的缘由和主题库，导演可以自由发挥。而对一部优秀小说，就有个“忠实”于原著的问题。维斯康蒂的第一部影片《沉沦》是从詹姆斯·M·凯恩的《邮差总按两次铃》改编的，这部影片要比他改编的《豹》和卡缪的《异乡人》成功得多。凯恩的情节剧是大可不必“步步紧跟”的。

另一个难题是小说的篇幅，而非其文学质量。到今年冬季为止，我只看到过一部令我十分满意的改编自文学作品的电影，这就是俄罗斯影片《带狗的女人》，是从契诃夫的短篇小说改编的。电影正片的标准长度正好适合短篇或戏剧。但不适合长篇小说，长篇小说的本质特征就是铺张。要拍好一部长篇，要求影片不是长一点，而是极端地长，长到打破电影常规的程度。当埃里希 · 冯 · 斯特劳亨尝试将《麦克提格》改编成名为《贪婪》的电影而失败的时候，他必定有此感想。斯特劳亨想把所有弗兰克 · 诺里斯的小说拍成电影，片长达十小时，但经工作室重新剪辑后最终压缩成两小时四十五分钟（四十二本剪辑成十本）；废弃的三十二本胶片被毁弃。劫后余生的《贪婪》版本成为最受喜爱的影片之一。但影迷会永远为失去了斯特劳亨剪辑的十小时版的《贪婪》而伤怀。

斯特劳亨因受挫而未竟之业，法斯宾德取得了成功——他几乎将整部小说搬上银幕。不仅如此，他将一部伟大的小说拍成一部伟大的电影，一部忠实于原著的电影——尽管倘若有一处柏拉图式的评判所，评选出二十世纪最伟大的十部小说，可能其中最不为人所知的要数阿尔弗雷德 · 德布林（1878—1957）的《柏林亚历山大广场》。斯特劳亨想拍十小时的影片而未获准。法斯宾德却获准拍一部长达十五小时二十一分钟的影片，这主要是出于该片可能通过电视分集播出的考虑。对片长不加限制并不能确保将一部好小说成功地改拍成一部好电影。但虽然不是充分条件，却可能是必要条件。

《柏林亚历山大广场》可谓法斯宾德版的《贪婪》，不仅因为法斯宾德成功地将一部小说拍成一部伟大的长篇电影，还因为《柏林亚历山大广场》和《贪婪》在情节上有惊人的相似之处。这部出版于 1899 年的美国小说的情节是三十年之后出版的德国小说的一个原始版本，后者的故事更加丰满充实。年轻的弗兰克·诺里斯上世纪末在旧金山创作小说时，把左拉当作不带偏见的“自然主义”的楷模。处于创作生涯中期的德布林比他成熟得多（《柏林亚历山大广场》出版时他已五十一岁），又时值本世纪艺术创新鼎盛的十年，他既具乔伊斯的《尤里西斯》的灵感，又兼具他所熟悉的德国戏剧、电影、绘画和摄影的极具表现力的超自然主义倾向。（就在《柏林亚历山大广场》问世的1929年，德布林撰写了一篇有关摄影的文字优雅的论文，作为著名的奥古斯都·桑德的一部著作的序言。）

两部小说的主人公均为强壮、多情、单纯、暴戾的男子，既率真又粗暴。《柏林亚历山大广场》开场时，弗朗兹·毕伯科夫已经成了杀人犯——因杀死与他同居的妓女艾达而服刑四年，刚刚期满。《麦克提格》的主人公最后杀死他的妻子特丽娜。两部小说都剖析了一座城市或其局部：诺里斯小说中是旧金山的破旧的波尔克街，在德布林的小说中是劳工、妓女和窃贼出没的柏林的一个区，它们不仅仅是主人公所遭不幸的背景。两部小说的开头描述的都是没有女伴的主人公孤独地游荡在城市里——麦克提格每个星期天都是独自游逛、吃饭、喝啤酒；刚从监狱刑满释放的毕伯科夫在亚历山大广场梦游般地游荡。麦克提格曾在矿上开车，想在旧金山立世扬名，当一名牙医；在小说中部，他被禁止行医。毕伯科夫从前是个恶棍，如今想洗心革面，尝试了一连串的体力活，但他失去劳动能力之后（他失去了右臂），他所爱的女人靠卖身挣钱养家。

在两部小说中，主人公的堕落并非只因时运不济；麦克提格是被其从前最好的朋友马库斯设计陷害，在《柏林亚历山大广场》中是伦霍尔德设的圈套。两对好友都是典型的相反性格。麦克提格不善言辞；马库斯能言善辩——是个初露头角的官员，满口都是反动民粹主义的套话。毕伯科夫长于言辞，出狱后即发誓重新做人；伦霍尔德说话磕磕巴巴，参加了小偷团伙。主人公盲目轻信，对内心邪恶的朋友言听计从，毫无戒心。在诺里斯的小说中，经马库斯允许，麦克提格得到了马库斯一直追求的女孩并与之结婚，此时她刚中彩获得一笔巨款；马库斯发誓报复。在柏林亚历山大广场中，毕伯科夫经不住伦霍尔德的央求接手他的多个女人，而后来因他拒不放弃伦霍尔德一个前女友，而伦霍尔德亟待把下一个女子甩给他，伦霍尔德翻了脸。正是马库斯使麦克提格失去了生计和得之不易的尊重：他以无照行医将麦克提格举报到市政当局，结果不仅使他陷入贫困，与他精神失常的可怜的妻子也关系破裂。伦霍尔德使毕伯科夫走上正路的努力付诸东流，先骗他参与入室盗窃，在逃脱时将他推下货车，撞上迎面驶来的车辆——奇怪的是，截肢后的毕伯科夫竟没有报复的欲望。他的保护人和前女友给他找了个叫米兹的女人，他与之相爱并走出绝望，伦霍尔德无法忍受毕伯科夫的幸福生活，他引诱米兹并将她杀死。马库斯是出于嫉妒；伦霍尔德最终是毫无动机的邪恶。（法斯宾德称毕伯科夫对伦霍尔德的宽容是一种“纯粹的”爱，亦即无动机的爱。）

在《麦克提格》中，对麦克提格和马库斯之间生死攸关的联系作了概略的描述。在小说的结尾，诺里斯让两个人物离开旧金山在沙漠中相遇，地理环境与城市完全相反。最后一段中，麦克提格意外地和马库斯（刚刚在麦克提格的自卫行为中被杀死）铐在一起，在死亡谷中“呆呆地看着四周”，注定要在他敌/友的尸体旁等待死神降临。麦克提格的结尾极具戏剧性，是极好的结尾。《柏林亚历山大广场》的结尾是对悲痛、死亡和幸存的系列咏叹。毕伯科夫没有杀死伦霍尔德，他自己也没死。他所爱的米兹被杀后（这是我所知的文学作品中对悲伤的最令人撕心裂肺的描写），他精神错乱，进了精神病院，病愈出院后终于找到一份体面的工作，在工厂值夜。后来伦霍尔德因杀害米兹案发受审时，他拒不出庭作证。

麦克提格和毕伯科夫都酗酒无度，性格扭曲——麦克提格是因为内心空虚，毕伯科夫内心负重（悔恨、悲伤、恐惧）。单纯而粗犷的毕伯科夫并不愚蠢，却十分温顺，对米兹充满柔情和真爱，心胸宽广；这与麦克提格对特丽娜的感情形成鲜明对比：始而自卑怯懦的迷恋，终而麻木不仁。在诺里斯笔下，麦克提格粗笨、可怜、迟钝，没有灵魂，如同动物或原始人一般无二。德布林并不俯视他的半是沃切克[1]，半是约伯[2]的主人公。毕伯科夫的内心丰富而波澜频起；事实上在整部小说发展中，他越来越多地得到理解，虽然这些理解终究无补于事，不足以解脱他沉重的苦难。德布林的小说是一部说教小说，是现代版的《地狱》。

在《麦克提格》中有一种观点视角，一种客观而公正的语气——有选择性、概括的、压缩的、照相机式的。据说斯特劳亨拍摄诺里斯的小说是完全遵循原著，一帧一帧拍出来的——人们可以看出他是怎样做的。《柏林亚历山大广场》不仅是视觉享受，更是听觉享受。其叙事方式复杂多变：自由式，百科

---

① Woyzeck，赫尔措格 1979 年的电影作品《浮石记》中的主人公，一个精神不太正常的士兵，他的长官、医生、妻子对待他的态度使他越发茫然。——译者

② Job，《圣经》故事中的人物，备历危难，仍坚信上帝。——译者

式，展开多层次的叙述、轶事和评述。德布林从一种素材飞速切换到另一种，有时是在同一段落中完成的：文献、神话、道德故事、典故——就如同他在俚语和典雅的抒情语言之间的转换。全知全晓的作者的叙述则激越而急切，一点都不心平气和。

《贪婪》的风格是真实自然。斯特劳亨不拍任何摄影棚中的东西，坚决在“自然”环境中拍摄每一个镜头。半个多世纪之后的法斯宾德无需再为现实主义或真实性伤脑筋。亚历山大广场已在二战中毁于轰炸，拍摄已无法再在那里进行。柏林亚历山大广场的大部分镜头都像是在摄影棚中拍摄的。法斯宾德选择了一处开阔而熟悉的固定格式：用街上闪烁的霓虹灯照亮主场景，毕伯科夫的房间；经常从窗口或镜中拍摄。人工感和戏剧化在妓女穿梭的街头场景中和两个小时的结尾中达到极致。

《柏林亚历山大广场》有小说的铺陈，但也有戏剧的效果，法斯宾德的佳作多数如此。法斯宾德的天才在于他善于折中和作为艺术家的自由自在的态度。他并不追求电影的独特之处，而是大量借鉴戏剧。他出道之初在慕尼黑一家剧团当导演；他导演的戏剧不比电影少，他的一些佳作就是根据戏剧拍成的电影，如《裴特拉的苦泪》和《不来梅的自由》，还有一些是发生在同一个室内场景，如《中国轮盘赌》和《撒旦的佳酿》。在1974年的一次采访中，法斯宾德这样描述自己最初的活动：“我排戏如同拍电影，拍电影如同排戏，我对此义无反顾。”其他导演在把小说改编成电影时会作删节，担心如果拖得太长会缺乏动感，法斯宾德却固执己见，不为所动。法斯宾德的戏剧风格有助于他贴近德布林的原著。

除去添加了一个新人物——一个宽容的母亲形象，毕伯科夫的房东巴斯特夫人——法斯宾德对原著所作的改动都是为使事件看起来更加紧凑。小说中的毕伯科夫并非像电影中那样一直住在同一间屋子中，在其他场地发生的故事，也被法斯宾德搬到住宅中。如在小说中，弗朗兹杀死艾达是在她姐姐家；电影中那场可怕的殴打——在幻觉般的重复闪回中我们多次看到——发生在毕伯科夫的房间里，巴斯特夫人在场。小说中，毕伯科夫并未与搭上的女人都同居过；在电影中，这些女人依次进入他的房间，强化了影片的视觉整体感，但也使毕伯科夫与米兹结识前的一些女人关系显得太亲密。这些女人比在小说中更像有着金子般的心灵的妓女。最后一点创新是，米兹送给毕伯科夫的笼中金丝雀（这一礼物在德布林的小说中只提到过一次），多次出现在毕伯科夫的房间的镜头中，这很容易让人想到这是麦克提格所宠爱的那只金丝雀转世再生。那只金丝雀是麦克提格从被毁的家中抢救出来的惟一物件，直到他在沙漠中面临死亡之时，这只鸟仍待在他身边，待在“它那只镀金的囚笼之中”。

法斯宾德的电影中有许多毕伯科夫这样的人物——错误观念的受害者。《柏林亚历山大广场》的素材在他的多部影片中都曾出现，其一再重现的主题就是受侵害的生命和边缘的生存方式——毛贼、妓女、易装癖、移民、郁闷的家庭妇女、负担过重走投无路的工人。特别值得一提的是，《柏林亚历山大广场》中的屠宰场惨景在《牢蚀》和《一年十三个月》中均有出现。但《柏林亚历山大广场》并不仅仅是众多主题的展现。它是个大结局——也是个开始。

在 1980 年 3 月，《柏林亚历山大广场》经过十个月的拍摄即将封镜之时，法斯宾德写了一篇文章。文中称，他最早读德布林的书是在十四或十五岁时，而从走上电影生涯之初，他就有意将其搬上银幕。这是他一生钟爱的小说——他说自己的各种奇思妙想因小说而被激发——其主人公是法斯宾德选定的第二自我。他的几部影片的主人公都叫弗朗兹；由他本人主演的《狐及其友》中的主人公名叫弗朗兹·毕伯科夫。有人说法斯宾德想亲自扮演毕伯科夫。他没出演；但他做了一件同样适合他做的事情。他变成了德布林：做了解说员。德布林在其书中是全知全能的，作评论和哀叹。电影中画外音多次出现，这是小说的声音，是法斯宾德的声音。因此我们在小说中听到的许多类似的故事，如艾萨克的牺牲。法斯宾德保留了小说中大量的回忆，却没打断叙事的步调。回忆并不损害叙述——如同在戈达尔的电影中——而是有助于叙述；不是远离观众，而是让观众感受到更多。故事以更为直接和感人的方式继续展开。

《柏林亚历山大广场》并未像戈达尔的影片那样违反电影叙述的常规。也不是西贝尔贝格的《希特勒》那样的超级电影。法斯宾德不具备西贝尔贝格对豪片巨制的鉴赏力，尽管《柏林亚历山大广场》片长惊人，他本人对高雅文化也很尊崇。它是一部叙事片，只不过它是如此长：在当时的背景下（二十年代后期），起用一百多位演员（许多角色是由法斯宾德的常规班底饰演的）和数千名其他人员，讲述了一个故事。扮演弗朗兹的毕伯科夫的是五十三岁的戏剧演员甘特·兰普雷希特。他曾在法斯宾德的几部影片中扮演小角色。尽管所有演员都表现出色，特别是巴巴拉·苏库瓦扮演的米兹和汉娜·席古拉演的爱娃，但技压群英的莫过于兰普雷希特饰演的毕伯科夫——是那样感人至深，富有表现力，表演富于变化，完全可与爱弥尔·詹宁斯和雷穆饰演的任何角色媲美。

没有电视，就不会有《柏林亚历山大广场》。本片由德意两国联手制作——它并不是电视系列片。电视剧是由“多集”构成的，在设计上是为了分时收看——按惯例是每周播出一次，像过去每周六下午的电影系列《宝林历险记》。严格来讲，《柏林亚历山大广场》的每个部分实际上并不是一集，因为以下面的方式观看，这部片子已大打折扣：播出时间跨度超过十四周（我第一次在意大利电视台观看该片即如此）。在影院中上映——分为五段，每段约三小时，连映五周——显然更好一些。在三四天内看完就更好了。在尽可能短的时间内看完效果最好，就像读长篇小说一样获得最大化的快乐和最强烈的感受。由于《柏林亚历山大广场》的片长超过任何其他影片且极富戏剧效果，电影这种综合性艺术终于获得了长篇小说那样的舒展自由的形式和不断累积的力量。

[1983]

（于海江　译）

论文乐

艺术微妙地存在于
真与非真之间……是非真，
又不是非真；是真，又不是真。
——近松门左卫门（1653—1725）

在文乐剧中，剧本首先是作为一件有形的物体：一个文本。而文本是神圣的，即，具有生发力。因此，每次表演都以一段庄严的仪式开始：第一诵读人取出剧本，向它鞠躬致敬，然后将剧本置于矮桌上，开始诵读。文乐表演通过增加并转移戏剧感伤力的来源，而超越了表演者的存在。

剧本被表演出来，或者说，被背诵出来，也即，被朗读出来。一种叫做 shamisen 的弦乐器所奏出的音乐使剧本（或高诵，或歌颂，或吟唱，或哀诉）得到了烘托与加强。同时表演的还有一些半人或三分之二人高、表情极其丰富的木偶。表演在舞台正中，面对观众进行：人物们——木偶及其操作者——在一个宽敞的矩形空间中活动。而朗诵台词和演奏音乐的人——坐在舞台右侧讲台后的一个或多个诵读人以及乐师——则同样在表演。对白不是“次要的”，如在某些叙事电影中那样，而是偏离中心的——被转移，被赋予了表达上和形体上的自主权。

这种戏剧形式具有情绪的双重转移、双重标度，形体与情绪的双重姿态。在舞台正中，表演的首要原则是一种克制。角色——木偶，而非真人——是沉默无言的；操纵木偶的人是无动于衷，无所不在的。而文乐的诵读人——他们不仅（从观众的角度看来）偏离中心，更是端坐不动——却担负着最重要的表现工作。大多数剧本包括叙述、评论和对白，辞章华丽，感情丰沛，叙述抑扬顿挫，渐次转入长时间而强烈的呜咽和喘息。诵读人代表木偶表演，这是文乐剧的一种手段，借此分离——割裂、阐释、超越、强化——所谓的表演。

最初的木偶是由一个人操纵的柔软的玩偶。1734 年发明了由三个人操纵一个木偶的形式，这使木偶获得了前所未有、也是无可超越的情感与动作表现力。这种日本木偶会转动眼珠，高挑双眉，微笑，握拳；会萎靡不振，自己穿戴，奔跑，逼真地自尽。没有哪种提线木偶或布袋木偶能够作出如此复杂而细致的动作；而文乐木偶能够感动观众，令他们落泪，这是其他任何传统木偶戏所无法比拟的。

不仅木偶的情感范畴和表现能力得到了拓展（我们或许会将此等同于“现实主义”，或许又不会），而且增加操纵者人数，操纵者必须与木偶一同出现在舞台上，这无疑形成并改变了木偶戏的情感区域。木偶实在是被数量上远超过它的操纵者团团围困住了。三个高大的操纵者的存在使木偶的动作和努力具有一种值得怜悯的光彩。木偶显得如此无助、天真与脆弱。同时，他们的小巧、精致和优雅又使他们显得如此高贵和傲岸。

文乐剧在空间关系上具有两种尺度。那华美的舞台布景合乎木偶的身量。操纵者是擅自闯入的巨人。每一个精巧的木偶头旁边，都有三个硕大的操纵者的头。操纵者一边操纵着木偶，一边注视着他们。观众目睹操纵者们监视着木偶，他们使这场戏富有生气，又是这场戏首要的旁观者。这三个操纵者汇总了使它成为一个神的全部特质。要被看见，冷漠而淡然：所以一个操纵者露出面孔。要被隐藏：所以两个操纵者戴着黑色的兜帽。木偶摆出各种姿势。三个操纵者一齐移动，仿佛是一个巨型躯体，通过绝妙的分工，共同赋予木偶身体的各部分生命与活力。在观众眼中，表演就是被移动。（同时，也是被监视。）上演的是对命运的顺从。一个操纵者露出面孔，两个操纵者掩起面孔，这又是文乐剧的一种独特手段，使其具有双重含义：夸大与审慎，戏剧性的存在与缺席。

操纵者与木偶之间的这种关系不仅是富有效果的，更是文乐剧冷酷而神秘的精髓。给木偶梳子，推木偶去死——操纵者有时像在伺候木偶，有时则俘虏了它们。木偶有时坚定地倚靠着操纵者或安静地由他们高高举起，有时则总是不幸地飞来飞去。大小对比不断变换，以取悦观众的感官，折磨他们的情绪。有时幽暗中的操纵者缩小而木偶膨胀成常人的高度。然后操纵者再次高耸，木偶又恢复成脆弱而备受欺凌的小矮人。

对于所谓艺术的场景我们既要看得聚精会神，又要能“超越”（或“透过”）那些被视为障碍、分岔和枝节的东西。我们看歌剧时，目光越过了乐队而聚焦于舞台。但在文乐剧中，我们却不能够将目光越过幽暗中的黑衣操纵者。操纵者的存在使文乐剧具有了崇高而神秘的非人格性与经过深化和净化的激情。近松认为，为了使木偶的表演能够与真人演员的表演媲美，剧本必须“充满感情”。但他又说，“我认为怜悯完全是一种节制。”这可与巴兰钦的观点相比较。巴兰钦发展了芭蕾舞的理念，使舞蹈者在一种非人格性的崇高感中互为理想的木偶，以此将情感单纯的古典芭蕾舞推上了顶峰：“沉默、安详和静止或许最为强大有力。它们甚至比愤怒、癫狂、狂喜更加令人难忘。”

克莱斯特是最深刻地剖析木偶剧（及舞剧）的西方人，他写道，木偶的无生命正是表现一种精神的理想状态的前提条件。克莱斯特的奇妙设想——其有关提线木偶的文章作于1810年——在文乐剧得到了完满的体现。

[1983]

（吴其尧　译）

梦幻之所

园林史是艺术史中引人入胜的一支，它开启了户外展示（假面舞会、焰火表演、露天演出）、建筑、城市规划，以及文学的历史。它一度主要是欧洲（法、英、德）学者的研究课题，而现在在美国也方兴未艾。华盛顿特区的敦巴顿橡树园研究图书馆拥有有关园林史的一流资料，是这一研究活动的中心。

西方园林史的主流传统是综合的，而非单一的，将各种人造景观——大理石的、砖石的、石灰的、水泥的、木结构的——置于树木花草之中。在众多常见于园林的景观（雕像、喷泉、华而不实的庞大建筑、桥梁）中，在园林史及其相关艺术史中，最令人心醉、最精致错综的当属洞室。实际上，它是深邃之处。这一被称为洞室的人造休息或隐蔽之所，通常是已经修葺的场所。此类场所还有一些不尽妥当的别称，如“洞穴”、“地下拱室”、“地窟”。园林中的洞室与一些骇人甚至可恶的场所相似，但已被归化，很令一些人（包括我在内）心仪。我总是对洞室倾心不已，总是专程前去观赏洞室及与之相应的景观建筑。这种好奇心也许仅仅是一种恐惧心理——不过洞室就仿佛不过是病态情感的游戏之作。

由洞室进入园林——一处被视作避难、娱乐的所在，洞室的最初功能是为了起世俗化和微型化作用。洞室，大多数真正的洞室，都是最为神圣的地方。预言家蛰居、隐士遗世、异教徒避难、圣徒先哲的骨殖安息的所在——我们总会由此联想到密室或坟墓。起初，人造的洞室都具有非常实用的目的：如同罗马人为水利工程而建的宏伟拱室。人造洞穴最早出现于罗马共和国晚期，是当时园林的组成部分之一。从公元前一世纪晚期起，人造洞室以及用作洞室的房间成为罗马贵族建造的别墅花园中的寻常景观。这些装饰华美的洞室，这些被尊为古老、神圣、玄秘之所的空间，有时也是户外娱乐、休闲的建筑——如，作为森林之神表演或宴会的背景。留存至今的最负盛名、最为壮丽（即使并非典型）的古代别墅遗迹，也许当属位于罗马附近蒂沃利的哈德里安别墅，该别墅拥有多处洞室。

基督教赋予洞室以新的内涵，并在此后千余年中垄断了洞室中的绘塑形象。洞室中有基督教故事绘画（如耶稣诞生的洞穴，埋葬耶稣的坟墓），以及圣徒哲罗姆和安东尼生平事迹的绘画（画中的哲罗姆和安东尼不是在祈祷，就是在他们隐居的洞穴口遭到攻击），其中的人物应该是自然的，但事实上却完全程式化了。园林洞室的复兴——即洞室再次与园林相结合——要待到文艺复兴时期，直到那时，洞室才得以抛弃充斥其中的基督教内涵，而注入崭新的讲求中庸、平衡的象征主义（新柏拉图主义[①]、人道主义）。尽管古典别墅的园林和洞室早已被铲平，但有关它们的描述——如奥维德[②]和李

① Neo-Platonism，希腊哲学最后一个派别，公元三世纪由一名伟大的哲学和宗教天才人物柏罗丁所创建。——译者

② Ovid（前 43—17），古罗马诗人，著有《爱的艺术》、《变形记》。——译者

维[1]的描述——仍流传了下来，并受到人们的尊崇。精心装饰的园林洞室是文艺复兴时期园林所达到的新高度的主要特征之一，其中成功的典范如佛罗伦萨美第奇家族的博博里花园中的大洞室，以及普拉托里诺的许多洞室和水利工程杰作，这些都得到了蒙田等外国游客的赞美。古代别墅中的洞室的主要作用是为宴会遮蔽阳光，而文艺复兴时期的洞室则被用作戏剧表演的场景。

园林作为一门西方文化中主要的艺术形式，其独特而复杂的概念——即园林是“理想化的”风景，汇集各种建筑元素，拥有壮丽的喷泉景观——就形成于文艺复兴时期。虽然洞室仅为整个园林的一个组成部分，在西方也经常被赋予多种形式，但它仍占据了独一无二的地位：它以浓缩的形式，强化了整个园林的世界。同时，它又与园林相对。园林的要义是户外的，开放的，明亮的，空阔的，自然的；而洞室的要旨则是室内的，隐蔽的，昏暗的，人工的，经过装饰的。洞室的特点就是经过装饰——有壁画、彩绘粉饰、镶嵌图案或贝壳（如果其主题是水）。

在文艺复兴以来的园林史中，洞室反映了每一次品味变化、每一个戏剧观念。洞室是人工遗迹。洞室是允许愚蠢行为和越轨举动的地方。（现在仍有与之相似却远为逊色的地方——游乐场中硬纸搭成的“爱之隧道”。）洞室是陈列柜。洞室仿佛从来就是整个园林中堕落的一部分，最不洁、最含混的一部分。这个空间复杂而多样，昏暗而奢华。（寻求梦幻，最可能容纳低品味的精雕细琢。）起初它被认为是最“粗俗”

---

① Livy（前 64 或前 59—17），罗马三大历史学家之一，与萨卢斯特、塔西佗齐名。——译者

的地方——如在一些罗马别墅中，就是天然洞穴的拙劣赝品。最终它成为刻意舞台化、精心装饰的场所。由亚历山大·蒲伯建造于十八世纪二十年代到三十年代、位于特威肯汉姆的著名洞室，其顶部与四壁都错综地镶有碎镜和贝壳（蒲伯把它称为“暗箱”）。十八世纪的许多洞室都是由贝壳收藏家建造的，作为展示其珍藏的地方。最后的私人洞室之一，由巴伐利亚的路德维希二世于 1876 至 1877 年间建造于林德霍夫的维纳斯洞，本身就是一处舞台，有瓦格纳的《游吟诗人》中几幕戏的布景。位于法国中部一座小村庄中的“邮递员舍瓦尔的理想宫殿”可被视作本世纪初的一处优秀园林洞室——也许是此类洞室的绝响。这一貌似地窟的令人叹为观止的建筑，其第一层与其他洞室一样，内部装饰华丽，富有教诲意味，力求崇高之感。建造者意在微型化继而获得崇高的风格。四壁刻满铭文、符号、宣言和隽语——全由一位自学成材、禀赋颇高、富有灵感的乡村邮递员在 1879 至 1912 年间独立建成，汇集了全世界的灵智。费迪南·舍瓦尔的这一洞室迷宫尽管在材质与情感色彩上异于蒲伯的洞室，但两者仍属同类。

洞室是具有梦幻色彩的地方，而最杰出的洞室建筑同时又总是实用的：从古罗马别墅中的 cryptoportici（连接两座建筑的可避日光的地下通道），成就卓著的罗马工程建筑，阿尔巴诺湖的“密室”（皮拉内西的许多雕版鬼故事书中的主题），到现代的梦幻之地，如六百余英尺长、容纳了密苏里州堪萨斯市布伦森仪表公司的石灰岩溶洞，大阪市内数英里长的地下商业街，台北国家博物馆后山中的巨大洞穴（藏有蒋介石 1949 年逃奔台湾时带走的数量可观的艺术珍品），巴黎卢浮宫地铁车站，斯德哥尔摩的几处地铁车站，以及名不虚传的莫斯科地铁车站，尤其是马雅可夫斯基站和迪那摩站。现代技术可使人们以前所未有的规模建造洞室：宏大的地下设施与日俱增。洞室用于艺术，用于工业，用于商业，用于战争……所有这些洞室都是很实用的，也展现了空间的诗意。在洞室中，实用性与梦幻性可以完全合而为一，或许这就是为什么菲利普·约翰逊的位于康涅狄格州新迦南的地下艺术藏品馆与毗连的著名建筑“玻璃别墅”（Glass House）仿佛是一对孪生子——一座玻璃为墙的房子需要一座沉入地下的房子与之相配——不过这个例子不如园林中的洞室令人信服：它过于实用，过于坦白。

许多游人如织的景区可以提供洞室经验。新墨西哥州的卡尔斯巴洞穴群，斯洛文尼亚（靠近卢布尔雅那）的波斯托伊纳溶洞，巴黎南部韦泽雷附近的阿尔西洞室，撒丁岛西海岸阿尔杰罗附近的内图诺洞室——这类为我这样的洞室迷所钟爱的天然洞穴同样也作人工洞室的用途。没有一处对游人开放的天然洞穴未变成舞台布景或博物馆（至少是出于安全要求），由导游用手电向列队等候在阶梯和行道上的游客指出钟乳石、石笋形似某种动物或管风琴（在波斯托伊纳的一个洞室中有一条小型铁路连接各处）。公墓是有洞室的园林——而那里的洞室通常无法进入。但有些公墓，尤其是拉丁国家的公墓有陵墓和建在地上的洞窟，洞窟没有门，而有栅栏，可以透过栅栏窥见里面的情形。参观罗马附近的切尔维特里出土的埃特鲁斯坎人的墓葬——如墙上饰有浮雕的汤巴贝拉（Tomba Bella）——就像是参观洞室，参观巴勒莫和瓜纳华托的地下墓室，那里的墙上装饰的不是贝壳，而是直立的木乃伊或精心堆砌的尸骨。

园林洞室并未绝迹，只是在园林中再也找不到它们了。而且建于地上的洞室也多于地下的了。近半个世纪以来的主流建筑风格是包豪斯学派[①]的机械阶段，而许多背离甚至无视过于理性的包豪斯美学的建筑则倾向于具有“洞室”的特征：弯曲的线条、镶嵌装饰的墙面、地下的气氛，这些出现在形形色色的建筑中，如安东尼·戈第的 Casa Milá 和 Parque Güell（其实也包括戈第的大多数作品），库特·施维特斯的 Merzbau（具有尼伯龙根和哥特式的洞室），弗雷德雷克·基斯勒的“无尽的房子”（他还设计了一个“沉思之洞”），瑞士的 the Rudolf Steiner Goetheanum，以及肯尼迪机场埃罗·萨里宁的环球航空公司终点站。近来最为绚丽的作品当属约翰·波特曼设计的一系列凯悦饭店。在亚特兰大的首座饭店中，人们穿过一道异常狭窄、毫不起眼的入口走廊，走进巨大空旷的正厅，惊讶不已。波特曼设计的正厅，富丽喧闹，以水（通常是瀑布）为中心——这是有意对一些园林洞室的常见景观作了粗浅的变换。

洞室肯定了建筑与情感中梦幻、轻薄、过度的一面。从园林史著作所反映的来看，园林洞室似乎是已经过时了。但人们可以预见，这类空间仍有遥遥无尽的未来，因为它永远属于我们想像力的一部分。

洞室既是隐蔽之地，又是一种遗迹，介于惊骇与安全之间。洞室除了体现古人的恐惧和焦虑，更表露出现代人的惊慌。二十世纪五十年代，美国所有的房主都迫于强大压力在他们的花园里建造了洞室。这种洞室叫做防空洞。

[1983]

（吴其尧　译）

---

① Bauhaus style，源于 W·格罗皮厄斯建立的包豪斯学校，该校在训练学生方面既注重艺术又注重工艺技术，力图消除二者之间的对立关系。——译者

形象的乐趣

我徜徉在莫里修斯博物馆[①]的藏品之间，大师们那些美轮美奂的杰作虽然看得我心满意足、心旷神怡，可我也还是需要感受那些毫无争议地属于次要作品的魅力，我指的是那些描绘教堂内景的作品。这些图画向人们提供了不少乐趣，这其中首先是一种我认为属于荷兰的绘画作品所特有的乐趣（我第一次有意识地感受到这种乐趣是面对勃鲁盖尔[②]所画的一个溜冰的场面时），即一种将人引入……一个世界的乐趣。这类作品表现的往往是点缀着一些小小的人物形象的大而不带感情的空间。我在仔细欣赏这些作品的过程中会产生一丝灵魂出窍、人入画中的感觉。逛了几十年的博物馆之后，我发现这种感觉是会让人上瘾的。

因此，在颇费了一番力气摆脱了伦勃朗[③]和弗美尔[④]的画作对我的吸引后，我或许会慢慢将注意力转移到诸如杰拉德·胡克盖斯特[⑤]于 1651 年所作的《位于德尔福特的内有沉默者威廉墓的新教堂》这样的画作上来。这位花花公子[⑥]几乎完全是伦勃朗的同时代人，从他的画作中我可以找到一些不那么突出个性的乐趣。

被画家选择来在这幅画中表现的是一个因两种严肃的情感

而变得神圣的公共空间：其一是宗教感情（这是一间教堂），其二是民族感情（这里有牺牲了的奥伦治王朝创建人的墓）。但标题为这幅画提供的只是一个借口，而不是作画的对象。在《沉默者威廉墓》这幅画中占主导地位的并不是只见得到一部分的墓碑，而是由柱子构成的有力的垂直线和欢快的光线。被画的对象是一所建筑（墓碑便位于这所建筑中），而且以根深蒂固的现代眼光看来，对象也是一种展现空间的方法。

对这个点缀着微小人物的庞大空间的所有表现都体现出一丝不苟的精确，从而引诱着我以想像的方式进入其中。当然，尽情享受一个在油画中被缩微了的既深邃又宽阔的公共空间，这种乐趣可远不像诸如在历史博物馆中对着摆在桌面上的过去场景的模型做做白日梦那么简单。在三维空间内对某样事物进行缩微后，展现在我们面前的既是对原型分毫不差的重现，又因为充满了出乎意料的细节而令人着迷——铁路模型或玩具房

---

① 位于荷兰海牙市中心，原是曾任巴西总督的约翰·莫里茨伯爵的宅邸。从1822年起被用于放置荷兰皇室的藏画，现为世界上最著名的收藏绘画作品的博物馆之一，主要收藏有弗美尔、伦勃朗等所谓荷兰“黄金时代”的大师的作品。——译者

② 勃鲁盖尔（Brueghel）是十六—十七世纪佛兰德斯的一个画家家族，其中父亲老勃鲁盖尔（1525？—1569）善画农村景色，反映农民生活和社会风俗；其长子大勃鲁盖尔（1564—1638）继承其父传统风格；其次子小勃鲁盖尔（1568—1625）以擅长画静物、花卉和风景画知名，主要作品有《蓝色花瓶中的花》等。三人中以老勃鲁盖尔的成就最为突出。此处无从确知究竟指的是他们中的哪一位。——译者

③ Remdrandt（1606—1669），荷兰绘画大师，擅长运用明暗对比，讲究构图的完美，尤善于表现人物的神情和性格特征。——译者

④ Vermeer, Jan（1632—1675），荷兰绘画大师，以室内风俗画为主，以善用色彩表现空间感及光的效果著称。——译者

⑤ Houckgeest, Gerard（1600—1661），荷兰画家，擅长肖像画和风景画，本文中提及的《位于德尔福特的内有沉默者威廉墓的新教堂》是其代表作之一。——译者

⑥ 原文此处用的是法语 petit maître，胡克盖斯特因娶了德尔福特一位望族之女而变得家境殷实，故作者有此语。——译者

子是如此，透视画亦是如此。画作的表面向我们展示了一幅图景，这是由我们在看到画之前便已形成的有关视觉适当的形式观念（诸如透视法）所创造的，而给我们带来愉悦的既有被选入图景的事物，也有被图景摒弃在外的事物。《沉默者威廉墓》带给人的乐趣有相当部分来自其摒弃之大胆。

首先，这幅画并不仅仅是对某样事物的展现，而（和照片一样）是被展现出某种状态的事物。胡克盖斯特对这座新教堂的内景还作过别的画，包括对同一地点所作的一幅角度更广的画，此画现收藏于汉堡的昆士塔尔博物馆，据估计创作时间应当早于收藏于莫里修斯博物馆的这幅。但这幅肯定是他对空间最有创造力的描述，这丝毫不是因为它具有一种摄影式的观察方式。除了错觉艺术手法[1]之外——此画从一个真实的视角，以可观的精确记录下了该地点的场景——该画还具有不同寻常的紧凑构图，将教堂柱子的底部呈现在画面的中央，几乎直抵整幅画的下边。收藏于汉堡的那幅画上有三扇窗子，而在莫里修斯的这幅画上作为主要光源的窗子是“关闭的”。我们只能看到高窗暗淡的一角，就在镶板的穹形上缘下面一点的地方；真正起作用的、射到柱子上的光来自画面右侧边缘之外的一扇窗。以往的画家们在细致描摹一所建筑（或一处风景）时通常会采用全景的视角，其纳入画面的东西多于一个观察者所能观察到的内容。这类画的常规是展现一个看上去包容一切、未经取舍的空间（如果是室内，也是从墙到墙的独立空间）。而这幅画所描绘的空间则与此形成了对照，其构图和采光的方式都拒绝了视觉上的封闭。胡克盖斯特之所以采取了如此近的一个

① 指用透视法等绘画技巧使作品产生错觉效果。——译者

视角意在表现，也是想让看画的人意识到，一个比画面四边范围内所描绘的空间大得多的空间，这个空间是超越画面继续向外延伸的。这正是摄影（无论是静态的摄影还是动态的电影）美学中一个核心的表现方法：使看不到的、存在于视觉范围之外的东西以戏剧化的、符合逻辑的方式成为我们可看到的东西的一个组成部分。

近景视角是胡克盖斯特的画作最直接打动人的特征，它营造出一种彼此关联的印象：让人觉得空间有一种不同寻常的充实。传统上，教堂的内景被描绘得相对较空，这样更有利于让人产生宏阔的印象，而这被认为是教堂在视觉上最动人的一面。建筑往往被描绘成是对这一深邃空间的建构，而不是填充，光照则确保结构的三维效果看上去逼真可信；如果没有戏剧化的光照的话，建筑的细节会显得很平面。在胡克盖斯特的画中，凸显出建筑物三维效果的是缩短了的透视视角，而不是光，因为他画中的光与其说戏剧化，倒不如说是温和的。胡克盖斯特从如此近的角度观察，使建筑物几乎触手可及，这样一来，他的画就失去了让人一看到就联想起灵性、神兆、情感和精神的外表，这种风格是由他的同时代画家，荷兰教堂内景画家中最为人所推崇的皮埃塔·延茨·萨恩勒丹[1]，或是其后一个时代中几乎同样受人推崇的建筑画家艾曼努埃尔·德·维特[2]在他们的作品中所确立的。同样陈列于莫里修斯博物馆的萨恩勒丹的《莱嫩的库纳拉克尔克教堂内景》（1655）和德·

---

① Saenredam，Pieter Jansz（1597—1665），荷兰巴洛克时期画家。——译者

② Witte，Em anuel de（1617—1692），荷兰画家。——译者

维特的《一座想像中的天主教堂内景》(1668) 呈现出一种与“诗意的”空阔相关的标准，如果按照这一标准来看，胡克盖斯特的画作可能显得不那么能令人肃然起敬，而只是在倔强地就事论事。萨恩勒丹的成就是把遥远的氛围和描摹的精确结合在了一起。他是从一个真实的角度来描摹一个真实的教堂的，虽然他从来没有从近景视角来尝试过——而这正是胡克盖斯特在《沉默者威廉墓》这幅画中所做的古怪的选择。

将真正的或名义上的表现对象用庞大的建筑加以遮掩，或是在观看者和表现对象之间插入一道屏障、格架或其他格状的障碍物，这在摄影的构图里是长久以来一直得到使用的方法。值得注意的是，胡克盖斯特所选择的视角将墓穴的大部都放到了前景正中的柱子背后，这使得他的构图更加具备了摄影的典型特征。右侧紧挨着的那根柱子在汉堡博物馆收藏的那幅画里是看上去最大的一根，而在莫里修斯博物馆的这幅画里，它虽然经过了修饰，仍然能看得到一部分（这两幅画其实是从同一个角度画的）。如果不加修饰的话，它将把后面的纪念碑挡掉更多。胡克盖斯特没有选择绝对的精确，这样处理之后，画面右侧的空间显得更为开放了。

在这片空间之中，除了堆砌了比通常更满的建筑元素之外，还添加了一些普通意义上的画面占据者：八个矮矮胖胖、裹得严严实实、头上戴了帽子的人，其中两个是孩子；一只动物；位于一个底座之上的一尊寓言人物的塑像，这是部分被遮挡的威廉墓中最向前突出的东西。我们注视着胡克盖斯特所展现的这个空间，而这个空间之中又包含着这些小人儿，他们是来观看或是已经就位正在观看的。在一个建筑中，观看着一个建筑。这使我们得到了对这一建筑的度量。

虽然和经典风景画家添加到他们全景式画面中去的那些做陪衬的小人相比，胡克盖斯特画中的人物要更大、画得也更详细，但他们所起的作用是相仿的，那就是衬托出建筑的宏伟规模。这些小人在设立比例尺的同时，也几乎是不经意地营造出了意境：在他们所栖息的空间中，他们相形之下显得渺小，而且他们的数量通常也是很少的。在对三维自然世界的缩微展现中，如果在景物中布置大量的人或动物的小形体，会使画面产生最令人满意的效果。与此形成对照的是，作为绘画对象的建筑空间是以人口稀少为特征的，尽管这与现实并不相符。事实上，如果有哪个画家在一个公共空间中画满了人，就等于是在明白无误地向人昭示他是一个“幼稚的”画家。在画面中放进许多小人在人们眼中看来简直像是犯了一个绘画类型上的错误。在描绘宏伟的建筑物内部或是被建筑物所包围的室外空间时，把空间处理得看上去像舞台，只零零星星地画上几个人被认为是很专业的手法。这就是许多诸如《沉默者威廉墓》这样没有很明显的感情色彩的建筑画会在不知不觉中带有感伤情调的原因。所有的教堂内景画，甚至包括这一幅，都成了德·基里科[①]式的“形而上的”内景；也即是说，它们倡导的是一种必需的人的“不在场”。因此，它们便不可抑制地会透露出这种感伤情调，这种谜一般的神秘感觉。

人的存在，如果只是一个人，会使画面展现的不仅是一个空间，还是一个时间停止的瞬间。当然，那些表现人们正在经历某种仪式的痛苦或正处于忙碌之中的画面给人带来的感觉与

① Chirico, Giorgio de（1888—1978），意大利画家，超现实主义画派的先驱者，早期作品受尼采、叔本华哲学思想影响。——译者

那些人们正在休息、凝望或解释的画面是截然不同的。与教堂相适应的是一种平静的气氛——但又或许不仅仅是平静，而是平静中带一丝慵懒，虽然这并不意味着催人反躬自省。在这里我们还看不到为十八世纪中期所推崇的那种孤独萧索的景象：那时人们对崇高庄严的理解就是往昔的辉煌建筑的衰朽，原来点缀画面的小人变成了伫立在残垣断壁之间的一些人，他们体形细长、意气消沉，沉浸在幻想之中。胡克盖斯特画中那些显现全身的人不仅仅有尺寸，而且有身份：他们都是市镇中的居民。他们身处的地方就是他们所属的地方。

公共空间，无论被处理成二维的或是三维的，通常所展现的都是其正以多种具有代表性的或形成典型对比的方式得到使用的状态。在荷兰的教堂内景画中，对教堂的使用，如这幅画所展示的，往往是完全世俗的。我们在这座新教堂中看到的人只是看客、来访者，而非信徒。只有从左侧进入画面的两个男人例外，他们背朝着我们这些看画的人，但他们的神态可以看得很清楚。前景中那看似一家人中的父亲一只手举起着，头稍稍侧向他的妻子，摆出像是在解释的姿势。站在围住墓穴的栅栏远端的两个男人（其中转过身来对其同伴说话的那个可以看到整张脸）和带狗的孩子看来只是在闲逛。这堪称是最不具有希伯来特征的基督教了，它并不要求不断地将神圣的事物与凡俗分隔开；以虔信为目的的空间对各种不敬的声音和与日常生活的交混是完全开放的。

神圣的空间被轻微地亵渎了，宏伟辉煌的空间染上了家庭生活的气氛，变得柔和了——孩子和狗（通常是一条狗伴着一个孩子）是荷兰教堂内景画中典型的内容：它们是蕴藏在大理石营造的冰冷辉煌中的生命象征。胡克盖斯特在处理这样一个封闭范围的场面时，只设置了寥寥几个这样的象征（一条狗，两个孩子）。我们不妨把它与传统广角视角画法的作品所呈现的多样性作一个比较，如德·怀特的《阿姆斯特丹旧教堂内景》(1659)，该幅作品中共有四条狗，其中一条正朝着画面左侧一根柱子的底部撒尿，还有两个孩子，其中之一是在母亲怀里吃奶的婴儿。出现在画中的涂鸦虽说并不如狗和孩子那么常见，可也是与后者相关的东西——它们也总是可以被看成是孩子们留下的痕迹。胡克盖斯特在画面中央那根温暖的、略微泛白的柱子上所记录的红色涂鸦是我们可以看得最清楚的，那上面用单线条画了一个男人，头上戴着帽子（与画面中的六位男性戴的是同样的帽子），是典型的小孩子画的人形。再下面一点，用同样的红色粉笔或墨水潦草写就的，是画家的姓名缩写和日期，弄得好像他也是一个没有教养的涂鸦者一样。

为签名或姓名缩写找一个巧妙的藏身处是一种带有强烈北方色彩的传统，在这方面丢勒[①]称得上是个大师，而荷兰的教堂内景画家们又把这种游戏玩出了聪明的新花样。在萨恩勒丹的《莱嫩的库纳拉克尔克教堂内景》中，画家的名字、教堂的名字和作画的日期都像密码一样要人去破解，它们被设置在前景的正中，伪装成铭文雕刻在嵌在地板中的墓碑上。在其他几幅教堂内景画中，萨恩勒丹把这一信息写在某根柱子上，还在那根柱子上面画了一些拙劣的图画。最令人叫绝的一个例子是现在陈列于阿姆斯特丹里杰克斯博物馆的《乌德勒支市圣母马利亚堂内景》(1641)，在这幅画里萨恩勒丹的题签（教堂的名字、作画的日期和画家的姓名）以三种不同的颜色出现在了最

① Dürer，Albert（1471—1528），文艺复兴时期德国最重要的油画家、版画家和理论家。——译者

右侧的一根柱子上，好像是由三个不同的人涂鸦而成，旁边还用同样三种颜色的墨水或粉笔画了几个人形。萨恩勒丹所画的、现陈列于伦敦大英博物馆的《乌德勒支市伯尔教堂内景》(1644) 也很值得我们注意，因为它向我们展示了这样一幅图景，在画面最右侧的柱子上用红色画了一幅滑稽的图画，那是四个人跨在一匹马上（在这幅图下面，就是萨恩勒丹用另一种颜色以印刷体写下的巧妙的签名），一个小孩站在这根柱子前，举着手臂，正开始画另一幅图画（在他身边是一个坐着的孩子，正在与一条狗玩耍）。我们可以想像的是，他绝不是在从事什么偷偷摸摸的玷污行径，而是沉浸于快乐地运用他那尚不成熟的技巧。这不由使人联想起吉奥瓦尼·弗兰切斯柯·卡洛托[①]那幅《男孩与他的图画的肖像》，此画现陈列于维罗纳的卡索维奇奥博物馆，画上的男孩露齿而笑，正展示着他画的单线条人形的图画——此画也是一幅难得的展现儿童艺术的前现代作品，画中男孩的神情与心态与此有着相同的况味。因此，胡克盖斯特在《沉默者威廉墓》中这种将题签隐藏于涂鸦之中的手法并不是独创的。但其之所以不同寻常是因为其放置的地点——处于画面的中部，而不是在旁边的某根柱子上——和其简洁性，它在画面中并没有什么别的意蕴。这只是一个自我隐藏得不错的姓名缩写，我们勉强可以从孩童们的涂鸦中将其辨认出来。

胡克盖斯特设置在中间那根柱子上的涂鸦不仅是童趣的象征，也是一种视觉上的智慧。两种空间由此得到了描绘。两种存在的概念。一个孩子在柱子上涂画了一些东西；画家在画板

① Caroto，Giovanni Francesco（1480—1555），出生于维罗纳的意大利画家。——译者

上画下这些东西——逻辑上这是两个空间，而在物理上却只能被描绘成一个空间。这些涂鸦还展现了画家与教堂之间存在的两种世俗的关系：其一是先于画作而出现于教堂中的一种破坏性存在；其二是作为教堂的忠实记录者，在如实记录下建筑的风貌后，在该记录上署上自己的名字。

现在看来，把画家的签名和孩童的涂鸦带有讽刺性地并置在公共建筑的表面是一种具有丰富潜在意蕴的奇思妙想，它将会在此后的视觉艺术中得到长期的运用，而且或许还从来没有像最近这几十年里一样变得这么有生命力。但如果我们仅仅把涂鸦定义为一种个人的东西——认为其是不成熟的、处于胚胎状态的、缺乏技巧的，那么这一潮流便不可能发端。涂鸦必须被看作是针对某样东西的主张，一种对公共现实的批评。直到十九世纪中叶，诸如格兰维尔[①]和波德莱尔等现代趣味的先驱者才发现涂鸦是“有意思的”——这是标志着现代审美趣味出现的一个关键词。在格兰维尔于 1844 年所作的一幅自画像中，他和一个小孩子正并肩站在一堵满是涂鸦的墙面前作画。这比胡克盖斯特把两种刻画内容并置的做法要更为直接和明显，我们在胡克盖斯特这幅画中所看到的只是涂鸦的痕迹，其绘者并没有出场。

胡克盖斯特向我们展示了这样一个世界，在这个世界中，国家和以庞大空间为代表的集体生活的抽象秩序被确立得非常理所当然，非常成功，乃至用一些代表人性和生命活力侵入的微小元素来稍稍地戏讽一下也无妨。公共秩序可以稍稍松弛一下，甚至可以略略地破坏一下。神圣与庄严能够容忍些微的亵

---

① Grandville（1803—1847），法国讽刺画家。有荒诞派和超现实主义鼻祖之誉。——译者

渎。胡克盖斯特新教堂画像里位居正中、气势雄浑的大柱子并没有真正因涂鸦而遭到破坏，恰如德·维特画中位置不那么正中的柱子也没有毁于小狗的便溺。现实是强健的，而不是脆弱的。涂鸦对于宏伟的视觉环境来说是增添其魅力的一个元素。在我所居住的城市里，会有叛逆的青少年将他们无法辨认的签名泼洒或刻写在纪念碑和公共交通工具的表面。可这幅画上的这点涂鸦却丝毫也不预示着宏伟的视觉环境将遭受到这种潮流的威胁。诚然，涂鸦是一种不敬的表示，但大多数涂鸦只是以一种弱势的语言在表示：我也在这里。记录在荷兰教堂内景画中的涂鸦是无声的；除了其本身的幼稚和其绘者令人感到亲切的技巧贫乏之外，它们没有表达任何东西。胡克盖斯特画中柱子上的图画并不针对任何人；因此我们不妨说它是“不及物的”。即便是那两个红色的姓名字母缩写“GH”也似乎不针对任何人。

这幅画所展现的是一个友好的空间，一个没有不和谐、没有强力侵入的空间。这是一种忧郁的空间被创造出来之前的宏伟辉煌，它丝毫不知道忧郁为何物。教堂内景是与建筑物废墟相对的，后者是空间的庄严辉煌将要在下个世纪确凿存在的地方。废墟在诉说，这就是我们的过去。而教堂内景所诉说的则是，这是我们的现在（正因为教堂的美是其所在地的骄傲，所以人们才会委托画家绘制、才会购买、才会挂放这些画）。如今——无论这些教堂是依然完好无损，如德尔福特的新教堂，还是已经难觅踪影——这些教堂内景画也在诉说“这是我们的过去”了。纵然栖身在那些忧郁的殿堂，如莫里修斯这样陈列以往大师作品的博物馆，这些画也没有令人产生哀婉的怅惘。我对空间所散发出的忧郁特质是情有独钟的，这种特质在十八世纪意大利的建筑肖像画中，特别是在描绘罗马废墟、伟大的自然废墟（如火山）和诸如迷宫（洞穴）等空间的画中可以找到。但即便如此，我也同样喜欢比之早一个世纪的荷兰画家们的作品，他们把辉煌的公共空间缩微处理得充满活力却又不完全被情感淹没，看他们的画让我有如释重负的感觉。想像一下这样一个世界，在这个世界中未经许可的进入并不是一种威胁，完美不是可望而不可即的理想，感伤也不是受迫之下的感情，有谁能不对这样的想法感到愉悦呢？

[1987]

（吴刚　译）

关于霍奇金

1

借由现在的移交过程，现代主义者的工作和特权使那些最有成就的画家们感到缺乏自信，尤其是当他们被迫谈论其艺术的时候。太多地谈论其画作或给它们附以任何清晰的“纲领”，都显得不太合适或者幼稚可笑。也不再有什么理论详述某一理想的绘画形式。而且，由于谈论声日颓而抗辩声常有，也就没有什么能够阻碍他们发泄怒气了。一旦有人引这些艺术家开口，他们出于礼貌而作答，或者他们大胆而巧妙地透露一些自己的意图，那么他们就往往会陷入圈套。修补那个现代主义风格的庄严堡垒，画廊的洁白墙壁是身处重围的现代主义、画家的洁净思想的最后据点。而思想深邃者——不同于毫无鉴赏力的人——或许很有理由谨慎、焦虑、不知所措（对文字）。

2

本世纪初，正是那些最为热心的作家，在叙写一些邂逅的场景时总会先用文字描绘心爱的画作，赞颂绘画是一种难以言说的艺术。

保罗·瓦莱里在1932年写道（这是“关于柯罗”的第一个句子）：“谈论绘画就必须道歉。”

从每种艺术发表的宣言到其仅可能实现的手段，都遵循这样的原则：没有哪种艺术能够被解释或转换成其他媒介形式。绘画与音乐、舞蹈一样，不可用文字来表达；你们看到的就是你们所理解的。“一件艺术品假如不能令我们缄默，就毫无价值。”（瓦莱里）自然，我们不会总是缄默。

但是另有一个原因促使人们十分在意现在可说些什么，因为现代主义之后艺术的目的和理由，确切地说，已变为引发谈论——谈论什么不是艺术。近十年来，崇敬艺术而弃绝艺术观念的做法已经彻底颠覆了艺术创作和批评话语。这种做法用一些不合情理或站不住脚的社会特权，旨在平衡各种审美目的及其严格的“高”标准。有些人无意坦白自我的心路历程，无意和热情的大众说话，而只一味延续那种欣赏、模仿、超越的陈旧而模糊的过程，对于这些人来说，少说比多说更为明智。

3

对艺术的攻讦——仅就何为艺术而言——一定会由于现代主义这种肯定艺术自主性的独特简约的方式而更加嚣张，现代主义的方式因其否定各种艺术间的等级观念而格外有力。得不到区分主题和目的的公认方式的支持，绘画的本质被无情地主观化和庸俗化了。

在这一越来越微弱的发言权上，画家有两项主要的主张。画家断言绘画作品不需要“解释”。画家解释说绘画作品应恰当地被视为“客观存在”。

4

有一幅画就在头顶……或附近……或那边……

也许在不显眼的地方，比如博物馆或收藏家的起居室；它也可能就挂在饭店或宾馆大堂的墙上。

但无论我们在哪里看到它，我们都知道它是什么。我们也许不知道它是哪幅作品。但我们会知道它是谁画的，即使远在房间的另一头。

与早些时期的绘画不同，这是本世纪艺术经验和艺术创作的调节面之一。每位艺术家都要创造自己独特的“视角”——一种最具个性的风格，每件作品都是这种风格的范例。风格就等于最有特色的画家语言：它清楚地表明了自己是那位画家的语言，而不是其他任何人的语言。一再使用相同的姿势和形式对于画家（或舞蹈家）来说，不算是想像力的匮乏，这和作家不同。重复仿佛就是强化。仿佛就是纯洁。仿佛就是力量。

5

对于霍华德·霍奇金的绘画作品的第一印象是：霍奇金的任何作品都可分毫不差地被认出是他创作的。

将绘画作于木头上，仿佛加强了画作的矩形效果——及其“客观存在性”。以现在的标准衡量，画作通常都不大，看上去四四方方，非常朴拙，有时甚至因画框与画面的比例而显得沉重，就像一个玻璃橱窗（即使比例可能不合），其中陈列着丰腴的芭蕾演员的舞姿，不是被周围浓重的笔触所限制，就是越出了高高的边界。画作的包装设计精巧，色彩缤纷。（霍奇金笔下的绿色如德库宁的粉红和提埃坡罗的蓝色一般热烈。）

霍奇金摒弃了绘画的另一基础——素描，因而他所运用的色彩体系是当代画家中最新奇、最能触动感官的——他仿佛继续着长久以来有关线条和色彩的争论，要使色彩独享最辉煌的胜利。

6

“如果我的画作彼此悬挂得太近，它们就会两败俱伤。”霍奇金曾这样说。毫无疑问。从理想的角度说，每一幅都是一种极大的诱惑。即使在观看画作的最佳距离看画，如果不能消除邻近其他事物的干扰，画作仍然很难真切地自我呈现。但是看画者可能有意解决这一问题，而离开正确的位置，使画中值得赞赏的所有亮点归于零，沉入纯粹的色彩狂欢——这就是霍奇金的画常常借以带给人们的东西。

7

看画时距离过近，不仅能带来放纵的感官享受（比如可以看出在十英尺外见到的蓝绿下有橙红色线条），还能看到画边或画下所写的标题。

《叶》、《有人物的室内》、《餐后》、《露台》、《德里》、《威尼斯/阴影》、《干净床单》、《红色百慕大》、《詹姆斯·克曼夫妇》、《柯罗之后》……这类标题指的都是些亲切、熟悉的主题：景物、外光景致、熟悉的室内、肖像、对艺术历史的敬意。

有时，标题指的是可辨认的物体。

但更多的时候并非如此。肖像尤其明显——画作的标题是人名；通常有两个人名，是一对夫妇。（这些人名是画家的朋友和收藏家，看画者并不熟悉。）

有些标题是短语，如《像一本打开的书》、《我们曾经见过吗？》、《数天数》，仿佛是取自一段爱情轶事。《在中央公园》、《埃及》、《在里维埃拉》、《威尼斯的夜晚》——许多标题唤起了一个特定的世界，一个通过视察和品味之旅而了解的世界。（我们听说过不少餐点）有些标题暗示着一个湮灭的故事，一个我们肯定不会再听到的故事——在有些画中，就像匆匆瞥见床上的人形。但标题既有降低的冲动，也想揭示出一些画的内容。因此，霍奇金近作中规模最大、最辉煌、最动人的一幅题为《快照》。这些标题多巧妙地发出信号，有的如随手记下的日记，如《从海滩上来》、《大厦中的自助餐厅》，也有的直截而感伤，如《激情》、《嫉妒》、《情书》，绝大多数标题或是随便命名，或带着轻微的嘲讽，恰好不同于画面中骄傲、丰沛的情感和轻快、喜悦的色调。

当然，给一个人或一个地方取了名字并非意味着描述了他/它。

《在那不勒斯海湾》、《在餐馆中的静物》、《在一个炎热国度》——许多标题中的“在”字都语含双关。它表示画家曾“在”那些地方，度过了那些美好的假日。（我们不会以为霍奇金的标题是说我们“在”一个城堡里。）无论名称指的是户外还是室内，画作本身都有一种内部的感觉。人们细看画作，看那些既被揭示又被隐藏的东西。

有的标题——如《情人》——明确了那些纠缠绕结的形体所暗示的含义。有的标题——如《埃及之夜》和《威尼斯附近的房子》——使画作成功获得了寻常意义上的表现力。但一些华彩画作——如《威尼斯玻璃》——却是例外，霍奇金给出的不是世界的外观，一个印象（情感不同于印象）。霍奇金的绘画几乎不包含任何明显形似的形体，只有少数画作中的形体不必借助标题的提示而意味明显。这些画作的主观性与印象主义的绘画——保留见到物体刹那间稍纵即逝的视觉上的新鲜感——迥然不同。霍奇金试图在见到物体之后重新创造当时的所见，在它已经获得内在必然性的沉重外部标志之后。

8

霍奇金总是处于他自己划定的具象与抽象之间，坚持使自己对于点、线、圆、弧、带状、菱形、箭头、浪线的安排一如既往地富有表现力。

他这样解释道："我是一个具象派的画家，但不是只画外形的画家。""我的画作表现富有情感的场景。"请注意，霍奇金说的是"富有情感的场景"，而不是"情感"；他不允许从某一画作中读出某种情感的企图，仿佛那不是画作的"内容"。

霍奇金的方式既优雅克制，又尖锐警醒。

谁的"富有情感的场景"？画家的吗？

显然，有些标题如《拜访大卫·霍克尼之后》、《在阿尔布里齐大厦用餐》、《印度的天空》，如果画家没有遇到过大卫·霍克尼，没有去过意大利或印度，那么这些标题就是谎言。从这一意义上说，人们可以认为所有的画作都是自传性的，虽然仅有一部分标题表达得很明确。而从狭义上说，标题极少作自我参考用。画面展示的并非画家的富有情感的场景。画作展示了对外部世界、对它所珍爱的事物、美和机遇的最真挚、最强烈的敬意。

确实，霍奇金绘画色彩所具有的崇高感首先可以被视为感激之情的表露——感激这个与自我及其不满情绪对抗并使之留存的世界。我们将两种嗜好与这位画家联系在一起：旅行和收藏，这两者都表达了对非自我的强烈而谦恭的情感。

9

许多画作表现了人们以前常说的“域外”。伟大的前辈画家已使那些自在闲适的胜地几近神圣，而人们对之也百游不厌：印度、意大利、法国、摩洛哥、埃及。那盛装的异域四季：水果、棕榈、白灼灼的天空。在异域的台基上享受着家庭的欢娱。(是《在威尼斯大床上》，不是在伦敦的床上；画家并非独自旅行。）做爱、进餐、观赏艺术品、购物、凝视水面。这些地方表现的是渴求的目光、对家居生活的喜爱；是花园的露台，而不是森林和山脉。画作所唤起的美妙而惬意的旅行——宴会、月夜闲步、心爱的艺术品、难忘的拜访——大胆地肯定了何为欢娱。

而这些标题所提及的天气、季节、时间又表明了欢娱同这些因素的联系。最常见的天气是下雨；季节则无一例外是秋天；如果提到时间，则通常是日暮时分——这不仅对大多数人来说是一天中色彩的故事最为丰富的时候，更往往是忧伤的代名词。

所有那些带有“日暮”、“秋天”、“雨”、“之后”、“告别”、“最后一次”等字眼的标题都暗示着，就在人们设想着、上演着种种欢娱，甚至将它们存入记忆时，沉郁的阴影已经投下。

也许霍奇金常常在旅途中，但他不是一个旁观者（印象主义的主题）。不是旁观者，而是记忆者。作为旅行者，作为收藏家，他沉浸于哀挽的情感中。

10

《商店关门之后》、《我最后一次见到巴黎》、《我们何时去过摩洛哥？》、《告别那不勒斯海湾》……许多标题注重于时间（“之后”），意识到了终结。

艺术来自一种差异感，一种胜利感，一种悔恨感。

如果说，有如此多的画作献给了由威尼斯而激发的情绪与感受，那是因为现在正是这座城市唤起了失落的伤感，这于透纳（Turner）却是不可能的。

11

画家并非要用异域的，或者南方的事物去缓解“北方的”绘画情感的冲动。

可也许这种画家需要旅行。

旅行是一帖增强剂，是对贪婪的眼睛（或其他感官）的放纵。你必须离家。然后你必须回家，去思考你收藏了些什么。

原则上，画家可以将经历过、做过、见过的一切事情入画。这给画家制造了一种无法承受的强大压力，以及同样强大的焦虑感。

旅行，那种独自在户外冒险的感受，可用以过滤和刺激。它最后形成了绘画的欲望。它给了绘画一种韵律，以及正确的延迟。

别看得太多，这很重要（也没有什么可以再造）。因此，霍奇金从不作素描，从不拍照，从不做任何显然有助于记忆某一风光某一内景某一场面某一脸孔的事——而是任凭某一景象自己藏入记忆，任凭它积累起情感与画面的重力。

感受的方式就是看的方式。

值得画的东西就是保留于记忆并经记忆转化的东西，就是经过长时间的思考和无数遍的修正后依然存在的东西。画作生长自多次的决定（或层次，或笔触）；有些要历经数年，为了寻找最恰当的情感厚度。

12

仔细观察霍奇金的笔如何击打、刺入画布，有时就能感觉到一个人预言着笔尖的旅程，从那最初的、最有创造力的情感波涛开始。从霍奇金绘画中独特的形体可以读出所有渴望的循环、碰撞、寻求的信号。

有时，仿佛波涛会溢出框外。有时，仿佛画框内移，变厚，叠加了，承载着无法承载的东西。（在《快照》中丰满的垂直线如同舞台前部或大门的侧面；《情书》那厚重的椭圆形画框挤压、逼迫着中间那颗跃动的心。）

将边缘框起，就不会跌出世界的边缘。加框之后就允许表现情感。

这样霍奇金的作品才可能雄心勃勃，其陈述才可能紧密、严谨、简洁。霍奇金明白，如果画作十分厚密，就可能走向两个方向：正确地表现出紧凑的结构以及表现力极强的情感［即维亚尔（Vuillard）和歌剧］。

13

威尼斯：一次，再次。想像想像中的一切。当你想再见威尼斯，当你见过它多次，或许在冬日里，从海水中升起，人烟稀疏，你所欣赏的是它并未完全改变。

或者你正倚着船栏，船正逆尼罗河上行，清晨从卢克索出发，现在已是日暮。你只是看着。你没有什么词句急于写下；你没有画下什么或拍什么照片。你看着，有时眼睛累了，再看，你很满足，很快乐，极其焦虑。

执拗地让眼睛享用那些游人如织的古老名胜，是要付出代价的。因为不能遗漏了壮美的遗迹，强横的福祉。因为要继续为美而工作。人们并非没有注意到，他们至今仍屈尊从事这项事业。

确实，一个人要用毕生的时间抱歉，因为他发现了如此多的方法达到狂喜。

14

办法是在每一幅画中尽可能多地放入色彩，放入情感。仿佛那些画作需有宽广的边界承载如此丰厚的情感。仿佛它必须画在坚硬的物体——木头上，既然它们包含着如此强烈的脆弱感。

这种脆弱感并未消减，正如那感激之情：感激情感的特权，感激放纵的特权，感激知道更多的特权。热烈中有着英雄主义，而缺乏霍奇金画作中的反讽。他为此而努力，仿佛绘画仍可成为自我超越的载体。

在这些方面，怀着这些目的，赛跑趋向了缓慢。

[1995]

（吴其尧　译）

《可见之光》词汇表

《可见之光》（*Availabe Light*，1983）

露辛达·蔡尔兹[1]的第三部大型作品，由当代艺术博物馆委托创作，全长五十五分钟，演员十一名（五名女演员，六名男演员）。作曲：约翰·亚当斯，布景：弗兰克·格瑞，服装：罗纳德斯·沙马斯克，灯光：贝弗利·埃蒙斯。

美

蔡尔兹的作品具有强烈的视觉影响力，其中的部分原因是作品去除了一切浮言。她严格避免陈词滥调，以及任何令作品支离破碎的因素。拒绝幽默，拒绝自嘲，拒绝挑逗观众，拒绝个人崇拜。厌恶表现狂——故意引人注意的动作、可孤立剥离出来的“效果”。美，首先是一种拒绝的艺术。

舞蹈艺术

蔡尔兹一开始就自称“现代”编舞者；这样就与“传统”划清了界线。（二十年前，仍有理由把现代舞视为古典舞的对立与颠覆。）她于 1968 年正式开始舞蹈创作时，就倾向于相对简单的动作语汇，而在其他方面——空间形式和时间调度的精妙设计——寻求复杂性。蔡尔兹从1979年开始涉足以音乐为基础的舞蹈创作，这要求更为复杂的动作语汇，她彻底摒弃了新杜尚主义派（neo-Duchampian）的反芭蕾美学原则，虽然她曾位列其中。在活跃于当代的所有杰出的现代派舞蹈家中，她与古典舞的联系最为微妙纷杂。如果说，蔡尔兹运用芭蕾语汇的手法比梅尔塞·坎宁安②和特怀拉·撒普③更为明显，那是因为她不是将芭蕾动作和姿态简单地加以调和，而是对它作了彻底的改变和重新阐释。这正如她一贯的态度：坚决地反对拼凑。因此，我们不能认为《可见之光》的舞蹈创作是由音乐、布景和服装加以表现的，而应认为是与这三者——格瑞设计的双层舞台，亚当斯创作的多层次音乐，沙马斯克设计的构成主义风格的黑、红、白三色服装——紧密相连，并在此基础上征询方案，构思完成的。

复杂性

坎宁安在1952年曾说：“我认为，舞蹈是借助肢体形式的精神体验，我们看到的一切就是舞蹈的一切，这便足够了。我认为舞蹈不可能会‘过于简单’。”坎宁安的作品节奏十分精巧，造型和速度变化十分复杂，以一种简单、朴素、不易理解、通常是偏离中心的表演引起关注，提出了一种关于复杂的

---

① Childs，Lucinda（1940— ），美国舞蹈家、编导，后现代舞蹈领军人物，代表作品有《可见之光》等。——译者

② Cuningham，Merce（1919—2009），美国现代舞蹈演员和编导。创作了一些抽象舞蹈动作的新形式。代表作有《偶然组曲》等。——译者

③ Tharp，Twyla（1942— ），美国舞蹈家、艺术指导和编导。1988年任美国芭蕾舞剧院副艺术指导和舞蹈编导。——译者

新标准。

坎宁安

蔡尔兹于 1959 年到 1963 年间师从坎宁安，她赞同坎宁安的观点，即，舞蹈不应表现舞蹈之外的东西，诸如情感、故事、室内布置等；但她不赞同坎宁安的方式，即，使舞蹈的元素独立自足，甚至是随机地混合（有时是看似如此）。坎宁安曾说："我不喜欢每个动作都有意义。"这一自由态度与坎宁安语汇中的一个重要组成部分——"滑稽模仿"——有关：后格雷厄姆[①]动作（坎宁安弯曲的后背是对格雷厄姆的蜷缩的嘲讽）与侧倾的芭蕾姿态。建立在这种折中美学之上的是反讽。（坎宁安的舞蹈设计是分裂的艺术，因此最终是喜剧性的。）蔡尔兹本质上却是整合的；她的美学拒绝折中和分裂——它从不作引述。尽管她将戏谑作为优雅的主要标准之一，但事实上她的作品并没有什么反讽。作品的格调严肃但绝不冷漠，蔡尔兹接受了坎宁安的观念（拒绝情节，拒绝"意义"），并从中引申出其他含义；她舍弃了玩笑、逗乐、渴望的激情，最终达到了崇高。

《舞蹈》（*Dance*，1979）

第一部大型作品，全长一百分钟，演员九名。作曲：菲利普·格拉斯，灯光：贝弗利·埃蒙斯。整个作品分五个部分，其中三个部分（第一、三、四）由索尔·莱威特摄制成影片。

---

① Graham，Martha（1894—1991），美国最有影响的现代舞表演家、教师和编导。她的许多舞蹈以强劲的、棱角分明的动作为特征。——译者

舞蹈创作与坎宁安和皮纳·鲍希[1]的作品一样与众不同，表演时作同步录像，在舞台上的电视显示屏中播放；与这一不完整的附加运用相对照，莱威特的影片在舞台前部的透明幕布上放映，作为舞蹈的真正背景和变形。影片和舞蹈的同时呈现制造出双重空间——平面的（幕布）与三维的（舞台），提供了双重现实——舞蹈与其影像（记录与放映），密切与疏远。莱威特的影片以长镜头和特写镜头，从各个角度记录了演员们的表演，时而在同一高度拍摄，时而从上方俯拍，运用分画面和多影像。影片中有时运用定格（或一系列静止的镜头），使画面凝固，而正在演出的演员从中穿过。有时与演员一同等待，如在第四部分（蔡尔兹的第二段独舞）开始时，蔡尔兹上场时，幕布上出现她面具一般巨大的特写，舞台上则出现她瘦小、静止的白色身影。影片如同一个时隐时现的友善幽灵，使透明幕布后的演员们仿佛也灵魂出窍了：每个人都是别人的魂魄。整个场面表现出真正的多重性，虽然影片最终是从属于舞蹈的。第二部分（蔡尔兹的第一段独舞）及最后的第五部分中没有影片幽灵。

对角线

蔡尔兹舞蹈中最为个性化的特点：一条热情奔放的空间原则。演员们时常作屈膝的阿拉贝斯克舞姿，手臂呈对角线——人体所能伸展到的最长线条。他们也时常走对角线——直线穿过舞台的最长距离。在《相对平静》中蔡尔兹运用对角线堪称绝美，全剧四部分中有两个部分的动作完全采用对角线。在长达二十三分钟的第一部分中，全体演员以整齐的行列从舞台右

① Bausch，Pina(1940—)，德国著名舞者。——译者

后角排至左前角，以越来越欢快的舞步前后跳跃；十七分钟长的第三部分是蔡尔兹的独舞，或长或短的舞句、不时出现的旋转，都是沿着不同的对角线的……沿对角线舞蹈常常意味着强化，如在《舞蹈》的第一部分最后，四对演员突然一次又一次从左后角跳跃至右前角。而在《可见之光》中，八名演员分立两侧，蔡尔兹沿着他们让出的通道，从右后角缓缓进到左前角。

双重性

蔡尔兹作品经常运用的结构：演员分成两组，动作分成两个层面，两者同时表演。如早期作品《街舞》(*Street Dance*，1964)，观众聚集在房子的六楼，能够听见蔡尔兹录下的声音，同时看见蔡尔兹本人在楼下的街上，以她自己所描述的动作舞蹈着。多名演员在多条线路上做相同的动作，这种形式最早出现在《未命名的三重奏》(*Untitled Trio*，1968) 中，其中的双重性成为二十世纪七十年代她为小型演出创作的作品的常见主题。《横向交流》(*Transverse Exchange*，1976) 和《激进历程》(*Radial Course*，1976) 雅致而奔放，演员互为对照，以相同的舞步或相似的动作，同时或错落地行进，变换着步态、方向和在舞台上的位置。几个人有节奏地做同样的动作——或肩并肩，或一前一后，或一上一下——是歌舞表演、军事操练、仪仗队和芭蕾舞的常见动作。双重性的确是技巧，甚至是形式本身的最基本原则。蔡尔兹的作品重在表现双重性的内在含义，以此作为形式原则和舞蹈结构——动作的几何或图解的理想形式——的基础。她在 1979 年以后创作的大型作品使配乐能够具有一种更为复杂的双重性主题。增加舞台布景不仅仅是出于装饰目的，而是以此创造出更为丰富的双重性可能。因此，莱威特摄制的影片作《舞蹈》的布景，为演员的表演创造了一个完美的同步进行的双重背景。如，影片的分画面使观众能够看见演员（以真人大小）出现在上方；幕布后演员本人则出现在下方。莱威特的影片在《舞蹈》中的作用也就是弗兰克·格瑞搭建的布景在《可见之光》中的作用。在《可见之光》中，舞台本身就是双重的，这使双重性主题可以其他形式表现出来。剧中没有游走的幽灵，却有活生生的追踪者：一至三名演员在上层呼应，延长演出，作为下层演员表演的对照。

《海滩上的爱因斯坦》（*Einstein on the Beach*，1976）

这部“歌剧”由罗伯特·威尔逊构思并导演，菲利普·格拉斯作曲；蔡尔兹主演并参与了剧本创作。她筹备并携该剧在阿维尼翁、威尼斯、贝尔格莱德、布鲁塞尔、巴黎、汉堡、鹿特丹、阿姆斯特丹、纽约等地巡回演出，这一年成为她事业的转折点。她在第一幕第一场开始时长达三十五分钟的独舞由三个对角线组成，是她第二阶段的巅峰之作，也是转向第三阶段的过渡。在这部她所设计并演出的最长作品中，她第一次根据音乐编舞——这一经验促使她开始创作一部大型作品，格拉斯同意为它配乐，这部作品最终定名为《舞蹈》。

情感

从邓肯[①]到格雷厄姆到霍顿[②]，这些现代舞的伟大先驱的重要观点是：使舞蹈回归为仪式。尽管舞蹈作为仪式后显得比

---

① Ducan，Isadora（1877—1927），美国舞蹈家，把解释性的舞蹈提高为创造性艺术的先驱者之一。——译者

② Horton，Lester（1906—1953），美国现代舞蹈家、编导。——译者

芭蕾更为抽象，但事实上这些舞蹈有很强的描述意图，这一描述意图最终是建立在动作与感情的原始感与真实感上的。因此，玛丽·威格曼创造了“绝对”舞蹈，在静默中表演，将戏剧因素减少至最低，力求展现极端情感的“内在状态”。蔡尔兹于1968年转向摒弃道具、音乐、言辞的舞蹈，这是舞蹈的绝对概念，因为它不要求表现任何内在的东西。在蔡尔兹和坎宁安看来，所有将舞蹈作为仪式的观点都是不可接受的；她喜欢运用演出活动的游戏形式，其中本质的观念无关紧要。当然，认为舞蹈不必表现情感，并非意味着反对情感。瓦莱里曾把诗歌定义为词语制成的机器，其功用在于创造独特的诗情：它不是“表现”情感，而是创造情感的手段。

队形

蔡尔兹创作的舞蹈总是讲究队形的对称性和动作的对位性。演员们排成一定的队形——常常是每二人，或二的倍数，为一组，而不常以三人或五人为一组。尽管蔡尔兹经常安排演员成对表演，但这种最小的组队形式不同于传统意义中的舞伴：两个演员并非互为舞伴，并不协助或衬托对方的表演。两人地位相当，因此是平等的。这两个演员动作相同：这一成对形式使动作形象成倍出现。一队对另一队进行“精致的入侵”(蔡尔兹语)，而两队各自保持队形，如在《相对平静》第四部分中行进的菱形队列。男演员和女演员做相同的动作（这样就削弱了舞蹈语汇中性别特征极强的动作效果，如腾跃），穿着相同或类似的服装。所有的音响设备发出相同的声音，演员们怀着一种饱满的热情，不间断地行进着。他们从不采用不平衡的危险姿势，那是坎宁安爱用的。（他还喜欢不对称的队形。）

坎宁安舞蹈中另一条用于演员的原则是，舞蹈中的每一个元素都是独立自足的，可与整个场面中的其他元素割裂开来加以理解。在坎宁安的团队中，每一个演员都是，也都能成为明星。而在蔡尔兹的作品中，场面中的每一个元素都与其他每一个元素紧密相连，每一个演员也都与其他每一个演员紧密相连：她的舞蹈是为整个辉煌的芭蕾舞团创作的——他们将成为明星。蔡尔兹的舞蹈作品并无多重关注；更笼统地说，它们并非用作感知工具的艺术范例。她的作品要求全方位的关注；它是累积的；它意在令观众激动，而非教训观众。

几何性

《可见之光》是经蒙德里安改编和修订的《吉赛尔》第二幕。

头部

芭蕾舞剧中，演员总是以头部的姿态表示眼神——注视舞伴或中心人物（贵族），或注视观众。而在蔡尔兹的舞蹈作品中，头部的姿态并无上述含义；演员不注视任何地方。坎宁安经常运用的最基本技巧之一就是简单、毫不做作的头部姿态和漠然、冷酷的面部表情。演员即使在合作完成动作——托举、拉拽、支撑——时，仍仿佛无视对方的存在。（这种不协调感很能产生幽默效果。）而在蔡尔兹的作品中，演员们从来无需合作完成动作，甚至从来没有互相接触。因此他们脸上一无所有的表演面具隐含着另一种浑然的淡漠。其效果绝不是不协调的或喜剧性的；而是强调了一种纯粹感，一种对于崇高感的追求，而这崇高感正是她作品的特色。

理想

这些演员正在何处舞蹈？不是像杜尚主义作品那样，在当地、此处、现在；也不是像坎宁安作品——那种可拆分、可更改、情节并非递增的纯粹的舞蹈——那样，在一个反戏剧性、民主化的空间。（坎宁安有一个独特的观点：舞蹈是一系列具有开放式结局的"事件"。）而蔡尔兹的作品则暗示某种理想的空间，其中存在着理想的事件和变化（这一点与传统芭蕾中的场景很接近。）舞蹈是这样一种艺术：表现理想的精确性，理想的空间关系，理想的、纯粹的强度。

动作表现

这是蔡尔兹早期（概念性或教诲性的）作品中一个独特的部分，她有时运用文字作指示或描述——如在《街舞》中。这种语言的布景可以是现场对话，也可以是录音，由她的舞蹈动作加以表现。她的一些早期作品中的动作处理用的是超现实主义的"拾得之物"（objet trouvè）：通过文字"找到"的已有的姿态。在《模特儿》（*Model*，1964）中，蔡尔兹模拟讲授现代舞，并表现了一些不自然的姿态。在《天竺葵》（*Geranium*，1965）中，她播放了一段体育比赛的广播录音：播音员在描述足球运动员跌倒、绊跤，蔡尔兹同时用慢动作表现这些动作。在《博物馆藏品》（*Museum Piece*，1965）中，有用厚纸剪成的三种颜色的十九个圆点，每个点直径 10 英寸，都是修拉[①]的

① Seurat，Georges（1859—1891），十九世纪法国新印象主义画派的主要画家和创始人。他从印象派对光色的分析开始，使点彩派的技法臻于完善。——译者

《马戏团》（*Le Cirque*）中的小点放大而成。蔡尔兹模拟讲授印象派点画法技巧，一边将这些盘子似的点放在地板上组成一个复杂的图案。然后，她凝视手中的镜子，缓慢后退，在这点阵中迂回行走，而不踩到它们，讲述她为何要“进入这一物质的实体”。

贾德森舞剧团

由伊冯娜·雷内（当时与蔡尔兹同为坎宁安的学生）和斯蒂夫·帕克斯顿于1962年共同组建，于1966年解散。1963年蔡尔兹应邀加入，并表演了一段十分钟的舞蹈作品《消遣》（*Pastime*）——这是她首部公演作品。演出地贾德森纪念教堂成为她公演此后三年的大部分作品及演出雷内、帕克斯顿、詹姆斯·韦林、罗伯特·莫里斯等人作品的地方。

克莱斯特撰写的木偶剧评论

该文旨在讨论精神的一种理想状态。这篇写于1810年的论文同时也是第一篇研究舞蹈的重要论文。克莱斯特将一种不表现精神与心理的方式抬高为最优雅、最深刻的艺术形式。写作此文时，以宣扬心灵与头脑对立、感官与机械对立为特征的现代主义思想已经形成，机械已被赋予一定的喻义，并饱受责难，而克莱斯特却对此置若罔闻，认为木偶的机械动作具有非人格化的崇高感。柔情缺失的浪漫主义理想并非等同于个性的自由表达，而等同于个性的超越。对浪漫主义的反抗（及估价）在下一个世纪仍占据着情感的首要地位，并演变为所谓的现代主义，演变为“浪漫主义”的现代主义，遭到“新古典主义”的现代主义的责难——有关非人格化的观念千姿百态，既有杜尚式的，也有巴兰钦式[①]的（后者认为芭蕾应与内在体验无涉）。有关个人表现力与非人格化或非感情化的种种观念构成了当代舞蹈发展的最重要的对立。坎宁安是表现力与主观化的最有力的反对者，跟随他学习的大多数舞蹈家都延续了他对客观化和非人格化的重视。伊冯娜·雷内在主持贾德森舞剧团时期的作品旨在以非人格化、程式化的动作“淹没人格性”：“因此说，理想的状况是，一个人并非他自己，一个人是中性的行动者。”在蔡尔兹的作品中，一个人则并非中性的，而是超人格的行动者。她对于非人格化的重视更接近于巴兰钦（而非雷内）所赞赏的优点，因为她认为舞蹈是高贵的艺术。演员沉着地按路线行进——他们的来与去是无可改变的。他们的冷漠不是坎宁安式的超脱或冷嘲。这是一种积极的冷漠，令人想起克莱斯特的观点——仿佛优雅和精神性是对立的。

轻盈的艺术

蔡尔兹的舞蹈观念是日神式的：舞蹈应生动、活泼、欢愉。美就是力量、精致、得体、不造作的强有力。丑就是怯懦、焦灼、煽情、沉重。（其他日神式的典型有：修拉、马拉美、莫兰迪、小津、华莱士·史蒂文斯。）

量化

修拉为《马戏团》中约四十个微笑的任务作了精确的位置安排——蔡尔兹在其早期作品《博物馆藏品》中如是说，蔡尔兹同样精确地安排了演员的位置和动作的时机。修拉认为美须

① Balanchine，George（1904—1983），二十世纪美国最有影响力的古典芭蕾舞编导。其风格具有超然冷漠的新古典主义特色。——译者

以客观和量化为基础；蔡尔兹要用数字精确展现她作品的结构。早期作品的时间安排都精确到秒，但并未计拍。而从1968年的《未命名的三重奏》起，蔡尔兹开始用计拍的方法规范地编舞：编舞意味着使动作具有节律性强、可计算出节拍的时间结构。正是通过计拍，空间与时间联系在了一起，不管时间是否由音乐加以表现。二十世纪七十年代的所有“无声”作品都经过了精确的计拍（例如：《横向交流》就有1449拍），在1979年以后的作品中，节拍都合乎音乐，都与音乐紧密相连。如在《相对平静》中，蔡尔兹要求曲作者乔恩·吉布森运用精确的格局和量化的乐句——第一部分由五拍的乐句组成，共十一小节；第二部分由七拍的乐句组成，共九小节，每部分长两分到两分半钟；诸如此类。对于那些只习惯于认可由动作本身表现复杂性的观众来说，这样精妙的格局（为活跃整个舞台而设计）和微妙的时间变化也许有些简单了。

极简主义

与近二十年间出现的其他一些用于视觉艺术市场化的笨拙标签（波普艺术、视幻艺术）不同，这一语言的口香糖最初用于一些画家和雕塑家（索尔·莱威特、罗伯特·莫里斯、卡尔·安德烈），后来推广至建筑师、舞蹈家、作曲家，甚至服装设计师——似是而非地将彼此迥异的艺术家囫囵在一起，这是乱用标签者惯常的行为。迈布里奇、蒙德里安、斯泰因、小津都是追求缠绵重复性和强烈形式感的好手，其前途无可限量，他们都没有沾上这个标签。这个标签无可避免地被“后极简主义”接替了。

动作

蔡尔兹认为理想的动作必须清晰、明净、审慎、强烈。而且指向明确。演员要么有动作，要么绝对静止。当他们有动作时，动作应持续不断，与古典舞蹈相比，强调感应相对减弱，动作应更为轻柔，正如雷内所说的，舞蹈应是“动作的连续”——“乐句之间没有停顿，没有明显的强调……肢体绝不固定、静止……使人感觉身体永远处于变换中。”蔡尔兹使贾德森演员的美学——用雷内的话说是赋予舞蹈一种“真实性”，一种刻意的事实感，一种“表演中更为平庸的实体存在”——直接对照于更为活泼奔放、多情庄重的古典舞观念。许多由她重新创造的动作都是芭蕾舞的动作。在芭蕾舞中，每个姿势都是先完成，再保持，需要亮相。在蔡尔兹的作品中，古典舞的姿态（阿拉贝斯克式、鹤立式、举起屈膝）都完成得干净利落，但转瞬即逝。蔡尔兹不用意在表现姿态、显示技巧的持续性动作（如俯身、推举、击打）。格雷厄姆的现代舞观念认为舞蹈应是一连串的高潮，而与之相对，坎宁安以及更为激进的贾德森艺术家们，却创造了没有高潮、没有戏剧结构的动作风格。蔡尔兹吸收了他们的美学思想，继续摒弃可构造的姿势，但不再强烈反对高潮段落。《可见之光》中就有若干明显的高潮部分。该剧还有松散之处——这可能是因为，这部作品与《舞蹈》和《相对平静》不同，没有分作若干独立的部分。亚当斯谱写的乐曲不同于蔡尔兹过去所用的音乐：以前的乐曲分界鲜明，而这次的乐曲转换柔和，具有更为显著的情感成分，其中高潮迭起，这在最后十五分钟里尤为明显。

新古典主义

新古典主义风格（不管是舞蹈的，还是建筑的）的标志被指责为单纯的数学化。如果数学化指的是数量精确、一贯刻板、堂皇精练——如在柏拉图或帕拉弟奥的形式王国中那样，那么这种指责是正确的。

开场

《舞蹈》中：空旷的舞台、热烈欢快的音乐……然后演员双双从两侧跃出，旋转、腾跃、掠过舞台。《相对平静》中：低沉的音乐……演员已就位，（成对角线）坐在铺满灯光的地毯上。《可见之光》中：爆炸声减弱为低沉的乐声……演员缓步出场，摆好姿势。

秩序

美就是秩序、生动、静谧、必然。

文雅

古典舞蹈的传统向来与彬彬有礼联系在一起。芭蕾舞的姿态建立于一种谦恭顺从、等级森严的体系之上，从真正的宫廷仪态中发展而来。蔡尔兹的演员们举止宛如身处子虚乌有的宇宙宫廷，行为温文谦逊。没有愤怒，没有情欲。演员庄严、沉静，相互间总是保持一定的距离。

后现代

当现代主义还在鼎盛时，就已有一些敏锐的评论家预言了它的衰朽。"'现代'一词的含义变了，"科克托在 1932 年说，当时他已安然超脱于现代主义（人人崇尚的优越之地）之外，并预言："现代主义的时代是 1912 年到 1930 年。"现代主义的一个永恒角色，它的灭亡，近来正被一些最为成功的新标签加以歌颂，这个新标签就是"后现代"，首先用于建筑师，现在也用于视觉艺术家和坎宁安以后的舞蹈家。时常被用作折中的同义词，而有时也等同于"极简主义"。

在场/缺席

舞蹈通常是各种艺术手法在场的体现，而蔡尔兹却使舞蹈服务于一种缺席的美学。这种美学原则最初表现为达达主义①，一种空白、间隙的概念——如一幅未画成的画作因讨论其缺席性而神奇，或一张用拭抹来表现的素描。在《天竺葵》的第三部分中，蔡尔兹有一段独白："现在应该是第三部分，但事实上并没有什么第三部分，因此最好把这第三部分当作一个间隙"——然后开始描述一些关于第三部分的想法，如用一个玻璃罩罩住一个演员。（这个设想在蔡尔兹第一阶段的最后一部作品系列舞蹈"九个夜晚：舞台剧与工程学"中的《车辆》（*Vehicle*，公演于 1966 年）中实现过，剧中有一个有机玻璃罩，能够在整个舞台范围内活动，罩子中有一个演员。）许多早期的独舞作品都有表现缺席。在《街舞》的开场，蔡尔兹按下录音机的按键后就消失在了电梯里（她重新出现时已经在大街上了）。在《康乃馨》（*Carnation*，1964）中，蔡尔兹在一幅白布下消失了。在最早的作品《过去》中，蔡尔兹在一个蓝

① Dadaism，二十世纪初兴起的一种虚无主义艺术运动，作为一种追求偶然性的创作技巧后来被超现实主义和抽象表现主义者采纳。——译者

色的弹性针织袋中表演各种姿势。这些最初颇有达达主义意味的表演最终上升为一条明确无误的原则：空间的神秘主义。演员们被剥离了肉身，被非物质化了。杜尚式的怪诞离奇的非存在或反存在过去了，取而代之的是马拉美的观点：美是不可言说的，缺席的。

四人舞

这是蔡尔兹最钟爱的形式，二的第一次翻倍。短小的四人舞作品有《斑点的混合》（*Calico Mingling*，1973）（四个女演员）和《激进历程》（两个女演员，两个男演员）。在《相对平静》的第二部分中，八个演员数次变成四人舞形式。其后的第四部分中有两组四人舞，一组为女的，一组为男的。

《相对平静》（*Relative Calm*，1981）

蔡尔兹第二部表现从夜晚到夜晚整个一天的作品。作曲：乔恩·吉布森，布景、灯光：罗伯特·威尔逊，长九十五分钟，包括一个序幕和四个部分，九名演员。四个部分尽管没有标识，但代表的是一天中的四个时段。这部作品以象征浪漫主义的手法表现主题，是朗格[①]式的，而不是贺加斯[②]式的。序幕：背景缀着星星，演员呈对角线坐在铺满灯光的舞台上，前方有一个月亮钟摆般晃动着。第一部分“兴”是清晨——演员们都身穿相同的白色连衣裤；结束时，舞台上明亮起来，星星则黯淡了。“行”是白天；演员身着米色；通过一些投射在圆

① Runge，Philipp Otto（1777—1810），德国画家，浪漫派运动代表人物。——译者

② Hogarth，William（1697—1764），英国画家、艺术理论家。——译者

形布景画面上的无意义的句子和一只短时出现的小狗，表达对每一天的敬意。独舞“展”是黄昏——星星渐渐出现——舞台和布景都沿对角线被斜割为明亮和黑暗的两半。蔡尔兹一身黑衣在明亮的半区中舞蹈。“返”是星斗满天、灯光闪烁的夜晚，演员们身穿深蓝服装。四个时段的构思源自蔡尔兹和威尔逊的谈话；蔡尔兹设计了四部分的标题，这些标题既涵盖了又略略模糊了威尔逊的布景与灯光所显示的意义。

重复

蔡尔兹早期有关重复的概念体现在二十世纪七十年代一些活泼的“无声”舞蹈中：演员们用相同的舞步或类似的动作，整齐或错落地行进。蔡尔兹在《海滩上的爱因斯坦》中的独舞则体现了更为复杂的重复概念：重复是效果的累积，是层层叠加。（这不同于《庭院》（*Patio*）中的重复概念——重新阐释。）严格地说，蔡尔兹的作品中并没有重复，有的只是一种对主题素材的严格运用，先陈述，再通过一定程度的变化加以逐渐修整（以平和的、而非表现主义的方式），这与观众习常所见不同。与威尔逊源自贾德森风格的活力——由缓慢的动作、细微的差异、对比模糊的变化所体现的活力——不同，蔡尔兹二十世纪七十年代晚期以来的作品动作更丰富，节奏更快速，静态造型则更为鲜见。（威尔逊的作品自然而然地采取了较长的形式，而蔡尔兹的作品只是逐渐有了这种形式。）重复固然常常体现着冷漠与淡然，却也总是暗示着完美主义的激情。1966 年雷内曾为重复辩护，认为它使动作表现得“更客观”——更符合事实、更中性、更无所偏重。然而，重复同样也能够诱发狂喜。重复是一种体现简单性的技巧，原则上会加强清晰感。(用雷内的话说:“的确使素材更容易被理解。”)重复使那些与极简化观念有关的素材有序化，它完全可以被称作现代最高纲领主义：重复是无穷无尽的形式，穷尽了所有的可能性。重复绝不会令素材中性，相反，它具有令人眩晕的效果，就如在蔡尔兹的许多近作中那样——叠加、模仿，这种动态的形式与静止的布景异曲同工。参见双重性词条。

浪漫主义

舞蹈的“古典”传统是浪漫主义的，因此用谨慎的措辞来说，舞蹈的新古典主义语汇无可避免地将是新浪漫主义的。(甚至这种谨慎也是恰当的。浪漫主义艺术首先具有很强的自我意识和批评意识)《舞蹈》中幽灵、阴影或鬼魂的游戏。《相对平静》中毕达哥拉斯式的美及其喻指一天中四个时段的布景。(与威尔逊喻义深长的敏感性以及与德国浪漫主义与生俱来的联系使蔡尔兹摆脱了自己敏感性中毫无出路的清教主义)1979 年以来的作品都不乏对浪漫主义的回应。在《舞蹈》中有两段独舞，一段穿黑衣表演（第二部分），一段穿白衣表演（第四部分），仿佛《天鹅湖》中的奥黛尔和奥德特。在《可见之光》中，蔡尔兹在演员组成的通道中出现，仿佛《吉赛尔》中的威里斯女王。在《可见之光》初次公演时——1983 年七月在沙托谷舞蹈节上露天演出，没有布景，演员们身穿适用于任何场合的演出服，即《相对平静》第一部分中的白色连衣裤——人们见到了最本真状态中的舞蹈作品，没有白色的芭蕾舞裙，却是真真正正的穿白纱长裙的芭蕾（ballet blanc）。

独舞

蔡尔兹为自己创编的舞蹈不同于她为其他演员创编的舞蹈。她为自己的独舞设计了更多样的生动变化，在素材中（而不是在空间中）演化出更多的内涵。在《舞蹈》中有两段较长的独舞，《相对平静》中有一段较长的独舞，而在没有分成若干部分的《可见之光》中，蔡尔兹不是作为独舞者，而更多的是作为团体中的一分子。但是她仍然与众不同——其他演员都穿红衣或黑衣，她却穿着白衣。虽然没有她的独舞，她没有单独出现在舞台上，但她却是惟一来回移动的人。在整场舞剧的五十五分钟内，其他演员一直都在台上（除了有一次音乐放缓时的短暂停顿，十名演员都离开舞台，不过很快又回来了）。从她早期表现演员缺席或消失的独舞，到《可见之光》中卓尔不群的来回移动，蔡尔兹的独自存在——庄重、神圣、并非富有表现意味的——既引申为在场，又引申为缺席。

空间

舞蹈演员是旅行者，是“消耗空间的人”（蔡尔兹语），要通过一种形式化、综合性的方式完全利用设定的空间。（在一部可用于教学的早期独舞作品《特别卷盘》（*Particular Reel*，1973）中，蔡尔兹从右到左安排了十列演员，又从左到右安排了十列演员，两部分的中间就是她出场的位置。该作品堪称利用空间的典范）利用空间越多越好。演员们排成长长的一列：他们的位置关系可以是平行的，可以是垂直的，等等。演员们总是不知疲倦地奔向某处，他们总是处于一种从容不迫的紧张状态，从不停歇；尽管他们可能没有动作，但这是为了重新占据空间。如果有一些演员“退出”了，那其他演员就会进入。

标题

二十世纪六十年代中期的标题往往是玩笑似的，而之后的标题则是严肃的：通常为两个词，形容词加名词；通常前者表示结构或形式，后者表示动作：如《方格的漂流》（*Chechered Drift*）、《斑点的混合》、《倾斜的回旋曲》（*Reclining Rondo*）、《横向交流》、《激进历程》。最喜欢用相互矛盾的词组成标题——如一些象征自我控制的矛盾的近期作品——《相对平静》、《拘谨的放任》。或用赞赏可能性的时尚标题：《可见之光》。

无法获得的

舞蹈表现缺席或无法获得的渴求之物。

意志力

演出的舞蹈越正式，可能的意志力品质就越弱。演员排成队列——所有的动作模仿、叠加和翻转都消除了主观化的感觉，导致这一效果的还有中性的演出面具——演员不对视，也不看观众。（这与布雷松推崇的“反表演”风格相类似。）如果演员停止动作，那是因为他们另有安排或另有布置，而非出于某种情感或意志。用规则或形式代替行为和动作中的主观成分——克莱斯特把他们想像为机械——是优雅的先决条件。而演员却绝不是自动机器。

世界

浪漫主义以来的舞蹈表现的都是一个鬼魅的世界。蔡尔兹的节拍如同修拉绘画中的微小色点，是这一鬼魅艺术的砖石。物体既在场又不在场，丰裕的瞬间引发了缺席；欢愉（如在《大碗》*Le Grande Jatte* 中）表现为严峻和谨慎。

渴望

双臂成斜线打开是伸展、欢呼的姿势；是渴望——渴望空间的姿势。舞台再大也不够。蔡尔兹的作品在有限的舞台上表现出一种无限广阔的空间或领域。她凭借对空间的热爱创造出动作和结构——其中包括重复的形式——这仿佛是芝诺有关行动的观点：每一条直线都可无限地分割，都包括无限多的单位，每一个单位也都无限巨大；因此每一条有限的直线、每一个有限的空间实际上都是无限长、无限大的；而且没有一件移动的物体能够穿越哪一段距离，尽管看似如此。

芝诺的领域

蔡尔兹一度为《可见之光》设计的标题。

[1983]

（吴其尧　译）

意难忘[①]

1. 飞机上的舞者

我看不见他们。

在那里。舞者们在那里，却看不见——犹如飞逝的思绪。

周围是餐具。

是待食的一餐？

看不见的一餐。

是两餐：一欢愉，一沉重。一轻快，一沾染着性的惊惧。

飞机上的舞者？

不。他们需要更多的空间。

2. 食与舞

这是重组的艺术。

一为愉悦之域。一为礼仪之域。

规则明确。谁制定规则呢？有规则的行为。

秩序的概念。先吃一样，再吃另一样。吃饱，就结束了——腹部充盈，四肢沉重。小憩之后：周而复始。一切周而复始。一切，周而复始。

他们提醒我们，我们生活在身体的房屋里。

生活在身体“里”。可是我们还能生活在哪里呢？

舞为自由之域，但远非舞之全部。

食为必需之域，却并非必然如此。悠闲诗意地进餐呢（如在巴黎）？

人人皆食，人人皆能舞。并不是人人皆舞（唉！）。

我观赏舞蹈，充满愉悦。我不看别人吃饭。如果我饿的时候看见别人吃饭，我希望是我自己在吃。在饥饿的人眼中，饭总是美味的。如果我吃饱的时候看见别人吃饭，我可能会转过脸去。

你可以为我跳舞。（你在我的地方跳舞，我只是来观赏）。你不能替我吃。那没有什么愉悦。

你可凭舞取悦：如莎乐美[②]。你也可凭吃取悦：如孩子会以吃饭来取悦他的母亲或是保姆。（据说苏珊娜·法拉尔[③]曾说过她跳舞是为上帝和巴兰钦先生。）但是，除了那些溺爱子女的父母，喜欢观赏吃饭的人很少。除非你也在吃，否则真有些难看。

吃意味着将金属放进你的嘴里。灵巧优雅，而不会有所伤害。

食客填满了空洞。

舞者食空间。

---

① 1989年伦敦安东尼·道菲画廊举办了名为“飞机上的舞者：凯奇、坎宁安、约翰斯”的展览。“意难忘”是为展览目录手册而作的。展览以贾斯柏·约翰斯的“飞机上的舞者”系列为中心。围在画周围的是一系列实用的刀、叉和勺。

② Salome，《圣经》的故事人物，希罗底之女，因取悦于希律·安提帕而被赐予所求之施洗约翰的首级。——译者

③ Farrell，Suzanne（1945— ），美国舞蹈家。——译者

空间食时间。

声音食寂静。

3．刀

它切割事物。别怕，这不是武器。它只是帮你进食的工具。看。将它交给你——你需要它——我将刀柄递给你，让刀刃指着我自己。刀刃正在指着我。

我们不应该把刀尖朝着人，像是攻击一样。

你可以用两种方式把刀放下来：刀刃向里，刀刃向外。

不要害怕。它并不锋利。这只是一把一般、平常的……刀。笔直的两面刀。

在童话里，爱上王子的美人鱼乞求得到人的躯体，然后她便可以离开水走向宫廷。对。她会长出腿来，她将可以走路。但她每走一步，都如同行走在刀阵之上。

你可以与刀共舞。（在牙齿之间？在肩胛之间？）难以想像与叉共舞。或是与勺。

刀似乎是主要餐具，其他用具都依附于它（如瑞士军刀）。你可以用刀戳食物，而不必用叉。（我们都知道可以用刀吃豌豆。只不过我们不这样吃罢了。）至于勺呢，我们也可以不用到它。只要端起碗、盘、杯来喝即可。

只有刀是真正必需的。而刀的使用也比任何其他餐具受到更多的限制。餐桌礼仪的演变主要是关于如何用刀。刀用得日益谨慎优雅。不要用手掌捏着刀，好像捏着根棍子。要用指尖。

“在文明社会里有这样一种趋势在缓缓地由上而下蔓延，就是限制刀的使用（在现存的进餐技巧框架中），甚至如有可能，根本就不用刀。”（诺伯特·伊莱亚斯语）例如，对于圆形或蛋形的物体，不用或至少限制刀与之接触。并非所有的限制都成功。禁止用刀吃鱼的规定一度非常严格，但专门鱼刀的出现打破了这一限制。

黄油刀：这是个矛盾的组合。

进餐是将金属放入口中，而不是刀。就算只是瞥见他人将刀放入口中，也让人颇感不安。

4. 勺

勺看来是口的一部分。

勺不如刀和叉那般成熟。它没有威胁。它不是被控制的武器。

勺是孩童的器具，最为友善。勺似小孩。唔、唔，用我铲，用我舀。它犹如一只摇篮，一把铲，一只握成杯状的手。它不切、不戳、不刺。它只接受。圆圆的，弯曲的。不会戳到你。不能让孩子用刀或叉，但勺怎么会伤人呢？勺本身就是个孩子。

世界满是快乐。只要停留在我们所在的地方就好了。这里。现在。

给我勺，我的大勺，我就能吃掉世界。金属勺是后来才出现的。木刀不大像刀，而木勺却是标准的勺。一点也不差。

“用勺”还意味着：拥抱，亲吻，爱抚。[1]床上的恋人在睡梦中依偎的样子就如同勺子。

约翰·凯奇引用爱里克·萨蒂的话写道，“勺产生的乐声

① Spoon 在英语中有亲热的含义。——译者

是周围环境中喧闹的一部分，它让我们意识到周遭的喧闹。我认为它韵律优美，调和了刀叉的嘈杂，却既不控制他们，也不突出自己。”

那勺究竟怎么了？勺是否也会发出噪声呢？

柔和的噪声。

以及乐声。两只勺（而不是两只叉或两把刀）发出的乐声。

勺之乐声。

5．叉

对于叉我们颇为犹疑。你左手拿叉捺住食物，右手拿刀来切割。接着，如果你习惯用右手，而且又是美国人的话，你会放下刀，把叉交到右手，戳上一小块，放入口中。

大人们掷刀。孩童们掷勺。没人（我认为）会掷叉。它的大小约为一架玩具三叉戟飞机的四分之三，但却不能当作三叉戟飞机来掷。它不会像矛一样的，尖端先落地。

叉的重量在叉柄上。

叉是一种象征——真实的象征。贾斯柏·约翰斯说，所谓“我迄今的演变，也就是说，我发现将一把真实的叉作为一幅画比将一幅画用作一把真实的叉更为有趣”。

一把并非在现实中存在的叉子有什么特征呢？

在这三件主要的餐具中，叉的资历最浅。基督最后的晚餐只用了刀和勺。在迦南的婚宴中也没有叉。

直到刀和勺已广为使用，叉方才出现。十七世纪早期，当它从出生地意大利来到英国时，被视为奢靡之物。威尼斯使节送给伊丽莎白一世的一套纯金“意大利叉”放在威斯敏斯特教堂展示，女王从未使用过这些叉。

这一重要器具的传入避免了直接用手接触食物，从而使人们与进餐的过程产生了一定距离，这在很长时间内被视为体力衰微的表现。

随之而来的是严谨的规则，形成了新的距离习惯和新的礼仪形式。

讲究的用餐礼仪规则日益增多。人们开始使用一套日渐复杂的餐具。

它看起来坚硬、自负、冷淡疏远。

现在我们对叉不以为意。

6. 刀、勺、叉

刀、勺、叉是世俗中的三位一体。

它们没有高低之分，排列只能有系统地变化。如刀、叉、勺，或是刀、勺、叉，或是叉、刀、勺，或是叉、勺、刀，或是勺、叉、刀，或是勺、刀、叉。

似乎是永恒不变的（在经过历史磨砺后）。

它们躺在那里，仰面朝天。躺在平坦的（飞机的）表面上，与桌的边缘垂直。

一场三方的对话。

一种严肃郑重的关系。它们并不是在盘的同一边。三方分为二对一。叉在盘的左边，刀和勺在右边。

刀单放有些让人畏惧，但放在一套餐具中时，便有所不同。在勺的旁边，刀变得颇为驯服。刀与勺：奇异的一对。它们并不相配，你也不会同时使用它们。但它们就是在一起。

叉是孤单的。总是这样。即使餐具再多，在叉旁边也只会是另一只叉（或小点，或大点）。

这就是进餐开始时它们的摆放位置，比盘低一级，在两边护卫着盘。

这就没有理由用手吃了。这是文雅的进餐（与狂嚼暴食相对）。

进餐完毕，你将它们整齐地摆放在盘上。

不是按字母顺序，也不是按并不存在的重要程度。

一个十分偶然的三位一体。

它们看起来相辅相成。

我们学的是三个器具一起用，不过，当然它们也可以分开使用。

7. 平地上的舞者

是在飞机上？是飞机吗？

是在平地上。无限开阔（没有边际）的平地。

低地，平地。不要去想那些古老的高山。深渊。

究竟是什么让一个平面与另一个平面不同？我们是如何体验表面、动作、声音和经历中的平稳的呢？

平稳？

是的。事物似乎是连续不断的。

每一部分都令人愉悦。

作为事物（表面、动作、声音、经历）的一部分意味着什么呢？

古老的高山。反射着光芒。低头看。这是我的生殖系统。

要更为谦逊；优雅。

有时轻快，有时沉重——偶尔沉重无伤大雅。

让它焕然一新。对。还要让它清楚明白。

8．对称

飞机上的舞者。没有中心。总是在远侧。每一处皆是中心。

我们看起来是对称的。两只眼睛，两只耳朵，两条胳膊，两条腿；两个卵巢或是两个毛茸茸的睾丸。但我们不是对称的。总有一样是主要的。

镜中意象正是对称的迷思。右边翻转成左边，左边翻转成右边。

我们看起来是对称。但我们不是。

它们（刀、勺、叉）互为参照。就如同在大脑中一样。惯用右手意味着大脑左侧占优，惯用左手意味着大脑右侧占优。

如何知道你大脑的哪一边占优呢？闭上眼睛，想一个问题，然后慢慢地想这个问题的答案。如果此时你的头略向右转，这就说明是大脑左侧占优。

反之亦然。

智力问答节目主持。

一门问答的艺术。

我们如何理解表面、动作、声音、经历的一部分与另一部分的联系呢？注意：你可以选择问题。但如果你选择问这个问题，毫无疑问答案必然包括对不对称的偏见。

坎宁安宣称，“动作的非联系性被引申为与音乐的联系。它本质上是非联系的。”

舞者须轻盈。食物让人滞重。

你可以用手进食，用腿跳舞。吃饭有惯用右手和惯用左手之分。跳舞有惯用左腿和惯用右腿之分吗?

每一处皆是中心。

真正的对称：筷子。

9. 静默

嘈杂声不绝于耳。这也是一种寂静。(因为没有寂静）聋人听得见自己的失聪。盲人看得见自己的失明。

沉默具管制之力。寡言者更强。

是否有热情的沉默呢?

思想的喧嚣。

开始形成语言。

不，是形成喧哗之声。将言语切成碎条，犹如切生鲜的蔬菜。用言语来做饭。与言语的烹饪关系……

倘若刀、勺、叉是三个人。他们同上了一架飞机（一个平地）。他们会对彼此说些什么呢?

我知道。“谁带了草芙蓉?”

蘑菇，你一定是说蘑菇。

我说过了，是草芙蓉。

这不是我所想的东西。然后呢?

然后他们详细讨论究竟如何烹调草芙蓉。

他们三个都非常了解食物。(关于进餐，包括之前的聚会、准备、烹调……)

但是只有草芙蓉。美国的蹩脚货。

你要一丝不苟。草芙蓉也可能会做不好，让人失望。这是个内部与外部的关系问题（对，又一个问题)。内部要烧熟透，但外部不能着火。若烹饪完美，外部是脆而不焦，内部则绵软欲融。然后，就在它要从棍子上脱落时，用手把它拔下来，整个塞入口中。

棍子？那叉呢？不是用叉来烤草芙蓉的吗？

好，是叉。这不过只是个自作多情的经历，不那么精确。

列维-施特劳斯说：“无论何时何地，欧洲的礼仪都不允许进餐时高声喧哗。”

但你不必总是彬彬有礼。

10．意难忘

在第一幅画——欢快、活泼的画——中，真实的扁平餐具被描成白色。第二幅画里，画家用青铜浇铸餐具。

重复是变化的一种手段。接受是歧视的一种方法。冷漠是激情的一种形式。

随你怎么用我。

品味非联系性。重在品味。“移动的事实，而不是我对他们的感觉，更让我感兴趣”（梅西·坎宁安语）。

你想下棋吗？真的，下棋。

我们那时年轻多了。那时，当我们年轻的时候，谁会想到；那时——它会是这样呢？

我们相遇。可能是在一次餐会（叉、刀、勺，等等）。

我们说了些诸如此类的话：真高兴见到你。我一直很忙。我想是这样。我不知道。那会很有趣。（一切都有趣。不过有些东西比别的更有趣些）也许不是。我听说了。在法兰克福，在伊利诺伊，在伦敦。明年。真遗憾。他不在。他很快就回来。他们在组织安排。你会收到邀请的。

我们微笑。我们点头。我们不知疲倦。我想我下星期有空。我们说我们希望彼此多见面。

我们进餐，我们品味。

同时，各自隐藏着上升或下降的秘密。我们继续。飞机的边缘在召唤。

[1989]

（何宁　译）

舞蹈家与舞蹈

杰出的舞蹈历史学家及舞蹈理论大师林肯·柯尔斯坦[1]曾经评述道，十九世纪芭蕾艺术的影响力实际上取决于舞蹈家的声望；尽管有优秀的编舞（尤其是佩季帕[2]）和美妙的舞蹈配乐（由亚当[3]、德利布[4]和柴可夫斯基创作），众多戏剧界人士依然将舞蹈完全等同于舞蹈家们的个人魅力和精湛技巧。在舞蹈鉴赏和舞蹈演出的观众构成上的巨大变化发生在一战爆发前夕，是对俄罗斯芭蕾舞团的高度权威性和异国情调所作出的反应。这一变化并没有质疑过去注意力的不平衡——甚至都没有涉及随后佳吉列夫[5]发明的通力协作的舞蹈形式，富有创新精神的圈外艺术家们也加入到这种舞蹈中以增强这一奇妙表演的艺术感染力。配乐也许是由斯特拉文斯基[6]谱曲的，舞台布置也许由毕加索构思，服装也许由香奈尔设计，剧本也许由科克托撰写。而顶级的艺术效果则是由舞蹈家——尼金斯基[7]或卡尔萨温娜[8]一类的人所创造的。柯尔斯坦认为，随着乔治·巴兰钦，一个具有非凡天赋、能够永远改变舞蹈的舞蹈设计家的出现，才使得舞蹈设计家优于表演者、舞蹈优于舞蹈家的地位最终为人们所理解。

当然，在巴兰钦之前，柯尔斯坦指出了舞蹈界人士较为有限的视角，这一观点也并非是谬误的。但是我想指出的是，表演者高于一切的现象不仅贯穿于十九世纪（和二十世纪初期），而且还渗透到所有需要表演的艺术形式之中。如果回顾一下大量将舞蹈等同于舞蹈家——如玛丽·塔格里奥尼和芬妮·埃尔斯勒——的实例，人们也会同时想到其他的观众，其他的欣喜。为李斯特和帕格尼尼所吸引的音乐会观众也将音乐等同于技巧娴熟的演奏家：音乐实质上就是一个重大时刻。那些在罗西尼或唐尼采蒂的新歌剧中深深陶醉于拉·玛里布朗的人把歌剧视为歌唱者的载体。(至于歌剧的外在表现，不管是舞台、装饰，还是歌唱者那不协调的体形，似乎都不值得讨论）这些艺术中为人们所关注的焦点也发生了转移。近几十年来，即使是歌剧演员群体中最沉迷于担任女主角的部分演员都准备将工作与表演割裂开来，并在演出中将歌唱技巧和表现力与表演相剥离。这样就使表演中充满了极端反应的夸张语言风格，该风格充斥于十九世纪的歌剧表演，尤其是一部新作

---

① Kirstein, Lincoln (1907—1996)，美国舞蹈界权威，作家和实业家。——译者

② Petipa, Marius (1819—1910)，俄罗斯舞蹈家和编导，对现代俄国古典芭蕾有深刻的影响。——译者

③ Adam, Adolphe-Charles (1803—1856)，法国作曲家，代表作为芭蕾舞剧《吉赛尔》。——译者

④ Delibes, Leo (1836—1891)，法国歌剧和芭蕾作曲家。——译者

⑤ Diaghilev, Sergey (1872—1929)，俄国的艺术促进者，通过将音乐、绘画和戏剧等艺术形式的概念与舞蹈形式结合，使芭蕾舞具有新的活力。——译者

⑥ Stravinsky, Igor (1882—1971)，俄国出生的作曲家，其作品对第一次世界大战前后的音乐思想和鉴赏力起过革命性的冲击作用。代表作有《春之祭》等作品。——译者

⑦ Nijinsky, Vaslav (1890—1950)，俄国出生的芭蕾舞舞蹈家，享有近乎传奇般的盛誉，以技艺精湛和对所饰角色细腻的表现著称。曾出演《吉赛尔》、《睡美人》等。——译者

⑧ Karsavina, Tamara (1885—1978)，俄裔英籍芭蕾舞女演员。——译者

品的早期表演。如今人们通常认为作品凌驾于表演者之上，而不是表演者凌驾于作品之上，这一点不仅由于杰出的舞蹈设计家的出现而开始反映在舞蹈中，而且在一切表演艺术中都是如此。

然而，尽管如此，舞蹈中似乎有一种内在的因素使得每一代人都会向寥寥几位舞蹈家表达敬意，这种因素涉及舞蹈家们的作为，其作为不同于我们所崇敬的其他艺术形式中那些拥有卓越天赋与魅力的表演者所取得的成就。

离开了舞蹈设计——编舞艺术，舞蹈将不复存在。但是舞蹈就是舞蹈家。

舞蹈家与舞蹈设计家之间的关系不仅仅是表演者与导演的关系，后者不管多么具有创造性，或是多么能够激发表演者的才华，也只不过是一种从属关系。尽管从这一意义上来说，导演也是表演者，但舞者有更多的含义。舞蹈中有一种神秘的化身，这是其他表演艺术所无法比拟的。

一个伟大的舞蹈家不仅在扮演（一个角色），而且在担负（一名舞蹈家的）职责。有的人可以成为最优秀的奥德特/奥迪尔，成为人们所见过的最出色的阿尔布莱希特——作为歌唱家他可以成为（人们记忆中）最优秀的托斯卡、卡门、西格林德、或唐·乔瓦尼；作为演员可以成为最出色的诺拉、哈姆雷特、浮士德、菲德拉或威尼。但是除了完成一部作品、一个角色或一段音乐的固定表演这样一个已经十分宏大的目标外，舞蹈家们进而还需要达到一种更高层次的标准。他们不仅可以成为扮演某些角色的最佳演员，而且应该展示一名舞蹈家所需具备的一切才能。米凯亚·巴里什尼科夫[①]就是一个典范。

在任何拥有大量保留剧目的表演艺术中，表演者自然是最功不可没的。作品是早已存在着的。每次都是由一个或一些表演者通过展现全新的活力、突出不同的重点或更换诠释的方式为作品注入新的生机。他们改变或改善了作品，抑或是破坏了它。作品与表演者的关系是一种音乐与结构的关系：即主旋律与变奏。某个特定的戏剧、歌剧、奏鸣曲或芭蕾舞乐曲就是主旋律，而从某种程度上来说，各种表演则是变奏。

然而在此还需要指出的是，虽然舞蹈家所从事的工作与一切展示作品的表演者相同，舞蹈却不同于其他的表演艺术。因为舞蹈家用于衡量其表演的标准并不完全是“最优秀”——演员、歌唱家与音乐家采用的就是这种标准。他们的标准是尽善尽美。

在我的经历中，没有任何一个门类的表演艺术家像舞蹈家一样能自我反省。我曾多次到后台去祝贺我的演员、钢琴家或歌唱家朋友完成了精彩绝伦的表演，他们在接受我的称赞时从来都没有提出过异议，总是显得十分愉悦（我的目的当然就是使他们愉悦），有时还感觉到安慰。然而每次我夸赞我的舞蹈家朋友表演出色时——其中包括巴里什尼科夫——一开始听到的就是他们闷闷不乐地列举自己所犯的错误：漏掉了一个节拍，有一步没有跳好，或是在与舞伴配合的某个复杂动作中差一点错位。他们从不去想，也许不仅是我而且任何人都没能察觉这些小错误。他们就是出错了。舞蹈家知道这一点。因此表

① Baryshnikov，Mikhail（1948—　），苏联出生的美国舞蹈家，是二十世纪七十年代和八十年代古典舞蹈中最杰出的男舞蹈家，后成为著名的舞蹈编导。——译者

演并不是真正的好。还不够好。

除了舞蹈之外，没有一种艺术在大众对明星的看法和明星对自己的看法之间，以及外界的溢美之词和演艺圈内部的永不满足之间存在着类似的差距。舞蹈家们的自我批评之严厉不仅仅是表演家们所固有的一种勇气（事实上所有伟大的表演艺术家总是忧心忡忡，十分擅长自我批评），或是一种艺术道德感——职业本性。它实质上是构成舞蹈家的职业教育所必需的一种素质。构成舞蹈家的一部分组成要素就是这种对自身弱点进行无情批判的客观态度，其视角来自舞蹈之神这个理想化的观察者，一个比任何实际的观众都要严格的人。

每个严肃的舞蹈家都受到完美理念的驱使——完美的表现力，完美的技巧。在实践中这并不意味着有人是完美的，而是意味着表演的标准总是在不断地提高。

艺术中的发展理念如今几乎已经没有什么拥护者了。如果说巴兰钦是迄今为止最为优秀的舞蹈设计家的话（一个许多芭蕾舞迷所坚信却无法证明的观点，我也是这些舞迷中的一员），那当然不是因为他成名于诺维热、佩季帕和富基尼之后，而是因为他是这一行中最后（或是最近的）一位名家。但是，在舞蹈表演中似乎存在着一种类似于线性发展的规律——不同于其他主要依赖于固定剧目的表演艺术，例如歌剧。（卡拉斯是否比罗萨·庞瑟尔或克劳蒂亚·穆茨奥更加了不起？这个问题没有什么意义。）无疑，诸如基洛夫舞团和纽约城市芭蕾舞团（它们可能是世界上最出色的两个芭蕾舞团）这样的团体的舞蹈整体水平以及当今优秀的芭蕾舞团（除了刚才提到的两个以外，还有巴黎歌剧院芭蕾舞团、皇家芭蕾舞团和美国芭蕾舞剧团等）中主要舞蹈演员的技巧、力量与表现力都远远超过了以往最为人们所称道的舞蹈水平。所有的舞蹈创作者一致认为，除了少数不朽的独舞者之外，佳吉列夫创立的俄罗斯芭蕾舞团的舞蹈技术以今天的标准来看是相当有限的。

冠军的职责就是提升整体水平：很多人发现自己能够用四分钟时间跑完一英里，这是罗杰·班尼斯特曾经创下的纪录。就像在体育界一样，一位著名舞蹈家所取得的成就也提高了其他所有人能够达到的标准。这也正是巴里什尼科夫所做的（不同于我们这个时代的任何其他舞蹈家）的事情——不仅展现了他能够通过形体所完成的动作（除了别的技艺之外，他跳得比别人都高，俯伏得比别人都低），而且显示了以其成熟和丰富的表现力所能达到的境界。

从事舞蹈所需付出的努力超越了其他任何表演艺术以及体育。每个舞蹈家的日常生活就是全身心地投入与疲乏、紧张、身体的极限以及伤痛（这是无法避免的）的斗争，而舞蹈本身更是一种能量的展现，这种能量从各方面看起来都必须是无拘束的、不费力的、娴熟的，并且每时每刻都是游刃有余的。舞蹈家在表演中所展示的微笑不只是对自己实际经历的一种断然否定——因为在表演的每个步骤中都存在着不适，常常还伴有痛苦。这是舞蹈家和运动员之间的一个重要差别，他们也有不少共同点（严酷的考验、竞争、职业生涯的短暂）。在体育界，付出的努力是不被隐藏的：相反，表现自己的努力是竞技的一个组成部分。观众希望清楚地看到运动员挑战耐力的极限，并且为此而感动。关于网球大师赛或环法自行车赛的电影或任何有关体育比赛的纪录片（市川的《东京奥运会》便是鲜明的例证）总是刻画运动员的紧张与压力。（事实上，勒尼·里芬施塔尔在其有关 1936 年奥运会的影片中并没有着力从这一方面来反映运动员的情况，这也显示出该影片实际上是关于政治内容的——政治在井井有条的大众观赏和沉着冷静的个人表演中得到美化——与运动本身并无密切联系。）这就是为什么运动员受伤的消息是大众普遍了解并理应感到好奇的，而舞蹈家受伤的消息则不然，并且往往是封锁的。

人们常说，舞蹈就是创造一种幻觉，如对身轻如燕的幻觉（这也许可以被看作是对于不知疲倦身体的幻觉的最大限度延伸）。不过更确切地说，应该称其为理想化境界。舞蹈完全通过身体来实现，而同时又超越了身体。它似乎是一种更高层次的关注，在这一点上对身体与对精神的关注融为一体。

像巴里什尼科夫那样具有卓越才华的舞蹈家（提到女性舞蹈家时首先映入我脑海的是苏珊·法雷尔）展现的是一种彻底的集中，完全的专注。对演员、歌唱家或音乐家而言，这种专注是完成出色表演的必要前提。但对舞蹈家而言它本身就是表演，是表演的中心。

梅西·坎宁安和林肯·柯尔斯坦都以身作则地将舞蹈定义为以身体形式表现的精神活动。没有一种艺术像舞蹈那样贴切地适宜于借鉴自精神生活的象征（优雅、崇高……）。这也意味着一切关于舞蹈和伟大舞蹈家的讨论（包括这篇文章在内）将舞蹈归入有关人类潜力的更为广泛的语义范畴之中。

有一种做法是将最优秀的舞蹈家进行配对，作为两个理想选择的代表。十九世纪理解力最为敏锐的舞蹈创作者狄奥斐尔·戈蒂埃将两位在他那个时代占主导地位的舞蹈家——埃尔斯勒和塔格里奥尼——作为鲜明的对比。埃尔斯勒不信教，是世俗的；而塔格里奥尼信仰宗教，是超然的。评论家十年前在我们中间为第二个基洛夫式的男性天才聚集中心网罗人才时，倾向于以相同的方式比较努里耶夫和巴里什尼科夫。努里耶夫是狄奥尼斯式的舞者，狂放不羁，而巴里什尼科夫则是阿波罗式的，平和自律。这样的对称平衡必然具有误导性，并且这一点对努里耶夫来说是不公道的，他是一位充满非凡天赋和表现力的舞蹈家，早年也是(芳廷的)一个理想的舞伴；同样，这对巴里什尼科夫来说也不公平。因为虽然巴里什尼科夫或许在其职业生涯中从来都不是一个理想的舞伴，但必须指出的是——在没有对努里耶夫的舞蹈水平和顽强毅力产生不敬的前提下——巴里什尼科夫这位较为年轻的舞蹈家是另外一种伟大的天才。

巴里什尼科夫的伟大无与伦比。凭借其崇高的思想、求知欲望以及作为舞蹈家那超凡的柔韧性，巴里什尼科夫比历史上任何一位舞蹈家都专注于各种形式的舞蹈。他跳过俄罗斯芭蕾舞、布农维尔舞、英式舞蹈（由阿什顿、都铎和麦克米兰编导），巴兰钦和罗兰·珀蒂设计的舞蹈，以及一系列美国舞蹈，包括爵士舞（和朱迪思·嘉米森合作，由阿尔文·艾黎提供舞蹈设计），和罗宾斯、萨伯、卡若勒·阿米塔格设计的舞蹈。他有时也许会遭到编舞者的辱骂或误解。但是即使角色不合适，他的表演也总是超越了角色本身。他的确是一个出类拔萃的舞蹈家。这也正是舞蹈努力想塑造的自然本色。

[1986]

（俞希　译）

林肯·柯尔斯坦

生于1907年，也就是他所戏称的“十九世纪的第一百零七年”，林肯·科尔斯坦一生致力于弘扬既老派自信，又大胆奇想的价值准则，并为之提供完美的典范。他最广为人知的声名来自一件事：得益于他积极开拓的精神与矢志不渝的关注，一项伟大的艺术和一座伟大城市的文化生活都被彻底改变了。林肯·柯尔斯坦创立了美国的第一所芭蕾舞学校，也给二十世纪的一位顶尖艺术家在美国安了家，就此使古典芭蕾成为了一种美国艺术。而那位艺术家——乔治·巴兰钦，也让纽约成为了世界舞蹈之都：全球最佳的舞蹈，由技术精湛的伟大舞者演绎，造就了一群世上最有见识的观众，他们比其他任何一座大都市里的观众都更乐意欢迎、鉴赏舞蹈的各种形式，不论是“现代”舞还是芭蕾舞。

柯尔斯坦真正的头衔是：纽约城市芭蕾舞团总指导，美国芭蕾舞学校校长。但他与舞蹈的缘分仅仅是他天赋的一个方面。同佳吉列夫一样——人们在评估柯尔斯坦的角色与地位时，时常拿他来相提并论（尽管这并不十分贴切）——他最初也是对各种艺术与文学形式都有着颇具趣味也极富倾向性的品味，是一个有着取之不尽用之不竭的兴趣、魅力与社交精力的鉴赏家兼鼓吹家；最终，他将关注点聚焦在了舞蹈上。伟大的风尚引领者们都需要一家唯他们的意志是瞻的机构，一个载体。佳吉列夫早早地创立了一本杂志（《艺术世界》），远在创立“俄罗斯芭蕾舞团”的想法诞生之前；柯尔斯坦也在1920年代晚期创立了一本杂志——一本出色的杂志——《猎犬与号角》，为它供稿，也用它来发现其他的天才，不论是崭露头角的新人还是被人遗忘的旧人，而那时他还只是哈佛大学的一名本科生。他本有可能就此与同辈的其他几个审美家走上同一条道路——A·埃弗雷特（“奇科”）·奥斯丁，朱利恩·利维……他们都用博物馆和艺术画廊来宣扬、支持他们五花八门的兴趣，而博物馆和画廊同杂志或出版社一样，也都是选集式的机构。但柯尔斯坦却既有手段，也有胆识和韧劲将他的全副热情与虔诚都投入一家只为展示一位天才的机构。一位。同出版社、画廊、博物馆或杂志不同——这些机构在征集、传播作品方面居功甚伟，但对于作品创作却并非不可或缺——一家舞蹈团就是一个有机的生命体，它激励创作，也让创作成为可能，同时将创作的成果推向公众。正是柯尔斯坦的远见、毅力和尽职缔造了我们这个时代最伟大的舞蹈团，确保了它的生存；没有它，柯尔斯坦引进的那位天才（他可谓有史以来最伟大的编舞师）迄今创造的大部分作品就不会诞生。

这些角色——风尚引领者和另一位天才的终极成就人——都是服务性角色，而柯尔斯坦也致力于服务的理念。那本了不起的《运动与象征》以及其他几本关于舞蹈史与舞蹈意识形态的书作（及文章）使他成为了一名重要作家。而让他更上一层楼，一跃成为一名令人激动的重要作家的，则是他的散文功力。（我排除了他早年的小说和几卷诗集——这些作品的趣味仅仅在于其作者是他。那部小说——《肉体为嗣》——讲述了他在1929年的威尼斯碰巧参加了佳吉列夫的葬礼；《一等兵之诗》涉及他的二战服役经历，讲述了他如何热爱军旅生涯。）更重要的是，当他与他所创立并维持了数十年的这家伟大机构分道扬镳后（“我死之后，哪管理事会滔天”[①]，就像他借用巴兰钦的话时说的那样），他与英语词句的缘分却还未尽。他拥有超过五十年的写作史，可以一直追溯到《猎犬与号角》，而且一直在不断进步，变得愈来愈微妙、愈来愈洪亮、愈来愈炽烈。我此刻想到的是《纽约书评》在八十年代登出的那些文章，更了不起的是则是他在一家叫做《拉里坦》的季刊上发表的四篇自传式的散文——极简的文体与大悲大喜的情感令人由衷赞叹。1991年，柯尔斯坦的多篇涉及各种主题（包括摄影、绘画、文学，以及舞蹈）的文章以《由、因、对、从：林肯·柯尔斯坦选集》为名结册出版；1994年，《马赛克：回忆录》面世，书中收录了部分但并非全部《拉里坦》刊发过的文章。而他的文章还有许多许多，依然等待着人们去收录出版。

作为一个献身于完美秩序体系的人，柯尔斯坦不止一次表达过，他对芭蕾的热爱是一种对某些精神价值的信仰——对一种崇高的自我克制的信仰。但正如非人格化之物的吸引力时常来自一种真正强大之人格的良好品味，被组织性纪律性完美的集体所散发的那种军旅化的魅力所吸引也往往标志着一种真正乖僻的性情。柯尔斯坦为之献身的那个集体主义事业的确体现了他所说的那些理想：完美的纪律，服务，奉献。而他自己的人生——就像我们对任何一个个体的人生用放大镜审视后会发

① 这话是在戏仿据称是路易十五的名言：我死之后，哪管洪水滔天。

现的那样——则体现出某种两面性。柯尔斯坦的人生和成就完美地诠释了乖僻的必要性——乖僻（包括做人方面的“难以相处”）是一种精神价值，也是产生真正的严肃性的先决条件。

能够有这样一位高贵又复杂的男人置身我们中间，这是我们的幸运。

[1997]

（宋佥　译）

瓦格纳的液体

水、鲜血、疗伤药膏、魔法药剂——液体在这部神话中扮演了关键性的角色。

瓦格纳的故事通常都是从一个水世界中开启的。乘水而来，又乘水而去——这就是《漂泊的荷兰人》与《罗恩格林》的故事框架。《尼伯龙根的指环》传奇则完全就是在水中展开的，在莱茵河的水面之下（最终，在四部歌剧之后，以水与火的宇宙二重唱而告终）。而《特里斯坦与伊索尔德》——瓦格纳对于液体最为疯狂的探索——其旅途的起始与终点都是在一片水上。第一幕发生在特里斯坦指挥的一艘贵族大船上，特里斯坦正要将爱尔兰公主伊索尔德带往康沃尔，是时伊索尔德已被许配给特里斯坦的叔叔——马可王。这趟旅途之前还有一次海上的漂泊，当时特里斯坦身负重伤，孤身一人躺在一叶风雨飘摇、驶向爱尔兰的扁舟上，渴望能得到伊索尔德的治疗——伊索尔德妙手回春的本领远近闻名。而那位击伤他后反被他杀死的敌手恰恰就是伊索尔德的未婚夫，因此他不敢说出自己是谁。（身份成谜或隐姓埋名的孤独来客通常都是乘水而来的——罗恩格林，荷兰人，身负重伤来到爱尔兰王廷的特里斯坦。）第三幕则在一段俯瞰大海的城墙上展开，特里斯坦在第二幕结束时再一次受了致命伤，此刻正等待着伊索尔德乘船而来。他召唤她，不是在召唤情人，而是在召唤那位曾经救他一命的医师。可等到她出现时，特里斯坦却死了，于是她也追随他走向死亡。在瓦格纳的神话中，水上的旅程总是与未能实现的救赎联系在一起的，如《罗恩格林》；或是救赎虽然实现，却与最初的追寻截然不同，如《特里斯坦与伊索尔德》——这个故事以几乎所有人物的死亡而告终，他们死得或是毫无意义，或是极乐安详。

《帕西法尔》，同《特里斯坦与伊索尔德》一样，在很大程度上也是一则关于液体的故事。不过，在瓦格纳的这第十三部也是最后一部歌剧中，被视为救赎的事件——也就是找到一位可以救治，也成功救治了负伤的安福塔斯王的医者——确实以期望的方式发生了。一位处子——这次是位男性，一个圣洁的傻瓜，如同预言所说的那样出现了。或许，正是这一期望的实现使得水世界不可避免地与这部歌剧基本无缘了。一个壮丽的室外场景——森林，和一个宏大的室内场景——圣杯大厅，是这部剧的两个正面场景（而负面场景——克林索尔的巢穴——则是一座城堡塔楼和一座花园，花园里长满了危险的花朵）。当然，第一幕的舞台之外是有水的：负伤的国王被人带往湖中水疗；孔德里在残忍地告知帕西法尔其母亲的死讯后，从喷泉中汲水，唤醒昏倒的帕西法尔。而在第三幕中，水也参与了一场祝圣和一次洗礼。但这一次，液体的主情节线却是围绕鲜血的：安福塔斯肋侧的伤口大出血无法止住；圣杯中应当汩汩流出基督的血。身为统帅圣杯骑士的国王，安福塔斯最重要的职责就是让基督的血从圣杯中不断涌现，成为骑士们的圣餐，但履行这一职责已成为他不堪忍受的折磨——克林索尔用曾经刺穿十字架上耶稣肋部的那支矛刺伤了安福塔斯，削弱了他的力量。《帕西法尔》的情节可以简单概括为一场以成功告终的寻觅：为一个已无力使液体涌现的人寻找一位替代者。

在瓦格纳的许多故事中，几种不同的液体会进入身体，但离开身体时液体只会采取一种形式：鲜血，而且只会离开男人的身体。女人只会遭遇无血的死亡：通常她们只是突然死去（埃尔莎、伊丽莎白、伊索尔德、孔德里），或者在水中（森塔）或火中（布伦希尔德）自我献祭。只有男人才会流血——流血至死。（因此，将精液在隐喻意义上纳入血的范畴似乎也并不十分牵强附会。）尽管瓦格纳将伏倒的、被刺穿的、大出血的男性躯体作为一场壮烈战斗的结果，但通常，在剑与矛留下的伤口后面，还隐藏着一个情色的伤口。如同在《特里斯坦与伊索尔德》还有《帕西法尔》中那样，男人经历的爱情等同于伤口。伊索尔德治愈了特里斯坦，而特里斯坦却爱上了伊索尔德；为了暗示其在情感上渴求一处新的身体创伤，瓦格纳令人惊诧地让他的再次负伤显得近乎自戕。（在第二幕的结尾处，特里斯坦扔下手中的剑，任凭背信弃义的穆勒将他刺穿。）安福塔斯已经被孔德里所引诱；克林索尔的矛只是让这处伤口具象化。

在瓦格纳的厌女逻辑中，女人——其典型形象是疗伤者与引诱者的合二为一——往往才是真正的凶手。这一形象——伊索尔德是其正面版本——在《帕西法尔》中出现时，将其负面意义与情色特质都展现得远较前者清晰。在第一幕的开场中翩翩飞来，为负伤的国王带来一小瓶珍贵药膏的那个人（药膏可以缓解却无法治愈他的伤痛）恰恰也是那个导致他负伤的人。

瓦格纳有条不紊地赋予了孔德里双重个性：在扮演为国王效劳的角色时，她带来液体；而在展现出引诱者的个性另一面时，她夺走液体。

引诱是雄辩；效劳则是沉默。当孔德尔登峰造极的雄辩术归于失败后（她在第二幕中试图引诱帕西法尔），她在剧中就再也没有什么可说的了。“*Dienen*！ *Dienen*！”（效劳！效劳！）这就是她在整个第三幕中唯一的台词了。与她相反，伊索尔德一开始被刻画为一个愈伤的女子，一个成功地为伤者敷药的女子（这部歌剧的背景故事），随后却成为了欲望的焦点，而她也随之变得越来越雄辩。最终瓦格纳是以伊索尔德口中迸出的狂热独白结束这部歌剧的。

伊索尔德在扮演疗伤者的角色时敷施的液体已成为了过去。在瓦格纳选择诉说的这则故事中，她给了特里斯坦一瓶两人都相信是致命毒药的液体。可那并非毒药，而是一种反抑制剂，让两人就在船只靠岸前向彼此吐露了心中的爱。

对于在欧洲文化血脉中流淌了超过七个世纪的凯尔特传奇“特里斯坦与伊索尔德”而言，一种改变一切的液体是其最为关键的要素。戈特弗里德·冯·斯特拉斯堡作于十三世纪的那篇小说长度的史诗《特里斯坦》是这一传奇最为完整的叙述版本。在戈特弗里德的故事中，那液体是一瓶爱情魔药，由伊索尔德的母亲调制（她也叫伊索尔德，也就是原初故事中的那个疗伤女人），为的是让女儿和马可王在新婚之夜饮下，却被一个无知的仆人当作红酒拿给了马可的侄儿和准新娘。瓦格纳的版本将这意外的灾难变成了必然。“*Der Liebestrank*”——伊索尔德的仆人布兰甘妮故意拿来替换毒药的“爱之魔药”——并没有让特里斯坦和伊索尔德感受到他们内心的情感；他们已经感受到了，并且正一步步地走向殉情。魔药只是让他们无法继续否认心中的爱。

在另一部歌剧——多尼采蒂的《爱之甘醇》(1832) 中，这爱情魔药却是以喜剧的形式呈现的。歌剧一开场，养尊处优的女主人公正向一群农民朗诵这则爱尔兰传奇的缩减版——原本的故事被简化成了一则痴情人单相思，最终有情人终成眷属的陈词滥调。英俊的特里斯坦从一个“*saggio incantatore*”（睿智的女巫）那里得到了一瓶“*certo elisir d'amor*”（某种爱情灵药）；美丽动人但冷若冰霜的伊索尔德刚刚抿了一小口，一种心心相印的爱情便立刻诞生了。“*Cambiata in un instante / quella belà crudele / fu di Tristano amante / visse Tristan fedel*.”（刹那间/那位冰冷的美人/摇身一变，成为了特里斯坦的真爱/从此对他生死相守。）能够让人瞬间坠入爱河的药水同那些把王子变成青蛙，把美人鱼变成公主的魔药、咒语和符咒是一脉相承的：它们都是童话故事里的幻化术。仅仅是童话故事而已。多尼采蒂的喜歌剧中流露出的现实主义对于魔法是不屑一顾的：为了追求一个他（误）以为并不爱他的女人，歌剧男主角从一个行走四方的江湖郎中手里买下的那瓶药水，其实只是波尔多葡萄酒。在原本的故事中，酒被魔药所替换；而在这里，假冒伪劣的魔药事实上却是酒——童话的幻想被戏谑地、不可避免地戳破了。

而对幻想悲剧性的解构则是由四分之一个世纪后的瓦格纳完成的：药水并非让不可能之事成为可能，而是强化了其不可能性，弱化了那根联系着现实生活的纽带。布兰甘妮给这对不幸的人儿端来的液体并非只是揭示（从而释放）了一种情感。

它还毁掉了一整个世界。爱情在一瞬间让他们完全彻底地从文明社会、从正常关系与义务中游离出来，将他们打入了一种天旋地转的孤独之中（而非一种浪漫的、两人世界式的独处），他们的意识因而不可抗拒地变得阴云密布。我们在哪儿？歌剧开场时，伊索尔德问道。我在哪儿？第一幕结尾处，她如此问特里斯坦——两者这时已饮下了魔药，大船正在康沃尔靠岸。国王在这里，有人说。什么国王？特里斯坦问道。而在第三幕中，特里斯坦醒来时，不知道自己身在何处。什么牛群？什么城堡？什么农民？他忠心耿耿的侍从库维纳尔向他解释着他如何被带回布列塔尼——他自己的王国时，他躺在自己的堡垒、自己的城墙上，如此问道。爱情是一种反真知，一种非认识。每一幕都以受尽折磨、身心瘫痪的一人在极度痛苦中等待另一人开场，接着是那翘首以盼的人儿终于到来，最后以另一些不速之客的到来告终——他们的到来对这对恋人而言不仅是一种搅扰，更是难以理解的。什么职责？什么羞耻？

激情意味着一种崇高的被动性。第一幕开场，伊索尔德躺在一张长榻上，脸埋在靠垫里（瓦格纳的舞台指示），而第三幕也以昏迷中的特里斯坦开场，整幕中他都处于仰卧的姿态。同《帕西法尔》一样，这部剧中也有许多的躺伏动作，许多次的热切祈求湮灭中的休憩。如果歌剧就以第二幕的结束而告终的话，我们甚至可以将《特里斯坦与伊索尔德》中这种水平地面的引力，将那些献给夜晚与黑暗的赞歌，将湮灭与愉悦、愉悦与死亡的等同看作是一种极度夸张的艺术手法，描述的是在欲火焚身的性高潮中失去意识的状态。不论舞台上进行着怎样的对话和动作，第二幕人物相遇时的配乐都是在以一种激荡人心的方式明白无误地表现着一场完美的性爱。（托马斯·曼没说错：这部歌剧就是一种“对于床笫的荒淫渴望”。）但第三幕却清楚地表明，色情并非目的，而是手段——一个反对清醒的宣传平台，而作品最深刻的主题则是放弃意识本身。

第二幕那段二重唱台词的情感逻辑反映的已经是一系列湮灭式的——也就是虚无主义的精神活动了。这对恋人并非仅仅是在一般意义上结合了——戈特弗里德·冯·斯特拉斯堡的中世纪德语长诗《特里斯坦》为那种结合给出了一个无比优雅的表述：

一个男人，一个女人；一个女人，一个男人；
特里斯坦，伊索尔德；伊索尔德，特里斯坦。

心怀着对于孤独的深刻理解，怀着对于极端情感的探索热情（这一点似乎是十九世纪艺术中浪漫主义运动的最为原创性的成就），瓦格纳能够更进一步：

TRISTAN：*Tristan du，ich Isolde，nicht mehr Tristan*！

ISOLDE：*Du Isolde，Tristan ich，nicht mehr Isolde*！

（特里斯坦：特里斯坦是你，我是伊索尔德，特里斯坦不再有！

伊索尔德：你是伊索尔德，特里斯坦是我，伊索尔德不再有！）

当极端情感的压力被看作是能够轻而易举地否定世界之存在时（这个由十九世纪的作家与作曲家们创造的关于自我的神话直到今天依然流行），情感下的自我也就膨胀开去，占据了那片虚空：“*Selbst damn bin ich die Welt*”（我自己就是世界），正如特里斯坦和伊索尔德齐声歌唱的那样。不可避免的下一步就是湮灭自我、性别与个性。“*Ohne Nennen*，*ohne Trennen*”（没有姓名，永不分离），他们一齐唱到……“*endlos*，*ewig*，*einbewusst*”（永远，永恒，一个意识）。因为，当世界已然消失时，一个自我寻求与另一个自我合二为一的结果便等同于寻求两者的共同湮灭。

当恋人在歌剧中结合时，他们所做的基本上就是吐出同样的话语：他们用一个声音说话。他们的歌词统一结合，彼此押韵，和着同样的旋律。瓦格纳为《特里斯坦与伊索尔德》所作的剧本在践行这一原则公式时，比其他任何一部歌剧都做得更严格、更执着：这对恋人自始至终都不忘应和彼此的台词。在第二幕的花园场景中，同时也是他们最充分的交流中，两人纵欲放情地交互重复着彼此的话语，竞相表达着对结合、对死亡、对弃绝光明与白昼的渴望。当然，他们的台词并非一模一样；而且，尽管他们渴望合二为一，甚至渴望互换身份，这对恋人也并非一模一样。特里斯坦被赋予了一种更为复杂的意识。在第二幕中与伊索尔德歌唱了两人奔向死亡的极乐渴望后，特里斯坦在最后一幕中表达了同死亡的另一层关系，这次是在与伊索尔德分离之时，以独白的形式诅咒爱情。在第二幕中，特里斯坦独自一人心醉神迷地思考着在他身体中流淌的魔药——他是以无尽的愉悦饮下这爱情之水的。但到了第三幕，他呼唤的液体全都成了苦酒——“*Libestranen*”（恋人泪）和被诅咒的魔药。此刻，随着他癫狂地揭示出这一故事的情感最深层，他宣称这魔药正是他自己酿造的。

瓦格纳的歌剧中，标志性的情节生成高潮往往过于冗长，而且充斥着对于结束的痛苦渴望。（“无尽的旋律”——瓦格纳如此命名他这一独特的音乐语言——是这一关于拖延、关于折磨的关键主题的一种正式称谓。）鲜血无休无止地从安福塔斯的伤口中涌出，但他不能死去。与此同时，他的父亲——前任圣杯王蒂图雷尔——已经躺在了墓穴里，却依然通过圣杯仪式延续着生命。而长生不老的孔德里在每一幕中都被痛苦地唤醒，她唯一的愿望就是重返梦乡。瓦格纳将《特里斯坦与伊索尔德》的传奇变成了《帕西法尔》式渴望的一个早期的、世俗的版本——由特里斯坦担纲。第三幕中的特里斯坦就是原初形态的安福塔斯：一个遭受折磨的男人，想要死去却不能死去，直到最后，他终于如愿了。男人的死亡意愿刻画得比女人的更清晰。（孔德里是特例——她对灭亡的渴望似乎比安福塔斯还要强烈。）伊索尔德只在第一幕中尝试死亡：她与特里斯坦一道饮下了她以为是毒剂的魔药；而特里斯坦却在三幕戏中全都积极地拥抱死亡，最终他在得知伊索尔德将要到来时，扯下了伤口上的绷带，这才得偿所愿。伊索尔德甚至在第二幕中有过片刻怀疑（或曰常识）：她指出了“*dies süsse Wörtlein: und*”（这个甜蜜的小字：与），那正是《特里斯坦与伊索尔德》中的“与”。但死亡难道不会将他们分开吗？她问道。不会的，他答道。

从最后一幕那狭隘的，也更加痛苦不堪的视角来看，这部歌剧基本上就是（或逐渐变成为）特里斯坦的故事。如果我们用更加包容的视角，将它看作两个人的故事，那么瓦格纳对这则凯尔特古老传奇的改编，其结局就有了一种主观的任性，使其在观感上更接近于以恋人双双赴死而告终的日本传统悲剧——两人在情势并非全然无望时自愿选择了死亡——而非，比如说，《罗密欧与朱丽叶》。（而瓦格纳对爱情的描述——折磨身心、极度痛苦、瓦解意识的渴望——也让人不禁想起平安时代日本的爱情诗。）与戈特弗里德·冯·斯特拉斯堡的诗篇不同，他笔下的特里斯坦与伊索尔德并不是一对命运多舛的恋人，被一般的艰难险阻所分隔：男人杀了女人的一个近亲；女人被许配给了男人的一个男性长辈，而男人偏偏还需对此人效忠。瓦格纳需要某种超出这些客观阻碍的东西，因为客观阻碍的重要性恰恰表明这对恋人是社会、是世界的一分子。而超越世界的阻碍则恰恰就是爱情的本质——一种永远超出其对象的感情；它无法满足。瓦格纳所颂扬的那种情欲是一种必须自我毁灭的情欲。

当马可最终赶到时，他并非像凯普莱特家族和蒙太古家族那样，第一次认识到这种激情的力量，只能后悔自己没能早点醒悟，可惜为时已晚。马可（他是特里斯坦的义父，在故事的一些早期版本中就是他的父亲）已经从布兰甘妮口中得知了这对恋人是在一种爱情魔药的驱使下背叛自己的，因此决定解除伊索尔德的誓言对她的束缚，允许两人成婚。可结合并非特里斯坦与伊索尔德真正想要的，从来都不是。他们要的是灭掉灯光。伊索尔德最后的话——也是整部歌剧最后的话——是一句对意识渐失的描述：“*ertrinken*，*versinken*/ *unbewusst höchste Lust*！”（浸没，下沉/无意识的极乐之境！）乐声满溢。意识沉没。

《特里斯坦与伊索尔德》讲述的是被情感征服、摧毁的故事——它不仅仅是讲述极端的经历；它本身就要成为极端的经历。瓦格纳将获得满足与灵感等同于被征服，这是一种典型的浪漫主义艺术理念，这种艺术不仅仅是讲述过度（特里斯坦与伊索尔德就被他们的激情所吞没），而且还以一种顺势疗法的思路，使用夸张过度的手段，比如超乎寻常的体量与时长。这一切带给听众的考验折磨，甚至是危险的成分似乎恰恰是题中应有之义。瓦格纳在创作最后一幕时，曾对玛蒂尔德·魏森冬克预言道，成功地演出一场《特里斯坦与伊索尔德》“一定能够将人逼疯”。瓦格纳最心仪的创作理念之一就是，只有强者才能够毫发无损地浸淫在他的作品中。当首任“特里斯坦”（也就是男高音路德维格·施诺）在1865年慕尼黑的最初几场演出后病倒时，他和瓦格纳都担心人们会说，他是被这一角色对身心的空前透支和情感烈度所击倒的；几周后，不出所料，施诺病亡了，瓦格纳（不仅仅是瓦格纳）感觉，也许是这部歌剧杀了他。

瓦格纳很难说是第一个将致命与抒情联系起来（至少是在隐喻意义上）的作曲家。但在他之前，“致命的抒情”这种理念一直聚焦在歌唱家身上。贝利尼在与一位歌词作者合作，创作《清教徒》时，曾在给对方的信中写道：“用刚玉的字母在你的脑海中刻下这行字：音乐戏剧必须通过歌唱让人哭泣，让人颤抖，让人死去。”伟大的歌唱家是能够让听众心醉神迷、如痴如狂的，这一标准是由法里内利、帕基埃罗蒂，以及其他十八和十九世纪的著名阉伶歌手[①]们设立的——他们可谓是现

① 指十七至十八世纪意大利的被阉男歌手，他们幼年时接受手术，以便终身保持女音。

代意义上的第一批歌剧天后，他们的嗓音可以让人晕厥、让人哭泣、让人觉得自己正在丧失理智，而他们的形象和他们夸张做作的姿态对男女两性都同样具有情色的诱惑力。拿破仑在赞美他最钟爱的歌手时曾经声称，每当他听到克雷森蒂尼歌唱时，他都觉得自己要疯了。正是这种任凭歌手的才艺摧毁自己正常心智的渴望在一种虽被歌剧界斥为怪癖、畸态，但却无法遏制的现象中一直延续了下来；这种现象就叫“天后崇拜”。每一代的歌手当中，总有那么几位女高音（还有一两位男高音）被格外高调的溢美之词所包围。这证明了这一弥足珍贵的体验是由嗓音赋予的，而非仅仅是名人效应和妖冶魅惑的结果。

在这一创造出搅扰情欲、刺穿灵魂之美的歌剧传统中，瓦格纳开启了一个新篇章——其改变在于，情感的烈度可以说是通过发散得到了提升。尽管依然以歌手的嗓音为载体，但抒情性却并非在声音的体验中达到高潮。漂浮在音乐上方时，它并非明确、具体地等同于歌手的嗓音，而是成为了音乐整体的一种特质，嗓音只是音乐的一部分。（这有时又被称作是瓦格纳的歌剧交响乐。）

听众们已经爱上了为嗓音之美所激动、所搅扰、所折磨，爱上了它们的甜美与迅捷。但至少在一开始，对于音乐本身产生的神智错乱[①]还是有相当阻力的。嗓音能够造成如此效果似乎是超人的成就，因此，作为精湛技艺的展示，其本身就值得钦佩。阉伶歌手发出的声音让人想起某种褪去肉身之物——“天使之声”、“天籁之音”常被人们用来形容这样的嗓音，尽

① 原文为法语。

管这些歌手自身也显然是色情幻想的对象。瓦格纳那令人发狂的抒情风格没有任何天使之声的成分，不论歌词在如何向我们灌输心灵的启迪和“崇高的”情感；甚至可以说，他的音乐似乎是从“脚下”涌出的；就像剧中的魔药那样，它诱导被压抑的情感喷涌而出。柏辽兹曾将《特里斯坦与伊索尔德》的序曲（演员们这时都还没有发声）描述为一段长长的“呻吟与呜咽”。放弃了迅捷的一切效果（同时也放弃了这样一种解围手段），瓦格纳选择了放慢深层情感的发展脚步，使它们要么变得摄人心魄，要么压抑得令人难以忍受。维也纳音乐评论家，同时也是反瓦格纳派的领袖爱德华·汉斯利克曾经说，《特里斯坦与伊索尔德》的序曲“让我想起描绘殉道者受难的意大利油画，画面上他的内脏被一个绞车慢慢地从他的身体里绞了出来”。《帕西法尔》，据他说，让他有晕船之感。“不再有任何真正意义上的变调，只有一种无休无止、波涛起伏的变调过程，听众因而完全丧失了明确的调性感。我们感觉自己仿佛是置身于外海上，脚下没有坚实的地面。”是的。我们确实是在海上。

瓦格纳引入歌剧的这一情感的而非抒情的烈度主要归功于他描绘情感的手法：他既放大了那组独特的情感混合物——肉欲、温情、伤悲、怜悯、欣快、厌世，同时又使得它们直击听众的内心，距离近得令人难以承受（尽管剧情以史诗故事为背景）。瓦格纳完全改变了歌剧中那些程式化的情感——它们来自喜欢表现崇高情操的古老歌剧传统，诸如将爱与死联系起来。为爱所伤的心灵；与爱人分离或失去爱情比死亡更可怕——这些就是恋人哀歌、恋人迷狂中的通行货色，远早于瓦格纳的时代，也远早于我们所说的浪漫主义时期。瓦格纳在

《特里斯坦与伊索尔德》以及其他作品中，将这些歌剧中的夸张老调——人们知道这些只是情感表达上的夸张——变成了毫不夸张的真实情感，令人震撼不已。如此赤裸裸地、用这般前所未有的执着诉说情感，将与听众的距离拉近到如此令人难以承受的程度——瓦格纳的感觉论，他的唯情论，全都以一种闯入的方式成为了听众的体验——这一切对于十九世纪中叶的艺术而言都是全新的领域，而歌剧对于拔升情感状态所做出的多彩又大胆的承诺似乎最终不可避免地会让这种厚颜无耻（当时的许多人就是这么看待瓦格纳的作品）也成为艺术自由的一部分。“要不是因为歌剧，我永远也写不出《草叶集》，”惠特曼晚年曾对一位弟子这样说道（尽管他指的是意大利歌剧，而非瓦格纳的歌剧）。对于时间的处理手法也是瓦格纳的重大革新之一：持续时间的延长成为了一种强化情感的手段。但瓦格纳不仅能够表现情感的深度与恢弘，还能够在他最伟大的作品中，将其与极度细腻的情感刻画结合起来。正是这种细腻最终让我们确信，呈现在我们眼前的的确是最为罕见的艺术成就——对崇高的再创造。

有一次，在指挥了一场《特里斯坦与伊索尔德》后，布鲁诺·沃尔特在与托马斯·曼步行回家的路上对曼说：“这甚至已经不再是音乐了。”言下之意是，它已超越了音乐。瓦格纳自认为，他奉献的是某种具有改变力量的体验或观念，超出了单纯艺术的范畴。（当然，他还认为自己的作品绝非仅仅是歌剧。）但这样的主张听上去更像是一种艺术理念，一种格外现代的艺术理念——现代艺术家们时常表达对于艺术的不满。他们不是想要颠覆自身工作的艺术属性（比如说，这其实是生活），就是频频声称他们带来的不仅仅是艺术。（宗教？精神疗法？）在这则艺术期望膨胀化与粗砺化的现代故事中，瓦格纳也是一个重要的组成部分，也正是这则故事催生了许多伟大的艺术作品，《特里斯坦与伊索尔德》正是其中之一。

从一开始，人们就察觉到，听瓦格纳的歌剧会产生类似于服用精神药物的效果。波德莱尔说像鸦片；尼采说像酒精。而且，就像所有的反抑制剂一样，有时它会产生剧烈的副作用。在《特里斯坦与伊索尔德》问世后的最初几年间，时不时就有人因为在演出过程中昏厥或呕吐被剧院抬出门外。今天的人们或许已经很难想象瓦格纳的作品——尤其是这部歌剧——对早期听众所造成的冲击，还有随之而来的恶名了，而恶名也成为了冲击的一部分（当然，我指的是审美趣味上的恶名，瓦格纳那令人厌恶的政治观点撇开不论），就像我们难以想象法里内利的歌喉引发的昏厥与泪雨滂沱一样。但恶名确实铺天盖地，捍卫他的激情却也不遑多让，其作品的影响力同样难以估量。再没有哪位十九世纪的艺术家比他更能影响后世了。

尽管瓦格纳是史上第一位人们不但狂热崇拜，而且为之沉迷的作曲家，他却并非后无来者。而格外让人沉迷的艺术现如今几乎向来被人视为一件好事。在这个摇滚乐、菲利普·格拉斯[①]与约翰·亚当斯[②]的年代，音乐追求成为毒品似乎是一件既正常又值得称道的事情。我们生活在一个尼采哀叹为“剧院统治”大获全胜的时代，我们可以找到许多瓦格纳的子孙，他

① Glass，Philip（1937— ），美国作曲家，作品融合了摇滚乐、非洲与印度音乐、西方古典音乐的元素，经常重复简短的旋律和节奏模式，同时加以缓慢渐进的变奏，被称为简约音乐。

② Adams，John（1947— ），美国古典音乐与歌剧作曲家，受极简主义影响颇深。

们都承袭了瓦格纳最钟爱的戏剧形式——关于救赎的伪心灵历史剧。而瓦格纳标志性的手法（喋喋不休、焦点模糊的剧本；雪上加霜的冗长；有计划的重复）和主题（赞美盲目；表现英雄与统治者的悲怆）都可以在我们今天最令人着迷的一些场景中找到。

瓦格纳对欧洲，尤其是日耳曼传统神话的改编（既有基督教的，也有多神教的）并不涉及信仰。但他们都涉及观念。瓦格纳文化素养极高，而且以一种充满书卷气的方式进行深度思考；他熟知他的素材。《海滩上的爱因斯坦》[①]的创作者们则清楚地表明，他们对爱因斯坦一无所知，也不认为有了解他的必要。现代瓦格纳派艺术家们的作品中随处可见的那些古老英雄神话的象征与小摆件都不过是在表达一种更加泛泛的悲怆，沦为一种含糊的特效手法。人们坚信，不论是创作者还是观众，都无需了解任何信息（知识，尤其是历史知识，据说会对创造力和情感造成极大的损害——这是浪漫主义最后一个也是最顽固的一个陈腐观念）。“总体艺术作品”成为游离了特定情感状态的各种心境的一个载体——偏执、平和，还有无知本身。而这些反文化、情感淡漠的现代救赎历史剧，其聪明巧妙也许证明，确有一种更少困扰的方式面对瓦格纳的那些文化底蕴深厚、情感炽烈的历史剧。瓦格纳自认为用作品表达的那些献媚的高尚价值观毫无疑问已经破产了（这一点要归功于瓦格纳的意识形态同纳粹主义的关联）。很少有人再像一代又一代的瓦格纳爱好者和瓦格纳畏惧者那样，苦苦思索瓦格纳的歌剧究竟意味着什么了。如今，瓦格纳只是一种享受——一种毒品。

① *Einstein on the Beach*，由菲利普 · 格拉斯作曲、罗伯特 · 威尔森执导的一部四幕先锋派歌剧，1976 年首次公演。

“他的悲怆颠覆了所有品味。”一百年后的今天，尼采对瓦格纳的这句苦涩的评语听上去反倒更加真切了。可是，如今还有人以矛盾的心态看待瓦格纳吗——就像尼采那样，或是像托马斯·曼那样（虽然他不及尼采）？如果没有的话，那么我们确实已经失去了太多。我认为，想要体验像《特里斯坦与伊索尔德》这样的一部作品究竟有多么无上崇高又多么奇怪、多么困扰人心，矛盾心态（它是漠不关心的反义词——只有先被诱惑，才会感到矛盾）依然是最好的欣赏心境。

[1987]

（宋佥　译）

哀挽的狂喜

据说，所有的艺术都向往音乐的境界。所有用音乐创造的艺术——其中尤以歌剧为甚——都向往体验狂喜。

最初，歌剧的狂喜是由歌手带来的。故事——取自经典神话、古代历史、文艺复兴史诗中的情节——是高贵的借口。音乐通常是辉煌的，是一个平台。无论其他元素（音乐、舞蹈、诗歌、舞台布景）提供了怎样的愉悦，歌剧最终是表现人类歌喉独特之处的方式。这比所谓的“优美演唱”更有说服力。从歌剧的戏剧和音乐活动中所释放出的东西，我们可以体验到崇高，超越人性（部分原因是它往往超越性别），撩人情欲，这些感觉进而演绎为一种心醉神迷。（想想法里内利和其他十八世纪和十九世纪早期的富有传奇色彩的伟大歌手在男男女女中引发的眩晕——其乐声渐弱，而回音不绝，那是本国伟大歌手们亦步亦趋的妙音。）典型的音域是高亢而女性化的；性别的界线模糊不清（男歌手演唱女性角色），而且歌剧激发的情绪也被认为是超越了女性化反应的。

直到热衷于歌剧的观众由少数贵族精英扩展为更广泛的大众，而去“歌剧院”成为城市中产阶级生活的必要仪式后，歌剧产生狂喜的观念才变得更平民化、更重要。歌剧由表现歌喉的绝佳形式沦落为最令人激动而难以抗拒的戏剧形式。演唱不是什么怪异的事，而是英雄的事业，由此推出一种“进步”的观点，即声乐作品与音乐作品是平等的。也正是在这个时期前后，歌剧开始反映十九世纪欧洲的民族主义运动。歌剧院中制造的激情依靠观众带来的一种东西来滋养：部族的自我庆祝。歌剧被认为是民族文化的一项成果之后，其狂喜效果无可避免地被标准化了：性别角色被固定下来；所选择的故事（不论是取自历史还是民间传说）构建于女性与男性的嗓音和性格特征的反差之上。观众的反应不再令人生厌地呈现女性化特征：而是鼓舞、激动、昂扬。

正是歌剧史上最为雄心勃勃的作曲家，理查德·瓦格纳，将这第二个有关何为歌剧的观念——即共同灵魂的完美化——推向了最伟大、最庄严的结论，同时引入了有关何为歌剧的第三个观念：激起一种独立而骚动的狂喜情绪的，并非是人类歌喉的崇高，而是持续不息的狂喜的音乐。歌喉驾驭音乐；是音乐，而不单纯是高超的歌唱技巧，使对歌喉的要求变得愈加苛刻（起初看似难以达到）。音乐，瓦格纳的音乐，引发了这样一种情景：观众的情感汹涌而来，而这种情感一度是由神奇的歌喉所激起的。其后果是，用强烈男女差异激起情绪反应的固有观念遭到了削弱——不仅在歌剧舞台上（由于瓦格纳式意识形态中所有的男性主义主张），而且还在歌剧观众的头脑中。然而再次以提供一种过度的陶醉为目标，又怎样才能使歌剧中获得的最畅快的愉悦感避免再次（在文化成见方面）变得女性化呢？

对瓦格纳来说——正是他创造了这样的观念：歌剧是淹没

一切的体验，正是他卓越的戏剧化题材表现了意识通过狂喜上升到遗忘的进程——故事带来的束缚依然存在。瓦格纳不可能满意地接受任何未经顿悟或理解的剧情。但是，在瓦格纳之后，歌剧所讲述的故事大都会以共同的沮丧或理解的失败而告终。

诚然，一些最伟大的歌剧（《波佩阿加冕记》、《女人心》、《菲德里奥》、《唐卡罗》、《摩西和亚伦》）包含着真正的争论，真正的辩驳，但歌剧中更常见的故事实际上却是认知的悲剧。在我们所谓的现代歌剧中，尤其如此。转入现代歌剧的标志是瓦格纳的最后一部歌剧，《帕西法尔》。主人公一开始是个孩子，一个神圣的纯洁的傻子。后来，帕西法尔获得了启示——在幕后。在故事后来的各版本中，傻子依然懵懂无知。现代歌剧中的主角通常处于缺乏意识或病态的无知状态。

《佩利亚斯和梅丽桑德》是这一发展史上的杰作。故事是传统的歌剧情节：一个青年爱上了一个年龄相仿或更年轻些的女子，但她已同一位长辈订婚或结婚，因而爱情横遭阻拦（《特里斯坦和伊索尔德》、《唐卡罗》、《叶甫盖尼·奥涅金》是这种情况的典型代表）；但在这样一个老套故事上，嫁接了一个现代故事，关于误解和无知，关于因难以捉摸的事物造成的障碍，或者说，运用一种无法解释的伤害或痛苦，制造一个难以捉摸的事物。

德彪西[①]的歌剧（总体上以梅特林克[②]的剧作为蓝本）自有

① Debussy，Claude（1862—1918），法国作曲家，其作品是二十世纪音乐中的开创性力量，主要作品包括《贝加马斯卡组曲》和《佩利亚斯和梅丽桑德》等。——译者

② Maeterlinck，Maurice（1862—1949），比利时象征主义诗人、剧作家和散文作家。——译者

其独特的变化。我们处于一个界线不明、维度不清的世界，充满着象征主义的谜团：形体仅凭阴影或影像而被识别，衰弱和难言的苦痛等同于骄奢的情欲，而欲望的象征则是一个慵懒而孩子气的女子，留着新艺术[①]的长发。

在这延伸开去的、童话般的二元论王国（古老的与新生的、疾病与健康、黑暗与光明、潮湿与干燥）中，设定了一个关于渴望与阻碍，以及无可救药的脆弱的新瓦格纳式的神话。梅特林克的剧作可以解读为压抑的理想化，也可以视作人们关于身体疾病的普遍观念的文字再现——将许多疾病归因于一种生成疾病的空气（瘴气）。故事发生在某个潮湿而不见阳光的环境中，到处是水源和地下空间。在这部歌剧的第二幕开始时，德彪西写梅丽桑德在森林的一处泉水边："一少女在水边哭泣。"（他截去了梅特林克剧本第一幕中城堡仆人渴求水源时的合唱，显然并非不贴合主题。）水通常象征着纯洁——或情感善变，而在这里，无处不在的水象征的是病态。

大部分角色或染了病（佩利亚斯的父亲、佩利亚斯的朋友马塞勒斯），或受了伤（格劳德在故事中受了伤），或衰老（祖父阿克尔），或体弱（格劳德的小儿子伊利奥德，他曾唱道自己手无缚鸡之力）。梅丽桑德无疑是脆弱的象征——她死于一处在医生看来连一只小鸟都害不死的创伤。（在梅特林克的剧本中，医生还说："她无缘无故出生……也无缘无故死去。"）每次提及梅丽桑德，都强调她是娇小的（总说她的手是"小手"），是碰不得的（她的第一句台词是"别碰我！别碰我！"）。发现她的慈爱的格劳德站在她面前仿佛一个巨人——

① Art Nouveau，起源于十九世纪后期的一种艺术或建筑风格，以曲折有致的花、叶等的线条为其特色。——译者

甚至可能是个施暴者。他答应不碰她，并宣称自己也是脆弱的（“我也是迷失者”），因而赢得了她。但是当他把梅丽桑德带回家，开始把他的小新娘当作女人对待时，他成了一头野兽，尽管那仍是他自己。

佩利亚斯与梅丽桑德的爱情无法圆满，并非因为她嫁给了他的长辈——这是老套故事中的情节，而是因为她太脆弱，太不成熟了。任何性行为都会对这位女主角构成侵害。格劳德是这个故事中惟一正常、成熟的男性角色——与他成鲜明对比的是，老祖父要求吻梅丽桑德时是那么故作文雅，而格劳德的尚年幼的弟弟想与梅丽桑德相互拥抱，却将自己裹入了梅丽桑德身体上既不稳固又非肉体的部分：头发。梅丽桑德拥有的身体似乎仅仅是供人赞叹其精美的。最令人震惊的是（我从未在任何歌剧作品中见到此类描述），当梅丽桑德与佩利亚斯终于承认他们之间的爱情时，她已有九个月身孕了，他们立刻被妒火中烧的格劳德扯开，但是她那变形、鼓胀的身体是如此令人难以启齿，如此难登大雅之堂，而且从某种意义上说，如此令人难以置信。似乎连梅丽桑德自己都没能意识到自己已有身孕（因此是个女人），同样，在故事结尾，她也无法接受她现在已有一个女儿，而且即将夭折。

最终这对情侣紧紧拥抱在一起，但此刻，两人共同作出情感牺牲的场面被截短了，之后是失忆（梅丽桑德）和极度的精神失常（格劳德）。梅丽桑德不记得佩利亚斯已被格劳德杀死，不知道自己刚刚生产（“我不知道我在说什么……我不知道我知道什么……我不再说我想说的……”），因此也的确无法使疯狂的格劳德明白，他并未猜错梅丽桑德与佩利亚斯的私情，这或许对他是一个安慰，虽然他对自己的所作所为异常悔恨。

好心的格劳德成了歌剧史上最自悔、最无心的谋杀犯，杀害了自己心爱的纯洁女子。在这个故事中，不仅是主人公，甚至每个人物都力不从心，绝望无助，并为其情感所惑，而格劳德是惟一有能力实施暴力的角色。精神错乱或理解力失常（加上绝望感）的确不失为医治暴力的良方。正如《沃采克》和《璐璐》，正如《蓝胡子的城堡》，《佩利亚斯和梅丽桑德》，这些故事也表现了盲目的暴行，而不同之处在于，所实施的暴行并非是在成年男女之间，而是成人针对儿童的。梅丽桑德是一个迷失的孩子，格劳德救了她并许诺保护她，却身不由己地毁了她；而在嫉妒的痛苦中，他还非常粗暴地对待了自己的小儿子。虽然如此，这个杀人恶魔仍是一个受害者——如同沃采克，如同彼得·克里梅斯，格劳德是一个无罪的罪犯——因此他无愧为观众同情的对象。

同情纯洁的情侣；同情伊利奥德及梅丽桑德抛下的婴儿；同情格劳德——《佩利亚斯和梅丽桑德》最终完成了长久以来歌剧强调女性化情感的历程。现在的歌剧保留节目中，没有哪一部如此缺乏胜利的强音，而歌剧正是借此给人如许愉悦。作为一种强健的艺术（相对于室内乐等而言），歌剧重于挖掘各种情感——对比强烈，浅显明了。德彪西作品有意将情感线压窄：他选择了一种更惨痛、更精准的强度。然而这些意识阙如的伟大现代悲剧，提出了自己的放纵的标准，同时它们上升为一种哀挽的狂喜。德彪西对 lacrimae rerum[①] 的刻画不同于其他歌剧，《佩利亚斯和梅丽桑德》堪称史上最悲惨的歌剧作品

① Lacrimae rerum 的英译为“tears for things”，指一种与人类处境和生存本质相关的悲剧状态。——译者

（在这一点上，惟一可与《佩利亚斯和梅丽桑德》媲美的是《沃采克》，后者也是以幼儿丧亲的可悲场面而告终）。正如心碎的阿克尔所唱："但是悲伤啊，格劳德，但是人们看到的所有悲伤啊！"

[1997]

（吴其尧　译）

意大利摄影一百年

《意大利摄影一百年》一书记述了两个对象：一个世纪的意大利和一个世纪的摄影。

书中年代最早的一幅照片摄于 1884 年，所摄的是意大利园艺学会那个庞大的展览温室，它让我们看到一个世纪以前的有闲人常常光顾的一个地方。这些有闲人当中的一部分很可能拥有照相机，他们以十分专业的水平从事业余摄影实践。像这样一幅照片有可能就是该协会的一个会员拍摄的。书中年代最晚的一张照片摄于 1984 年，它所表现的并非是一个真实的地点（不是一幅意大利的室内景，甚至也不是意大利的某种东西），而是意大利身为其中一部分的世界（欧洲）。它是一幅鸟瞰图；与其说这张照片是拍摄的，还不如说它是专业人员用计算机制作的。

尽管这两幅照片都表现了它们各自所属的时代，但其中的任何一幅都不具有明显的意大利特色。在第一幅照片里，我们看到的是十九世纪中期和晚期遍布欧洲各地的玻璃和钢筋建筑形式的一个花哨实例，这种建筑形式当时被用于建造新的展览馆、市场和火车站。鸟瞰图也可能会是一个以同样方式在其他地方拍摄到的对象的实例；不过表明其年代的并不是我们在照片中看到的东西，而是我们可以看到它这一事实。这是一个只能以照片的形式被看到，而且只有现在才（因为其他相关技术的存在而）可能被拍摄到的某种东西的实例。

两张照片所表现的对象都具有一种惹人注目的几何结构；两张照片里都没有人。不过，展览温室似乎是这样一个地方：为了拍摄这张由这座气势压人的建筑和茁壮茂盛的植物构成的画面，温室里面的人只是暂时从中撤出而已。它所表现的是一个非常人性的、历史背景十分具体的世界。我们很容易凭着自己的想像把这个场所里摩肩接踵的人们重新插入画面。而鸟瞰图所表现的则是一个由超出人类尺度的事物构成的世界，它里面必定是没有人的。这里没有为人类的、历史的事实留出位置。

但是，历史，也就是时间，却是把这些看似随便收集起来的题材统一到一起的主题。所以说大名鼎鼎的人类学家切萨雷·科隆博把一张展示地理而消弭历史的照片选作年代最新的照片的举动实在令人惊奇。在这张照片里，时间的声音因为这种均匀分布的辽阔空间而变得无关紧要。

我们该把此举理解为这位人类学家所作的一个富于历史意识的评论，一种对意大利融入欧洲之命运的确认，对意大利作为一个独特的文化已经死亡、已被吸收进入由跨国资本主义创造的同化一切的贪欲体系这一事实的确认吗？抑或这只是一种形式手段，是这位人类学家所采取的一种或许是过分强调了这本影集到此为止的方式呢？如果是后一种情况的话，那么这种手段必定是武断的，因为它公然对摄影的本质和影集的本质提出了挑战。这个本质就是摄影和影集都是开放的，它们不可能结束。决定性的、总结性的或者终结性的照片是不可能有的。有的只能是更多的照片、更多的影集。

意大利阿利纳里兄弟摄影档案公司出版了反映意大利往日历史的一批照片，尽管其中的大部分并非取自该公司的摄影档案，却仍然使我们想到：虽然一张照片作为一幅记录个人观察的作品的成分很少，但它几乎不可避免地会成为某个档案的（潜在的）一部分。此档案可以是阿利纳里公司的档案（阿利纳里的买卖十分成功，但它看上去与其说是一家十分成功的买卖，倒不如说是一种文化经营，一种跨越几十年时光、为记录意大利社会而做的宏大的集体努力，参与其中的一个个摄影家的名字就像那些从事哥特式大教堂建筑的工匠们的名字一样湮没无闻）。但在更多的时候，此档案是单个摄影家的档案，这些摄影家既包括十九世纪到二十世纪上半叶期间那些自己有工作室的多产的专业人员，也包括那些为时装业和其他广告业服务的当代摄影家，后者对自己对象的处理所产生的效果与旧式商业摄影中那种单纯而又一丝不苟的记录手法十分不同。像卡洛·莫利诺那样死心塌地地提倡拙劣趣味的摄影家以及像艾利奥·卢克萨多那样竭力颂扬名流的摄影家，他们现在都具有被博物馆记录的价值，而且这种价值一点都不在像保罗·斯特兰德和昂利·卡蒂埃·布雷松那样在摄影创作中提倡严肃与美丽的摄影家们之下。最为稀奇古怪、最不完整的景象也可以构成十分宝贵的旧时（来自旧时、反映旧时）影像的档案。就连宣称自己是“未来主义者”的安东·布拉加格利亚制作的那些表现无处可见的景象的柔光叠印照片以及那位情色迷巴龙·冯·格勒丹制作的那些表现十九世纪与二十世纪之交在陶米纳[1]举行的露天演出的幻想作品，也都有着它们自己的时代魅力以及

[1] 意大利西西里岛东部市镇，位于埃特纳火山脚下，为著名滨海避暑胜地。——译者

作为摄影文献的历史地位。

（尽管所有照片最后的命运都是待在博物馆的收藏档案里，但是在博物馆之外，它们仍然有着自己个体的生命——一个文献作为纪念品在博物馆围墙外存在的生命。在这点上，时光也会造成颇为可笑的变化。让·科克托在1952年的一则日记中讲述了陶米纳一个四十岁渔夫的故事，他因为大街上一家店铺里陈列了冯·格勒丹为他祖父所拍的一幅全裸照片而暴跳如雷，照片上他的祖父只戴了顶玫瑰花冠。可是才过了几年［肯定没几年］镇上所有为游客服务的店铺里，就都卖起印有这张照片的明信片来了？）

意大利摄影中出类拔萃的照片出奇地丰富，这些照片的首要地位是作为文献资料：我们首先会想到的就是来自阿利纳里档案中的那些最为出色的影像以及意大利摄影史上最让人着魔的人物朱塞佩·普里莫里的作品。普里莫里自己在某种程度上就是一个单人的阿利纳里企业（本书用普里莫里所摄的一张照片开头是很恰当的，这张照片表现的是某个正在拍照的人）。如果说阿利纳里公司的集体活动以及爱好艺术的贵族普里莫里那极为个人化的事业都是最最了不起的创建档案的冒险的话，那么就应该指出："档案"这个词尽管暗含着"不带私见的好奇心"的主张，其实是掩盖了一个事实：这大批涌现的摄影之作后面隐藏着许多复杂的意识形态动机。

想想拥有十万多幅照片的阿利纳里的收藏吧。它就像是十八世纪的Wunderkammer（即奇珍厅）在十九世纪的更新版，与其说它是一个学习工具，倒不如说它是收藏癖，也就是对积累和分类的爱好的一种表达方式。奇异感——那个时代最钟爱的一种感情，一种没有被历史知识所牵累的感情——依赖于人们的无知，就如同它依赖于人们的知识一样。但阿利纳里的收藏同时也像是一个独具十九世纪特征、并由该世纪最为杰出的小说家们共同参与的意识形态项目的例子。这个意识形态项目所要完成的任务就是提供对从最高层面到最低层面的社会现实的百科全书式的理解，把这种现实理解为某种在历史中得以展开的东西。最后，或许也是最具有决定性意义的一点就是：阿利纳里的收藏像是一个初始于二十世纪的项目：是一种广告模式，一种创造需求、促进消费的模式。

作品被收入阿利纳里档案的摄影家们从专门研究他们出生其中的城市——佛罗伦萨——的伟大艺术作品入手，开始自己的职业生涯。对于正在进行欧洲大陆“泛游”的一小批有钱的旅行者们来说，意大利长期以来一直是一个供人们观赏艺术（比起其他任何一个意大利城市而言，佛罗伦萨市的艺术引起了更多关注）的国度。可以收藏的摄影文献在使少数幸运者建设意大利的活动民主化的过程中扮演了至关重要的角色，这种民主化使得意大利成了全世界惟一一个立即博得大规模旅游业的青睐、最为其所向往、也最有声望的目的地。

以照片的形式传播艺术——安德列·马尔罗所称的“没有围墙的博物馆”这一说法（他是从瓦尔特·本雅明那里获得此观念的）的第一个版本——很快被扩展到可以用照片形式加以收集的整个自然环境。搜罗详尽的文献事实上意味着一种对鲜明对比的偏好：城市复兴（按上个世纪的理解）的壮举与古代的遗址和纪念碑、肤色黝黑的穷人的活力以及富翁与权贵们的魅力与冷漠并列在一起。照片传播的不仅仅是艺术（过去的艺术），而且还有整个的过去以及正走在无情地变成过去（也就是艺术）的道路上的现在。艺术的观念被扩展到包括过去本身：我们以美学的眼光观看过去，观看它的任何一个部分。

照片并非像它们现在这样——或者更准确地说是像从前那样——是一些让人们观察世界的透明窗口。照片提供证据——经常是以假乱真的证据，始终是不完整的证据——来支持占统治地位的意识形态和现有的社会秩序。它们虚构出这些神话和秩序并且加以确认。

它们是如何做到这一点呢？——通过宣称世界上有什么和我们应该看什么。照片告诉我们事物看上去应该如何如何，所摄对象应该显露出自己的哪些方面。

十九和二十世纪早期拍摄的照片中很少有不让观众看到照片中人物的身份标记的，我们认为这点与拍照时摆的姿势有关系。摆姿势的过程本身就需要花时间：你没法拍到动态的照片。因为摆姿势，所以无论是在照相馆拍摄的肖像中，还是在工作和娱乐场地拍摄的人像里，都会有一种有意识地制造得体的、适宜的、有吸引力的形象的倾向。大部分的老照片看上去似乎都在诠释着正直、坦率、予人以教益、空间安排中规中矩的价值观念。但是从二十世纪三十年代起（而且这不可能是照相机技术发展所致），照片的面貌肯定了运动、生气、非对称、神秘和非正式社会关系的价值观念。现代人根据自己的趣味，会判断老照片上所表现的那些工地上和工厂里姿态僵硬的工人们是一种谎言，它们掩盖了（比如说）那些工人辛苦劳作的现实。我们宁愿看到被摄影师用不那么正式的手法于一瞬间捕捉到的、看起来不是在摆姿势的照片中人物的汗水——在我们看来，这才是真实的（如果说并非总是美丽的）东西。我们看到那些表现辛苦、笨拙，而隐藏了受控（自我控制或他人控制）的现实和权力的现实（亦即我们现在颇为奇怪地判断为“做作”的那些表现）的东西会感到更自在一些。

两种前后相隔一个世纪、互成对照的东西。

书前面的扉页上是一幅著名的影像，从中可以看到井井有条的、高度符号化的装饰格调和中产阶级照相馆（实际上就是阿利纳里的沙龙）里的宽敞空间。深度空间：其中的每个人都是从远处、以全身像的取景和不显眼的样子被人看到的。有一个人（身体笨重、坐着）正在让人照相。照片上的人神态安详，每一个人都不慌不忙。

书的后环衬上是一幅熟悉的影像。一群新闻记者——“狗仔队”——正站在那儿，紧紧地挤在一起，他们神情紧张，你推我搡，强行拍摄着自己的对象。（国际上对那些专以名人为靶子、损人利己的摄影师们的称呼来自意大利语，从这里是不是能找到些理由？）浅层空间：每个人都是部分地，以特写的取景和显眼的样子被人看到的。没有足够的篇幅帮助人们辨认这层空间，没有装饰——这是一个没有具体地点的空间，里面的每一个人都匆匆奔忙。

选集的作用是表现一个世界。这部选集，这部针对一个世纪的象征性的编年史在服从其时代要求的同时，表现了一个世界。

集子中的大多数照片都是一个十分与众不同的社会的记录，这个社会是以深刻的（在此词的几种意义上）方式被加以使用的。它是帕索里尼[①]在《鹰与雀》中所哀悼的那个意大

① Pasolini，Pier Paolo（1922—1975），意大利电影导演、诗人及小说家，以其社会批判性的、非正统风格的影片著称。——译者

利，那个已不复存在、或者正在死去的意大利，那个自二十世纪五十年代以来被改变了的意大利——作为消费社会的意大利——所取代的痛苦中的意大利。这两个意大利之间的区别是巨大的、刻骨铭心的、令人震惊的。

那个与众不同的意大利是这样一个社会：在这个社会里，摄影师的实践是一种外来的侵入：摄影师只能是一个观察者。而在新的意大利里，照片和摄影活动（电视、录像、监视、回放）处于中心的位置。这看起来就像是摄影参与过去的方式的一个新版本：摄影不仅参与了现实的商业化，而且还参与了现实的统一。十九世纪五十年初成立的阿利纳里公司最早只以佛罗伦萨为业务对象，后来又把业务拓展到乡村和其他城市，也就是全国，它本身就可被看作是促成意大利接踵而至的政治统一的一个工具。几十年来，意大利摄影——许许多多双手的摄影努力——有力地参与了使意大利在文化上（这也意味着在政治上）与欧洲，与环大西洋周边世界统一的计划。摄影形象在使意大利越来越像（“是”还是“像”？）别的地方这个方面起了很大的作用。

整个欧洲都在哀悼自己的过去。书店里堆满了各种影集，这些影集把已经逝去的过去呈现在我们面前，供我们欣赏和发思古之幽情。但是，过去在意大利的根比在欧洲其他任何地方都要深，这就使得它的破坏更具有决定性的意义。同时，哀歌的曲调就像怨恨的曲调一样，在意大利奏起的时间更早，听上去也更凄楚——想想未来主义者们对于过去所发的脾气吧：想想那些要求烧掉博物馆、填平威尼斯大运河，把它变成一条公路之类的呼声吧。可以与之相比的影集，比如现代化以前的法国或者德国的影集就不太像这样。

这些记录着一个古老的意大利的影像所拥有的深度不仅仅是过去的深度。它是整个一个文化的深度，这个文化曾经有过无与伦比的尊严、风韵和容量，但现在却已被削弱、忘却和收缴了。取代它的是一种深度观念在其中毫无意义的文化，一种不是为了让人们能够从容漫步其中而存在的文化，一种成了某种抽象概念、被视为一幅影像、要从空中去看的文化……

[1987]

（柯平　译）

论贝洛克

首先，他拍摄的画面是令人难忘的——这是摄影的最高价值标准了。因此，一位本世纪早期工作于新奥尔良的、迄今为止默默无闻的摄影家，他最近被发现的底片会成为摄影那日益扩展，永远也不会完整的历史中最受人推崇的发现也就不难理解了。八十九张处于不同受腐蚀、遭损坏状态的玻璃版就是李·弗莱德兰德二十世纪五十年代晚期在新奥尔良无意中发现并最终买下来的珍宝。1970 年，弗莱德兰德经过巧妙的冲洗和精美的印刷后从中制作的一本影集由现代艺术博物馆出版发行。出版后不久，这本影集就名至实归地成为了经典。这套照片的所有特点都符合现在的品味：底层社会的素材；几近神秘的出处（一个名叫斯托瑞维尔的地方）；与摄影者实质上的无名状态和被摄者真正的无名状态相匹配的非正式的、反艺术的画面；它们如同随手拾来之物①一样的身份，而且是一份来自过去的礼物。除此之外，还有使这些照片肯定无法流行的一点：摄影家拍摄的令人不安的、非常传统的题材被它们呈现得可信而又友善。正因为题材是如此传统，摄影家放松的观察方式才会显得那么别具一格。如果他当初留下的不止这八十九张玻璃底片，那么一旦某一天其他的底片重现于世，人们绝不会认不出这是贝洛克的作品。

这些照片拍摄的时间是1912年，但如果有人告诉我们说它们拍摄于西奥多·德莱塞[2]开始写作《珍妮姑娘》的1901年，或是凯特·肖邦[3]出版《觉醒》的1899年，或是德莱塞动笔写作他第一部小说《嘉莉妹妹》的1889年，我们不会感到吃惊，因为照片中人物宽大的衣服和丰满的身体可以被追溯至从1880到第一次世界大战开始之间的任何一年。肖邦的第二部小说和德莱塞的第一部小说所受到的“内容下流”的指控非常冷酷无情，致使肖邦从此退出了文学创作，而德莱塞也产生了动摇。（由于预料到有可能会遭到更多类似的攻击，德莱塞在于1901年开始了其伟大的第二部小说的创作后，曾将它搁置一边长达十年。）贝洛克的照片同样对“堕落的”女人表达出摆脱了俗套和淫猥心态的同情，虽然在他身上我们只能推测出那种同情的萌芽。一直到最近我们对这些照片的作者还一无所知，除了贝洛克的几个老朋友告诉弗莱德兰德的一些情况：他除了摄影之外别无爱好；“他总是表现得彬彬有礼”（这是他在斯托瑞维尔的摄影对象之一对他的评价）；他讲话时带着“很重的”法国口音；他和土鲁斯-劳特累克[4]有点像，都患有脑积水而且身形矮小。据说这位长相普通得不能再普通的新奥

---

① 原文法语为objet trouvés，意为拾来的材料，随手捡到之物，指艺术家用来制作艺术品的材料，如漂木、贝壳等。——译者

② Dreiser，Theodore（1871—1945），美国小说家，主要作品有长篇小说《嘉莉妹妹》等。——译者

③ Chopin，Kate（1851—1904），美国作家，其作品描述了路易斯安那州克里奥尔人的生活。——译者

④ TouLouse-Lautrec（1864—1901），法国画家，善于描绘人物本质特征，吸收日本浮世绘技法，自成一格，作品有油画《面对面的晚餐》等。——译者

尔良中产阶级的子孙（他的祖父祖母都出生在法国）除了那些底层社会的作品之外还拍过一些相当传统的题材，如新奥尔良中国城里的鸦片馆。可惜这套中国城系列的作品一直没有被重新发现。

斯托瑞维尔系列还包括两幅客厅装饰的照片。使贝洛克感兴趣的一定是在一幅照片中位于火炉上方，在另一幅照片中位于一张拉盖书桌上方的墙，这两面墙上都挂满了照片，中间围着一幅画。这些照片所呈现出的对比和他自己拍的一模一样：画面中全都是女人，有的服饰完美，有的却很色情地全裸着。贝洛克的其余作品都是单独的肖像。那就是说，每幅照片中只有一个被摄对象，除了有一幅照片展现的是两个坐在地板上，一边沉溺于牌戏，一边喝着香槟酒的男人（布努埃尔[①]曾在《白日美人》一片中对一家妓院有过不太令人信服的、概念化的描写，其中也有与此相似的休闲一刻）和另一幅照片中一位摆着姿势的端庄少女，穿着白色长裙、外套外加帽子的节日盛装，站在一张铁床旁边，床上有个人正在睡觉。贝洛克拍摄人物往往是拍全身的（上述这幅照片是个例外，床上睡着的女人只看得到头和右臂），虽然有时候在拍坐像时会只拍到膝盖。只有在一幅作品中——一个赤裸的女人倚靠在几只绣花的枕头上——人们才能感觉到贝洛克是有意凑近了拍的。这些照片留给我们最主要的印象是它们的总数有很多，场景相同，造型从最自然的到最自觉的各不相同，衣饰也涵盖了从盛装到全裸的各个程度。这些照片的整体性、深度和意义全在于它们是一个系列的部分。只有看到了全部，才能了解每张照片的意义。

① Bunuel, Luis（1900—1983），西班牙电影导演，以其早期的超现实主义影片和后来在墨西哥商业电影中的创作而闻名。——译者

最明显的，是从至少三分之一的照片中我们无从发现这些女性是生活在妓院里的。有些人的衣服穿得好好的：在有一幅照片中一位女性戴着一顶缀着羽毛的大帽子，白色的长袖衬衫上点缀着胸针和坠子，下面穿着黑裙子。她坐在一片低矮的黑色背景前的院子里，黑色背景后面的一根晾衣绳上晾着破旧的毛巾。其他的人则穿着内衣或类似的东西：有一个姑娘在椅子上摆着造型，两手在脑后交叉着，身上穿着一件有点滑稽的紧身连衣裤。许多人在照片中赤身裸体——带着对她们（大多数人）并不傲人的身体毫无做作的坦率。有的人只是站在那里，就好像要为拍照而脱光衣服后一时不知所措。只有很少的几个摆出了性感的姿势，如柳条长椅上的长发妙龄少女——这或许是贝洛克最为人所知的一张照片。有两张照片中的女人戴着面具。其中一张非常具有诱惑力：一位绝色佳丽面带灿烂的微笑倚靠在一张躺椅上，除了一个窄窄的佐罗式面罩外，身上只穿了一双黑色长袜。另一张展现的则完全是美女的反面，一个大腹便便、全身赤裸的女人，面罩很拙劣地戴在脸上，和她在一张木头椅子的边缘所摆的姿势一样拙劣。这个面罩（看上去像是一个完整的面罩少了下半截）对她的脸来说显得太大了。第一位女子看来很乐于摆姿势（她很妩媚，摆了姿势后更动人）；而裸体对第二位女子来说则有损形象，甚至可说是一种失败。在有些照片中，被摄对象作出温文尔雅、若有所思的表情，不大容易看出内心的情感。而在另一些照片中，摆姿势则几乎毫无疑问成了一种很好玩的游戏：女子穿着披肩和色彩鲜艳的长袜坐在写着“拉雷黑麦威士忌”的酒瓶边，用欣赏的眼神望着手中举着的酒杯；女子穿着宽大的内衣和黑色的长袜，张开双臂，趴在架在后院的熨衣板上对着小狗微笑。很显然，没有人在受到窥视，每个人都是心甘情愿成为拍摄对象的。而且贝洛克是不可能命令她们摆出何种姿势的——无论是像面对顾客时那样展示自己，还是没有顾客时的样子。他只是表现出她们中大多数人肯定具有的本色，即外表健康的乡村妇女。

贝洛克的摄影作品所展现的这组人物，与荒木经惟作品中刻意安排的被捆绑的妇女将自己呈现于男性的注视（或更糟的东西）之下那种施虐受虐的狂欢（他的作品得到喝彩真是令人感到不安），或者是赫尔穆特·牛顿所设计的形象所具有的更冷静、更具风格、一如既往地睿智的淫荡有着天壤之别。仅有的几幅看上去确实有点色情——或者说传达出了一些妓女生活的低贱和卑鄙——的作品是那些脸被刮掉的作品（在其中一幅上，破坏者——会是贝洛克自己吗？——忘记把脸刮掉了）。这些照片真的让人有点不忍目睹，至少对我这个观看者来说是如此。但我是一个女人，和许多观看这些照片的男人不一样，我并没有在卖淫中发现有什么浪漫的东西。这些照片给我带来快乐的部分是许多女人的美丽和她们坦率的亮相，她们在简陋的环境中接受拍摄，这样的环境既让人觉得性感，又带着一种家庭般的松弛，令她们那业已消失的世界有了触手可及的感觉。这些照片是多么动人而又可亲啊。

[1996]

（吴刚　译）

伯兰德[1]的婴儿们

1

题目是《婴儿们》。说明不止一个，有一群。看来彼此是伙伴。还不只是这样的一群伙伴或团体或圈子。这是一个世界。

这是一本巧妙排序的影集，引领着我们进入这个世界。

如果只有一张照片的话，它能传达的东西很少。两张或者三张也是如此。要想展现一个世界必须要有大量的照片，这些照片必须经过排列。该排第一的排第一，该排最后的排最后。

这个顺序将是对这个世界的一次漫游。一段旅行。一个开始。

首先我们看到的是一些装饰物。一件小小的粉红绸缎裙子。一只泰迪熊。一条五颜六色的婴儿床单，上面印着让人想拥抱的小动物。然后，慢慢地，人出现了。一双鞋。小兔子拖鞋。一只脚。一个膝盖。

还得过一会儿我们才能看到脸。

有些东西与此不大相配。这些服装用品都是幼儿园的。但出现的人却太大、太丑陋了——像是到了巨人国一样。

我们期望看到的是婴儿。而这些看上去都像是大人。婴儿，真正的婴儿的皮肤是完美无瑕的。而这张照片里的皮肤粗糙多毛、长着小脓疱（好些地方还刺了文身），身体则大多数肌肉松弛、骨瘦如柴——而且波利·伯兰德用照相机对它们进行了非常近距离的观察。

近距离是丑陋的。成人也是丑陋的，特别是与新生儿的完美相比。

正如格列佛在到达了一个其国民个个身高超过八十英尺的国家后所观察到的：观看放大的东西就会被不完美所吓倒。他回忆起他前面到过的那个国家，在那里他自己是一个巨人，小小的小人国国民的皮肤在他看来是“世界上最美的”，而他新交的那些体形微小的朋友则觉得他丑得简直超出了想像。他们中的一个

> 说在他从地面上看我的时候，我的脸显得更好看、更光滑，而当我把他放到我手上凑到跟前时，他非常不客气地说我的脸乍一看上去是很怕人的。他说他可以看到我皮肤上有大大的洞，我的胡子茬比猪鬃要硬上十倍，我的皮肤是由几种令人厌恶至极的颜色构成：这里我不得不打断一下为我自己辩白一句，我其实并不比我们国家的其他男性难看，我的所有这些游历也没怎么把我的皮肤晒黑。

在《格列佛游记》的第二部分，格列佛置身于大人国的居民之中，在那里他成了个很小的小人。他发现这些大山一样的身躯

① Borland，Polly（1959— ），澳大利亚摄影家。——译者

和脸庞之令人作呕，一如小人国的人凑近了看他。不过，即便他们极大的缺陷令他吓了一跳，格列佛还是提醒自己——他已经成为了一位很好的文化相对主义者——那些大人国的国民无疑是和世界上的其他人一样好看的。

正如乔纳森·斯威夫特和波利·伯兰德所描绘的，我们的世界是一个充满着令人不安的怪异事物的世界。

如果以婴儿为标准的话，那么所有的成人都是丑陋而又粗鄙的。再美的肌肤也经不起照相机太过亲密的考察。

美丽，可爱——和令人作呕——主要是一种喜欢或厌恶的比例，也取决于接近的程度。而这——即比例和接近——则正是摄影师所整日面对的。

2

当然，“接近”对于这些照片的效果和意义是至关重要的。

几乎所有的照片都是在很普通的、装修简陋的室内环境中拍摄的。我们可以设想伯兰德的拍摄对象就躲藏在这些色彩单调的、贴着墙纸的房间里，这些房间我们从来没有见到其大部，但感觉是很小的。它们可能只是点缀。(宝宝们需要很多睡眠）身边往来的其他事物也是如此。呈现在我们眼前的似乎是一群人喧闹聚会的一瞥。一群小娃娃的聚会。一群小娃娃在外过夜。

摄影师洞穿了这一空间，将它的秘密身份予以展现。这是一个亲密而又隐秘的空间，属于这一空间的平凡的活动——哭闹、流着口水的呓语、饮食、睡眠、洗澡、手淫——在此都获得了怪异仪式的特点，因为所有这些活动都是由成人穿着婴儿的服装、仿照着婴儿的姿态进行的。

当我们在这本影集的再后面一点看到这样一张照片，即这样的三个宝贝穿着婴儿的全副行头出现在一条郊区的街道上时，我们一定会感到吃惊的。（这是在澳大利亚吗？抑或是在英国？）我们吃惊的是伯兰德的一些摄影对象居然会心甘情愿地接受路人的注目。

3

这是由照片展现的一个进程。我们最初看到的这个世界是由身体的部分伪装而成的，它们有着奇怪的构图和修饰。最初对头部的隐去，以及后来好几幅从很高的角度拍摄的照片，似乎是想方设法要使我们，伯兰德所创造的形象的消费者，对这些秘密的恶作剧建立起居高临下的关系。

我们看着他们。他们没有看着我们。我们很少看到婴儿们在看的照片，即便有，那也是一种婴儿式的注视，要么视线散漫不定，要么是一种专注于自我的注视。

这本影集的最后是这些婴儿之一的一张正面肖像，以此来作为全书的结尾我觉得是再恰当不过的。他看上去是个大人，甚至可称得上英俊，神情专注地盯着照相机镜头，盯着我们。他们回应我们的注视了。终于。

4

在很长一段时间里，照相机一直给我们带来有关小丑和贱民的消息，他们的悲惨生活和他们的怪癖。向我们展示发生在不正常的人身上的平凡事。把我们大家都培养成了窥视狂。

但这是一本很有天赋的、颇具权威性的作品。伯兰德的照片显得很精明、富于同情心；它们太靠近、太令人感觉熟悉，以至于超越了平凡和纯粹的好奇心。这里没有迪安·阿尔巴斯[①]作品中那种坦率的注视。（我不是怀疑阿尔巴斯不会受到这些对象的吸引，但她肯定会以截然不同的方式来拍摄他们。）

摄影的主要传统之一就是对于开拓新的、特别是在出轨边缘的题材的热衷。这里——这本影集所表达的——是一份行为的标本，它完全有理由引起我们的兴趣和关注。这些照片记录了一个关于人性的真相，它因太过明显，反倒让人说不清楚——是重返天真的诱惑？还是重返天真的乐趣？——但它从来没有得到过如此真切、如此直接的表达。他们呼唤着我们的认同（“凡是人所有的，我也都有”）——如果我们敢于承认我们也能想像这样的情感，即便我们对有些人会真的不辞辛苦并抛却羞耻心将这样的情感表现出来而感到吃惊。

5

这些照片令人感到震惊吗？

有些人显然觉得它们的确如此。这些人可能与那些会对罗伯特·梅普尔索普[②]的性题材照片感到义愤填膺的人不尽相同。这里，引起震惊的是那些看来差点完全放弃了性特征的成年男子所展现的隐秘生活景象。

我是那些一点也不觉得这些照片令人吃惊，甚至哪怕只是令人不安的人之一。（能令我感到震惊的是残暴，而不是

---

① Arbus, Diane（1923—1971），美国摄影家，以引人注目的、异常的人物肖像闻名。——译者

② Mapplethorpe（1946—1989），美国摄影家，拍了不少有争议的单一影像的黑白照片，主要描写花朵、裸体和男子同性恋。——译者

悲伤。)

震惊——随即又会膨胀成具有侵略性的不赞同——在我看来，对于以如此戏剧化的方式拥抱无助者角色的成人，是一种有些毫无意义的反应。

在大多数照片中，被摄对象都坐着、躺着、爬行着。他们往往是在床上或紧挨着地板。他们很少有直立着的。

他们想要显得小。但他们当然不小。于是，他们就显得受到了压抑。

有这样一个假定，摄影如果想要承担起人类学或人种学的责任，被拍摄的对象——那些正巧流露出他们真实面貌的人——是不应当真正意识到自我的。

这些照片想要说明的是——这也正是某些人从这些被拍摄对象身上感到不安的地方——伯兰德的拍摄对象不仅想要以这种姿态示人，而且他们乐于被人观看。

6

最被视作异端的性表演是戏剧。它需要化装。它依赖道具。由这些成人所创造的这一世界必须被视作是一种性幻想，虽然他们中的大多数人都是“婴儿纯粹主义者”，他们没有性别。

在这些阴沉的房间里所发生的也是一种戏剧。戏剧化的时间。

但完全是真实的。

没有受到照相机的操纵。也没有任何东西经过数字化的处理。伯兰德所完成的全在于这些照片本身——就连其陈旧也是真实的一种印记。它们包含了一种内在的约定：这些照片中的人所呈现的是他们（生命中某一段时间）真实的样子；他们并没有在为摄影师进行表演。诚然，她必须要和他们朝夕相处很长时间，赢得他们的信任，成为他们的朋友，然后才能拍到这些照片。

我们不妨设想一下，如果我们了解到这些人是演员，而这些照片也是在一所房子里只花了一个下午拍摄的，而不是（实际上）历经多年、辗转几个国家拍摄而成的，我们的感觉又会怎样。

这些照片之所以具有力量，全在于我们相信摄影师，相信没有任何东西是为照相机而刻意设计的。

相信某些东西正在得到揭示。

7

这些宝贝们真的不吸引人吗——就像，比如说，罗杰·白伦的《普拉特兰德》中的那些个家伙？

在白伦那本拍摄南非乡间样子颓废的白人的出色影集中，他的拍摄对象和他们居住的房间的平庸外表传递了一种道德的、但本质上是政治的讯息。这里，丑陋似乎证明了不惟物质环境的，更兼精神环境的贫瘠。在伯兰德的影集中，她的摄影对象的平庸更难解读。我们或许可以判断说这种讯息主要是关于比例的：这就是说，被表演出来的对小与弱的幻想和这些肌肉发达的成人身体之间的不相配。但我们或许可以同样假设（也许不一定对），只有以真面目示人的成人才会想要对自己做“这样的事情”。

吸引人的边界是什么？——不吸引人的边界呢？由照相机所制造的形象在揭示这一问题上要比任何其他来源能说明更多

的问题。或许，除了从照相机专横的观看中学到的方式外，我们已经不再有能力来考虑身体和面孔的魅力了。放大、缩小——一切都由照相机来决定，一切都通过照相机来揭示。看看伯兰德引领我们进入的这个世界，我们不知道到达的到底是小人国还是大人国。她那充满睿智的成就使我们认识到，当我们以摄影的方式来观察时，我们同时生活在这两个国度之中。

[2001]

（吴刚　译）

自信的梅普尔索普

虽然理智告诉我，对着我的照相机并不是顶着我脑袋的枪管，可每次在为拍照而摆姿势时我还是会感到不安。这不是许多文化中都有的那种人所共知的恐惧，即担心灵魂被摄去或人格的一个层面被盗走。我不认为以将形象的复制品带到这个世界为己任的摄影师会从我身上偷走任何东西。但我确实感到我平常感受自我的方式被摄影改变了。

平常我觉得我和自己的身体是同向同延的，特别是和指挥部所在的头部，其面对世界的方向（即正面）——而且能发声说话的一面——是我的脸，脸上有眼睛，眼睛面对并观察世界；我或出于狂想，或觉得有这样的特权，或出于职业性的变态，总之，我觉得世界在等待着我的观察。我被人拍照以后，这种内部意识与外部世界之间通常是由内向外的、强烈的联系就堵塞住了。如果我同意与摄影师合作（通常，肖像照是需要得到被拍摄对象合作的），那么，我就转而听命于另一个“面向着”我的意识的指挥部了。我自己的意识被“收拾”了、“抛锚”了、“就范”了，放弃了其正常的功能，即向我提供智力，指挥我行动。我并没有受胁迫的感觉。但我的确感到被解除了武装，我的意识只剩下了令人尴尬的一小点，即让自己尽可能镇静的那么点自我意识。我一动不动，接受着照相机的观察，此时，我感受到了面具的重量，感受到了自己突出而又多肉的嘴唇、张开的鼻孔和凌乱的头发。我感受到自己在我的脸的后面，透过眼睛的窗子向外望着，一如大仲马小说中戴着铁面罩的囚犯。

拍照片，我是指为拍照片而摆姿势（通常要持续几个小时，期间要拍好多张照），让我有一种被钉住、落入圈套的感觉。对于有所求的注视我可以回之以带有情感的注视。这种注视可以是（理想状态则应该是）相互的。但对于摄影师的注视，我却无法付出同样的回报，除非我有办法把脑袋放在我自己的照相机后面给自己拍照。摄影师的注视是一种纯粹状态的注视，在看着我的过程中，他想要得到的是我所不是的——那就是我的形象。

（当然，摄影师可能会真的对拍摄对象产生欲望。罗伯特·梅普尔索普的许多照片就很明显地记录了他的欲望的目标。拍摄对象之所以看起来值得被拍摄，是因为摄影师对其产生了强烈的欲望，或浪漫的依恋，或由衷的赞赏——总之是许多种肯定的情感之一。但在照片被拍下的瞬间，对准拍摄对象的注视是目中无人的、一视同仁的：是一种只关注形式的注视。在那一刻，这种注视是得不到相同的注视与之回应的。）

我成为了被注视者。我温顺而又热心地遵循着摄影师教我该如何“显得”更动人的指令，如果她或他愿意给的话。虽然我是一个职业的“观看者”，却还是一个业余得要命的“被观看者”。每次我被人拍照的时候都能感受到同样的不知所措，因此在被照相这点上堪称是永远的处女。我根本记不住人们教我的那些化妆技巧，不知道穿什么颜色的衬衫拍出来好看，也弄不清我哪边的脸才是“好”的一边。我的下巴要么压得太低。要么抬得太高。我还不知道两只手该放哪里。

我面对照相机时的这种大脑空白现象无法归咎于缺乏经验，或是不懂得汲取教训，因为我浏览摄影史方面的书已经有几十年了，曾经无数次以极为职业的手法拍过照，还花了五年的时间写了六篇有关摄影形象的美学和道德意蕴的文章。看来是我自己身上某种更深层的固执在作祟：我拒绝完全接受这样的事实，即我不仅在观看，而且我自己也有一个样子，看上去好看（或者难看），看起来“像”那么个样子。

因为我每次被人拍照的时候都会感到不安，所以我每次看到照相活动的结果时都会感到尴尬。是不是因为我是太过强大的一个观察者，所以才会在被观察时感到不舒服？还是因为我对拍照时的作假和摆姿势感到一种清教徒式的忧虑？抑或是我在道德上的自恋使我对自己可能会具有的任何普通形式的自恋忌惮万分？或许以上各点兼而有之。但我最主要的感受是沮丧。在我百分之九十的意识认为我存在于这个世界中，我是我自己的时候，我有大约百分之十的意识认为自己是无形的。每当我看到自己的照片时，那部分的意识都会感到惊骇不已（尤其是把我拍得很动人的照片）。

照片成了对我意识的虚夸的一种谴责。天哪，“我”在那里竟是那么一种样子。

我看我自己的照片和看梅普尔索普书里的那些照片用的是不一样的眼光。看着自己的照片时，我无法带着渴望，无法对照片中的人产生联翩的浮想。能把被拍摄对象和其外表撮合到一起的摄影的爱神，在我自己的照片中不起作用了。我所能感觉到的只是存在于我和我的形象之间的差异。在我看来，梅普尔索普为我拍摄的某些照片中我的表情并不真正是“我的”样子。这是一种为照相机而刻意营造出来的样子，是两种东西所达成的一个不稳定的妥协，其一是我想要与我非常钦佩的摄影师（也是我的朋友）合作的努力，其二则是我对自己尊严的坚持，正是这点使我产生了不安（我看着自己的照片的时候，从中看到了自己的固执、略略受阻的虚荣心以及我的惊慌和脆弱）。我怀疑自己从来就没有过梅普尔索普给我拍下来的那副样子——也怀疑下次他再给我拍照的时候自己会不会还是这副尊容。

虽然我在这幅肖像照中再一次找到了自己被拍照时的感觉，但梅普尔索普给我拍的这张照还是和我的其他照片很不一样。我尽我的努力给予了配合，而他也观察到了一些别人从来没有看见过的东西。让梅普尔索普拍照和让别人拍照是不一样的。他以与众不同的方式打消我的顾虑，鼓励我以及给予我宽容。

拍照其实就是一种结集成册的冲动，这本摄影作品集也不例外。书中林林总总的拍摄对象，无名之辈或是著名人士，一本正经的人或是撩人情欲的人，展现了摄影师具有特色的、广泛的摄影兴趣。“凡是人所具有的东西，我也都有”，这正是这位摄影师所说的。梅普尔索普在书中收录了一张充满色情意味的自拍像，此举抛弃了摄影师的典型立场，即总是如高高在上的神一样与被摄对象保持着一段距离，向世界揭示着现实，而自己却从不愿意充当被拍摄对象。

大多数的摄影作品都带有这样一种内在的认知主张，即照片应当传达有关被摄对象的一个真相，这一真相如果不是被照片捕捉到的话便不会为人所知。简言之，摄影是知识的一种形式。因此，有的摄影师说他们最擅长拍他们不认识的人，而有的摄影师则说他们最擅长拍他们最熟识的人。这些说法虽然相互冲突，其实都说明他们想要拥有控制被拍摄对象的权力。

梅普尔索普的要求比这低得多。他并没有在寻找决定性的时刻。他的照片并不奢望给人以醍醐灌顶的启示。存在于他和他的拍摄对象之间的并不是一种掠夺式的关系。他并不是一个有窥淫癖者。他拍照不想趁人不备。摄影游戏也有规则，梅普尔索普的规则是被拍摄对象必须合作——必须是自发地投入。其画面选取的表达有力和意蕴丰富，其对服装质地和皮肤肌理的表现，其对黑色的不同运用，都使他的照片明确地呈现出一种艺术的——而非纪录片式的——冲动。摄影师自己可能更愿意把这些照片说成是对他自己欲望的一份记录。

梅普尔索普想要拍下每一样东西，也就是说，每一样能使其摆姿势的东西。（无论他的摄影对象的范围有多广，他永远也不会成为一个拍摄战争或是街头突发事件的摄影师。）他所追寻的东西可以被称作大写的形式，即某样事物的本质或本真状态。不是某样东西的真相，而是其最强烈的形式。

我曾经问梅普尔索普，当他自己对着照相机摆姿势的时候，他自己是怎么做的。他回答说，他努力寻找自信的那部分自我。

他的回答表明他为自己的作品集所选的书名具有双重的含义：certain 可以指某些，而不是另外一些，也可以指自信、有把握、清楚明确。*Certain People*（《某些人》或《自信的人》）所描述的大多是那些自己找到了自信，或在别人的哄诱或安排下进入自信状态的人。这些照片是一位伟大的摄影师的观察和见闻报告，而自信正是其所要吸引的和其所揭示的。

[1985]

（吴刚　译）

照片不是一种观点，抑或是一种观点？①

我的手中有一本影集，其中人物仅有的共同点是她们是女性（生活在二十世纪末的美国女性），她们浑身——差不多浑身——都穿着衣服，因此与另一种里面全是女人的画册不同……

创作这本影集，完全是因为对这一对象很感兴趣，尤其是考虑到在过去的几十年里许多女性的意识发生了前所未有的变化，她们敢于异想天开，抓住机会……

采样，探究，重访，挑选，组织，但不妄称已经充分代表了各种各样的女性……

尽管如此，围绕着（名义上的）单一对象的大量照片让人不可避免地感到它们在某种意义上具有代表性。这一对象、这一影集——一本堪称女性命运、女性的种种局限性和新前景的文集——的代表性就更强了。这本影集激起了同情，而我们则把这种同情带入了对少数群体的描写中（除了用数量这一标准衡量之外，女性都是少数群体），刻画了许多杰出女性的形象。尽管这本影集向我们传达的是一些我们认为自己已经了解的内容——女性如何克服长期以来的障碍、偏见和文化隔阂，在从没有涉足的领域取得成功——但这本影集肯定具有启发性。当然，如果这本影集不谈及那些令人不快的问题，那么肯定会起误导作用：比如，女性在人们心目中根深蒂固的形象，不断发生的暴力行为（家庭暴力依然是美国妇女受到伤害的主要原因）。任何对女性群像的描绘都必须反映当下人们是如何看待女性的，而女性又是如何看待自身的。一本有关女性的影集必须提出女性问题（而与它相对的“男性问题”是不存在的），不论它本身是否有此意图。男性不同于女性，他们并不是不断变化的。

这些照片里的每一张都各自叙述了一个故事。但它们的集合却分明在说：当今女性就是这样——她们竟然如此形形色色、各不相同、英勇无畏、孤苦无助、传统守旧、漠视传统。认真翻阅这本影集的人都肯定会注意到对传统女性形象的肯定和质疑。不管她们闻名遐迩，还是藉藉无名，影集里的这 170 多个女性都可以被看作（特别被其他女性看作）典范：美貌的典范，自尊的典范，力量的典范，违反道德规范的典范，受害的典范，虚假意识的典范，幸福地变老的典范。

没有哪一本关于男性的影集会被追问其中的意义。

一本有关男性的影集也不会以同样的感情去创作。又有哪一本影集饶有兴趣地说男性也能成为股票经纪人、农场主、宇航员或矿工？一本描绘各行各业男性的影集——仅就男性而言（没有贴上其他标签）——很可能是表现男人的美貌的，里面的男性能够使女性和别的男性想入非非。

但是，即使男性被看作性对象，那也不是他们的主要形象。传统上，男性被看作，至少是潜意识地被看作自身命运的

---

① 这篇短文是为安妮 · 利布维兹（Leibovitz，Annie）的影集《女性》（兰登书屋，1999）而写的。

创造者和主宰，而女性则是男性情感和幻想（欲望、柔情、恐惧、谦卑、轻蔑和依赖）的对象；一个男性被看作人类的一员，而一个女性被看作女性的一员。这些传统在很大程度上没有改变，它们深深扎根于我们的语言、叙事、座次的排列和家庭习俗中。不论在什么语言里，“她”从来不能代表包含两性在内的整个人类。不论在生理上，还是在文化上，女性遭遇不平等的待遇，男性似乎是受到偏爱的，男性和女性对自身的认识是不同的。

我做这一切，我忍受这一切，我需要这一切……因为我是个女人。我做那一切、忍受那一切、需要那一切……即使我是女人。正因为女性屈从于自己的弱势地位，而且在文化上是少数群体，才一直会有人争论不休：女性是什么？能够干什么？应该想成为什么？据说弗洛伊德曾经问过一个著名的问题：“上帝啊，女人到底需要什么？”如果在一个世界里，“上帝啊，男人到底需要什么？”这一问题是很正常的话，那将是一个怎样的世界，谁又能想像那样的世界？

没有人认为两性（the Great Duality）是完全平等的——即使在美国，那儿自十九世纪以来就被外国游客称为盛气凌人的女性的天堂。男性和女性从来都是不平等的。给男人平等权利从来没有引起游行或绝食示威。在欧洲，进入二十世纪好多年后，女人还一直是法律上的弱者，在许多穆斯林国家——从摩洛哥到阿富汗——现在仍然如此，而男人在任何国家都不会这样。没有一个国家的女性在男性之前享有选举权。从没有人认为男性是第二性。

但是，但是：自从法律在选举权、离婚、财产权等方面对女性的歧视被清除以来，世界发生了变化。现在，很难想像妇女是最近才获得选举权的——例如，难以想像，法国和意大利的妇女直到 1945 年和 1946 年才分别获得选举权。女性的意识发生了翻天覆地的变化，这使每个人的内心发生了变化：女性冲出了女性的世界，走向更广阔的世界；女性也开始有自身的抱负。长期以来，女性一直被教导要压制自己的抱负，而抱负正是强调今天女性生活百态的影集要大声疾呼的。

这本影集着力反映女性富有活力的一面，它同时也反映女性富有魅力的一面。

没有人在翻阅一本女性的影集时不去注意里面的女性是否富有吸引力。

根据通常的定义，女性就意味着有吸引力，或者努力使自己变得有吸引力，让自己吸引别人（就如同男性意味着强壮有力一样）。尽管我们对此可能完全不以为然，但任何一位女性都不可能不注意到这一点。男人过分注意自己的外貌被视为缺点，但女性如果不够注重自身形象的话简直就是道德上的过失。人们对女性的判断在很大程度上取决于外表，而对男性则不同。年龄的增长会给女性增加更多的烦恼。青春活泼、体态苗条，这些对外貌的理想已经在很大程度上通过照片上的形象体现出来并被强化。当然，人们希望看到出名的美女在经历若干年岁月沧桑之后的照片，就是为了看看她们能否使岁月不留痕迹。

据说在经济发达的消费社会里，男性也越来越多地有了类似“自恋”的想法。但男性对外貌的重视却从未破坏男性的主动权。事实上，古代的武士就以自己的形象而自豪，因为这是权力的体现、征服的工具。在对一个男人进行评价时，人们根本不会考虑到他对个人吸引力的担心：人们会对男人进行判断，而对女人则仅仅是看看其外貌。

我们认为，在这个世界上人们都喜欢照片越多越好，而且不论男女，个个都特别渴望拍照。但是，不要忘了，在世界上不少地方，女性是不允许被拍照的。在几个国家里，女性一直受到男性的压制，女性根本很少出现。照相机凝视、记录、展现在它前面的任何人或东西——它的这些特权是现代生活的典型特征，女性的解放同样也是如此。给予女性更多的权利和选择是社会迈向现代化的一大标志。然而，过去的几十年里，在妇女——特别是那些受过良好教育的都市女性——平等参与的权利方面取得了少得可怜的成果，而对现代性的抵制使这些成果化为乌有。在许多为实现现代化而斗争但没有取得成功或未获得支持的国家里，越来越多的女性被掩藏了。

传统上，对女性特质的理想贯穿于以女性为题材的影集：热情洋溢地展示魅力的女性，在充满深情或拘谨的表情背后深藏不露的女性。

对女性的描绘着力表现她们的美貌，而对男性的描绘则着力表现他们的“个性”。美貌（女性的本分）意味着温柔，而“个性”（男性的本分）意味着粗犷。女性的特质应该是顺从的、温和的，甚至是忧郁的；男性的特质应该是有力的、观察敏锐的。男性不会愁眉苦脸，理想中的女性看上去并不咄咄逼人。

十九世纪六十年代早期，一位出身名门、充满活力的英国中年妇女把摄影作为自己的职业，她的名字叫朱丽亚·马格列特·卡梅伦。她为男性和女性拍照时总是有不同的目的。她为男性——维多利亚时代一些最著名的诗人、哲人和科学家——拍摄肖像，而大多让女性——某位男人的妻子、女儿、姐妹和侄女——模仿“虚幻的人物”（“fancy subjects”，这是卡梅伦的专门说法）。这些女性身上寄托着人们对文学和神话中女性特质的向往：《哈姆雷特》中奥菲利亚的脆弱和忧郁，圣母马利亚对圣子的无限怜爱。几乎所有做模特的人都是亲戚和朋友，或者是她的客厅女佣。女佣被重新打扮，塑造了几个富有女性特质的偶像。只有朱丽亚·杰克逊——卡梅伦的侄女（也就是后来的弗吉尼亚·伍尔夫的母亲）——没有模仿别人。为她拍的是肖像照，这么做是为了表示对她天生丽质的敬意。

女性的美貌使她们有资格做模特，就像名气和成就可以使男人具有资格一样。女性的美貌使她们成为理想的对象。（值得注意的是，她对别具一格或标新立异的美女没有什么兴趣，所以卡梅伦和丈夫迁到斯里兰卡后她基本上就没有再拍什么照片。）事实上，卡梅伦把摄影定义为寻求美的人和物。她曾经质疑道：“为什么史密斯太太不来我这儿拍照？”她在给一位朋友的一封信中曾经这样提到住在伦敦的一位素未谋面的女性。“我听说她可是一个大美人啊。让她过来，她将流芳百世。”

但是，想像一下，如果一本女性影集里找不出一位美人儿来，那么我们会不会认为摄影师有些不对劲儿呢？他是心胸狭窄，还是憎恶女性？他是否剥夺了我们看到某些东西的权利呢？但对一本以男性为题材的影集则没人会这么说。

美是有不同类型的：傲慢的美，性感的美，安安静静地待在家中而流露出的美——顺从、乖巧、文静。美并不只是容貌和表情看上去可爱，那是美学上的理想。对女性来说品德也是不可或缺的。

女人并不一定要聪明，聪明反倒让人觉得不合适。事实上，聪明可能写在脸上，会给女性带来麻烦。威尔基·科林斯[①] 1860 年出版了让人爱不释手的小说《白衣女人》，书中的一个主要人物的命运就是如此。那时卡梅伦还没有开始拍摄肖像。小说开头后没多久，年轻的主人公用如下方式描写这位女人：

> 我抬起头，向离我最远的那扇窗望去，看见那儿站着一个女人，她背对着我。眼光碰到她的那一刹那，我被她罕见的秀美身材和毫不做作的姿态感到震撼。她身材修长，但恰到好处；她长得标致，发育良好，但一点也不胖；她的头部恰如其分地竖在肩上，柔顺而又稳固；她的腰看上去太合适了，在男人看来实在令人销魂，它非常自然，轮廓分明，让人感到高兴的是看不出被束腰勒过的痕迹。她没听见我进屋的声音，所以我尽情地欣赏她。一会儿过后我挪了挪屋里的一把椅子，想用这种最自然的方式引起她的注意。她很快转过身来，从房间的远端向我走过来。她举手投足之间的那份优雅让我想立刻看清她的脸。她离开了那扇窗——我自言自语：这女人有几分神秘。她又向前挪了几步——我自言自语：这女人真年轻。她又向我走近了几步——我自言自语（这时我的惊讶难以言

① Collins，Wilkie（1824—1889），英国侦探小说家，早期作品刊登在狄更斯主编的《家常话》杂志上，主要作品有《白衣女人》、《月亮宝石》等。——译者

表）：这女人这么丑！

当叙述者沉醉于以男性的眼光满怀期待地打量那个女人时，他从背后和远处看到的是一个完全符合男性口味和标准的女性。因此，当他看到那女人转过身向他走近时，他惊讶地说："这女人这么丑！"（连"相貌平平"或是"相貌一般"都不是。）他解释说这实在匪夷所思：

> "大自然不会犯错"这句至理名言从未如此受到质疑——真没想到她身材如此动人，可脸和头如此糟糕。那女人脸色黝黑，上嘴唇上深色的细毛如胡须一般。她的嘴和下巴十分宽大、厚实，就像个男的；棕色的眼睛向前突起，目光犀利而又刚毅；浓密而黝黑的头发居然披到前额下。瞧瞧她的表情就可以知道她是个快乐、坦率、聪明的人，但是她寡言少语，丝毫没有女性的那种温顺之美。再美的女人一旦缺了这东西就大打折扣了。

玛丽安·海尔科姆很可能是科林斯小说里最引人注目的角色。她拥有每一种美德，惟独勾不起别人的欲望。她只会被丰富的、崇高的情感所感动，具有天使般的女性气质——但惟独过于聪慧，率直，缺乏"温柔"。玛丽安·海尔科姆的身体非常有女人味，在男艺术家的笔下显得成熟，散发出"优雅的气质"。然而，她的脸、她的头更集中而准确地反映出她没有什么女人味。她的脸和身体表达的东西大相径庭。她的脸把身体全给糟蹋了——就如同聪慧使女性的魅力受到破坏，从而使美貌大打折扣一样。叙述者得出这样的结论：

> 看到雕塑家梦寐以求的双肩上的那张脸——那匀称的四肢动一动就让人心荡神摇，但男人味十足的容貌和神态把她的体态美一笔勾销，让人感到怪怪的——就好像噩梦里我们常见的那些离奇怪诞的东西，我们怎么也无法接受。

科林斯的男性叙述者涉及了性别断层线，这很可能引起焦虑和不适。性别上根深蒂固的常规形象出现了冲突，这对认同时代主流观念的人来说简直无法想像。在他看来，干事业、办企业、艺术创造、智力创新都是男人们的事。在很长一段时间里，人们通常认为女性的美貌与智慧和过分自信是不相容的，或者至少是不甚匹配的。（另一个名气更大的小说家亨利·詹姆斯在他的小说《贵妇人的画像》的前言中曾质疑在女主人公“纤弱的身体”中注入丰富的独立意识是否恰当。）当然，今天没有一个小说家认为把美貌赋予聪颖的、我行我素的女性是不合适的。但在现实生活中，漂亮而又精明的女强人遭人抱怨仍是家常便饭——人们认为才貌双全的男性是幸运的，他们不会认为这样的男性是古怪的或者会对别人产生威胁，也不会认为出现这种情况是不公平的——对于女性来说，美貌使她富有魅力，但是按理说，美貌会让她无法具备其他一些优秀品质。

女性的美貌就是一切。对女性来说，美貌就是她们的特征。它当然也是一种表演，是主观促成的，刻意设计过的，挖空心思获得的。出生于俄国的法国作家安德烈·马金尼翻看了一本家庭的老相册之后，忽然想起了女性惯用的使自己变得妩媚动人的伎俩，这些伎俩体现在一些女人的脸上。

这些女人们明白，要使自己更漂亮，就必须在刺眼的闪光灯让她们睁不开眼的几秒钟之前说出几个神秘的法语音节，很少有人知道其确切的含义："pe-tite-pomme"。她们的嘴就像着魔似的，既不会张开来表示狂喜，也不会收缩起来露出渴望的微笑，而是形成一个优雅的圆……眉毛微微弓起，椭圆的脸蛋儿也拉长了。你说"petite pomme"的一瞬间，那朦胧的、梦幻般的甜蜜使你的凝视变得模糊，你的面容变得妩媚。

女人在拍照时总想表现出一种标准化的神情，这种神情对经由美貌传递的"女性特质"进行了一种理想化的提炼；美貌被认为要与平常的东西保持距离；在拍照时美貌就能够产生一种谜一般的、虚幻的、难以接近的感觉。今天，特有的气质和自然的表情能使照片更吸引人，而人为的修饰已经过时，让人感到矫揉造作。

在延续至最近的主流传统中，美貌将女性的性欲遮蔽了。即使是在赤裸裸的色情照片里，肢体和脸通常所表达的是截然不同的东西：一个赤裸裸的女人躺在那儿，淫荡不堪，伸开四肢，或卖弄臀部，然而同时她还在看着你，脸上露出乏味的可爱的表情，像在拍一本正经的肖像。新的女性摄影手法不再掩饰女性的性欲，尽管现在暴露女性肉体的或挑逗性姿势的照片仍然让人忧心忡忡。长期以来，男性都对女性表现出一种色眯眯的欣赏，这种反应表明男性对女性的优越感，这是由来已久的。事实上，女性的性欲一直被压抑着，或者因此而遭到歧视。

将女性与美貌等同是禁锢女性的一种方法。性格会发展，会展现出来，然而美貌却是静止的，是一张面具，它不得不任由别人想像。电影《克里斯蒂娜女王》最后一幕的拍摄过程颇具传奇色彩。戏中的女王——由葛丽泰·嘉宝扮演——为了安享女人的幸福，毅然放弃了瑞典王位和君主的男性化特权，登船准备与外国情人相聚，从此一起浪迹天涯。结果，她的一个大臣因她拒绝他的求爱而怀恨在心，于是把她的情人刺成重伤。她悲痛欲绝，迎着海风久久伫立船头。正当准备灯光时，嘉宝问导演鲁本·马穆利恩在拍这一幕时她心里应该想些什么。导演的回答是非常经典的：什么都别想，脑子里一片空白。他的指点为电影史留下了最为动情的一幕：当镜头渐渐移近、做长时间特写的时候，观众看到的只有那美丽绝伦、欲哭无泪、神情呆滞的脸上绝望的神情。那张脸就是一张面具，人们能够构想的是注视海岬的女人完美的形象。

把美貌看成女性的理想状态的观点比以往更有影响力，虽然现在令人眼花缭乱的时尚和摄影圈所主张的美貌的标准不像以往那么褊狭，更多元化，主张在镜头前无所顾忌而不是表现得高雅端庄。低头凝视——女性惯常的镜前姿态——必须带上一丝不悦，只要不显得索然无味。现在，人们对美貌的追求不再那么一成不变。然而，美貌本身就是对稳定不变的外貌的追求，意欲抹去或是掩盖岁月留下的痕迹。女性吸引力的标准体现了她们的脆弱性。随着岁月的流逝，男人更有权势，而女人则是明日黄花。

永远年轻，永远漂亮，永远性感——美貌是制造出来的，改变出来的，是一种伪装。在纷繁的现实生活中，如果不打扮成男人内心深处偏爱的形象的话，那些艳丽的、珠光宝气的拉斯维加斯半裸表演女郎可能相貌平平，根本就不会引起人的注意。通过自我修饰使自己更为女性化的方案一直以来总是能为她们赢得成功。

具有女性特质就是和理想中的男性特质相反，或者是对它的否定，所以长期以来，对那些女强人魅力的描写就只能被赋予神话或寓言色彩了。在十九世纪的油画和雕塑中，女性英雄成了喻言般的幻想：自由引导人民。玛撒·格雷厄姆用舞姿表现了一个动作幅度很大、衣着大胆、快捷有力的女性形象，二十世纪三十年代，描绘女性力量和女性愤怒的方法正在发生改变，正是在这一时期，格雷厄姆为她的舞蹈团（由清一色女性组成）创造了上述女性形象，这个形象是一种神话的原型（女祭司、反叛者、悲恸的精灵、探寻者）。她领导着一群不向男性妥协、不与他们合作、共处的女性。

牙科医生、乐队指挥、商业飞行员、拉比[①]、律师、宇航员、电影导演、职业拳击手、法学院院长、三星上将……毫无疑问，人们对于女性能够做什么，能够做好什么的看法已经发生了变化。同时，现在女性所在意的东西也发生了改变。以往妇女都会默默忍受男性的各种行为，从下流的行为到赤裸裸的暴力，但现在，她们一致认为这些行为是让人无法容忍的，如果人们把她们称为女权主义者，她们仍然会愤怒地抗议。当然，使妇女痛苦不堪的轻佻和无能的传统形象得到了改变，但这不全是女权主义运动的功劳，虽然这种运动是不可或缺的。新的经济现实迫使大多数美国女性（包括那些有孩子的女性）在外面挣钱。现在，即使做相同的工作，女性的工资也只是男

① 拉比，犹太教中负责执行教规、律法并主持宗教仪式的人。——译者

性的二分之一到四分之三，这标志着情况并没有多大改变。差不多所有的工作仍带有性别色彩：在一些特殊的职业（娼妓、护士、秘书）中，女性比男性占有优势，在这些行业，如果是一个男性的话就必须特别指出。人们不得不在大多数由女性担任的工作头衔前面加上“女”字；否则，人们会总是理所当然地以为是指男性。

任何成功的女性，如果被视为是以女性独有的（工于心计、非对抗的）方式在追求自己的理想、发挥能力的话，她更容易被人接受。人们对担任行政职务的女性表示赞美：“某某太太不是个女权主义者，她已经取得了……”男女平等——这是一个新观念——与长期以来女性就意味着俯首帖耳的观念继续碰撞：通常人们总是认为，女性完全依赖男性或牺牲自我来维持与至少一位男性的关系才是正常的。

男性应该比配偶年纪大，更富有，更高大，更成功，这一观点深深扎根于人们的潜意识之中，因此，尽管现在有很多例外，但他们从来没有引起人们的关注。如果记者问一个男人是否因为妻子比自己更成功而感到“威胁”的话，那将是很自然的。但人们不会去关心事业有成的实业家、外科医生、作家、政客、演员的妻子是否因为丈夫的成功而受到威胁。人们至今还认为女性甘于抹杀自己的身份最能够体现爱——如果夫妻双方都必须外出工作，一旦妻子的事业赶上或者超过了丈夫，她就会感到极度痛苦。（“大家好，这位是诺曼·梅英太太。”）成功的女性，除了那些混迹于演艺圈的以外，都被认为不太正常。因此，出版一本完全由女性作家创作的文集，或者一本由女性摄影家创作的影集是很有意义的；要是一本文集或者影集里都是男作家或者男摄影家的作品的话一定显得有些怪异。

我们希望照片不是虚幻的，而是充满了具体信息的。我们更喜欢那些讽刺性的、未被理想化的照片。得体被认为是一种伪装。我们希望摄影师无所畏惧、甚至目空一切。我们希望照片里的人物不要装腔作势，不要矫揉造作。

当然，习惯了在镜头前摆姿势的人——那些成功的女人、出名的女人——给我们的感觉要么是更为谨慎，要么是目中无人。

而且，无论男人还是女人，真正看上去的样子（或者希望自己看上去的样子）与他们在镜头前应该表现出来的样子是不同的。照片上看上去恰当或者很有吸引力的东西通常只不过说明传统上男性和女性被给予不平等权力时让人感受到的“自然性”。

摄影曾对肯定这些固定的形象起了很大作用，它也同样可以使之复杂化，使之瓦解。在安妮·利布维兹的《女性》这本影集中，我们看到那些愿意受人驱使，接受欣赏的女性。我们看到，因为年龄的增长，或是因为一心忙于工作，心中洋溢着抚养子女而带来的快乐，如何才具有引人注目的女人味的规则与她们是毫不相干的。影集中还有许多反映女性从事现在才被允许从事的工作的照片。有身强体壮的女性，有做“男人的工作”的，有舞蹈演员，也有运动员，她们发达的肌肉只有最近在女性健美冠军身上才见得到。

摄影的任务之一是揭示、让我们感到世界的多样性，而不是展示理想。摄影除了多样性和趣味性以外再也没有别的任务。没有任何价值判断，当然这本身就是一种价值判断。

而且多样性本身就是一种理想。我们现在希望看到每一个此都有一个彼与它相对应。我们希望拥有多种模式。

后判断时代的精神特质汲取了消费主义的准则，正在社会上获得主导地位，摄影受到它的影响。镜头为我们展示了五彩缤纷的世界，而且重要的是所有的形象都是可以接受的。女人可以做警察、选美大赛皇后、建筑师、家庭主妇，也可能是物理学家。多样性本身是人们追求的目标——在今天的美国大受推崇。有这样一个非常美国式的、非常现代的信念：不断的自我转型是可能的。毕竟，生活通常是指一种生活方式。生活方式不断变化。对多样性、个性以及作为风格的个性的推崇大大削弱了传统的性别形象的影响力，也强有力地抵制了不给予女性很多工作和体验的偏见。

女性应该能够像男性那样发展个性，这种观点当然比较激进。不管怎样，传统的女权主义者正是以这种方式呼吁对女性的“公正”，这种呼吁已经渐渐变得似乎是最合理的。

这是一本影集；一本关于女性的书；一个非常富有美国特色的研究项目：兼容并蓄，热情洋溢，富有创造力，任由读者去思考。这些照片究竟表达出什么，这得由我们去诠释。毕竟，照片不是一种观点。抑或它是一种观点？

[1999]

（张廷佺　译）

Ⅲ　彼处与此处

向哈里伯顿[1]致敬

未曾上路，先读游记——至少，在我的人生经验中情形如此。游记告诉你世界辽阔广大但又是可以遍访周游的。有许许多多的目的地。

我最早读的那些旅行书是理查德·哈里伯顿写的，它们无疑可列入我人生中最重要的书籍。1940年，也就是我七岁的时候，我读了他的《奇观录》。哈里伯顿，那个出生在田纳西州布朗斯维尔镇的俊朗而文雅的美国青年，为自己设计了一种永远年轻、永在行走的人生。人之初，我所能想像的最高人一等的生活就是那样的作家生涯：有无穷的好奇心、无限的精力以及无尽的热情。做旅行者和当作家——在我稚嫩的头脑里这二者两位一体，开始生根发芽。

当然啦，那稚嫩的头脑中早具备了很多东西促使我爱上永远不知足的旅行。直到我六岁，父母大多数时间都在国外——父亲在中国北方做皮货生意——而姐姐和我则留在美国由亲戚照料。从最早能记事的时候起我就在热切地做着访游异邦的美梦。不过，父母在地球另一侧的难以想像的生活引起的是一些过于明确而又无望实现的旅行渴望。而哈里伯顿的书则告诉我世界上有许多奇妙的事物。不仅仅只有中国的长城。

是的，他曾在中国的长城上行走，还爬上了马特峰[②]、埃特纳火山[③]、波波卡特佩特火山[④]、富士山和奥林浦斯山[⑤]；他拜访过美国的大峡谷和金门桥（在1938年那本书出版的时候，该桥被认为是最新的世界奇观）；他曾划船进入布卢格罗托湾[⑥]并游泳穿过整个巴拿马运河；他到过卡尔卡松[⑦]、巴勒贝克[⑧]、佩特拉[⑨]、拉萨、沙特尔[⑩]、德尔斐[⑪]、阿罕布拉宫[⑫]、廷巴克图[⑬]、印度的泰姬陵、意大利的庞贝古城遗址以及维多利亚瀑布[⑭]、里奥海湾[⑮]、奇琴伊察[⑯]、伊斯法罕[⑰]的蓝清真寺、柬埔寨的吴哥窟，以及等等，等等。哈里伯顿把它们称为“奇观”，这岂不就是我与“杰作”观念的最早的接触？重要的是：遥远的世界里充满着奇异的景点和楼阙，有一天我也将能够见到它们并了解与它们相关的故事。回首往事，我意

---

① Halliburton, Richard(1900—1939)，美国游记及探险故事作家，著有《万里探胜》等作品。——译者

② Matterhorn，位于意大利、瑞士交界处，为阿尔卑斯山中的高峰。——译者

③ Etna，位于意大利西西里岛的著名活火山。——译者

④ Popocatepetl，墨西哥的著名死火山。——译者

⑤ Olympus，希腊的最高山峰。——译者

⑥ Blue Grotto，马耳他的著名海湾。——译者

⑦ Carcassonne，法国西南部省会城市，有中世纪城防工程遗址。——译者

⑧ Baalbek，黎巴嫩城市，该城有著名的古罗马时期遗址。——译者

⑨ Petra，位于约旦西南部的古城。——译者

⑩ Chartres，法国地名，那里有著名的沙特尔大教堂。——译者

⑪ Delphi，希腊地名，为诸多著名古代神殿所在地。——译者

⑫ Alhambra，著名古代宫殿，位于西班牙格拉纳达市附近，建于十三世纪。——译者

⑬ Timbuktu，城镇名，位于（西非）马里中部尼日尔河畔。1400—1600年期间为伊斯兰文化中心。——译者

⑭ Victoria Fall，赞比西河上的瀑布，位于非洲赞比亚和津巴布韦两国交界处。——译者

⑮ Rio，希腊海滨城市。——译者

⑯ Chichén Itzá，墨西哥尤卡坦州中南部著名玛雅古城遗址。——译者

⑰ Isfahan，伊朗地名，该地以清真寺建筑著称于世。——译者

识到《奇观录》是我最初始的启蒙书，唤起了我的热忱和渴念。

在我阅读《奇观录》之前一年，哈里伯顿冒险搭乘一艘典型的中国船只——舢板——从香港出发前往旧金山，结果在太平洋中部的某个地方无影无踪地消失了。那时他三十九岁。我读他的书的时候是否知道他已经死了？可能不知道。当时我甚至不大能理解自己的年约三十三岁的父亲在天津死去的事。关于父亲的死我大约是在 1939 年母亲彻底地从中国回家以后听说的。

阅读哈里伯顿，我学到的是勇气和热忱，他的悲惨结局并没有使那些心得黯然失色。那些书——从他 1925 年出版的第一本书《万里探胜》到最后一本《奇观录》，我最终把它们都一一览读了——向我描述出纯粹的至福境界。还有成功的意愿。你思念着某地某物。你想像它。你为之孜孜准备。你向之进发。然后你便看到了它。没有失望；它实际上可能比你想像的更摄人心魄。

哈里伯顿的书以最率直而纯朴——也就是说并不时髦——的方式传达着旅行的“传奇”。如今，旅行的激情也许不会被表达得如此令人目眩，但是我相信，去寻找陌生或美丽或是既陌生又美丽的事物，仍然像当初那样其乐无穷，让人欲罢不能。在我来说肯定是如此。当初阅读那些书时我尚是那般年幼未凿，故印象至深，因此，我成年后的比较令人羡慕的观光活动——大部分是机会或责任的副产品，而不是专门的朝拜——仍然带着哈里伯顿的烙印。最终，我走上了长城，乘船划进了布卢格罗托，在泰姬陵遭遇猴子屎的袭击，在吴哥窟的废墟里自在徜徉，千方百计求得准许在佩特拉的红色石岩上钻进睡袋过了一夜，还曾在天亮前偷偷爬上吉萨的大金字塔[1]，在那些时刻我想：我做到了。它们都在他开的单子上。事实是，虽然旧金山对我来说是个常来常往的地方，但我每次驾车通过金门桥的时候都不由自主想起它在哈里伯顿书中出现的地方。甚至于我认为不太重要也从未到访过的安道尔也仍然留在我心中的地图上——只因为他曾经去过那个地方。而每当马丘比丘要塞城[2]、巴尔米拉[3]、拉萨或富士山飘进脑海，我就会想，我还没去过呢，到目前为止。

对青春的崇拜使哈里伯顿的书生气勃勃，对此，一个七岁的孩子恐怕很难领会。而在今天，正是这种将旅行和青年时代、和美好青春联系起来的做法显得最为过时。第一次世界大战刚刚结束之后，在普林斯顿大学读书的哈里伯顿被《道连·格雷的画像》[4]迷住了。在他短暂一生中，心目中的完美典范一直是鲁伯特·布鲁克[5]，他梦想着有一天为布鲁克写传记。比这些都更古旧的是他自以为是在给读者提供新闻，他以为是他的文字——而不是书中那些大都不过是些随手拍下的照片，比如作者站在泰姬陵前之类——将吸引并抓住读者。如今，旅行的欲望主要由或静或动的影像唤起，我们期待景象自己说明问题，而其中许多我们实在太熟悉了。确实，在我们亲临拜访

---

① Great Pyramid at Giza，埃及第四王朝（前 2613 年—前 2494 年）建造的三座金字塔，位于尼罗河西岸吉萨附近的高地上，为世界七大奇观之一。——译者

② Machu Picchu，位于秘鲁中南部安第斯山中的古代印加要塞城市遗址。——译者

③ Palmyra，叙利亚古城。——译者

④ *The Picture of Dorian Gray*，英国作家奥·王尔德（1854—1900）的著名小说，出版于 1891 年。——译者

⑤ Brooke，Rupert C.，（1887—1915），英国诗人，曾在世界各地广泛游历，在第一次世界大战中参军并死于战事。——译者

那些著名景观之前，早已目睹过那些名景的彩色图像徐徐展现。

哈里伯顿的旅行故事中充满了各式各样的人：导游，帮工，江湖艺人，以及其他的当地人。他逢遇的那个忙碌的世界占据着他的思想。如今人们能够独自长驱进入空幻之境，而不必当真上路。唐·德里罗[1]的小说《肢体艺术家》中那位神迷智乱的女主人公在闲暇之时将电脑联网，观看科特卡[2]城外一条两车道马路边传来的即时连续录像，在那里有一只网络摄像机时时刻刻对着柏油路面。“这使她的头脑中空空如也，感受到异地的深邃的寂寥。”

对我来说，旅行是充实头脑的过程。不过，旅行也意味着把我从自身抛出，从而也就淘空了我的头脑：我发现在旅行的时候几乎无法写作。如果要想写作我必须待着不动。实际的旅行会和精神的旅行竞争。（而作家若不是精神旅行者又是什么呢？）此刻，我回想起在最初的读书生涯中哈里伯顿的书对自己曾是多么重要，于是意识到“旅行者”的观念曾怎样渗透进、熏染着、砥砺着我的初生的作家梦。当我向自己说我对万事万物都感兴趣时，我实际上是在说我想走遍天南地北。就像理查德·哈里伯顿。

[2001]

（黄梅　译）

---

① DeLillo, Don （1936—　），美国当代小说家。——译者
② Kotka，芬兰重要的港口和工业城市，人口约六万。——译者

单一性

您最喜欢的作家是谁？许多年前有一位采访者这样问我。——只说一个？——是呀。——那就很容易回答。莎士比亚，当然了。——啊，我万万想不到你会说莎士比亚！——老天爷，为什么呢？——因为，你从来没有写过任何关于莎士比亚的文章。

噢。

这么说我就应该等同于我所写的东西？不多？也不少？然而每一个作家都知道事实并非如此。

我写我所能写的东西：就是说那些分派给我或者在我看来值得一写的东西。有许多东西我未能纳入自己的小说和文章，其中有不少是我所热忱喜爱的。我没有写它们是因为觉得自己对此没有多少真知灼见（我从未觉得关于莎士比亚自己有什么话非说不可），或者因为我尚未获得足够的内心自由来谈论它们。我的书不等于是我——不是我的全部。在某些方面我不如自己的著作。作品中的佼佼者比我更有思想更有才华；他们与我不尽相同。那个写作着的“我”是生活中的“我”的一种变形——“我”由于某些文学上的目标和忠诚感而专业化了并且升华了。说我写了那些书籍只在某个不足道的意义上是切实的。我的真实感受是，那些书是文学假手于我而生成的；我是它们（文学）的仆人。

使那些书籍得以产生的我还有别的渴望，别的责任。例如：作为个人我相信正确的行动。不过，作为作者，情况就复杂得多了。文学并非有关正确的行止——虽然它关注高水准的表达（语言）和智慧（包容性、同情心、诚实度及道德责任感）。我的书也不是用来表达我是谁的工具；对于种种把写作当作治疗或自我表达的思想观念，我从来都不怎么感兴趣。

书不等于是我还有一个更深层的原因。我的生活一直是个变化的过程，至今也仍然如此。而书却是完成了的。它们使我解脱出来，去感受、渴望别的什么——我是个一往无前的学习者。我总是在前行。有时候我觉得自己是在逃离那些书，逃离它们所滋生出的无谓的热闹。有时候推进的动能更令人愉快。我喜欢重新开始。新手的头脑是最棒的。

尽管如今我已经远远不再是刚刚试笔的写作者，却珍视并容许自己保有新手的思维。三十年前我最初发表作品时，那种有两个人存于一身——即我和那个同名的作家——的幻觉尚很单纯。对一系列著作的倾慕——不，是景仰——使我听到天职召唤，使我诚惶诚恐跪受责任。因此，很自然，我生怕自己才气不足，难当此任。那么，我又是怎样鼓起了勇气让自己那一叶小舟驶入文学的汪洋大海呢？我意识到我的才能和我希望自己的作品所具有的品质之间存在差距，一种双重身份感受表达了并强化了对这种差距的认识。而我所依仗的恰恰是这种双重感。

实际上，我从来不把我写的东西说成“我的”作品而是称之为“那个”作品。由此推论，便存在那个人，那个敢于当作家的人。而心存高标准的我很乐于做出牺牲让她写下去，尽管我并不认为她写的东西有多么了不起。

继续写作并没有使这种不满减轻，至少在很长一段时间内是如此；它不过加大了赌注。（我觉得自己感到不满是正确的）在我的“桑塔格与我”的游戏里，不认账是当真的。书架上那一小排由苏珊·桑塔格署名的作品日渐增多，这让我既感窘迫，又不大情愿地觉得骄傲，很苦恼地力图区分我自己（我是寻觅者）和她（她不过是被发现的人），因此我回避开所有关于她的议论，不管是赞美还是苛评。长久以来，我这样恭维自己：我比所有别的人都更清楚她在干什么，没有人会比我更严厉地裁判她的作品。

每个作家——当他或她的劳动产出了一定数量的作品以后——都会觉得自己既是弗兰肯斯坦博士[①]又是那个怪物。因为，虽然初写者未必个个都觉得自己窝藏着一个隐秘的同伙，但是继续其写作生涯的人肯定会被那个想法吸引。还有更长久地写下去的人。到如今，这在我便成了一种角色：容忍对早年作品的星星点点的疏离感受并尽力不去注意它们，尽管时间以及更多的作品必然使这疏离感更趋严重。这也游戏般地证实了内在（写作的狂喜和艰辛）与外在（堆积的误解以及构成声名和美誉的种种脸谱化形象）之间的令人愕然的差距。这一角色宣布说：我不是（他人心目中的）那个形象。还有，更尖锐地：别因为按照你们的说法我算是很成功就来惩罚我。我承担着那不胜繁重的负担，那与我同名的雄心勃勃狂热工作的作

---

① 玛丽·沃·雪莱（Shelley，Mary Wollstonecraft）（1797—1851）的小说《弗兰肯斯坦》的主人公。他企图用科学手段制造人，结果却造出一个庞然怪物，从而引发了一系列悲剧。——译者

家。我不过是我，陪伴着管束着照料着那一位，好让她写出东西来。

而且，更有针对性的是，从事文学就必须沉迷，自我的两重化可使那种沉迷状态显得较为得人心。因为在“真实”生活中它势必招来自私的责难。如卡夫卡所说，对于写作来说，越孤独越好。然而你爱的那些人常常并不喜欢你对孤独的需要，不喜欢你对他们不搭不理。你得把别人都推挡开才能把活儿干完。然后再与他们和解——如果作家是个女人，这事儿就更迫切。别生气，也别嫉妒。我无能为力呀。你得明白，是她在写。

叶芝说：我们必须在生活和工作之间作出抉择。不对。但也对。把你独一无二的生命的一大部分用在了写作上，后果之一就是作为一个人，你渐渐会觉得自己并非货真价实。记得多年以前我初次读到博尔赫斯为自己写的挽诗时觉得很好玩儿，它以最精致的方式讲述了作家在协调生活和工作时所感受的困窘。作家的悲苦。作家的谦卑。（他的谦卑是那么狡黠，真让我羡慕不已。）

如今重读那挽诗，我仍不禁莞尔。不过，尽管博尔赫斯的寓言那么迷人地为作家的自我意识提供了一剂疗伤灵药，我仍并不太急于使用它。

我根本不需要那种与自己疏离的反讽的距离提供安慰（我起初产生的距离感丝毫没有反讽意味）。而且我在慢慢地朝相反的方向发展，最终开始觉得那作家就是我，而不是我的另一个替身，不是熟悉的腻友或影子般的伙伴，也不是我创造出来的产物。（因为我走到了这一步——用了整整三十年时间——于是我终于能够写出了自己真正喜欢的作品，即《火山情人》。）现在我认为，想逃避作为单一整体而存在的负担是不可能的。我和我的书是有区别的。然而写书的人和生活的人是同一个。这更让人惊恐。更形单影只。更解放身心。

[1995]

（黄梅　译）

作为阅读的写作

读小说对我来说是一种正常活动，写小说反而变得很古怪——至少在我提醒自己两者是多么牢固地联系在一起之前，我是这么觉得的。(这里没有穿盔甲的一般见解，而只是若干看法。)

首先是因为，写作即是以一种特别的强度和专注来训练阅读。你写作，是为了阅读你写下的东西，看它好不好，而由于它总是不如意，就得重写——一次，两次，很多次，直到它变成你可以忍受重读的东西。你是自己最先也许还是最严厉的读者。“写作即是坐下来判断自己，”易卜生在他一本著作的扉页上如此说。很难想像毋须重读的写作。

但是，你毫不犹豫写下的东西，就总是不行的吗？也不尽然：有时比行还要好些。而这只意味着，至少就笔者我而言，更细心地看，或读出声来——即是说，另一种阅读——它可能还会更好。我不是说，小说家必须搜肠刮肚、汗流浃背才能写出好东西。“毋须努力的写作，总的来说就像没有乐趣的阅读，”约翰逊博士如此说。不过，这句箴言远离当代品味，就像其作者远离我们。事实上，很多毋须努力就写出来的东西，给了人很大的乐趣。不，问题不是读者的判断——读者可能更喜欢作者较即兴、较不精雕细琢的东西——而是作家的情绪，作家都是不满足的专家。你思忖，如果我第一个回合就可以切入正题，而毋须太多挣扎，那不是更好吗？

尽管如此，尽管重写——以及重读——听起来像一种努力，但它实际上是写作最有乐趣的部分。有时候是唯一有乐趣的部分。如果你头脑里有“文学”的概念，动手写作是令人畏惧的，是怪吓人的。这就像跳进结冰的湖里。接着，游到温暖的部分，这时你已经有事情可做、可升级、可删改。

让我们假设它一团糟。但你有机会修整它。你试图弄得清晰些。或深刻些。或雄辩些。或怪异些。你试图忠实于某个世界。你希望这本书更有空间、更有权威。你希望用力把自己从自己身上拉起来。你希望把书从你那倔强的头脑里拉出来。一如雕像隐藏在大理石块里，小说也隐藏在你脑中。你试图解放它。你试图使纸上这可怜东西更接近于你觉得一本书应该是的样子——也即你突然兴高采烈时知道它可以成为的样子。你一遍又一遍读那些句子。这就是我正在写的书吗？这就是一切吗？

或让我们假设它进展顺利，因为有时它确实很顺利（否则，你会疯掉）。这就是你要的，即使你是最慢的抄写员和最糟糕的按指法打字员，也可以弄出一大串文字，而你希望继续下去。接着，你重读。也许你不敢满意，但是同时，你喜欢自己写下的东西。你在纸上的东西里找到乐趣——一位读者的乐趣。

最后，写作是你给予自己的一系列许可，让自己以某些方式表达。发明。跳跃。飞行。跌落。寻找具有你自己的特色的叙述和坚持，即是说，寻找你自己的内心自由。既严格，又不对自己太苛刻。不太经常停下来重读。当你有胆觉得进展顺利（或不太差）时，让自己能继续划船就行了。不等待灵感来推你。

当然，失明的作家永不能重读他们口授的东西。也许，对诗人而言，这不是什么大不了的事情，因为诗人写的东西，大部分都是在脑中形成的，然后才化为纸上的文字。（诗人要比散文作家更依赖耳朵生活。）不能看，并不意味着不能作修改。难道我们不应该想像弥尔顿的女儿在每天完成《失乐园》的口授之后，把写下的一切重述给父亲听，然后记下他的改动？但是，散文作家——他们在文字的伐木场工作——不能把一切都贮存于脑中。他们需要看他们写下的东西。哪怕是最不计较、最多产的作家也会感到这点。（因此，萨特失明时，宣布他的写作生涯结束了。）想像肥胖、虚弱的亨利·詹姆斯在兰姆大宅一个房间里来回踱步，向一个秘书大声口述《金碗》。且不说我们很难想像詹姆斯的晚期散文如何能够全部通过口授，更别说那部大约在 1900 年出厂的雷明顿打字机的噪声，难道我们不应假设詹姆斯重读打字稿并作大量改动吗？

当我两年前再次成为癌症病人，必须中止已接近完成的《在美国》的写作时，洛杉矶一位朋友知道我为可能永远无法完成它而绝望和担忧，便表示愿意来纽约陪我，让我口授这部小说的剩余部分，由他做记录。确实，头八章已写好了（即是说，重写和重读很多次了），我已开始写倒数第二章，这最后两章的弧光已清晰出现在视野里。然而，我不得不拒绝他感人、慷慨的提议。不仅因为我很可能是被猛烈的化疗和吗啡搞得昏头昏脑，记不起我计划要写的是什么。关键还是，我必须可以看到我写的东西，而不仅仅是听到它。我必须可以重读。

阅读往往先于写作。写作的冲动几乎总是由阅读引发的。是阅读，是对阅读的热爱，使你梦想成为作家。在你成为作家很久之后，阅读别人写的东西——以及重读过去喜爱的书——构成了一种无法抗拒的分心，使你不能集中精神写作。分心。安慰。折磨。没错，还有灵感。

并非所有作家都会承认这点。我记得，有一次跟维·苏·奈保尔谈到我喜爱的一部十九世纪英国小说，我想当然地以为，他也会像我一样欣赏它，就像我所认识的每个喜欢文学的人那样。但是不，他没读过这部小说，并且，当他看到我脸上吃惊的阴影，便严肃地补充一句："苏珊，我是一个作家，而不是一个读者。"

很多已不再年轻的作家，以不同的理由宣称他们读得很少，甚至觉得阅读与写作在某种程度上是不能兼容的。也许，对某些作家来说是如此。如果理由是对受影响感到焦虑，那么就我而言，这似乎是一种无关紧要、微不足道的担忧。如果理由是没时间——一天之中就只有那么多的时间，而用于阅读的时间，显然是从你可用于写作的时间中抽出来的——那么这就是一种我不打算追求的苦行主义。

在书中失去自己，这个老话不是一种悠闲的幻想，而是一种会上瘾的、模范的现实。弗吉尼亚·伍尔夫在一封信中说了一句名言："有时我想，天堂就是持续不断、毫无倦意的阅读。"无疑，天堂般的感觉——再次用伍尔夫的话说——"存在于那种完全消除自我的阅读状态中。"很不幸，我们不会真的丧失自我，就像我们不能踩自己的脚。但是那种脱离躯壳的销魂——阅读，却很像昏睡状态，足以使我们感到没有自我。

就像阅读、销魂的阅读一样，写小说——进入其他自我的角色——也给人一种失去自己的感觉。

如今，大多数人似乎认为，写作只是一种自我关注的形式。又称为：自我表达。由于我们已不再被认为具备真正无私的感情的能力，因此我们被认为不具备写自己以外的任何人的能力。

但事实并非如此。威廉·特雷弗谈到大胆的非自传式想像力。为什么你不能像为了表达自己而写那样，为了逃避自己而写？写别人远比写自己有趣。

不用说，我总是把自己借一点给我所有的人物。在《在美国》中，当我那些来自波兰的移民于1876年抵达加州南部——他们刚来到阿纳海姆村外——漫步走进沙漠，恍若置身于可怕的、不断变形的空虚中的时候，我是在利用我对回二十世纪四十年代的回忆，我还是小孩，走进亚利桑那州南部的沙漠——就在当时还是小镇的图克森外。在那一章的初稿中，加州南部有树形仙人掌。第三稿时，我不大情愿地删掉树形仙人掌。(很遗憾，在1876年，科罗拉多河以西并没有任何树形仙人掌。)

我所写，都是有别于我的。因为，我所写的东西，都比我更高明。因为我可以重写它。我那些书，都知道我曾经知道的——断断续续地，间歇性地。而在纸上写最好的文字，似乎一点也不更容易些，尽管写作已有这么多年了。事实上是更困难。

阅读与写作的巨大差别就在这里。阅读是一种职业，一种技能，实践愈多，你必然会变得愈专业。而你作为一个作家所积累的东西，则大部分是不确定和焦虑。

作家这些不称职的感觉——至少就我这位作家而言——是

基于这么一个信念，也即文学是重要的。“重要”显然是一个太苍白的词。还有一个信念，也即有些书是必要的，就是说，当你读它们的时候，你知道你还会重读。也许不止重读一次。还有比这样一种意识更伟大的特权吗，也即意识到自己被文学扩展、充满、指引？

智慧之书，精神游戏的榜样，同情的扩张器，一个真实世界（而不只是某个头脑里的喧嚣）的忠实记录员，历史的仆人，矛盾而执拗的情感的辩护人——一部觉得是必要的小说，可以是，应该是包含上述大部分内容。

至于是否将继续有读者分享这种关于小说的高雅概念，嗯，“这个问题没有未来，”诚如杜克·艾灵顿在回答为什么他竟会在阿波罗剧院的早晨节目里演奏时所说的。最好还是继续划船。

[2000]

（黄灿然　译）

三十年之后……[1]

回首自己在三十或三十多年以前写的东西可不是一件有益于身心的事。作为作家，我的活力促使我朝前看，觉得自己正在开始，此时此刻真的正在开始，这使得我很难遏制对于当初那个名副其实初出茅庐的写作者的不耐烦的心情。

《反对阐释》是我的第二本书，1966 年出版，但是其中有些篇章是 1961 年动笔的。当时我仍在撰写《恩主》。我在二十世纪六十年代初期来到纽约——并非想创造一个新我，而是打算让我自青少年时代就立志要当的那个作家开始干活儿。我对作家的设想是：一个对“万事万物”都感兴趣的人。我一直有五花八门的兴趣，如此理解作家的职业便很自然。同样很自然，我认为在大都市里这般的写作热忱将有更大的发挥空间，其他任何地方的生活，包括我曾经就读的那些出类拔萃的大学，都无法与之比肩。让人奇怪的只是没有更多的人和我想法相同。

我知道《反对阐释》一书被人们看作是代表六十年代的示范文本之一，而且如今那段岁月已经成了传奇的年代。其实我并不愿意用“二十世纪六十年代”之类的标签。把自己的生活以及自己时代的生活以十年为单元打包是时下的通行做法，然而我对此并不热衷。当初人们并不称它为六十年代。对我来说那首先是我写头两部小说的年月，也是我开始派发有关艺术、文化以及意识的功能等等想法的时辰，那时这些想法不断袭扰我，使我不能专注于小说写作。我心里充溢着传播福音的狂热。

移居纽约使我的生活发生了巨大的变化。那意味着我不安于当学者，我将在无比安全的诱人的大学世界之外扎下自己的营帐。毫无疑问在当时空气中弥漫着新的宽容，旧的等级秩序已经烂熟，正等着被人推翻。然而我对此缺乏认识，至少在完成那些文章（1961 到 1965 年）之前对此尚未觉悟。我所信奉的自由，我所倡导的热情，在我看来——今天我仍然这样看——是非常传统的。我把自己看作是参与一场老战斗的新兵士：反对市侩思想，反对道德上以及美学上的浅薄和冷漠。我在漫长的学术学徒期（在伯克利、芝加哥和哈佛）之后来到纽约生活，并且开始每年夏季去巴黎，天天泡电影资料馆。可是我万万未曾想到纽约和巴黎都正在经历一个独特的创新时期——这一时期后来被公认是如此——的最初阵痛。它们，纽约和巴黎，如我所想像——充满着种种发现、灵感以及某种无所不能的感觉。我所推崇的那些艺术家表现出执着献身、英勇无畏和不求私利的精神，在我看来是理所当然的。那时几乎每个月都涌现出新的艺术杰作，特别是在电影和舞蹈领域中；在边缘的戏剧界、在画廊和临时画展、在某些诗人及其他一些不那么容易归类的散文作家的作品里也是如此。我认为这也是理所当然的。大约我是际会风云吧。我觉得自己在乘风飞翔，在

① 《三十年之后……》写于 1995 年夏，是为次年在马德里出版的《反对阐释》的西班牙文译本所写的序言。

高处鸟瞰，有时也俯冲下去看个究竟。

我心中充满着赞叹：有那么多值得颂扬的东西。我四下环顾，看到不少重要事物没有得到应有的重视。也许由于我的书卷气，由于我对欧洲的热爱和我在艺术中得到的快乐，我特别适于注意那些被我发现的事物，适于理解那些被我领会的东西。人们认为我所发现的那些东西"新奇"（对我来说它们算不上怎样新），认为我代表着前卫的感性，而且从我的第一篇文章问世之初就把我看作情趣（taste）缔造者，对此起初我惊讶不已。当然了，我似乎是头一个对我所写的某些事物加以关注的人，这让我十分兴奋；这些事竟然在等待我来描述，有时我简直没法相信自己的好运气。（多奇怪啊，我想，奥登竟没有写一篇类似我的《关于"坎普"的札记》的文章。）以我所见，我不过是把自己作为一名年轻的哲学和文学学生从尼采、佩特①、王尔德、奥尔特加②（作为《艺术的非人化》作者的奥尔特加）以及詹姆斯·乔伊斯那里学到的一些美学观点用到了一些新的资料上。

我是好争斗的审美者和几乎从不避世的有道德的人。我原没有打算写那么多宣言，但是我对于格言式的表达的喜爱是不可抑制的，这一嗜好与我坚定的对抗性目的结合，产生了某些我自己始料不及的后果。在《反对阐释》一书的文章里，我最喜欢的就是这一点：坚定和简洁（我想，应该在这里说明我仍

---

① Pater，Walter(1839—1894)，英国批评家、散文家和人文主义者。他的"为艺术而艺术"的主张成为人称唯美主义运动的基本原则。著有《文艺复兴史研究》等作品。——译者

② Ortega y Gasset，Jose(1883—1955)，西班牙哲学家和人文主义者。对二十世纪西班牙的文化和文学复兴有重大影响。著有《没有脊梁骨的西班牙》和《群众的反抗》等作品。——译者

然赞同当年采取的大多数立场)，以及在有关西蒙·韦伊[①]、加缪[②]、帕韦泽[③]和米歇尔·莱利斯[④]等人的文章中所表达的一系列心理的和道德的判断。在有些段落中说教的冲动妨碍了文章的写作，那是我不喜欢的章节。那些个条目罗列，那些推荐文字！我想它们也有用，但是它们现在让我心烦。

有些观念，如某些等级排序（高/低）和两极对立组合（形式/内容，思想/感情），有碍于恰当地理解我所赞赏的新作品，因而我向它们发起了挑战。虽然我并非时时处处效忠于“现代”，但是在我看来，为新作特别是被忽视、埋没或误解的作品摇旗呐喊比就自己心爱的老作品喋喋不休更有好处。我就自己的发现写文章时，实际上是承认旧时经典瑰宝的至高地位的。我为之喝彩的逾矩越界似乎总体来说确实是有益的：因为我认为古老禁忌的势力仍毫发未损。我称赞一些当代作品（并且以它们为平台再次发布自己有关艺术制作和思想意识的各种想法)，并没使我更羡赏的经典杰作减色。一类被称之为“事件剧”（Happenings）的表演显示了粗鲁无礼的生气和机智，对它们的欣赏并不减少我对亚里士多德和莎士比亚的喜

---

① Weil，Simone(1909—1943)，法国女神秘主义者、社会哲学家。二战期间法国抵抗运动的积极参加者。死后公布的作品对法、英两国的社会思想影响深远。著有哲学随笔集《压迫与自由》等作品。——译者

② Camus，Albert（1913—1960)，法国小说家、散文家和剧作家。以其作品《局外人》、《鼠疫》、《堕落》及其在左派运动中的作用而著称。1957年获诺贝尔文学奖。——译者

③ Pavese，Cesare（1908—1950)，意大利诗人、评论家、小说家、翻译家，曾将许多英美现代作家的作品介绍给意大利。著有《月亮和篝火》、《美丽的夏天》等作品。——译者

④ Leiris，Michel(1901—1990)，法国作家及人类学家，其作品执著地探索作者本人的脆弱、恐惧和幻想。著有诗集《幻影》和小说《曙光》等作品。——译者

爱。我曾经——现在仍然——拥护多元的、形态多样的文化。那么，就没有等级顺序了？当然有。如果我必须在“大门”乐队（the Doors）[①]和陀思妥耶夫斯基之间选择——当然了——我会选择陀思妥耶夫斯基。但是难道我一定非得两者选一吗？

对我来说最大的启示来自电影：我觉得戈达尔和布雷松[②]的电影对我影响尤深。我的文章中有关电影的多于关于文学的，并不是因为我喜爱电影甚于小说，而是由于我所喜欢的新电影比新小说要多。那时我明确地认识到：在今天其他任何艺术形式都未能像电影这样被广泛使用，而且水平又这么高。在撰写后来收入《反对阐释》的那些文章的时日里，我最幸运的成就之一就是每天至少看了一部电影，有时是两到三部。多数是些“老”片子。沉浸于电影史的经历加强了我对一些新影片的感激之心，我把它们（加上那些我最喜欢的无声电影和二十世纪三十年代的影片）看了一遍又一遍。它们的叙述方式是那么自由不羁而又富于创意，它们的表达是那么感性化，厚重而又美不胜收，这真是叫人兴奋不已。

我写那些文章的时候，电影是最具代表性的艺术活动，但其他艺术门类中也不乏令人惊叹之作。到处吹拂着沁人的清风。艺术家又变得倨傲放肆，就如他们在一次大战之后、法西斯崛起之前的那段时间。“现代”仍然是个生气勃勃的概念。（彼时“后现代”观念所包含的投降条款尚未形成。）我还没有谈当时的政治斗争，在我动笔写那批文章中的最后几篇之时，

---

① the Doors，二十世纪六十年代十分活跃的一个四人演唱组合，其核心人物是吉姆·莫里森（Jim Morrison）。——译者

② Bresson，Robert（1907—1999），二战后法国杰出的电影导演，他的影片在匀称、质朴的摄影风格中进行紧张的心理探索。拍摄有《罪恶的天使》、《死囚犯的越狱》等影片。——译者

政治运动正山雨欲来——我指的是刚刚兴起的反对美国对越南作战的运动。从1965年到七十年代之初（七十年代初期仍然属于“六十年代”，我想），这场斗争占据了我大部分的时间。事后回想起来，这一切是多么神奇。你多么希望那时的勇敢精神、乐观主义和对商业的鄙视或多或少被保留下来。怀旧情绪和乌托邦情结是典型现代情感的两个极端。被贴上“六十年代”标签的那个时期最有趣的特征是它几乎没有怀旧情绪。在这个意义上它是乌托邦的时刻。

当初写这些文章时我所存身的那个世界已经不复存在。

我们现今的这个时代非但不是乌托邦的时刻，相反被体验为一切理想的终结——更确切地说，是刚刚终结以后的时期。(因而也就是一切文化的终结：因为如果没有利他主义就不可能产生真正的文化。）也许只是一种终结的幻象——但是并不比三十年前自以为面临文化和社会的伟大正面变革的信念更虚幻。不，我想并非是幻象。

情况并不仅仅是“六十年代”遭到了抨击，非主流异见精神已经低落，已经被转化成强烈怀旧的对象。日益甚嚣尘上的消费资本主义价值观在鼓吹——其实是强制推行——文化的混杂和倨傲的姿态以及对享乐的拥护，而我当年提倡这些是出于与此大不相同的原因。任何推荐都存在于特定的环境中。《反对阐释》所推荐的东西、所传达的热忱如今已为许多人所拥有。事态的发展使这些边缘的见解变得易于接受。对于这种演变我原不曾料到——而且，如果我对自己的时代理解得更为透彻，那个时代（如果你想的话，你就可以称它为某某年代）本会让我更谨慎一些的。可以毫不夸张地说，发生了某种沧海桑田的文化变迁和价值的重新定位——对于这一事态有很多说法。野蛮主义是对占上风的新时髦的一种称谓。还是让我们用尼采的词汇吧：我们进入了，实实在在地进入了，虚无主义的时代。

因此我不能不或多或少带着反讽的心态看待《反对阐释》中的那些文章。我仍然喜欢其中的大部分——有几篇，比如说《关于“坎普”的札记》和《论风格》，我还真的挺喜欢。（说实在的，文集中只有一样我一点都不喜欢：即两篇戏剧编年目录。是那家与我合作的文学杂志委托我写的，我本来不想做，但是没有服从自己的更明智的判断。）说英语的以及说其他多种外国语言的新一代读者认为由你三十多年以前写的论争文章组成的文集如今仍然没有过时，谁又能不为之感到高兴呢。不过，我劝读者不要忽视这些文章当初引起称赞的大文化背景——这恐怕是需要一点想像功夫的。倡导“艺术的情爱学”并不意味着轻视批判的思想的作用。称道俯就当时所谓“大众”文化的作品并不意味着附议鼓吹排斥高雅文化及其复杂性。当我斥责（例如在谈科幻电影和卢卡奇[①]的文章中）某些轻巧的道德说教时，我是在主张一种更警醒的不那么自鸣得意的严肃态度。让我不解的是（我肯定不是最适于理解这一点的人），而今在广泛的文化生活中严肃认真的态度本身开始遭到贬低，而且我曾经欣赏的某些有点逾矩的艺术作品竟会加强了轻浮的、纯粹消费主义的出轨犯规。三十年之后，最易辨识、最有说服力的价值观念是从娱乐工业中产生的，随着这样一种文化日渐占上风，严肃认真的标准几乎已经被破坏殆尽。如

① Lukacs，Gyorgy（1885—1971），匈牙利马克思主义哲学家、作家和文学评论家。二十世纪前半期对欧洲共产主义思潮颇有影响。著有《历史与阶级意识》等作品。——译者

今，对于大多数人来说有关严肃（以及荣誉）的观念本身似乎已经显得稀奇古怪而“不切实际”，即使容忍其存在，也是把它们当作一种源自个人性情的任性的也许还是不健康的取向。

人们如今把《反对阐释》当作某个逝去的时代的有影响力的先锋文献，或是阅读，或是不读，我想这都没错。然而这不是我现在读那本书的景况，也不是我——出于对乌托邦的怀念——所希望出现的情形。我希望随着书的再版和新的读者的到来，该书能够有助于完成一项堂吉诃德式的任务，即播扬当初我写这些文章和评论时所想阐发的价值观念。这些文章所表达的情趣判断或许已经成了主流。然而支持这些判断的价值观却仍然没有得到光大。

[1996]

（黄梅　译）

对旅行的反思

有关异域的游记总是把“我们”和“他们”对立起来——人们对这种对立的关系的看法大同小异。古典和中世纪的旅行文学大多讲述“我们文明、他们野蛮”——“我们文明，他们令人生厌”是最有代表性的一种。外国的东西都是古怪的，通常表现在生理上的异常。长久以来一直有对怪人、“肩下生头的化外异民[1]”（奥赛罗赢得苔丝狄蒙娜芳心的故事中出现了这种描写）、独眼巨人、食人族以及诸如此类的奇人怪物的描写，这让我们看到过去的人们太轻信了。但是，这种轻信也是有限度的。基督教文化更容易接受妖魔鬼怪的存在，而对完美或接近完美的东西的存在却不那么容易接受。因此，连续几个世纪以来，世界地图上都有一些奇怪王国出现，与此同时，可视为楷模的种族大多出现在有关乌托邦的游记里；也就是没有任何地方存在这样的民族。

直到十八世纪，有关更加离奇的地方的作品才开始大量出现：关于理想社会的文学，描写据说确实存在的地方。毋庸置疑，十八世纪的纪实文学和小说与以第一人称叙述的非虚构作品——小说的重要模式——是紧密相连的。那是旅行故事和游记形式的小说的全盛时期；《格列佛游记》是虚构的海上航行中最精彩的，它融合了对与我们迥然不同的地方的两种主要幻想。故事主要讲述了主人公对一系列怪异种族的造访，疲惫的主人公最终来到一个理想国：这是“我们文明，他们野蛮”传统的黄金时期，这一传统很快便繁荣起来。

前现代的旅行文学理所当然地认为旅行者所处的社会与被他们视为畸形、野蛮、落后和怪异的社会截然不同。以旅行者——职业（或业余）观察者——的口吻讲述的故事一定会为文明社会辩护；没有一个前现代的旅行者会认为自己是野蛮人。当文明一词变为一个评论性的、不言自明的概念时——也就是说不清谁文明谁不文明时——现代旅行文学产生了。

在启蒙哲学家（现代意义上最早的知识分子）看来，旅行是一种说教式的幻想。为了说明自身的邪恶，他们总是提到欧洲以外的遥远的社会，在他们的描写中，这些社会更“自然”或者更“理性”。航海者在遥远的地方所经历的奇闻轶事直到十八世纪晚期还广为流传——例如，巴塔哥尼亚[2]的九英尺高巨人——但怪异感渐渐与道德产生了关联。“我们”变得道德败坏。描写去奇域旅行的文学大量涌现，对那儿的美德的描写揭示了与欧洲之间发人深省的反差。这种旅行走出文明社会——也就是现在——走向更美好的社会：过去或未来。

过去，许多人到美洲进行这样的旅行，有真实的，也有杜撰的。“起初，”约翰·洛克说，“整个世界都是美洲。”克雷夫科尔[3]和夏多布里昂在新大陆发现了比文明更好的东西，因

① 见《奥赛罗》第一幕第三场，朱生豪译本。——译者

② Patagonia，南美一地区。——译者

③ Crevecoeur（1735—1813），法裔美国作家、博物学者，出版文集《一个美国农民的信》，介绍美国当时生活情况和存在问题。——译者

为它们未受到文明的侵蚀：健康、活力、道德完善、让人喜欢的天真和直率。然而，幻想烟消云散之后，反文学（counter-literature）不可避免地出现了。十九世纪中期尖刻的英国旅行者如法尼·特罗洛普和狄更斯[①]发现我们并不文明，简直粗俗不堪；哈利特·马蒂诺[②]在十九世纪三十年代感受到了风起云涌的废奴主义和女权主义，她更喜欢“我们”。许多现代对异域风情的评价都是对过去的反驳。十八世纪的土耳其人被认为是模范的种族之一；十九世纪五十年代，无畏的马蒂诺造访“土耳其”的两处后宫，她说后宫里的人是她所见过的伤害最深的、最抑郁的、最堕落的。

在这些对旅行的感受中——异国他乡不是被说成世外桃源，就是说成蛮荒之国——希望与幻灭总是交替出现。尽管如此，某些国家（总是令人不解地在人们心目中有固定的形象）比其他国家更容易被理想化。自马可·波罗游历中国以来，它一直是个神秘王国；在十八世纪，人们普遍认为在中国这个理性之国，没有战争、道德沦丧、愚昧无知和迷信，也没有大规模的疾病。同样，美国尽管遭人诋毁，它仍一直是人们心中的乐土。与此形成对照的是，人们对俄国的风俗习惯和所作所为深感痛心。自从俄国第一代沙皇“恐怖伊凡[③]”引起欧洲人的兴趣之后，有关声名狼藉的俄国社会的报道已经成为西方旅行

---

① 1842 年，狄更斯在波士顿登陆，开始为期四个半月的美国之旅。——译者

② Martineau，Harriet（1802—1876），英国女作家，著有关于社会、经济、历史等方面作品多种，主要有《政治经济学解说》等。——译者

③ 俄国第一代沙皇的绰号，莫斯科大公瓦西里三世之子。1547 年加冕亲政，称沙皇。他对内实行政治、经济、司法和军事改革，对外积极扩张。他加强中央集权，建立“沙皇特辖制”和特辖军，残酷镇压贵族反对派和人民群众。——译者

文学这一大河中富有生命力的支流。为数不多而又让人印象深刻的反报道(counter-reports)——指二十世纪三十年代到五十年代（确切地说是大恐怖时代）外来造访者记录的苏联在自由和公正方面达到的史无前例的高度——强化了这一传统。

我们无法想像人们读了屈斯蒂纳侯爵 1839 年游历俄国时发现的野蛮和专制后会感到幻想彻底破灭，但可以想像人们看了西蒙·莱斯在二十世纪七十年代中期对中国“文化大革命”的描写后会彻底绝望。几百年来，人们一直倾向把中国说成极乐的天堂，而把俄国说得一无是处，这种倾向至今在某种程度上仍然存在。有些国家一直是人们幻想的对象。

启蒙哲学家不仅把理想的品德赋予高尚的野蛮人——伏尔泰和卢梭笔下的休伦湖人[①]，狄德罗笔下年迈而睿智的塔希提岛[②]人，还赋予当时欧洲以外的人（“东方人”），如土耳其人、波斯人和中国人。此后几代作家的幻想并不是一朝一夕可以否定的。在浪漫主义诗人看来，惟一的“理想的”文明——希腊文明——已经一去不复返了。

旅行本身曾经是一种反常的活动。浪漫主义者认为从根本上说自我就是一个旅行者——一个不断追寻、无家可归的自我，他归属于一个根本就不存在，或已经不复存在的地方；那是一个理想化的世界，与现实世界形成鲜明的反差。他们认为这种追寻是没有止境的，因此目的地是不确定的。旅行从此成为现代意识和现代世界观的先决条件——是对心中的渴望和绝望的宣泄。从这个意义上说，每个人都是潜在意义上的旅

① 北美易洛魁印第安人的一支。——译者
② Tahiti，位于南太平洋，是法属波利尼西亚的经济活动中心。——译者

行者。

旅行的普及催生了旅行写作的新类型——悲观失望的文学，并从此与理想主义文学双峰对峙。欧洲人游历美国，希望在那儿过上新的、简单的生活；有教养的美国人返回欧洲，认识旧大陆的文明的源泉——通常两者都大失所望。自十九世纪早期以来，欧洲文学界弥漫着对欧洲的厌恶。越来越多的旅行者纷纷涌向新奇的、西方以外的地方，这与早期的老一套的认识如出一辙：在更简单的社会里有纯洁的信仰和原始的自然，人们不知道不满（和它的文明）是什么。但是天堂总是难觅的。现代游记里反复出现的主题是现代社会造成的破坏和往日的逝去——这是对一个社会每况愈下的写照。十九世纪的旅行者注意到经济利益使像南太平洋地区这样的地方祥和安宁的生活受到影响；尽管旅行者做梦也不敢想像自己能像当地人一样生活，但总的来说，他们还是希望当地人能永远健康、性感，过着田园牧歌式的生活，不要去享受现代生活中的舒适。

让现代人萌发旅行念头的另一典型因素：一个国家值得一看——值得一写——因为它曾爆发过革命。最脚踏实地的、最有思想的旅行作家阿莱克斯·德·托克维尔[①]在美国目睹了一场没过多久就改变了整个欧洲的激进运动，使过去的一切土崩瓦解。正是为了考察革命和民主，托克维尔才到美国游历的。去考察一场声称为了实现理想的革命如何改变了一个国家的旅行一直是现代旅行文学的重要题材之一。在二十世纪，有着类似目标的旅行者走向了爆发革命的地方，寻找理想中的家园，寻找普遍意义上的革命。不少关于从“西方”到共产主义国家

① Tocqueville，Alexis de（1805—1859），法国政治学家、历史学家。著有《美国的民主》、《旧制度与大革命》等。——译者

旅行的文学是旧体裁的一种新变体，在这种旧的旅行文学中，来自堕落的、老于世故的欧洲的旅行者赞美“新世界”健康向上的活力——现在他们把自己称为“新人”。

在对理想目的地的构想中，“革命的”取代了“原始的”，但还是保留了许多被认为是“原始”的特质。“我已经看到了未来，共产主义确实是灵丹妙药。[①]”这是二十世纪三十年代早期林肯·史蒂芬斯[②]结束了苏联之行后说的非常有名的一句话，那时也许是把共产主义与现代化等同起来这一观点最为流行的时候。但是当苏联模式受到质疑，当或多或少受到围攻的农业社会只得选择革命时，旅行者似乎真正感受到：我已经看到了过去，它正在……运动。

去那些赤贫的国家旅行就如同时光倒流：离开生活富足、充满怀疑的文明社会，去寻找早期的那种单纯、虔诚和艰苦的生活。芭芭拉·沃顿在描写她1973年的中国之行时说：“对任何一个来自错综复杂、令人窒息的世界的人来说，中国人简单的生活方式都让他心驰神往。”她的感受并不是纯粹的幻想。共产主义革命不仅在农业国家里爆发，而且相对于为实现某种现代化付出的所有努力而言，它也竭力保护现代化以前的很多东西，如传统的家庭生活和文学的中心地位；它还消解或至少延缓——部分是因为难以对付的经济衰退——以富足、宽容的价值观和“放纵的”大众文化为特征的消费社会的冲击。那些不幸的中欧国家（现在变成了“东方”）虽然在俄国统治期间

① 二十世纪三十年代是美国经济的大萧条时期，不少美国人将希望寄托在共产主义上。——译者

② Steffens，Lincoln（1866—1936），美国新闻记者、演说家，以揭露企业家收买政治家的黑幕著称，著有《城市的耻辱》、《自传》等。——译者

都不落后，现在都毫无例外地被共产主义延缓了进入现代的脚步，比起西欧它们明显带有二战以前的痕迹。外国游客在很大程度上就是因为这一点才对它们情有独钟的。

隔阂感是几乎所有现代反思性旅行文学中最重要的题材。旅行可以印证对这个世界怀疑的、美好的或者推测性的看法。旅行抑或就是尝试消除隔阂感，旅行者在途中赞扬遥远的社会所具有但自己的社会所缺少的美德或者自由。随着去欧洲以外的地区旅行的机会越来越多，另一种旅行越来越普及。富裕的旅行者摆脱了中产阶级的束缚，外出度假，他们尽情尝试“新奇”的东西，或纵情地寻花问柳。福楼拜在马克西姆·杜·坎普的陪同下于1850到1851年的埃及之行就是十九世纪一个著名的例子。（二十世纪，一些同性恋作家是去殖民地和前殖民地找乐子的高手。）在去爆发革命的地方的旅途中，另一种独特的东西是显而易见的。在共产主义国家，有些东西现在被认为是过时的，比如一本正经的性观念。性放荡现在与堕落而不是与原始相关联。革命代表着美德的王国，游客一直相信革命社会里的行为因此而改变了。二十世纪七十年代早期，许多西方的游客都深信接待他们的中国主人说的话：中国夜不闭户，没有同性恋，也没有婚前性行为。

尽管寻欢作乐的旅行与去在革命中挣扎的贫穷国家旅行是截然不同的——后者是高尚而富于启发性的，但后一种旅行同样会产生居高临下、事不关己的感觉。苦难深重的当地人却有高度的革命意识，这对富有同情心的旅行者来说是无法理解的。例如，狂热的中国共产主义从二十世纪七十年代中期在“文化大革命”中开始减退时，据说初到中国的旅行者因为错过了中国最纯真的、最虔诚、最不受消费主义侵蚀的时代而相互劝慰。

许多早期去革命爆发地的旅行者就如同原来文学里的旅行者一样：去一个奇异的国度就是为了回来后写有关它的游记。去这些国家的旅行者都意识到自己跨越了可怕的障碍。（跨过了长城。把铁幕[①]抛在背后。）他们要写的是一个奇异的国度，但他们真正描写的是他们的行程，也就是为贵客制订的满满的活动计划。事实上，这些书都像《在中国的每一天》——西蒙·德·波伏瓦[②]对1955年中国之行的直率的记录——一样是对旅行的记录。到二十世纪七十年代早期，随着去中国旅行的人越来越多，人们不禁发现，旅行者描写的旅程简直一模一样：杭州附近的同一家产茶公社，上海的同一家自行车厂，北京的同一个"胡同居委会"——尽管这么雷同，许多人还是热情不减地往那儿跑，写的书几乎千篇一律。

所有的共产主义国家都孤立无援，遮遮掩掩，神神秘秘，接待外国游客时有严格的程序，每一步都精心设计，同时千方百计地讨好他们，送他们返程时还会赠送精美的小装饰物和书籍让他们带到外面的世界去。就像以最现代的方式到任何遥远的地方去旅游冒险一样，旅行者到爆发革命的地方旅行是体会不到危险的，没有什么神秘的东西。神秘，危险，不快，与世隔绝，这些是去遥远的地方旅行的传统成分。即使最独立的、独行的观察者在了解一个奇异的国家时也需要帮助。这样的观察者很可能会聘请当地人做导游，观察者在部

---

① Iron Curtain，西方报刊及政界用语，指第二次世界大战后苏联及东欧国家为阻止同欧美各国进行思想、文化交流而设置的一道无形的屏障。——译者

② Beauvoir，Simone de（1908—1986），法国作家、女权运动者，萨特的妻子，存在主义的信徒，写有小说《女客》、论著《第二性》等。——译者

分行程中主要通过导游与当地人交流——就像V·S·奈保尔的《在信仰者中间》[①]里所写的一样，该书写的是他到因革命引起剧烈动荡的伊斯兰国家的旅行。但独行的观察者对当地朋友的态度不会轻信。到发生共产主义革命的地方进行集体旅行是为了达到另一种结果。这些旅行是由旅游部门的官员组织的，目的是要使这个国家被人理解。到共产主义国家去的很多游客相信生活在这些国家的人的向往和需求与我们的根本不同，但其实几乎没有什么不同；认为他们的制度和习俗与我们的差不多，但事实上两者截然不同。

过去，去新世界的海上航行常常是危险的、举步维艰的——如此艰难，以至于许多旅行者都望而却步。许多游记的作者都“闭门造车”，剽窃早期的游记。最终，神奇之旅都成了泛泛之作，拼凑的痕迹越来越明显，原来的冒险故事因此而变得过时了：过去人们所写的旅行都是他们亲身经历的。在现代，有意欺骗读者的游记比原来少得多，在更多的游记中作者被欺骗了，人们发现其游记中谬误的可能性也就大大增加了。毕竟，十八世纪末没有一个纳齐兹部族[②]的女人会跑到巴黎解释说夏多布里昂1791年兴致勃勃的（有一部分是凭空想像的）美国之行中忽略了哪些东西，曲解了哪些东西。但是，二十世纪四十年代亨利·华莱士[③]、

---

① 奈保尔曾两次去印度尼西亚、伊朗、马来西亚、巴基斯坦等四个穆斯林国家，写了两部游记，即《在信仰者中间》（1981）和《信仰的尽头》（1998）。他在游记里谴责那儿的领导人利用宗教对抗西方文化，煽动国内的民族主义情绪。——译者

② 旧时北美密西西比河下游的印第安部落。——译者

③ Wallace，Henry(1888—1965)，美国副总统（1941—1945），曾经担任《华莱士农民》杂志、《新共和》杂志主编，当过农业部长、商业部长，反对美国冷战政策。——译者

欧文·拉铁摩尔[1]曾经访问过西伯利亚的古拉格集中营，并说它堪称工作场所的典范（兼有哈得逊湾公司和田纳西河谷管理局的特征）。而一位曾在此做苦役十一年的女囚犯几年后站出来，写下了囚犯们对来访者的愤怒和蔑视。

十九世纪的异乡游记很少提及陪伴冒险旅行者的仆人，而仆人通常不止一个。而现代去革命爆发地旅行的人则很少提及他所在的集体。描写共产主义国家之旅的人通常都是应邀前往的。这通常意味着他只是游览团中的一员——这是教育（也就是宣传）之旅，由东道国发起并支付一切费用。就像所有的团体旅行一样，游客认识不了几个同行的人，甚至一个也不认识。这个团体可能小到只有三个人（如我 1968 年 4 月越北之行），或者五个人（如我 1980 年 4 月的波兰之行），或者八人（如 1981 年我的中国之行）。学生们大都四十人一个团；知名人物的旅行团很少会超过五到六人；尊贵的重要人物一般都被邀请带上配偶或随从一起旅行。如果是第一次去共产主义国家，他们都会惊奇地发现旅行团——不管多小、多特别——都被称作“代表团”。你可能会抗议：我们并不代表我们国家的任何人，每个成员只代表自己，但是面带微笑的主人依然会称“你们代表团”。

通常，进入东道国的前一天，所有参加旅行的人在进入东道国的途中在宾馆集中，他们被告知代表团在旅行时的注意事

① Lattimore，Owen（1900—1989），美国汉学家，曾经由罗斯福总统派来担任蒋介石私人政治顾问，著有《中国回忆录》。——译者

项，他们要选出一名“主席”（有时还有“副主席”）负责答谢东道主的官方讲话，并在宴会上坐在主桌带头敬酒（有些代表团让成员轮流担当这一角色，以分享隆重的礼遇和愉悦）。不论你走到哪儿——他们迎接你的火车站，工厂，学校或者作家协会——你的代表团见到的都是他们组织的代表。

任何请柬上都有邀请的东道主——组织者；而且每一次旅行都有一个计划。他们带旅行者去博物馆、模范幼儿园，某位著名作家或者诗人的故里；工厂和公社的负责人欢迎旅行者，用茶水招待，提供虚假的数据；一顿接一顿地享用盛宴，利用空余时间光顾为外宾开设的商店；旅行者忙于应付紧张的行程，只能在相互之间或与接触到的有限的当地人（也就是为代表团指定的亲切热情的导游）说说话，他们的结论就是建立在与这些当地人的交流的基础之上。这些官方的陪同人员——除了几个负责人以外，大多是年轻人，他们热心，急于表现（他们好不容易才争取到与外国人接触这一人人眼热、激动人心的机会），小心翼翼（他们知道一个小错误或者疏忽将会带来怎样的后果），生怕有什么闪失。游客在他们的陪同下总感到很忙碌，但他们更忙。在午饭后的休息时间里，他们要忙着购票和打点住宿；深夜，他们还要写有关当天活动和参观者反应的报告，计划接下来的活动。游客通常都是贪心不足的，而到共产主义国家的旅行团认为应该是以他们为中心的，什么要求都可以提。到共产主义国家的游客只要说一声想参加日程上没有安排的远足和娱乐，陪同人员就会给幕后指挥的人打电话，像变戏法似的变出需要的票子、现场导游和豪华汽车。

从教育旅行的定义来看，它是一般人无法享受的旅行——买好来回票的旅行。为接受教育而去国外旅行的典型要数十八世纪的“大旅行[1]”了。年轻的贵族带上一个通常出身卑微、薪水很低的家庭教师，领略各地的风土人情，去不同的地方，欣赏异曲同工的艺术瑰宝。尽管这种横穿欧洲大陆的休闲旅行通常不过是纨绔子弟的游乐而已，但其教育意义是不可否认的。经历过欧洲“大旅行”的人回家后从某种意义上说已经被外国的东西所玷污，但至少他体会到文明有很多模式——这也许是真正文明和礼仪的开始。

为游客提供的去共产主义国家的“大旅行”是经过设计的，以确保他们不会遇到任何有损国家形象的东西。“大旅行”或田野调查的先决条件，旅游者在智力和文化上的距离，这些都被团队旅游中豪华舒适的安排进一步强化。旅行者看到的爆发革命的地方有如迪士尼乐园，围绕的主题是国家的进步和革命带来的好处，而这是通过一系列经济、文化上的简单表演来展示的。游客们被带到那儿，艳羡不已。但是，来自富裕国家的旅行者，包括自认为是左派的人，很少能够对这种作秀作出评价。如果他们是第一次去共产主义国家，他们很多人可能是第一次去卡车厂、养殖场或是造纸厂。大多数游客对共产主义、参观的国家（他们常常连地图都没有看过，不了解这个国家历史上最基本的情况）、农民的生活和主要工业流程一无所知。

所谓一起旅行的人，不管他们是否明白，都不是代表团旅行最好的参与者。事实上，共产主义国家中旅行部门的官员们已经渐渐不再信任西方的左翼分子，而且——这在理查德·尼克松最喜爱的国外专用度假村和罗纳德·里根的“所谓的共产

---

① Grand Tour，指从前英国贵族子弟的教育中不可缺少的欧洲大陆观光旅行。——译者

主义中国”里再清楚不过了——他们希望游客被接待时不受激进情绪的影响：董事长比左派的历史学讲师更受欢迎。这样的游客离开时对这个国家的印象比来之前好得多，部分是因为他们发现这个国家里有这么多友善的、有吸引力的人，异国情调的大街上满是“和我们一样的”人。

他们来之前都想像了些什么呢？

[1984]

（张廷佺　译）

对欧洲的认识

（又一首挽歌）

欧洲？欧洲对我意味着什么？

欧洲并不是指那个欧洲商业和欧元的欧洲——即所谓的即将成立的、旨在帮助西欧各资本主义国家“直面二十世纪末令人振奋的经济挑战”（引自今天的《先驱论坛报》，一份全球发行的美国报纸）的欧洲“联盟”；也不是指在这些国家被称为艺术和文学的欧洲庸俗作品；更不是指欧洲的各种节日、展会、新闻和电视业。但那个欧洲正无情地改变着我所心爱的欧洲，改变着欧洲的多元文化。而我恰恰是在这些文化传统中进行创造、感觉、思考，变得骚动不安，并根据其中最好的，让人觉得高山仰止的传统标准调整自己的标准。

当然，美国并非完全与欧洲毫无瓜葛，尽管它与欧洲之间的差别比许多欧洲人所想像的更加巨大（更加“野蛮”）。尽管我与大多数同胞一样——即使数量少于从前——是欧洲人的后裔，尤其是欧洲—犹太人的后裔（我的太祖父和太祖母一个世纪前从现在的波兰和立陶宛移民到美国东北部），我往往不会思考欧洲对我这个美国人来说意味着什么。我只会以作家、文学公民这一国际公民的身份来考虑它对我意味着什么。

如果非要说欧洲对我这么一个美国人来说意味着什么，那就要从解放，从美国被视为文化的那些东西解放出来说起。多样的、严肃的、苛求的和厚重的欧洲文化构成一个阿基米德支点，我可以在心中依靠它支起整个世界，而我无法依靠美国和作为一系列标准、一份遗产的美国文化所给予我的东西来做到这一点。因此，欧洲对我至关重要，比美国更重要，尽管我在欧洲所有的旅居生活并未使我成为流放者。

欧洲决不仅仅是理想化的多元化、让人惊叹的精神养料……那些乐趣、那些标准；欧洲既是一个至少从拉丁中世纪开始的古老现实，又是一个恒久但通常虚伪的渴望。作为呼吁政治统一的现代战斗口号，欧洲总是压抑并抹杀着文化差异，造成国家权力的集中和扩张。拿破仑和希特勒都曾宣扬过泛欧洲的理想。法国被占领时期，纳粹的许多宣传都把希特勒描绘成把欧洲从布尔什维主义、从俄国或"亚洲"[①]游牧民族手中解救出来的救世主。对欧洲的这一认识常常与保护"文明"不受异族的影响有关，而保卫欧洲文明往往意味着扩张一个与其他欧洲国家争夺权力和财富的欧洲国家的军事力量和商业利益。"欧洲"除了意味着真正的文明（这一点是不可否认的）以外，还意味着认为某些欧洲国家在欧洲以外的大片区域的霸权行径是正义的。为使非犹太人相信在巴勒斯坦建立一个犹太国家的必要性，西奥多·赫茨尔[②]宣称"我们要在欧洲部分地区构筑抵御亚洲的高墙，肩负起对抗野蛮人的文化先锋的任务"。我引用赫茨尔的《犹太人国家》里的这句话并不是专为抨击以色列（和如今所有其他人一样），只是想强调一个事

① 此处使用的是 Asiatic，常常带有贬义，现在常用的词是 Asian。——译者
② Herzl，Theodor（1860—1904），犹太复国主义运动创始人。——译者

实，实际上，从十九世纪到二十世纪初，欧洲民族的殖民行为都被解释为延伸了“文明”——被等同于欧洲文明——的道德边界，是对野蛮的抵制。

长久以来，那种“全球性”价值观、世界性组织的观念本身就是以欧洲为中心的。在人们的某种意识中，世界曾经是以欧洲为中心的。欧洲是“昨天的世界”，这是斯蒂芬·茨威格[①]以回忆录形式为欧洲所写的挽歌的标题。那是他的最后一本书，写于近半个世纪前，写于这个杰出的欧洲人被迫逃离欧洲，逃离那（需要讲出来吗？）完全从欧洲内部、欧洲的中心产生的耀武扬威的野蛮行径之后。人们可能认为欧洲这一观念将先后被帝国主义和种族主义以及跨国资本主义的要求彻底地弄得声名狼藉。事实上并非如此（文明这一观念并不是不可以使用——不论以它的名义曾经进行过多少殖民主义暴行）。

欧洲大陆的中部和东部是欧洲这一观念最富有文化活力的地方，另一个帝国的国家公民在那儿为争取自治而斗争。当然，我所指的就是几年前米兰·昆德拉那篇影响深远的文章所引发出的关于中欧的辩论。随后亚当·扎加朱斯基[②]、瓦茨拉夫·哈维尔[③]、乔尔基·康拉德[④]和丹尼洛·基什撰写文章或发表宣言加入这一辩论。关于欧洲的这一观念对波兰人、捷克人、匈牙利人、南斯拉夫人（甚至由于其他原因，对奥地利人

---

① Zweig, Stafan (1881—1942)，奥地利作家，1934年遭纳粹驱逐，移居巴西，以短篇集《人生的际遇》等作品而知名。——译者

② Zagajewski, Adam (1945—)，波兰诗人、小说家。——译者

③ Havel, Vaclav (1936—2011)，捷克著名剧作家、诗人，共产党执政时的持不同政见者，共产党执政期结束后任捷克斯洛伐克总统（1989—1992）。——译者

④ Konrad, Georgy，匈牙利人，曾任柏林艺术科学院主席，生卒年不详。——译者

或德国人）来说具有明显的、颠覆性的影响力。在文化上，最终在政治上对中欧——可以推及整个欧洲——的存在作出的反假设（counter-hypothesis），其最终价值就在于推动欧洲的和平安定。这种和平安定可以消除用我们所有人来做人质的超级大国之间的虎视眈眈的对峙。让两个帝国的边缘在欧洲相互渗透，这对任何人都是有利的。我所说的任何人是我随意确定为认为自己的后代应该被允许世代繁衍的人。“如果从布达佩斯到维也纳去观看晚上的歌剧必须事先得到许可的话，”康拉德说，“就不能说我们生活在和平环境之中。”

中欧人异想天开，想建立一个由许多小国组成的欧洲，彼此间可以自由交流，共享以痛苦和贫困为代价而获得的经历、市民的成熟性和深厚的文化底蕴。我们有什么可与之相比吗？我们可以未经任何人许可就跨越各大洲去欣赏一晚的歌剧。对我们来说，欧洲就意味着这种价值吗？或者意味着因为我们的繁荣、自由和自私而变得风光不再的理想中的欧洲？对我们来说，这种观念本身是否已经被击得粉碎？

从某方面来看，也许是由于欧洲在帝国分界线两侧失去了抓攫之力，我们的两种经历似乎具有可比性。新的欧洲的观念不是要扩张，而是要收缩：欧洲一体化只是欧洲的一体化，并不包括世界上其他地区。对波兰人、匈牙利人和捷克人来说，“欧洲”是用来限制呆滞的、令人窒息的俄国入侵者的权力和文化霸权的比较直白的口号。使欧洲……具有欧洲特性。在富裕的欧洲国家，我们不会抱怨彼此分隔，但却另有苦恼。问题不在于如何使欧洲具有欧洲特性而在于如何使它保持欧洲特性。显而易见，这是一场无望取胜的战役。正当欧洲中部受过良好教育的人们忍受荒谬的孤立和文化交流的约束时，西欧人则被文化习俗不断的，相互隔离的融合所困扰。法兰克福有锡克族的出租车司机，马赛有许多清真寺[①]，那不勒斯、罗马、都灵的意大利医生则应非洲移民的要求，对他们正值青春期的女儿们进行“割礼”。欧洲仅有的几个民族相对单一的国家将是像葡萄牙和希腊那样贫穷的国家，以及因为四十年苏联计划经济政策而变得贫穷的中欧国家。源源不断地涌往欧洲富裕国家的外国人很可能再次使“欧洲”这一标语让人厌恶。

欧洲，就意味着怀旧吗？忠于欧洲就要当人人都用打字机时还继续手书？（更确切地说，就是当人人都在用文字处理器时还继续使用打字机？）值得注意的是，在欧洲观念盛行的国家里，僵化的、让人望而生畏的军人政府和低迷的经济使他们远远不及西欧那么现代化和繁荣，但在种族上更单一。现代欧洲——常被误称为“美国化”的欧洲——无疑在很大程度上已不是欧洲人的欧洲了。过去十年中，日本的一些经验已说明这种“现代”并不是美国化的代名词（认为现代化就是美国化，或者反过来，都可能是欧洲中心论的偏见）。现代化自身的逻辑具有解放性和巨大毁灭性，美国与日本和欧洲富庶国家一样正被它改变。与此同时，中心也转移了（但中心总会被周围地区破坏或改变）。洛杉矶已成为亚洲的东部首府。一位日本企业家最近讲述他在美国“东北”部建立工厂的计划时，他所指的并不是马萨诸塞，而是俄勒冈。一种新的文化和政治地理已经形成，它会兼收并蓄，并对过去具有越来越大的毁灭性。主

---

① 法国六千万人口中，有六百万穆斯林，伊斯兰教已成为法国第二大宗教。据法国内政部统计，法国境内共有一千五百多处清真寺和穆斯林祈祷场所。巴黎、马赛等移民较集中的城市都有规模不小的穆斯林社区。——译者

流欧洲将是欧元区[1]、巨大的主题公园，欧洲成了对往昔的迅速回放装置。当地人将和游客（在欧洲，这种区别早就不存在了——人人都是游客）一样贪婪地消费这些。那个拥有高雅艺术、伦理严肃性，那个尊重隐私和思想深刻性以及真实的非机器生产的话语的欧洲，那个孕育了克里斯多夫·赞努西的电影、托马斯·伯恩哈特的散文、谢默斯·希尼[2]的诗歌和阿沃·帕特[3]的音乐的欧洲如今还留下什么了呢？那个欧洲仍然存在，在未来的一段时间也将继续存在。但它的版图将变小。而且它的公民和信徒中越来越多的人会自视为移民、流放者和外国人。

那么，人们的欧洲之根，包括现实之根和精神之根将会怎样呢？对于这个问题，我想不出有谁的答复比格特鲁德·斯泰因给出的答复更令人慰藉。有人问她在法国生活了四十年后是否会不再为失去美国之根而担心，这位移居国外的美国作家的回答也许更受犹太文化而不是美国文化的影响，她说："如果你无法随身携带自己的根，要它何用？"

[1988]

（张廷佺　译）

---

① Euroland，成立于1998年5月3日，有十一个成员国，包括德国、法国、荷兰、比利时、卢森堡、西班牙、葡萄牙、奥地利、意大利、芬兰和爱尔兰。——译者

② Heaney，Seamus（1939—2013），爱尔兰诗人，1995年诺贝尔文学奖得主。——译者

③ Pärt，Arvo（1935—　），爱沙尼亚著名现代音乐家，极简主义的代表人物。——译者

百感交集的皮刺摩斯与提斯柏[①]

（一出短剧）

墙：现在咱已把墙头扮好，

因此咱便要拔脚跑了。[②]

——《仲夏夜之梦》，第五幕，第一场

提 斯 柏：它终于倒下了。

皮刺摩斯：它曾把咱们隔开，我们彼此渴望，却硬生生地被分拆。

提 斯 柏：我过去一直想着它。

皮刺摩斯：我还以为你想着我呢。

提 斯 柏：傻瓜！（吻了他一下。）我跟你保证过多少回了。只是我现在说的是我以前没说过的。我以前说的每句话的下半句都没说出来，“而那堵墙……”比如：我要去巴黎酒吧。

皮刺摩斯：“而那堵墙……”

提 斯 柏：比如：阿森纳电影院[③]今晚放什么电影？

皮刺摩斯：“而那堵墙……”

提 斯 柏：比如：对克罗伊茨贝格区[④]的土耳其人来说太糟

糕了。

皮刺摩斯：“而那堵墙……”

提 斯 柏： 一点没错。

皮刺摩斯： 过去这是悲剧。现在能变成喜剧吗？

提 斯 柏： 我们将不会变得像正常人那样，是吗？

皮刺摩斯： 这意味我们可以随心所欲吗？

提 斯 柏： 我对从前倒有些怀念了。唉，人的心真是说不清啊。

皮刺摩斯： 提斯柏！

提 斯 柏： 不是说你，亲爱的。你知道，我永远是你的。我是

---

① 据古罗马诗人奥维德的《变形记》的第四章，皮刺摩斯和提斯柏是古巴比伦的一对情人，两家是近邻，他们相爱至深，但受到父母的阻挠，只能隔着墙缝互诉衷肠。在一次约会中，皮刺摩斯误以为提斯柏已被一头母狮吞食，悲痛万分，在桑树下自杀，提斯柏发现其尸体后也自杀而死。莎士比亚在《仲夏夜之梦》第五幕第一场中将这一神话改编成短剧，是戏中戏。桑塔格此处巧妙地保留了莎士比亚短剧的开头和主要人物，将神话移植到现实社会。从巴黎酒吧、阿森纳电影院、克罗伊茨贝格区这些具体的现实地名可以看出，本剧中的皮刺摩斯和提斯柏已经不是古巴比伦的热恋中的情人，而是被柏林墙隔开的分处东德和西德的一对情人。柏林墙是由前东德领导人瓦尔特·乌布利希于 1961 年提出修建的，目的是为了防范来自西方的干扰和破坏，阻止国内技术人才和劳动力外流。1964 年建成，成为东西方冷战最大最有象征性意义的标志。柏林墙拔地而起后，柏林人只能隔墙遥遥相望。1989 年 11 月 9 日柏林墙一夜之间倒塌。从现实看，很多东部居民的二等公民的感觉至今依然存在；西部在经济、政治上仍享有绝对权威。东部人觉得西部人的盛气凌人的态度越来越无法忍受；而西部人却认为连年对东部的“输血式”援助加重了西部人的负担。有人认为，真正的融合将“至少需要一代人的时间”。本剧是历史和政治寓言：交流的通道越是狭小，交流的欲望越是强烈，但是当障碍清除后，渠道变得畅通了，交流反而更加困难。本剧揭示了原来被分开的人们对柏林墙倒塌的复杂混乱的心态和截然不同的态度，暗讽了人们心理上的鸿沟是难以一朝一夕逾越的。——译者

② 此处用朱生豪译本。——译者

③ 德国著名电影人乌利希·格里高尔二十世纪六十年代末创办的著名电影院，放映实验先锋电影。——译者

④ Kreuzberg，柏林市的土耳其移民聚居区。——译者

说，你将是我的。当然，那是一回事儿，对吗？不，我在想……你知道的。我有点想念它。

皮刺摩斯：提斯柏！

提 斯 柏：只是一点点。（看到皮刺摩斯眉头紧皱）笑一笑，亲爱的。哦，你这人也太严肃了！

皮刺摩斯：我受够了煎熬。

提 斯 柏：我也是。当然与你不一样。但我日子也不好过。

皮刺摩斯：我们别争来争去了。

提 斯 柏：我们争来争去？绝对不会！（凿墙声）听！多奇妙的声音！

皮刺摩斯：我要是把录音机带来就好了。是索尼牌的。

提 斯 柏：我真高兴你现在想买什么就能买什么。我以前没意识到你这么寒碜。

皮刺摩斯：那时穷得叮当响。但你知道，那倒锻炼了我的性格。

提 斯 柏：你明白了？你甚至感到惋惜。去年一位美国艺术家警告我说：你会想念这堵墙的。（她瞥见一些凿墙人朝收藏的墙砖上喷油漆）他们正使它变得更好。

皮刺摩斯：我们别对过去的事念念不忘了。

提 斯 柏：但你同样认为它也不是一无是处。它使我们与众不同。

皮刺摩斯：我们仍将与众不同。

提 斯 柏：我不知道。这么多汽车，这么多垃圾，还有要饭的。行人不站在一边等候绿色信号灯。汽车停在人行道上。

纽约精灵上。

精　　灵：哦，城市，我认得你。你的真皮装饰的酒吧，你的独立电影节，你的熙来攘往的深色皮肤的外国佬，你的惟利是图的房产商，你的装饰派艺术[1]商店，你的种族主义，你的地中海式的餐馆，你的满是垃圾的街道，你的粗鲁的工匠——

提 斯 柏：不！快滚！这里是中欧的伯克利[2]。

精　　灵：中欧：是一个梦。你的伯克利：只是一个插曲。这儿将成为欧洲的纽约——人们原本就想它这样。只不过推迟了六十年。

纽约精灵退下。

提 斯 柏：我想它不会太糟糕。既然纽约不是美国，那这个城市也不会是——

皮刺摩斯：当然，当然。假如它还是破破烂烂的，又到处是讨厌的外国佬。（叹了口气）我们还是别抱什么希望了。

提 斯 柏：不，我们要满怀希望。我们将有钱。有钱就行。

皮刺摩斯：还有权力。我会喜欢那东西。

提 斯 柏：这一切都是我们应该有的。我们团聚了，我们自由了。

皮刺摩斯：一切都变得太快，而且付出了沉重的代价。

提 斯 柏：只要我们在一起，谁也无法逼迫我们做不愿做

---

① Art Dew，一种起源于二十世纪二十年代，流行于三十年代和六十年代后期的装饰艺术和建筑艺术风格，以轮廓和色彩明朗粗犷，呈流线型和几何形为特点。——译者

② 美国加利福尼亚州西部城市。——译者

的事。

皮刺摩斯：一想到没我们这么幸运的人我心里就难受。但有时我们会记住他们的，对吧？

提 斯 柏：我可不想再提那些陈年旧事了。

皮刺摩斯：过去的事情就是让人怀念。

提 斯 柏：打起精神，亲爱的。世界被分成旧世界和新世界。我们总会处于好的那一边。从今往后。

皮刺摩斯：歌德说——

提 斯 柏：哦，不要提歌德。①

皮刺摩斯：好吧。

提 斯 柏：在瓦尔特·本雅明的最后——

皮刺摩斯：也不要提本雅明。

提 斯 柏：好吧。（他们沉默了一会儿）我们走走吧。

他们看见一群小贩穿过一块空地，其中有一些俄国士兵。

皮刺摩斯：真不敢想像那可曾是战争中的无人区啊。

提 斯 柏：他们在卖什么呢？

皮刺摩斯：什么都有，什么都可以卖。

提 斯 柏：你得说现在好多了。求你了！

皮刺摩斯：现在当然好多了。我们又不必死。

提 斯 柏：那我们继续庆祝吧。来点儿香槟。来罐可乐。

他们喝起来。

皮刺摩斯：终于自由了。

提 斯 柏：可别把罐子扔在地上。

皮刺摩斯：你把我看成什么人了？

---

① 此处可以理解成资本主义知识分子的代表，与下文信奉马克思主义的本雅明形成对照。——译者

提 斯 柏：对不起。只是——对不起。是的，自由了。

落幕。

[1991]

（张廷佺　译）

对一份调查问卷的回答

1997 年 5 月，由菲利浦 · 索莱尔斯[①] 编辑的法国文学杂志《游戏规则》发起了《知识分子及其角色的国际调查》。我是接受这一调查的惟一的美国人。他们要求回答如下六个问题：

1. 如今“知识分子”一词对你意味着什么？你认为自己是知识分子还是拒绝这一称呼？

2. 哪些知识分子深深启发了你，而且仍然影响着你的思想？

3. 在二十世纪末，知识分子扮演着怎样的角色？他们的使命是否已经完成？或者你认为他们在世界上仍肩负着重要的任务？

4. 一直有人指责知识分子的种种错误，指责他们盲目轻率，不负责任。你怎样看待这些指责？你同意还是反对这种批评？

5. 你认为你们国家知识分子所面临的主要障碍是什么？是媒体的漠视、意见的混乱、政治压迫，还是其他什么？

6. 你如何看待知识分子如今面临的最紧迫的任务、最危险的偏见、最重要的事业、最可怕的危险和最大的喜悦？

我对问及的和（我认为）暗含的部分问题给了以下九个

回答。

1

如今，“知识分子”这个词对我首先意味着讨论知识分子角色的会议、非正式讨论以及杂志里的专题论丛。著名的知识分子都对无能、轻信、风光不再、叛逆、无足轻重、被时代所抛弃这些指责以及他们所属的——他们在这些活动中的参与可以证明这一点——即将消失或已经不复存在的小团体高谈阔论。

2

我是否视自己为一名知识分子（我尽量不这样做）与本话题无关。如果有人称我为知识分子的话我不会拒绝这一称呼。

3

美国的政治文化和道德文化都加深了人们对知识分子的猜疑、恐惧和蔑视（托克维尔如是说），它拥有全球最强大的压迫知识分子的传统。作为其公民，我不像我的欧洲的同事们那样看不到希望。不，他们的“使命”（正如你们的问题中所问到的）尚未完成。

当然，如果期望大多数知识分子都以反抗非正义的行为、保护受害者、挑战占统治地位的权威的信仰为己任的话，那未免太乐观了。大部分知识分子就像多数其他从事教育职业的人一样因循守旧，比如，他们会支持非正义战争。赋予知识分子

---

① Sollers，Philippe（1936— ），法国作家兼评论家，法国加利玛书局的审稿委员，当今法国知识分子的代表人物之一。——译者

制造麻烦者、良知的代言人这样美名的人一直是少数。有些知识分子旗帜鲜明，为了自己的信仰将生死置之度外（而不是签署请愿书），而更多的知识分子在公开言论中昧着良心欺骗别人，或者对所谈论的东西一无所知却厚颜无耻地说得头头是道，安德烈·纪德[①]、乔治·奥威尔[②]、诺伯特·波比奥[③]、安德雷·萨哈罗夫[④]、亚当·米克尼克[⑤]这样的知识分子实在是屈指可数，而相比之下更多的是罗曼·罗兰[⑥]、伊利亚·爱伦堡[⑦]、让·鲍德里亚[⑧]、彼得·汉德克[⑨]这样的知识分子。

4

虽然知识分子有各种类型，有民族主义的和信仰宗教的，

---

① Gide, Andre (1869—1951)，作家，生于巴黎。主要作品包括《人间食粮》和《伪币犯》。1947年获诺贝尔文学奖。——译者

② Orwell，George(1903—1950)，英国小说家、新闻记者，一度信仰马克思主义，后鼓吹社会民主主义，主要作品有反乌托邦政治讽刺小说《动物庄园》和《一九八四》。——译者

③ Bobbio，Norberto（1909—2003），意大利哲学家和伦理学家。——译者

④ Sakharov，Andrei (1921—1989)，苏联核专家，1975年诺贝尔和平奖得主。——译者

⑤ Michnik，Adam (1946—)，波兰持不同政见的知识分子，曾因反抗共产党制度被关进监狱。《选举日报》总编，著有《狱中书简》、《自由书简》和《教堂和左派》等。——译者

⑥ Rolland，Romain (1866—1944)，法国作家、社会活动家，坚持人道主义，反对侵略战争，获得1915年诺贝尔文学奖。主要作品有小说《约翰·克利斯朵夫》、《母与子》，剧本《群狼》，传记《贝多芬》等。——译者

⑦ Ehrenbury，Ilya (1891—1967)，苏联多产作家和新闻工作者，是苏联对西方的最有影响力的代言人之一。——译者

⑧ Baudrillard，Jean (1929—2007)，法国思想家，以对后现代大众传播理论的建构而知名。——译者

⑨ Handke，Peter(1942—)，奥地利作家，作品包括诗、戏剧、广播剧、电影剧本以及长篇小说，多采用实验的手法。《左撇子女人》曾拍成同名电影。——译者

但我坦言自己比较喜欢世俗的、超越民族偏见的、反集团的那一类。我认为“脱离传统的知识分子”是知识分子的楷模。

谈到知识分子，我所指的是“自由的”知识分子，是超越自身职业的、技术的或艺术的专门技术，重视（因此绝对捍卫）精神生活的人。

专家也可能是知识分子，但知识分子不仅仅是专家。一个人之所以是知识分子是因为他在言论中表现出（或应当表现出）正直和责任。这是知识分子的不可或缺的贡献：言论并不单单是达到某一目的的手段，更加确切地说，不是对权威的俯首帖耳。

5

最近几十年中你听说过多少次知识分子已是明日黄花，或某某人是“最后的知识分子”之类的说法？

6

与以往一样，知识分子当下有两项任务。一项任务是教育，即促进对话，支持各种声音可以得到倾听的权利，进一步质疑被接受的观点。也就是说，敢于质疑认为教育和文化就是传承热爱民族或种族之类的观点（“理想”）。

另一项任务是富有对抗性的。过去二十年中，在各发达的资本主义国家里道德观经历了令人眩晕的转型，其主要标志是怀疑所有的理想主义、利他主义本身、所有高尚的文化观念和道德观念。撒切尔主义①大行其道，以刺激消费为主要功能的

① 以私有化和市场化为特征。——译者

大众传媒影响着人们的价值取向。知识分子承担着艰苦而没有尽头的任务，也就是继续体现（并捍卫）精神生活和言论的标准，而不是大众传媒所倡导的虚无主义的标准。谈到虚无主义，我不仅指在受过良好教育的阶级中颇有市场的相对主义、利益私有化，也包括表现在所谓的文化民主中的更近的、更具危害性的虚无主义，还指对优秀的东西和取得的成就的深恶痛绝，认为它们是属于“精英人物的”，是排他的。

7

知识分子的道德责任将总是复杂的，因为“最高的”价值观不是惟一的，而且在某些具体的情况下，绝对正确的不一定都能够得到尊崇，在那种情况下，两种价值观确实可能相互抵触。

比如，懂得真理不一定有助于为正义而斗争。为了获得正义，似乎必须将真理放在一边。

谁也不希望在二者中作出抉择。但是当不得已（在真理和正义之间）时——唉，有时就是这样——我认为知识分子似乎应当站在真理这一边。

知识分子，就连信仰最坚定的知识分子都常常不是这么做的。当知识分子为事业而献身时，真理因为其自身的复杂性而被抛在脑后。

8

一个人在参加游行或在任何东西上面签名之前必须知道的规则是： 不管你信仰什么或支持什么，如果你没有花费大量时间去亲身经历所谈论的国家、战争、非正义行径等，你就无权公开发表意见。

如果没有这样的第一手知识和体验的话那你还是闭口不谈为好。

9

许多知识分子发表公开言论，支持集体行动，可他们对这些活动相关的国家几乎一无所知。谈到自高自大——不仅仅是无知——再也没有谁比二十世纪深受迫害的知识分子之一贝托尔特·布莱希特说得更好了（他肯定清楚自己在说什么）：

> 许多人都不知道游行时
> 他们的敌人正行进在他们前面。
> 向他们发号施令的声音
> 是敌人的声音，
> 而谈到敌人的人
> 正是敌人自己。

[1997]

（张廷佺　译）

在萨拉热窝等待戈多

无事可做。

——《等待戈多》开场白

1

我于 1993 年 7 月中旬去萨拉热窝导演《等待戈多》，并不是因为我一直很想导演贝克特这出戏（虽然我一直都想），而是因为它给我一个重返萨拉热窝并在那里逗留一个月或更久的实际理由。我曾于四月份在那里逗留两星期，很是关注这座受重创的城市和它所代表的东西；有些萨拉热窝居民成了我的朋友。但我无法再仅仅做一个目击者，即是说，跟人见面、参观、吓得发抖、感到勇敢、感到沮丧、有令人心碎的交谈、愈来愈愤慨、体重减轻。如果我回去，我要全身投入，做点事情。

作家再也不能以为迫切的任务是把消息告诉外面的世界。消息已传出去了。很多出色的外国记者（他们多数像我一样，赞成干预）一直都在报导自萨拉热窝开始被围困以来就不断出现的谎言和屠杀，可是西欧强国和美国不干预的决定依然牢不可破，从而把胜利拱手让给塞尔维亚法西斯主义。我并不幻想去萨拉热窝导演一出戏，能起到假如我是一位医生或自来水系统工程师的作用。这将是一种小小的贡献。我能做的三件事，就是写作、拍电影和导演戏剧，而导演戏剧是三件事中唯一可以在萨拉热窝产生一点意义的，也是唯一可以在萨拉热窝制作和被欣赏的。

我在四月份结识一位生于萨拉热窝的青年导演哈里斯·帕索维奇，他从学校毕业后离开该城市，以主要在塞尔维亚工作而颇负盛名。当塞尔维亚人在1992年4月发动战争时，帕索维奇出国，但是那年秋天，当他在安特卫普导演一出叫做《萨拉热窝》的戏时，他决定不再继续过安全的流亡生活。年底，他设法避过联合国巡逻队和塞尔维亚人的枪火，爬了回来，进入寒冷、被围困的萨拉热窝。帕索维奇邀请我观看他的《城市》，这是一场朗诵与音乐的大杂烩，一部分诗作取自卡瓦菲斯、兹比格涅夫·赫伯特和西尔维亚·普拉斯，起用了十来个演员；他在八天内做完这场戏。现在他准备导演一部更有野心的作品，欧里庇得斯的《阿尔克提斯》；这之后，他的一个学生（帕索维奇任教于依然运作的戏剧学院）将导演索福克勒斯的《埃阿斯》。有一天，帕索维奇问我是否有兴趣几个月后再回来导演一出戏。

我告诉他，岂止有兴趣。

我还未补充说“但让我考虑一下我要做什么”，他就接着说：“什么戏？”逞强心理在瞬间告诉我去做如果我再多思索一会儿也许不会去做的事情：有一出明摆着的戏等着我去导演。贝克特的戏，写于四十多年前，它似乎是为萨拉热窝而写的，并且似乎写的就是萨拉热窝。

自我从萨拉热窝归来后，就老是有人问我有没有跟职业演员合作，这使我发现，很多人一听说这座被围困的城市仍如常演戏就惊讶不已。事实上，在战争爆发前，萨拉热窝有五家剧院，现在有两家仍然断断继继地演戏：一家是室内剧院55，我四月份曾在那里观看一出演得很乏味的《头发》，以及观看帕索维奇的《城市》；另一家是我决定上演《戈多》的青年剧院。两家都是小型剧院。大型剧院是民族剧院，它上演歌剧、萨拉热窝芭蕾舞团的节目和戏剧，但自战争爆发以来就关闭了。在这座仅被大炮轻微损坏的漂亮的赭色建筑物前，仍贴着1992年4月初的一张海报，宣传将上演新戏《弄臣》，但后来没机会上演。在塞尔维亚人发动袭击后不久，大多数歌手、音乐家和芭蕾舞演员都离开该城市，因为他们在国外较容易找到工作；但是，大多数戏剧演员都留下来，而他们最渴望的莫过于有事可做。

另一个老是有人向我提起的问题是：谁会去看《等待戈多》的演出？当然是假如萨拉热窝没有被围困的话会前往观看《等待戈多》的同一批人，还会是谁呢？一定是今天这座被摧残的城市的影像，使人们难以理解其实萨拉热窝曾是一个极有活力且极有吸引力的省府，其文化生活并不逊于其他中型的欧洲旧城市；这也包括有一批戏剧观众。就像中欧其他地方一样，萨拉热窝的戏剧主要是保留剧目：过去的名作和二十世纪最受好评的戏剧。就像有才能的演员依然生活在萨拉热窝一样，这群有教养的观众很多也依然生活在这里。差别只是，演员和观众在前往剧院的途中或从剧院回来的途中，都有可能被狙击手的一颗子弹或一枚迫击炮打死或致残；不过话说回来，当萨拉热窝人民在客厅的时候，或在卧室睡觉的时候，或到厨房去取东西的时候，或走出前门的时候，也同样有可能遇到这种事情。

但是，这出戏不是太悲观些了吗？有人问我。意思是说，这对萨拉热窝的观众来说不是太令人沮丧了吗；意思是说，在那里上演《戈多》不是太做作或不识趣了吗？——仿佛当人们真正陷于绝望时，上演一出绝望的戏是多余的；仿佛在这种情形下人们只想看譬如说《古怪的一对》。这些居高临下、市侩的问题使我明白到，提这些问题的人完全不明白现在萨拉热窝是什么样子的，如同他们并不真正在乎文学和戏剧。并非人人都想获得可使他们逃避现实的娱乐。在萨拉热窝，就像在别的任何地方，懂得通过艺术来确认和改变他们对现实的看法，并因此感到更有力量和受到抚慰的，并不只是一小撮人。这并不是说萨拉热窝人不怀念享受娱乐。第一周之后便开始来观看《戈多》排练的那位曾就读哥伦比亚大学的民族剧院编剧，在我离开前要求我本月底回去时，替她带几本《时尚》和《名利场》：她渴望重温已脱离她的生命的所有事物。显然有更多萨拉热窝人宁愿看一场哈里逊·福德主演的电影或去听一场“枪与玫瑰”乐队音乐会，而不愿看《等待戈多》。在战前也是这样。如果有什么区别的话，那就是现在不完全是这样。

而如果考虑到在围城开始之前萨拉热窝上演什么戏——与那里放映的电影相反：电影几乎全都是好莱坞卖座大片（有人告诉我，就在战争爆发前不久，那家实验小影院因缺乏观众而濒临关闭）——那么，对公众来说，选择《等待戈多》是一点也不令人吃惊或失望的。目前正在排练或上演的其他戏是《阿尔克提斯》（关于死亡的不可避免和牺牲的意义）、《埃阿斯》

（关于一名战士的疯狂和自杀）和《在痛苦中》，后者是克罗地亚人米洛斯拉夫·克尔莱扎的剧作，他与波斯尼亚人伊沃·安德里奇并列为本世纪上半叶前南斯拉夫两位国际知名的作家。与这些戏相比，《等待戈多》也许是诸出戏之中娱乐成分“最浓”的呢。

其实，问题不在于为什么在围城十七个月后萨拉热窝还有文化活动，而在于为什么没有更多文化活动。室内剧院隔壁的一家门窗被木板钉上的电影院，贴着一张《沉默的羔羊》海报，已被太阳晒褪了色。海报上横过一条斜条，写着“今天”放映，那一天是 1992 年 4 月 6 日，也即停止看电影的日子。自战争开始以来，萨拉热窝所有电影院一直都关闭着，即使它们不是遭炮火严重损坏。一座完全可以预料人们会在那里聚集的建筑物，也太容易成为塞尔维亚炮火的目标了；再说，根本就没有电力放映电影。没有音乐会，除了一个弦乐四重奏乐团，它每天早晨在一个同时兼作画廊、有四十个座位的小房间里排练，偶尔也表演。（它与室内剧院同一幢楼，在铁托元帅街上。）仅有一个可供展览画作和摄影作品的场所，也即奥巴拉画廊，其展览有时仅维持一天，但从来不会超过一周。

我在萨拉热窝接触的人士当中没有谁否认这城市的文化生活贫瘠。毕竟，这里仍居住着三十万至四十万人。该市大多数知识分子和创作者，包括萨拉热窝大学的教职员，都在战争开始，该市尚未完全被包围的时候，就逃走了。此外，很多萨拉热窝人不愿意离开他们的公寓，除非绝对必要，例如提水或领取联合国难民事务高级专员公署配给的物资。虽说哪里不也安全，但是他们来到街上的时候会更惊慌。惊慌之外，尚有抑郁——大部分萨拉热窝人都十分抑郁，抑郁造成嗜睡、疲倦和冷漠。

还有，贝尔格莱德是前南斯拉夫的文化首都，而我有一个印象，就是萨拉热窝的视觉艺术只是衍生性的，芭蕾舞、歌剧和音乐生活乏善足陈。只有电影和戏剧不同一般，因此在围城情况下这些仍能继续下去也就不奇怪了。一家电影制作公司SAGA既拍纪录片也拍虚构电影，还有那两家继续运作的剧院。

事实上，戏剧观众期望看到一出像《等待戈多》这样的戏。我导演的《戈多》对他们的意义，除了因为一个怪异的美国作家和兼职导演主动来剧院工作，以示声援该市（这个事实被当地报章和电台大肆宣传，作为世界其他地方"关注"他们的证据，而在我的想像中，我只代表我本人而不代表任何人，这不能不使我感到既气愤又羞愧）之外，还因为这是一出伟大的欧洲戏剧，而他们是欧洲文化的成员。尽管在这里就像在其他地方一样，他们被美国流行文化吸引，但是代表他们的理想、作为他们的欧洲身份之护照的，却是欧洲的高雅文化。我四月份初来乍到时，人们一再告诉我：我们是欧洲的一部分。我们是前南斯拉夫那些维护欧洲价值的人——维护世俗主义、宗教宽容和多种族。欧洲其他地方怎可以让这种事情发生在我们身上？当我回答说，欧洲既是野蛮主义的繁殖地又是文明的摇篮并且从来都是如此时，他们不想听。现在，没有谁想对这种说法提出异议。

文化，严肃文化，是人类尊严的一种表达——而萨拉热窝人民感到，他们丧失了这尊严，即使他们自己知道他们是勇敢的，或坚忍的，或愤怒的。因为他们自己同时也知道，他们致命地脆弱：等待、希望、因明白不会有人来救他们而不想继续抱有希望。他们的失望、恐惧和日常生活的愤慨使他们蒙羞——例如，每天都要花很多时间确保有水冲他们的厕所，否则他们的浴室就会变成粪池。他们冒着极大的生命危险在公共场所排队提来的水，大部分都用于冲厕所。他们的羞辱感甚至可能比他们的恐惧更严重。

演一出戏，对当地的戏剧界专业人士来说是意味深长的，因为这使他们成为正常人，即是说，使他们可以做他们在战前所做的事情；而不只是成为运水者或人道援助的消极接受者。确实，萨拉热窝的幸运者，就是那些可以继续从事本职工作的人。这不是金钱的问题，因为萨拉热窝只有一个黑市经济，其货币是德国马克，很多人靠积蓄度日，这些积蓄总是以德国马克储存的；或靠来自外国的汇款度日。（该市的经济情况，可由一个例子来说明：一位熟练的专业人士——譬如说，该市主要医院的一位外科医生或电视台一位记者——每月只赚三马克，而当地出产的“万宝路”香烟，一包是十马克。）演员们和我，当然没有薪水领。其他戏剧界人士会坐下来看排练，不仅因为他们想看我们的工作，还因为他们很高兴每天又可以上剧院了。

演一出戏——这出戏或任何其他戏——不仅绝非轻浮，而且是一种受欢迎的形式，它表达一种正常性。“演戏是不是有点像罗马着火的时候拉小提琴？”一位记者问其中一位演员。“只是提一个挑衅性的问题”，当我因担心那位演员会被冒犯而责备该记者的时候，她这样回答。那位演员并没有被冒犯，他根本不知道她在说什么。

2

我抵达的翌日，便开始面试演员，我脑中已有一个角色了。我在四月份与戏剧界人士见面时，无法不注意到一位年纪较大的肥胖女人，她戴着一个黑色的宽边帽，静静地、傲慢地坐在房间的一个角落里。几天后，当我看见她出现在帕索维奇的《城市》里时，我才知道她是围城前萨拉热窝戏剧界的资深演员。当我决定导演《戈多》，我立即想到她可扮演波佐的角色。帕索维奇以为我会动用全女班（他告诉我，几年前，贝尔格莱德曾动用全女班演出《戈多》）。但这不是我的意图。我希望演员性别模糊，我深信这是少数可以这样做的戏之一，因为剧中人物都是典型的，甚至是寓言性的人物。如果“每个人”[①]（就像代词“他”）确如女人们被告知的那样，是指每一个人，那么“每个人”这个角色就不一定非要由男人来担当。我并不是要说，女人也可以做独裁者——帕索维奇当时以为我让伊内斯·凡科维奇扮演该角色是这个意思——而是说，女人可以扮演独裁者的角色。相反，扮演“幸运”的演员阿亚米尔（“阿特科”）·格拉莫查克非常适合长期以来人们心目中的波佐的奴隶这个角色，他是个瘦削、轻巧的三十岁男人，我很欣赏他在《阿尔克提斯》中扮演的死神。

尚有另三个角色：弗拉迪米尔和埃斯特拉贡，那对无依无靠的流浪者；以及戈多的信使，一个小男孩。好演员多，可供扮演的角色少，这很麻烦，因为我知道，对我所面试过的那些

① Everyman 字面意思是“每个男人”。

演员来说，参加演出这出戏是多么重要。三个演员似乎都特别有才能：在《阿尔克提斯》中扮演死神的弗利博尔·托皮奇、在《阿尔克提斯》中扮演赫拉克勒斯的伊祖丁（“伊佐”）·巴伊罗维奇和在克尔莱扎的戏中担当主角的纳达·久雷夫斯卡。

于是，我想到，我可以设计三对弗拉迪米尔和埃斯特拉贡，让他们齐齐上台。弗利博尔和伊佐似乎可以扮演那最强大、动作最流畅的一对；没有理由不利用贝克特所设想的，也即把两个男人摆在中间；但我要在他们两侧作别的安排：舞台左边将有两个女人，右边将有一个女人和一个男人——让那对男女的主题有三个变奏。

由于找不到儿童演员，而我又不敢起用非职业演员，所以我决定把信使变成一个成年人：有一张男孩脸的米尔扎·哈利洛维奇，他是一位很有天分的演员，并且碰巧是整个演员阵容中英语讲得最好的。在另八名演员中，有三人完全不懂英语。让米尔扎担当传译员，帮了一个大忙，这样我就可以同时跟每个人沟通。

在排练的第二天，我已开始在三对弗拉迪米尔和埃斯特拉贡之中分派对白，如同派乐谱。我以前曾用外语导演过，那是在都灵的永久剧院导演皮兰德娄的《你要我怎样都行》。但我懂得一点意大利语，而我初抵萨拉热窝时，我的塞尔维亚—克罗地亚语（或萨拉热窝人所谓的“母语”，因为“塞尔维亚—克罗地亚语”现在已难以启口）仅限于“请”、“你好”、“谢谢”和“现在不行”。我带了一本英语—塞克语常用手册、几本《戈多》的英语和法语版平装本，以及一个放大复印的文本。“波斯尼亚”译本一到手，我就用铅笔把它逐行抄入放大本里。我还逐行把英语和法语抄入波斯尼亚译本里。在大约十天内，我已可以用我的演员所讲的语言背诵贝克特这个剧本了。

我的演员阵容是不是多种族的？很多人这样问我。如果是，演员之间可有发生冲突或紧张，或者，就像纽约这里有人问我的，他们“彼此能相处吗”？

那还用说，我的演员阵容是多种族的——萨拉热窝的人口是如此混杂，异族通婚是如此普遍，根本就很难召集一群不代表三个种族身份的人。后来我得知弗利博尔·托皮奇（第一个埃斯特拉贡）有一位穆斯林母亲和一位克罗地亚父亲，尽管他有一个塞尔维尔姓；而伊内斯·凡科维奇（波佐）则必须被当成克罗地亚人，因为伊内斯是克罗地亚名，而她生于海滨城市斯普利特并在那里长大，三十年前迁居萨拉热窝。米利亚娜·齐罗耶维奇（第二个埃斯特拉贡）的父母都是塞尔维亚人，而伊雷娜·穆拉穆希奇（第三个埃斯特拉贡）至少应有一位穆斯林父亲。我没有去了解所有演员的种族来源。他们知道他们的籍贯，并视作理所当然，因为他们全都是同事——他们曾在很多出戏中演出——和朋友。

是的，他们和睦相处。

这类问题表明，提问者接受了侵略者的宣传：这场战争是由古老的仇恨挑起的；这是一场内战或分裂战，而米洛舍维奇试图挽救联盟；在镇压波斯尼亚人（塞尔维亚的宣传常常把他们当成土耳其人）时，塞尔维亚人是在把欧洲从穆斯林原教旨主义手中挽救出来。也许，如果有人问我在萨拉热窝有没有看到很多戴面纱或披方巾的妇女，我不应吃惊；你不可以低估一般人对穆斯林的看法是如何形成“西方”对塞尔维亚在波斯尼亚的侵略行径的反应的。

这类成见，亦可解释——这是我常常被问及的另一个问题——为何其他自视为有政治承担的外国艺术家和作家没有主动为萨拉热窝做点什么。危险不是唯一的理由，尽管大多数人都说这是他们不考虑访问萨拉热窝的理由；1937 年去巴塞罗那肯定与 1993 年去萨拉热窝一样危险。我怀疑，最终的理由是无法分辨——而“穆斯林”这个流行语使他们更加看不见真相。当我提到在围城开始之前，一个中产阶级的萨拉热窝人更有可能去维也纳听歌剧而不是上街去清真寺时，哪怕是美国和欧洲一些见多识广的人士，也似乎由衷地感到吃惊。我指出这点，不是为了说明无宗教的欧洲城市人的生活在本质上比德黑兰或巴格达或大马士革的信众更有价值——每一种人类生活都有一种绝对价值——而是因为我希望人们更好地明白这点，也即恰恰是因为萨拉热窝代表着世俗的、反部落的理念，它才成为毁灭的目标。

事实上，萨拉热窝虔诚的宗教信徒的比例，大概相当于伦敦或巴黎或柏林或威尼斯原居民中的比例。在战前的萨拉热窝，一名世俗的穆斯林与一名塞尔维亚人或克罗地亚人结婚，并不比某个来自纽约的人与某个来自麻省或加州的人结婚稀奇。在塞尔维亚人发动袭击之前那一年，萨拉热窝百分之六十的婚姻，是不同宗教背景人士之间的通婚——这是世俗主义的最可靠指数。

兹德拉夫科 · 格雷博、哈里斯 · 帕索维奇、米尔萨德 · 普里瓦特拉、伊泽塔 · 格拉德维奇、阿梅拉 · 西米克、哈桑 · 格卢希奇、阿德米尔·克诺维奇、热赫拉·克雷霍、弗里达·杜拉科维奇和我在那里的其他穆林斯裔，他们是穆斯林就像我是犹太人——即是说，几乎不算是。应该说，我的犹太人身份比他们的穆斯林身份更明显才对。我的家族已有三代人完全世俗化，但是，就我所知，我是一个信仰同一宗教原则至少已达两千年的未中断的民族的后裔，我的肤色和各种特征表明我是欧洲犹太人某个旁系（可能源自西班牙系犹太人）的后裔，而穆斯林裔的萨拉热窝人则来自信奉伊斯兰教最多只有五百年的家庭（在波斯尼亚成为奥斯曼帝国一个省的时候），他们在心理上认同他们的南部斯拉夫邻居、配偶和同胞，因为他们事实上是信奉基督教的南部斯拉夫人的后裔。

存在于本世纪的穆斯林信仰，已经是由土耳其人带来的温和的逊尼派信仰的稀释版，根本就没有如今所称的原教旨主义。当我问朋友们，他们家族中谁是或曾经是虔诚的信徒，他们无一例外地说：我的祖父母。如果他们是三十五岁以下的人，他们通常说：我的曾祖父母。在《戈多》的九个演员中，唯一有宗教倾向的演员是纳达，她是某位印度宗教领袖的信徒；她赠送我一册企鹅版的《湿婆的教义》，作为临别的礼物。

3

波佐：无可否认，现在仍然是白天。

（他们全都望向天空。）

好。

（他们停止望向天空。）

当然，并非没有障碍。不是种族障碍，而是真正的障碍。

首先，我们在黑暗中排练。无摆设的前舞台通常只点着三四根蜡烛，辅以我带去的四支电筒。当我要求增加蜡烛时，我被告知，没有了。后来我被告知，它们是为了我们的表演而省下来的。事实上，我一直不知道是谁捐出这些蜡烛；我每天早晨抵达剧院时，它们已被放置在地板上了。我是走过一条条小巷和一个个后院，才抵达位于那座独立式现代建筑后部的剧院后门的，那是唯一可用的通道。剧院的前部，大堂、衣帽间和酒吧已于一年前被炮火毁坏，瓦砾还没有被清除。

帕索维奇带着同志式的遗憾向我解释说，萨拉热窝的演员们预期每天只工作四小时。"我们有很多旧时社会主义制度遗留下来的坏习惯。"但我的经验并非如此。经过开始时的左支右绌之后——在第一周，似乎每个人都专注于别的表演和排练或需要做家务——我实在不敢奢望还会有比他们更积极、更热情的演员了。除了围城造成的照明问题外，主要的障碍是营养不良导致演员们疲乏，他们有很多人在上午十时抵达剧院排练前，要用几小时排队取水，然后提着沉重的塑料桶登八层或十层楼梯。有些人需要走两小时才能抵达剧院，当然，排练结束后还是走同一条危险的路线回家。

唯一似乎有正常精力的演员，是整个班底中年纪最大的伊内斯·凡科维奇，她已六十八岁。虽然她身躯依然庞大，但自围城开始以来，她已瘦了六十多磅，这也许是她精力充沛的原因。其他演员显然都体重不足，容易疲倦。贝克特的"幸运"在他出场的大部分时间都必须一动不动地站着，没有搁下他提着的那个沉重袋子。现在体重不超过一百磅的阿特科说，如果他偶尔必须把他的空皮箱搁在地板上，请我原谅他。每当我停止排练数分钟，以改变一个动作或台词读法，所有演员，除伊内斯外，都会立即躺在舞台上。

另一个疲劳症状：他们背台词的速度比我合作过的任何演员都要慢。在开幕前十天，他们仍需要查看剧本，直到彩排前一天，他们才背熟。要不是光线太暗使他们看不清手中的剧本，也许问题就不会那么严重。一位演员如果一边走过舞台一边念台词，接着又忘记下一句台词时，就得绕道到就近的蜡烛，看一眼他或她的剧本。（剧本是散页的，因为在萨拉热窝实际上找不到装订机和回形针。剧本是在帕索维奇的办公室里用一台手动小型打字机打出的，那个色带是自围城以来就一直使用的。我拿的是正本，演员们拿的是副本，这些副本大部分在任何灯光下都是很难辨认的。）

不仅他们不能看剧本，而且，除非面对面站着，否则他们几乎看不到对方。由于缺乏任何人在白天或在电灯下拥有的周边视觉，他们连诸如一致戴上或脱下常礼帽这种简单动作也做不到。令我绝望的是，在很长一段时间里，我几乎只看到他们的轮廓。在第一幕开始不久，当弗拉迪米尔“咧嘴微笑，不断微笑，突然停止”时——在我的版本中，有三个弗拉迪米尔——我坐在距他们约十英尺的椅上，电筒横躺在我的剧本上，那些假微笑我一个也看不到。渐渐地，我的夜视力改善了。

当然，演员背台词慢、动作慢、经常不能专注和健忘，并非只是由于疲劳。还由于分神，以及恐惧。每当我们听到一声炮响，大家都会因剧院没有被击中而松了一口气，但是演员们都得担心炮弹落到哪里去了。在我的班底中，只有最小的弗利博尔和最老的伊内斯是独居的。其他人每天来剧院时，都把妻子、丈夫、父母和子女留在家中，其中一些演员的住所离前线很近，就在去年被塞尔维亚人占领的萨拉热窝一个区域格拉巴维察附近；或在塞尔维亚人占领的机场附近的阿利帕西诺波利耶。

7月30日下午二时，在排练最初两周经常迟到的纳达带来消息，上午十一时，一枚炮弹落在擅长演莎士比亚角色的著名老演员兹莱科·斯帕拉沃洛的住宅门前，斯帕拉沃洛和两名邻居被炸死。演员们离开舞台，悄悄走进一个毗邻的房间。我跟着他们，第一位讲话的演员对我说，这个消息尤其令大家不安，因为直到那时，尚未有演员被炸死。（较早时，我听说有两名演员在炮火中各失去一条腿；我还认识内尔明·图利奇，他在围城最初几个月失去两条腿，炸断至臀部，现在他是青年剧院的行政主管。）我问演员们，他们是否觉得可以继续排练，除了伊佐外，大家都说可以。但是，在又排练了一个小时之后，一些演员发现他们无法继续下去。唯一提早结束排练的，就只有这一天。

我设计的布景——摆设尽量简约至我认为是贝克特本人可能希望见到的——有两层。波佐和“幸运”进场、表演，然后从一个八英尺宽、四英尺高的摇摇欲坠的平台退出，平台占去整个舞台后部，左边是树；平台前部覆盖着半透明的聚酸酯板，那是联合国难民事务高级专员公署去年冬天运来封住萨拉热窝那些破窗的。三对演员大部分时间留在舞台地板上，偶尔才有一个或多个弗拉迪米尔和埃斯特拉贡走上那个较高的舞台。花了几星期的排练，他们才确立三种各不相同的身份。最主要的一对弗拉迪米尔和埃斯特拉贡（伊佐和弗利博尔）是典型的拍档。经过几次失败的开端之后，两个女人（纳达和米利亚娜）变成另一对，亲情和依赖夹杂着气恼和愤怒：四十余岁的母亲和长大的女儿。最老的一对塞约和伊雷娜则扮演爱争吵和爱发脾气的夫妻，其原型是我在曼哈顿市区经常见到的无家可归者。但是，当“幸运”和波佐在舞台上时，弗拉迪米尔们和埃斯特拉贡们可以站在一起，变成既有点像希腊合唱队又有点像这出揭示可怕主仆关系的戏的观众。

把弗拉迪米尔和埃斯特拉贡的角色各增加至三个，需要新的舞台工作和更多复杂的沉默时刻，并导致这出戏的演出时间比通常的演出时间长很多。我很快发现，第一幕至少要演九十分钟。第二幕会短些，我只想使用扮演弗拉迪米尔和埃斯特拉贡的伊佐和弗利博尔。但是，即使第二幕精简和加快，全出戏的时间也要两个半钟头。而且，我无法想像让人们坐在青年剧院的观众席观看这出戏，因为一旦这座建筑甚或毗邻的建筑被炮弹击中，剧院那几盏小枝型吊灯就有可能会砸下来。此外，仅有几根蜡烛照着幽深的前舞台，观众席的三百名观众根本就看不到舞台上在表演什么。但是，台前六排用木板做的座位可容纳多达一百名观众，逼近演员。他们将会很热，因为那是盛夏，而且他们必须挤成一团。我知道，在剧场后门排队等待观看每场演出的人，会比座位所能容纳的多得多（门票是免费的）。我怎可以让没有休息厅可休息、没有浴室或水可洗澡的观众这样一动不动、难受地坐两个半小时？

我决定，不可演出整部《等待戈多》。但我选择以那么长的时间演出第一幕，也意味着如此演出，仅仅使用第一幕的对白，就可以代表整部《等待戈多》。因为，《等待戈多》可能是戏剧文献中唯一一部其第一幕本身就是一出完整的戏的作品。第一幕的地点和时间是："一条乡村道路。一棵树。黄昏。"（第二幕则是："翌日。同一时间。同一地点。"）虽然时间是"黄昏"，但是，两幕所示，是一个完整的白天，白天开始时弗拉迪米尔和埃斯特拉贡再次见面（虽然他们除了性事之外，从各方面看都是一对夫妇，但他们每天黄昏分开），一见面弗拉迪米尔（处支配地位的弗拉迪米尔，理智者和情报收集者，较能抵挡绝望）就问埃斯特拉贡昨夜在哪里度过。他们谈论等待戈多（不管他是谁），努力消磨时间。波佐和"幸运"抵达，逗留一会儿，做他们的"日常工作"（弗拉迪米尔和埃斯特拉贡成为他们的观众），然后离开。这之后，是泄气和放松的时刻：他们又在等待。接着，信使抵达，告诉他们，他们的等待再一次是徒劳。

当然，在第一幕和重演第一幕的第二幕之间存在着区别。不仅是又一天过去了，而且一切都变得更糟糕。"幸运"再也不能讲话，波佐现在变得冷漠，而且失明，弗拉迪米尔则向绝望屈服。也许我觉得，第一幕的绝望对萨拉热窝观众来说已经够了，我不想让他们在等不到戈多时再一次绝望。也许我潜意识里想跟他们说，第二幕可能会不一样。因为，恰恰由于《等待戈多》是如此适宜阐明萨拉热窝人此刻的感受——失望、饥饿、沮丧，等待一种任意的外力来拯救他们或保护他们——所以只演出《等待戈多》第一幕似乎也非常适宜。

4

天啊，天啊……

——摘自"幸运"的独白

萨拉热窝人过着受尽折磨的生活；而这是一部受尽折磨的《戈多》。伊内斯像波佐一样，富于戏剧性的夸张，阿特科则是我所见最振奋人心的“幸运”。阿特科曾受过芭蕾舞训练，又是戏剧学院的动作教师，他迅速掌握衰老的姿势，并对我就“幸运”的自由之舞所提的建议作出富于创造性的反应。练“幸运”的独白花去较长时间，这独白作为胡说八道，在我所看过的每一出《戈多》演出中（包括贝克特本人 1975 年在柏林席勒剧院导演的那出），就我的品味而言，都念得太快。我把它分成五个部分，我们遂行讨论它，作为一种争执、作为一系列影像和声音、作为一种哀叹和作为一种呼喊。我要阿特科把贝克特对神的冷漠和无动于衷，对残忍、僵化的世界所抒发的咏叹传达出来，仿佛非常好懂似的。确实非常好懂，尤其是在萨拉热窝。

我一直觉得，《等待戈多》是一部绝对现实主义的戏剧，尽管它通常被演绎成简约派或杂耍似的风格。萨拉热窝的演员们按他们的倾向、性情、以前的戏剧经验和现在的（残暴的）环境最有能力表演的，以及我选择来导演的这部《戈多》，是充满痛苦、充满巨大悲伤以及（在临结尾处）充满暴力的。信使由一个魁梧的成年人担当，意味着当他宣布坏消息时，弗拉迪米尔和埃斯特拉贡不仅可以表达失望，而且可以表达狂怒：可以粗暴对待他，而如果这个角色由小孩来扮演，他们就不能这样对待他。（还有，他们一共有六人，而不是两人，而他只有一人。）在他逃走之后，他们平息下来，陷入漫长、可怕的沉默。这是极度哀婉动人的契诃夫式时刻，一如《樱桃园》临结尾时，那位年迈的男管家费尔斯醒来，发现房子已被遗弃，就剩他一个人。

在演出《等待戈多》和这第二次逗留萨拉热窝期间，感觉就像在重新经历一个熟悉的循环似的：市中心遭到自围城以来最严重的几次炮轰（有一天，萨拉热窝遭到近四千枚炮弹的袭击）；重燃美国干预的希望；克林顿上了亲塞尔维亚的联合国保护部队指挥部的当（如果用“上当”一词来描述如此软弱的决定不至于太强烈的话），该指挥部宣称干预会危及联合国的部队；萨拉热窝人持续增加的绝望和不相信；一次模拟的停火（即是说，仅有少量的炮轰和狙击，但是由于更多人冒险上街，因此每天被杀和伤残的人数几乎跟停火前一样多）；如此等等，如此等等。

演员们和我试图避免讲有关“等待克林顿”的笑话，但是我们在七月底几乎就是如此等待，当时塞尔维亚人攻陷或似乎攻陷了就在机场附近的伊格曼山。占领伊格曼山将使他们可以直接向市内开炮，这时人们又再升起希望，以为美国将空袭塞尔维亚人的炮阵，或至少解除武器禁运令。虽然人们因害怕失望而不敢寄以希望，但是，与此同时，谁也不敢相信克林顿竟然再次大谈干预又再次什么也不做。参议员拜登 7 月 29 日在参议院发表讲话，振振有词地支持干预，当一位记者朋友把十二页密密麻麻不留空行的模糊的卫星传真讲稿拿给我看时，我也曾寄予希望。假日旅馆拥挤着大批等待萨拉热窝沦陷或美国出面干预的记者，该旅馆是唯一仍在运作的酒店，位于市中心西边，距最近的塞尔维亚狙击手们仅四个街口；一名酒店职员说，自 1984 年冬季奥运会以来，该酒店从未如此爆满。

有时候我觉得，我们并不是在等待戈多或克林顿。我们是在等待我们的道具。似乎哪里也找不到“幸运”的皮箱和野餐篮子、波佐的烟嘴（替代烟斗）和假发。至于埃斯特拉贡慢慢、津津有味地咀嚼的胡萝卜：直到开幕前两天，我们排练时只能以三条干圆面包顶替——我每天早晨都从假日旅馆餐室搜来一些干圆面包（早餐供应的圆面包）给演员、助手和那个好不容易才找到的舞台管理员吃。我们等到排练一周后，才找到一条波佐用的绳子；而伊内斯闹情绪是可以理解的，因为在排练了三星期之后，她仍没有一条长度适中的绳、一头相称的假发、一个烟嘴和一个喷雾器。埃斯特拉贡们穿戴的靴和常礼帽，直到排练后期才找到。而服装（服装设计是我提议的，服装的草图第一周我就已同意了）要等到开幕前一天才有。

上述一切，有些是因为在萨拉热窝什么都缺乏。另一些我不得不说，是因为典型的“南方人”（或巴尔干人）那种“明天再说吧”的习惯。（“你明天肯定会有烟嘴，”连续三周，我每天早晨都被这样告知。）但有些缺乏，是不同剧院对峙的结果。民族剧院一定会有道具的。为什么我们拿不到？在开幕前不久我才发现，我并不是萨拉热窝“戏剧界”一位客席导演那么简单，原来萨拉热窝有几个戏剧派系，而既然我与哈里斯·帕索维奇结盟，我就甭指望其他人的善意。（相反亦然。有一次，当另一位我上次访问时结识的导演表示愿意给我宝贵的帮助，平时很理智和乐意帮忙的帕索维奇却告诉我：“我不希望你从那个人那里拿任何东西。”）

当然，这在其他地方也是正常的。为什么在被围的萨拉热窝不可以呢？战前的萨拉热窝戏剧界一定也有宿怨、心胸狭窄和嫉妒，就像在任何其他欧洲城市。我想，我的助手们，还有道具和服装经理奥格连卡·芬齐，还有帕索维奇本人，都小心不让我知道在萨拉热窝并不是每个人都可以信任的。当我开始发觉我们的某些困难反映了一定程度的敌意甚至暗中捣乱时，我的一位助手悲哀地对我说："现在你知道我们了，你以后不会再回来了。"

萨拉热窝不只是一个代表某种多元主义理想的城市；很多萨拉热窝市民还认为它是一个理想的地方：尽管它不重要（不够大，不够富裕），但仍然是最适合居住的地方，即使你因为雄心勃勃而不得不离开它，到别处谋求真正的发展，就像来自三藩市的人最终决定冒险一试，到洛杉矶或纽约碰运气。"你无法想像以前这里是什么样子的，"帕索维奇对我说，"以前它是天堂。"这种理想化造成了一种非常严重的幻灭感，以致我在萨拉热窝认识的人，如今都禁不住哀叹这个城市的道德堕落：愈来愈多的抢劫和盗窃、匪帮、掠夺性的黑市商人、某些部队的抢劫活动、公民合作的荡然无存。你也许会觉得他们完全可以原谅他们自己，以及他们的城市。这里连续十七个月成为练靶场。实际上没有市政府；因此，炮击造成的瓦砾没人清理、小童没有被安排上学，等等，等等。一座被围的城市，迟早会变成一座无法无天的城市。

但是，大多数萨拉热窝人毫不留情地谴责目前的情况和市内的众多"分子"——他们是以痛苦的模糊词语称呼那些人的。"这里发生任何好事，都是奇迹，"一个朋友对我说。另一个说："这是一个坏人的城市。"当一位英国摄影记者送给我们九支宝贵的蜡烛时，有三支立即就被偷走了。有一天，当米尔扎在舞台上的时候，他背包里的午餐——一大块自制的面包和一个梨——不见了。这不可能是某位演员所为。但也有可能是任何人，例如某个舞台工作人员或在排练期间进进出出的任何一位来自戏剧学院的学生。发现这次被盗事件，令我们大家都很沮丧。

虽然很多人想离开，并且一有机会就要离开，但出人意表的是，有颇多人表示他们的生活并非不可忍受。“我们可以永远这样生活下去，”我四月份访问时的一位朋友、当地记者赫尔沃杰·巴蒂尼奇说。“我可以这样生活一百年，”一位新朋友泽赫拉·克雷霍——民族剧院编剧——有一天晚上对我说。(两个人都是快到四十岁的人。）有时候我也有这种感觉。

当然，我还是不同的。“我十六个月没洗澡，”一位中年主妇对我说。“你知道那种感觉吗？”我不知道；我只知道六个星期没洗澡是什么样子的。我因为我正在做的工作带来的挑战，因为跟我合作的每个人都勇敢和热情而兴高采烈、精力充沛——但我永远无法忘记他们是多么困难，以及他们的城市的未来是多么无望。使我那较小的困难和危险相对容易忍受的，除了因为我可以离开而他们不能外，还因为我把注意力全部集中在他们身上和贝克特的戏上。

5

直到开幕前一周，我都不认为这出戏会演得非常好。我担心我为那个两层的舞台和演五个角色的九名演员而构思的舞蹈动作和情感设计，在如此短的时间里对他们来说可能太复杂，无法完全掌握；或只是担心我的要求不像我应有的那样严格。我的两位助手和帕索维奇都对我说，我太和善了，太“母性”了，还说我应时不时发发脾气，尤其是应威胁要撤换那些仍未背熟台词的演员。但我还是按照我的方式，希望不会太坏；接着，在最后一周，他们突然好转，一切都协调起来，到彩排时，我觉得这出戏终于能够感人，持续地引人入胜，演得很好，对得起贝克特的剧本。

我亦对《戈多》引起国际传媒的广泛注意感到吃惊。我只跟几个人说过我要去萨拉热窝导演《等待戈多》，打算等事情完结后也许可写篇文章谈谈。我忘记我将住在一座新闻记者的集体宿舍里。我抵达后第一天，我便要在假日旅馆的大堂和餐室应付各种采访要求。第二天、第三天也是如此。我说我没有什么好说的，我仍在面试演员；然后说演员们仍只是坐在桌前大声念台词；然后说我们刚开始在舞台上排练，几乎没有照明，没有什么可看的。

但是，当我跟帕索维奇提到记者们的要求和我不想让演员们分心时，我才知道他已为我安排了一场记者招待会，还说他希望我让记者们去看排练，接受记者采访，尽量宣传，不只是为了这出戏，而且是为了一次我并未想到我要参与其中的活动：萨拉热窝国际戏剧电影节。哈里斯·帕索维奇是主任，他继《阿尔克提斯》之后制作的第二出戏就是我的《戈多》。当我为即将造成的干扰而向演员们道歉时，我发现他们也是希望记者们来。我问过萨拉热窝的朋友们，他们全都告诉我，报道这出戏“对萨拉热窝有好处”。

因此我顺从地改变不给任何想采访的人提供方便的政策。这很容易，不仅因为演员们和帕索维奇要它，而且因为我根本就看不到任何报刊或电视上的东西（就连假日旅馆的新闻记者也要等到他们离开萨拉热窝之后才看得到他们自己写的报道）。不过，使我感到遗憾的是，最初两周一连串采访意味着大多数报道是在演员们尚未背熟台词，以及我有关这出戏的想法尚未付诸实行的时候写的。

问题当然是，萨拉热窝的任何文化活动都只是来这里报道战争新闻的通讯员和记者们的副产品。申明自己动机真诚，反而会强化怀疑，如果有任何怀疑的话。最好是什么也不说，而我的初衷正是如此。谈论你正在做什么似乎是——也许，无论你的意图是什么，都会变成——一种自我推广的形式。但这正是当代媒体文化所期望的。我的政治观点——我坚持认为联合国保护部队正在扮演的角色是可耻的，坚持抨击“塞尔维亚—联合国围攻萨拉热窝”——都无一例外地被删除。你希望采访文章是写这些方面，但结果却是——在媒体世界——写你。

如果只是我个人对外国某些关于我在萨拉热窝工作的报道感到不适，那就不值得一提。但是，它却颇能说明诸如波斯尼亚这类连续报道是如何被传播出去和人们是如何反应的。

电视、报刊和电台报道是这场战争的一个重要部分。在四月份，当我听闻法国知识分子安德烈·格卢克斯曼在其二十四小时的萨拉热窝之行期间，对出席他的新闻发布会的当地记者们解释说“战争如今是一次媒体事件”以及“战争的输赢是在电视上”时，我自忖道，你敢不敢对这里所有失去手脚的人这样说。但是，格卢克斯曼这番不得体的话是有一定道理的。并不是战争完全改变其性质，从而仅仅是或主要是一次媒体事件，而是媒体的报道成为主要的关注对象，于是媒体的关注本身有时候变成主要新闻。

一个例子。在假日旅馆的记者中，我最要好的朋友是英国广播公司那位令人佩服的艾伦·利特尔，他参观该市的一家医院，被领去探视一名半昏迷的五岁女童。一枚迫击炮弹炸死了她母亲，并造成她头部严重受伤。医生说，如果不用飞机把她载到一家可以给她做头部扫描并给她精心治疗的医院，她就会死去。受到女童悲惨遭遇的感动，艾伦开始在报道中谈论她。他的报道好几天都没有反应。接着，其他记者也报道此事，于是“小伊尔玛”的个案日复一日变成英国小报的头版新闻，并且实际上变成电视新闻上唯一的波斯尼亚新闻。渴望让人见到他在做点什么的英国首相约翰·梅杰，派一架飞机把女童接到伦敦。

接着是反弹。艾伦最初并不知道这个故事已变得这么重要，接着感到高兴，因为这意味着压力起作用，使这孩子可以离开。可是，有人抨击“媒体马戏团”利用孩子的苦难，这使艾伦感到沮丧。批评者说，把焦点集中于一个孩子，是道德堕落，因为尚有数以千计的儿童和成人，包括很多截肢者和下身瘫痪者被冷落在萨拉热窝那些人手不够、医疗设备不足的医院里，他们因为联合国（不过这是另一个故事了）而未获准被运走。这事情值得去做——设法挽救一个孩子的生命，总比什么都不做好——应是很明显的，而事实上结果其他人也被运出去了。但是，一个用来讲述萨拉热窝医院惨况的必要的新闻故事，却沦为一场有关报纸做了什么事情的争论。

这是本世纪欧洲第一场被世界报章追踪并每晚在电视上播出的灭族战争。在 1915 年，并没有记者每天从亚美尼亚向世界报章发去报道，达豪和奥斯威辛集中营也没有外国摄制组。在发生波斯尼亚灭族战争以前，我们也许会觉得——实际上这是那里很多最好的记者，例如《新闻日报》的罗伊·古特曼和《纽约时报》的约翰·伯恩斯的信念——如果把事情报道出来，世界会做些什么。对波斯尼亚灭族战争的报道则终止了这种幻想。

报纸和电台报道，尤其是电视报道，极其详尽地展示了波斯尼亚的战争，但是由于世界上少数作出政治和军事决定的人不想干预，这场战争变成了另一场遥远的灾难；在那里受苦和被杀害的人变成了仅仅是灾难的“受害者”。受苦是肉眼可看到的，并且可以看到特写镜头；而毫无疑问，很多人对受害者深感同情。但有一种看不见的东西是无法记录的——也即没有想结束这种苦难的政治愿望：更确切地说，是决定不干预波斯尼亚。干预波斯尼亚主要是欧洲的责任，而决定不干预的根源，是传统上有亲塞尔维亚倾向的法国外交部和英国外交部。这个决定是通过联合国占领萨拉热窝来实施的，并且基本上是由法国执行的。

我不相信电视批评者的标准看法，他们认为在小屏幕上观看可怕的事件，与其说是使事件变得真实，不如说是使事件变得遥远。应该说，是在没有采取行动阻止战争的情况下继续报道战争，才使得我们都变成纯粹的旁观者。是我们的政客，而不是电视，使历史变得恍若重播。我们厌倦于观看同一个节目。如果它显得不真实，那也是因为它既如此骇人，又如此明显地无可阻止。

就连萨拉热窝人有时候也说，他们也觉得不真实。他们处于一种震撼状态，这种震撼没有减弱，而是换上了辞令上的难以置信（“这种事情怎会发生？我仍然不相信有这种事情。”）。他们确确实实吃惊于塞尔维亚人的残暴，吃惊于他们此刻不得不要过的这种可怖和极端陌生的生活。“我们生活在中世纪，”某个人对我说。“这是科幻小说，”另一个朋友说。

人们问我，我在萨拉热窝的时候，那里的情况对我来说是不是显得不真实。实际情况是，自从我开始去萨拉热窝——今年冬天我希望导演《樱桃园》，让纳达饰演拉涅夫斯基夫人，弗利博尔饰演罗伯兴——它似乎是世界上最真实的地方。

《等待戈多》于8月17日开幕，舞台上点着十二根蜡烛。那天是星期二，有两场演出，一场在下午二时，另一场在下午四时。在萨拉热窝，只有日戏，入夜后几乎没人外出。很多人进不来。在头两场演出期间，我非常紧张。演出第三场时，我开始能够从观众的角度看它。现在可以不必担心伊内斯在吞咽她那只纸浆做的鸡时不小心让连着她和阿特科的那条绳子松脱下来，或扮演第三个弗拉迪米尔的塞约在突然跑去撒尿前忘记不断换脚步。戏现在属于演员们了，而我知道他们会演好它。在8月19日下午二时那场演出临结尾，在信使宣布戈多先生今天不会来但明天肯定会来之后弗拉迪米尔们和埃斯特拉贡们陷入悲惨的沉默期间，我的眼睛开始被泪水刺痛。弗利博尔也哭了。观众席鸦雀无声。唯一的声音来自剧院外面：一辆联合国装甲运兵车轰隆隆辗过那条街，还有狙击手们枪火的噼啪响。

[1993]

（黄灿然　译）

“彼处”与“此处”

我是1993年4月第一次去萨拉热窝的，当时距塞尔维亚人和克罗地亚人为了瓜分新独立的多种族聚居的波斯尼亚而爆发战争已有一年。在结束我的第一次逗留离开萨拉热窝的时候，我和来的时候一样，搭乘的是一架固定往返于萨拉热窝和萨格勒布之间的属于俄罗斯联合国维和部队的货机。有一条经过伊格曼山的蜿蜒曲折的山路也可以通往这座被围困的城市，那一路车开去，简直能让人心跳停止。不过那是后来我第七第八次前往萨拉热窝才经历的事。经过那两次，即1995年冬天和夏天的旅行之后，我心目中给危险定的标准又提高了，要知道我可是一个经历过许多恐怖与震惊的人。但没有什么能比得上我第一次到达萨拉热窝时感受到的惊愕，这惊愕来自萨拉热窝本身，来自这座满目疮痍的城市被笼罩在迫击炮弹和狙击手流弹之下日复一日的悲惨生活。此外还有重新进入外部世界后所感受到的余震。

离开萨拉热窝，然后，在一个小时之后来到一个“正常的”城市（萨格勒布），坐进机场的出租车（出租车！）——行进在由各种交通信号控制着的车流里，马路两边的建筑都有着完好无损的屋顶和没有挨过炮弹的墙，玻璃都还嵌在窗格中——打开旅馆房间的电灯开关——有马桶可以用，用完后还可以冲刷——放水洗澡（设想你已经有好几个星期没洗过一次澡了），有水可放，而且是热水，从龙头里汩汩流出——去马路上逛逛，商店里看看，身边的人们在走路，和你一样，以一种正常的步伐——在货架摆得满满的小杂货铺里买点东西——踏进一家餐馆，有人为你递上菜单——所有这一切都显得如此怪诞和令人不安，以至于至少有四十八个小时，你会有云里雾里的感觉，而且非常愤怒。你跟人们说话，人们并不想了解你了解的东西，也不想听你谈你刚刚离开的那座城市的居民所受的折磨、困惑、恐惧和侮辱。比这更糟的是，当你回到属于你自己的“正常的”城市（纽约），听到你的朋友说：“喔，你回来啦，我一直在替你担心呢！”你意识到他们其实也不想知道你所了解的事。你领悟到你是无法真正向他们诉说的——既无法诉说“彼处”是怎样一幅可怕的情状，也无法诉说你回到这里的感觉有多糟糕。世界就此被永远地分隔成了“彼处”和“此处”。

人们不想听坏消息，或许永远都是这样。但在波斯尼亚这件事上，人们的冷漠和懒得费心去想像的程度却比我预期的还要厉害。你发现惟一让你在相处时感觉舒服一点的是那些同样亲临过波斯尼亚的人。或者去过其他一些也曾充满杀戮的地方——萨尔瓦多、柬埔寨、卢旺达、车臣，或者至少是那些对战争有第一手经验的人。

几个星期前——我写作此文的此时此刻是1995年11月下旬——我刚从第九次萨拉热窝之行回来。虽然这次还是从惟一的陆路通道进入萨拉热窝，但这已经不再是我的惟一选择了（联合国的飞机重新又在遭破坏的萨拉热窝机场一角降落了），而且翻越伊格曼山的那条由汽车开出来的满是尘土的路也已经不再是世界上最危险的道路了。它已经被联合国维和部队的工兵拓宽、平整成了一条窄窄的泥路。自围困开始以来，城里第一次用上了电。炮弹不再在身边炸响，狙击手的子弹不再在每个人的头顶呼啸而过。到冬天城里会有暖气，自来水看样子也会有的。在我回来以后，人们已经在俄亥俄州签订了一项承诺结束战争的协议。我不想说和平，一种不公正的和平，是否已经真正降临波斯尼亚。如果挑起战争的斯洛波丹 · 米洛舍维奇想要结束战争，并且能令他在帕莱的代理人接受这一决定，那么通过杀戮或迁移或驱逐其大部分人口从而达到摧毁波斯尼亚目的的成功战争就在很大程度上结束了。同时结束的还有波斯尼亚人一直以来的要求：建立得到国际承认的单一民族的国家。

这样一来，波斯尼亚（一个经过了彻底改造的波斯尼亚）将被分割。这样一来，强权，而非正义，取得了胜利。这并不是什么新鲜事，只要看看修昔底德斯著作第五卷中的《米利安对话》就知道了。这情形恰如纳粹德国军队东侵的步伐在 1939 年末 1940 年初遭到遏制时，国联召集所谓“交战各方”召开了一次会议，在这次会上德国得到了波兰的一半作为报偿（西面的部分），入侵的俄国人得到了波兰东部的百分之二十国土，而波兰人虽然被允许保有中部的百分之三十国土，并且他们的首都也还在这片土地上，然而首都周围的大部分土地却已经落入了德国人之手。当然，没有人会认为从“道德”准则来看这样做是很公平的，但我们随即要跟上一句，我们又何曾看到过道德标准在国际政治中占过上风呢？因为面对希特勒德国和斯大林俄国强大得多的军队，波兰人根本没有机会守卫住自己的国土，所以他们只能对得到的东西表示满意。外交家们会说，他们至少还保有他们祖国的一部分，但他们离彻底失去也已经不远了。波兰人当然是在谈判中日子最不好过的，因为他们并不觉得自己只是三个“交战方”之一。他们认为自己被侵略了。他们认为自己是受害者。为寻求解决方案而讨价还价的外交家们会觉得他们挺没道理的。这帮家伙自己就已经分裂了。真让人不舒服。一点也靠不住。我们这些调停的人想要阻止杀戮，可他们却不知好歹。

如果说以前人们是不想知道发生了什么——你经常可以听到有人说波斯尼亚的战争是一团乱麻，很难说得清哪一边是“对”的——那么现在已经有更多的人知道事情的真相了。他们还明白了，北约完全可以在过去三年中的任何一个时刻结束这场战争——即塞尔维亚和克罗地亚的侵略——而且完全是和最终在刚刚过去的八月和九月才结束一样，用同样的方式和同样少的军事介入（对那片土地上的士兵和平民一样不予伤害）。但欧洲人并不想阻止冲突（英国和法国的外交部在传统上都是亲塞尔维亚的），而惟一知道正义是在波斯尼亚一边的大国美国则不愿插手此事。现在这场战争已经，或看上去已经停止了。突然间，它变得不那么复杂了。这种心态是值得我们反思的。

每次我从萨拉热窝回来后，经常被人问起的一个问题是，为什么除了我之外，其他著名的作家没有到那里去。在这个问题的背后隐藏着一个更普遍的问题，那就是弥漫整个欧洲的，对一桩骇人听闻的历史罪行，几乎可以称得上种族灭绝——发生在本世纪内的第四场对一个欧洲少数民族的种族灭绝——的受害者的冷漠或缺乏同情（这点在意大利和德国尤为明显）。但与第一次世界大战时对亚美尼亚人以及十九世纪三十年代末和十九世纪四十年代初对犹太人和吉卜赛人的种族灭绝不一样的是，对波斯尼亚人的种族灭绝是在全世界新闻媒体和电视报道的关注之下进行的。对于 1992 年 4 月战争开始之后在波斯尼亚所发生的暴行，没有人可以用不了解情况为借口来搪塞。没有人会不注意到波斯尼亚人所进行的事业也正是欧洲在进行的，那就是推行民主，建立起由公民，而非由一个部族的成员组成的社会。为什么这样的暴行，这样的价值观不能激起人们更强有力的反应？为什么会没有多少具有良知和洞察力的知识分子集合到一起来谴责发生在波斯尼亚的种族灭绝，来捍卫波斯尼亚人民的事业？

波斯尼亚战争并不是在过去的四五年中上演的惟一的恐怖表演。世上确实存在着这样的事件，在这些事件——堪称典型的事件——中，几乎凝聚了一个时代中所有相互敌对的势力。西班牙内战[①]就是这样的一个事件。和波斯尼亚的战争一样，那场斗争也是很具有象征性的。但向来会对重大的公共事件和事关良心的话题仗义执言的知识分子们——作家、戏剧界人士、艺术家、教授和科学家——在十九世纪三十年代对西班牙问题的不介入一如他们对波斯尼亚冲突的不介入一样引人瞩目。当然，如果我们认为知识分子组成了一个类似固定持久的阶级，其职业的一部分就是从事最好的

① 1936 年，西班牙独裁者、长枪党首领佛朗哥发动反共和政府的叛乱，欧洲各国的正义知识分子组成国际纵队，支持西班牙共和政府的反法西斯事业，后失败。佛朗哥 1939 年夺取政权，任元首兼大元帅，并在第二次世界大战中支持德、意法西斯侵略战争。

事业，那么我们实在是对他们过誉了，更何况每隔三十年左右世上的某处也不一定会爆发一场战争，能让那些立志成为和平主义者的人也血脉贲张，表明立场。不过即便如此，知识分子对哪些事情该反对，对哪些事情该采取行动的标准是客观存在的。为什么他们对发生在波斯尼亚的一切反应如此之少呢？

可能存在许多原因。无情的历史老调当然认为反应是毫无必要的。巴尔干地区传统上就有着争端不断的坏名声，自古以来就存在着不可调和的敌对状态。那些民族难道不是一直在杀来杀去吗？(这就好比面对奥斯维辛的现实说：哼，你还能指望什么呢？要知道，欧洲可是自古就有排犹传统的。）同样不能低估的是深入人心的对穆斯林的偏见，这几乎成了人们对这一民族本能的一种反应，而实际上这一民族中的大多数人和他们的南欧邻居们一样，都不是宗教狂，也都深受当今消费社会文化的浸染。为了支持这样一种虚构，即这场战争在最深的根源上是一场宗教战争，人们在描述受害者、他们的军队和他们的政府时一直给他们贴上穆斯林的标签——虽然没有人会想到用东正教徒和天主教徒来描述侵略者。许多非宗教界的“西方”知识分子，人们指望他们提高自己的声音来为波斯尼亚辩护，他们也有这样的偏见吗？当然。

现在不是十九世纪三十年代，也不是十九世纪六十年代。事实上，我们已经生活在了二十一世纪，那些在二十世纪曾被认为是很确定的东西，比如把法西斯主义，或帝国主义，或布尔什维克式的独裁者看作主要“敌人”，已经不再为我们的思想和行动提供框架了，这种框架过去经常是很容易就建构起来的。虽然西班牙共和国的政府也会有缺陷，但让人们忽略这些缺陷，觉得应当理所当然地站到它这一边的是因为它反抗法西斯主义。反对美国对越南的侵略（这是在步法国控制印度支那未遂的后尘）也可理解成是全球范围内反抗欧美殖民主义运动的一部分。

如果说十九世纪三十年代和十九世纪六十年代的知识分子往往让人觉得他们太过轻信，太容易受理想主义的吸引，从而无法注意到在某些受人围攻的、新近变得激进的团体（他们对这些团体或许没有接触，或许只有泛泛的接触）中真正发生的事情的话，那么当今那些郁郁寡欢的、对政治避之惟恐不及的知识分子们，他们随时随地有可能表露的玩世不恭、他们对娱乐的迷恋、他们面对有可能影响他们安逸生活的任何事业所表现出的犹疑、他们对个人安全的苦心经营，难道不同样可叹吗？（已经数不清有多少次，每当我从萨拉热窝回到纽约，总有人问我怎么能去那么危险的地方。）现在，为数寥寥的一些还认为自己有良知的知识分子只会对有限的一些行动有所响应了，如反对种族主义或审查制度，而且还仅限于他们自己国家的。如今，似乎只有国内的政治义务还值得他们尽一尽。在曾经胸怀全球的知识分子当中，满足于成为一名民族主义者已经不像过去那样难以启齿了。（我必须指出的是这一倾向在作家当中要甚于在医生、科学家和演员当中。）国际大团结的观念正迅速地没落着。

在我们短短的二十世纪中，从 1914 年到 1989 年，作为我们政治思维特点的全球性的二元对立——法西斯主义与民主的对立；美帝国与苏联帝国的对立——已经瓦解了。随 1989 年的觉醒和苏联帝国的自杀而至的是资本主义的胜利，一起胜利的还有消费主义的意识形态，对上述“政治”的怀疑乃其题中应有之义。只有个人生活才有意义。个人主义、对自我的培养和对个人幸福的经营——突出的首先是“健康”的理想——成了知识分子最有可能赞同的价值。（“你怎么能在人们整天都抽烟的地方呆那么久？”这是纽约这儿的某个人对我儿子——作家戴维·里夫——屡次前往波斯尼亚而提出的问题。）实在是不敢指望消费资本主义的胜利能在知识分子阶级身上不留下任何痕迹。在这个疯狂购买的年代里，要想让只不过是边缘的、穷困的知识分子把自己和比他们更不走运的人视为一体，确实要比过去困难得多。当乔治·奥威尔和西蒙尼·魏尔自愿前往西班牙为共和国而战时，他们并没有真正想着要抛弃舒适的上流资产阶级社会的寓所和周末的乡村别墅，而他们后来都几乎死于这场战争。或许现在横亘在知识分子面前的从“彼处”到“此处”的鸿沟已经太大了。

在好几十年里，把作为一个阶级的知识分子说成没落过时无论在报章上还是在学术圈子里都已是司空见惯了——这是分析喜欢演变成定论的一个例证。现在又有声音说欧洲已经死了。或许说欧洲尚未出生更对些：一个能为那些无力保护自己的少数民族担负起责任的欧洲、一个支持那些它必须义无反顾地成为其化身的价值的欧洲（欧洲将是文化多元的，否则它将不存在）。波斯尼亚是欧洲自己酿成的流产。用埃米尔·涂尔干[①]的话来说，“社会首先是它对自己形成的看法。”富裕而又平静的欧洲和北美社会对自己形成的看法——从那些可以被称作知识分子的人的言行看来——是一个混乱的、不负责任

① Durkheim，Emile（1858—1917），法国社会科学家，社会学的创始人之一。——译者

的、自私的、懦弱的……追求幸福的社会。

我们的是我们的，不是他们的。这里是这里，不是那里。

[1995]

（吴刚　译）

约瑟夫·布罗茨基

只要我们还在，我们总是在某个地方。脚总是在某个地方，无论是固定着还是跑动着。思想却可以在别处，这是众所周知的。思想无论是来自缺乏生气或来自最深沉的力量，都可以在过去和现在，或现在和将来。或仅仅在这里和那里。基于不难明白的理由，约莫过去一个世纪间，位于最高水平上的艺术创造，往往要求有才能的人发展一种异禀，在精神上同时居于两个地方。凡·高对他正在画的法国南部风景兴奋莫名，遂写信告诉弟弟提奥，说他“实际上”是在日本。那位来自列宁格勒、尚未出版诗集的年轻诗人，被判强制性劳动，在白海附近的远北地区某个村子的集体农场服役时，听到T·S·艾略特在伦敦逝世的消息（那是1965年），便在他那间寒冷的陋屋里，坐在一张桌子前，二十四小时内完成一首献给艾略特的长篇哀歌，这首哀歌也是对还活着的W·H·奥登的致敬（他采用了奥登悼念叶芝的哀歌的音调和旋律）。

他很有风度，总是表示他在那一年半的国内流放期间并未真正受苦；还说他挺喜欢干农活，尤其是铲肥料，并认为俄罗斯人都身陷绝境之际，这反而是他迄今所做的较诚实和有益的工作之一，而且还在那里写了不少诗。

接着，在重返故乡列宁格勒没几年后，约瑟夫·布罗茨基便“换了帝国”——诚如他自己扼要地概括的。这件事发生得很突然，今天还在这里，明天便到了别处，且完全违背他的意愿：其他损失不说，这位受疼爱的独子，被迫与年迈的父母分离。为了进一步惩罚这位叛逆的诗人，苏联政府此后一再拒绝准许他父母去见儿子，哪怕是让他们在附近的赫尔辛基与儿子短暂团聚也不给。后来他们相继逝世，不能让儿子再拥抱一下他们。难以治愈的悲伤，连带无比的愤慨，无比的清醒。

他甚至能够将此次被克格勃强迫离境，变成某种自我推进——

> 至于一个人的脚趾尖触及时间和空间的哪个位置，
> 嗯，地球到处都是坚硬的；不妨试试美国

——他落在我们中间，像一枚从另一个帝国射来的导弹，一枚善良的导弹，承载的不仅是他的天才，而且是他祖国的文学那崇高而严苛的诗人威严感。（俄罗斯散文作家中也不乏这种威严感：想想果戈理和陀思妥耶夫斯基如何看待小说家的道德和精神任务。）众多的天资缓和了他突然插入美国的速度：无与伦比的勤奋和自信、随时出击的讥讽、气定神闲、狡黠。然而，尽管他快捷、灵活地与其移居国建立联系，但只要环顾一下约瑟夫·布罗茨基与其他俄罗斯流亡者和移民在一起时的行为举止，我们就不难发现，他仍是一个不折不扣、地地道道的俄罗斯人。而他实际上又是何等慷慨地让自己适应我们，同时急于把他的意志强加于我们。

这种适应性，这种勇气，也许可称为世界主义。但是世界

主义与一个人的关系，更多地属于时间而非地点，尤其是属于过去（它比现在要庞大得多）。这种关系跟那种与过去的感伤关系——被称为怀旧——没有任何共同点。这种关系是严厉对待自己，并承认过去是各种标准的来源，是现在所无法提供的更高标准的来源。一个人写作，不应取悦同代人，而应取悦前辈，布罗茨基经常这么宣称。他确实做到了——他的同胞们都同意，他是那个时代独一无二地继承曼德尔施塔姆、茨维塔耶娃和阿赫玛托娃的人。他坚决认为，提高他所称的“观察层面”，是与诗人们的奋发、抱负和恰如其分的忠诚分不开的。

我把约瑟夫·布罗茨基视为一位世界诗人——部分原因是我不能用俄语读他的诗；主要原因则是，他在诗中达到的那个维度，这些诗在物质标志上、文化指涉上和态度上具有非凡的速度与密度。他坚持认为，诗歌的“工作”（一个经常使用的词）是探索语言的极限，以便走得更远和更快。他说，诗歌是加速的思想。这是他认为诗歌比散文优越的最佳辩解，而他作出很多辩解，因为他认为韵律是这个过程的根本。精神加速这一概念，是理解他在散文中和诗歌中的伟大成就（及其局限）的关键，也是理解他难以磨灭的存在的关键。诚如他的朋友谢默斯·希尼贴切地指出的，与他交谈“立即就获得一种垂直起飞，要减速是不可能的”。

他的大部分作品，可划入他其中一首诗最初的标题“给旅行者的忠告”之名下[①]。真正的旅行滋养了精神之旅，它提供快速同化所知所感、决心不被愚弄、无情而幽默地坦率承认脆弱性等典型奖励。当然，还有很多他喜爱的别处，尤其是四个

① 此诗标题后来改为“警告”。

国家（而诗歌就产生于这些国家境内）：俄罗斯、英国、美国、意大利。即是说，不同的帝国从未停止过激励他那快进式联系和概括的能力；因此，他钟情于拉丁语诗人和各种古罗马遗迹，并在一些散文、《大理石》一剧和多首诗中描写这些人事。世界主义第一个，最终也许还是惟一一个经得起考验的形式，是成为某个帝国的公民。布罗茨基的性情，在很多方面都可以说是帝王式的。

家是俄语。不再是俄罗斯。也许，对很多人来说，他生命后期最令人吃惊的决定，以及最能说明他的为人的，莫过于他在苏联帝国解体之后以及在无数崇拜者的力劝之下，仍拒绝哪怕是短暂地回国访问。

因此，他在别处——这里——度过他大部分的成人生活。俄罗斯是他的思想和才能中一切最微妙、最大胆、最富饶和最教条的东西的来源，而它竟成为他出于骄傲、出于愤怒、出于焦虑而不能回去也不想回去的伟大的别处。

此刻，他被匆匆送走，离开我们——或给人这种感觉——送往最辽阔最强大的帝国，那最后的别处：他曾在一首首不屈、尖锐的诗中预示过这次迁移（他多年来忍受严重的心脏病）。

他的作品、他的榜样、他的标准——以及我们的悲伤——则保持着。

[1998]

（黄灿然　译）

论被翻译

我先说一个故事。

那是1993年夏天，我回到萨拉热窝（我三个月前来过一次），这一回是应当地一位剧院总监邀请，来这座被围困的城市其中一家遭过炮击的剧院导演一出戏。我四月份逗留萨拉热窝期间，曾与他见面，他问我是否有兴趣回来当导演，我说好的，好的，很乐意，而我选择的戏——贝克特的《等待戈多》——也得到他和我见过的其他戏剧界人士的认可。不用说，这出戏将以塞尔维亚—克罗地亚语上演：我从未想过我选择的演员们也许会有或应该会有另外的考虑。没错，他们多数略懂英语，如同来看我们这出戏的有教养的萨拉热窝人也有一部分略懂英语。但是，一个演员的才能，是与他或她用以发展那种才能的语言之节奏和声音难分难解地联系在一起的；而塞—克语是我们料想每位观众都懂得的唯一语言。有些人也许会觉得，敢用自己不懂的语言来导演一出戏，未免太轻狂了，对此我只能说，戏剧保留剧目在国际电路图上的运作方式，如今几乎已像歌剧保留剧目向来的运作方式一样。阿瑟·米勒多年前应邀到上海导演《推销员之死》时，对中文的认识并不比我对塞—克语的认识多。不管怎样（请相信我），这并不像听上去那么困难。除了你的戏剧技巧外，你尚需要一只能感受音乐的耳朵和一位出色的传译员。

在围城萨拉热窝，你还需要很多耐力。

七月份，我乘坐联合国一架军机飞抵萨拉热窝，我的背包里塞满一支支袖珍手电筒和一袋AA电池，我的防弹背心的一个口袋里有贝克特这出戏的几册英文版和法文版。我抵达翌日，就开始面试一群才华洋溢、营养不良的演员（他们大多数是我第一次逗留期间结识的），绘制我心目中的布景的草图，以及试图了解萨拉热窝剧院的一般做法——譬如在被围困的匮乏条件下和在不停轰炸的恐怖环境下可能的做法。挑选完毕，演员们和我便在剧院的地下室挤成一团——在第一周之前，不必在楼上工作，那里是舞台区域，较不安全——做即兴表演和磋商排练时间表（每个人都有繁重的家庭责任，尤其是需要花几个小时取水），以及学习互相信任。剧院外的噪声持续不断。战争就是噪声。贝克特似乎比我想像中更合适。

我不必向萨拉热窝人解释贝克特。我的一些演员对这出戏已很熟悉。但我们还没有一个共同的剧本。在四月份离开萨拉热窝前，我曾跟监制说好，我指望他准备好贝克特这出戏的译文的足够副本，以便我七月份回来时可提供给演员和其他参与制作这出戏的人。放心好了，他说。可是，我回来那天，向他要剧本副本，以便在面试时派发，他宣布说，为了对我来萨拉热窝工作表示敬意，正在重新翻译贝克特的剧本，以示郑重。事实上，翻译工作现正展开。

嗯—啊。

“翻译还未……完成？”

“唔，也许已经完成了，”他说。

哦。

就是说，除了塞族人的大炮、手榴弹、市中心屋顶狙击手持续不断的枪火、没电没水、剧院残破、营养不良的演员们的紧张、我自己的焦虑和担忧之外，我还有另一个问题……

问题，我的监制解释说，是打字机：一台旧打字机，却是译者唯一可以获得的，色带已非常模糊（已持续使用了一年；现在是围城开始以来的第十六个月）。但是，他向我保证，这个译本将是这次演出的真正资本——只要我耐心点儿。我说我会尽量耐心。

我知道，在前南斯拉夫，曾上演过贝克特很多出戏——最常演出的一出，不是别的，正是《等待戈多》。（事实上，我选择《戈多》而不是选择另一出我曾考虑的《乌布王》，部分原因是贝克特这出戏广为人知）。早在二十世纪五十年代，就肯定已有一个译本了。也许不止一个。也许我们并不真的需要一个新译本。

“是不是现有的译本不太好？”我问监制。他本人也是一位导演，曾于数年前在贝尔格莱德上演过这出戏。

“不是，一点也不差，”他说，“只不过，这里是波斯尼亚。我们要把剧本译成波斯尼亚语。”

“但你不是讲塞尔维亚—克罗地亚语吗？”

“并不完全是，”他说。

“那么，”我说，“为什么我抵达当天，你将你那本塞—克—英词典借给了我？”

“嗯，你只要学塞—克语就够了。”

“但是，这是不是意味着”——我穷追不舍——“如果我学习塞—克语，这里会用到一些我不明白的字句或习语？”

“不，你将明白一切。在萨拉热窝，有教养的人讲的话，跟贝尔格莱德或萨格勒布有教养的人讲的话，是一样的。”

“那么，不同在哪里？”

“很难解释，”他说，“很难使你明白。但是，确实是不同的。”

“不同的贝克特？”

“没错，那是一个新译本。”

“如果有人在贝尔格莱德译了一个新版本，也会不同吗？”

“也许，”他说。

“而新译本的不同，是不同于现在这个新译本吗？”

“也许不是。”

冷静，我对自己说。“那么，这个波斯尼亚语的译本有什么特别之处？”

“因为它是在萨拉热窝这里，当这个城市被围困的时候译的。”

“但是，有些词语会不同吗？”

“这得看译者怎样译。”

“你还没有读过任何片断？”

“没有，因为我无法读她的手抄本。”

“她还没开始打字？”

“她打了，但是那部打字机的色带打出的字，是读不了的。”

“那么，演员们怎么研究这出戏和背台词呢？”

“也许我们要找个书写端正的人来抄手稿。”

噢，这真是“黑暗时代”，我自忖。

经过更多此类幻觉式的交流，以及我这边愈来愈焦急何时演员和我可以真正开始之后，终于找到另一部打字机，把译本重新打了一遍，使用一种古老、有斑疤的复写纸，提供了十五份隔行打的剧本（给演员们、布景设计师、服装设计师、我的两名助手、一名传译员和我）。我在我那份剧本的字行间，用墨水笔抄上英语和法语文本，这样我就可以学习波斯尼亚语，记住其读音，永远知道演员们在说什么。

（这个故事有一个额外的对称：由于贝克特用两种语言写他这个剧本——英语的《等待戈多》并非仅仅是法语的翻译——因此这出戏有两种原文，而我对这两种原文都很熟悉；而现在，它有两个译本，用一种我完全不明白的语言。）

接着发生了什么？在我们上了舞台，工作了约一周，以及我已经设计好第一幕大部分演员动作和位置之后，我的助手和其中两位演员——讲英语最多的那两位——把我拉到一边。

有问题？是的。他们觉得有必要告诉我，新译本真的不是太好，我们可不可以、可不可以用二十世纪五十年代在贝尔格莱德出版的那个译本。

“有什么不同吗？”我问。

“是的，旧译本比较好。”

“好在哪里？”

“听起来较顺。较自然。较容易念。”

“没有语言上的不同？译本有塞尔维亚味？或没有波斯尼亚味？”

“不会有人注意到。”

“就是说，不必改变任何字句就可以使译本更有波斯尼亚味？”

“也不完全是。但如果你要，我们可以做到。”

“不是我要，”我咬着牙说，“我只是来这里服务。贝克特。你们。萨拉热窝。无论什么。”

“那好，”我的弗拉迪米尔深思熟虑地说，“我们这样吧。大家回到旧译本，我们一边排练，如果我们觉得某个字需要改得更有波斯尼亚味，我们就改。”

“别忘了告诉我，”我说。

“Nema Problema①，”我的埃斯特拉贡说。

这意思当然是……但你太清楚这是什么意思了。这是一个似乎被译成世界上每一种语言的片语。

故事的结局是——也许你不会感到意外——演员们什么也没改。不仅如此，当《等待戈多》于八月中旬开演时，没有一个观众投诉译本听起来没有波斯尼亚味，或不够波斯尼亚味。(也许他们心中有其他更迫切的事情——譬如等待克林顿。)

这个故事还可以继续演绎下去，包括关于人们对语言作为民族身份认同的载体怀有强烈幻想的若干思考——这种民族身份认同可使接受一个译本，或拒绝一个译本，等同于叛国行为。这个发生在前南斯拉夫领土上的例子的可悲之处在于，它牵涉到一些危险地重新自我定义的民族，这些民族碰巧共享同一种口语，并因此被剥夺了——恕我这样称呼——“翻译权”。

似乎颇恰当的是，我刚才讲给你听的这个故事，发生在这么一个地方，这个地方对我与之交谈的大多数人来说简直是月亮的背面——每当我试图描述过去两年半来花那么多时间待在

① 意为“没问题”。

萨拉热窝究竟是什么样子的，我就觉察到人们这种反应（我刚于两周前从萨拉热窝回来，这是我第九次去那里）。不只是人们难以想像一场战争或一次围困，或危险或恐惧或侮辱。而是：他们根本不能想像那种不同于他们自身的生活和舒适的程度，那种不同于他们可理解的范围的程度（所谓可理解，是指他们只能根据自己的经验来理解），而按他们的理解，世界并不真的那么可怕。

他们不能想像。必须翻译给他们。

翻译是关于差异性。一种处理方式，以及改良，以及，没错：否认差异——尽管，诚如我的故事所说明的，否认差异也是坚持差异性的一种方式。

本质上（至少在英语中）翻译是关于一切之中最大的差异：活着与死去之间的差异。在词源学的意义上，翻译是转换、拿走、移离。为了什么？为了被拯救，免于死亡或灭绝。

请听由威克里夫译成英语的希伯来语《圣经》的《以诺书》：

> 以诺因忠信而被翻译，这样他就看不见死亡，而他没有被找到，因为神翻译他。[①]

最终，“被翻译”确实意味着“死亡”。死亡即是翻译——人从地上被翻译到天堂——于是复活，复活即是（再次用威克里夫的英语）“死翻译成活”。

---

① 意译（据《圣经》中译本）为：以诺因着信，被接去，不至于见死，人也找不着他，因为神已经把他接去了。

在英语中，这个动词最古老的意义，与语言——一种精神活动及其文本记录——完全没有关系。翻译主要是一个不及物动词，又是一种实质性的行动。意指环境或地点改变——就环境和地点而言，通常是暗含彼此。“翻”是实质性的“越”，表示一种行动的地理学，表示在空间中的行动。这个方程式大致是：曾是X的地方，如今没有了；如今是（或者在）Y。

考虑下列这些现已废弃的意义：

在医学上，翻译的意思一度是把一种疾病从一个人转移到另一个人，或从身体的一部分转移到另一部分（相当于现代的癌细胞转移概念）。在法律上，它的意思是转移财产（例如遗产）。用托马斯·霍布斯的话说：“所有的契约都是权利的互相翻译或改变。”也许，这些意思中，涉及有关实质性的转移这一概念的最新意思，见于十九世纪末期。在长途电报中，翻译是指通过中继转发的手段，自动把一段电文再发送出去。

我们如今只保留了翻译作为从一种语言转移或移交或传递到另一种语言这个意思。然而，在表达于带有 tra-和 trans-的文字（连接-dere 和-ducere）中，上述古老的意义仍基本保留着。词源学中丰富的近似性表达了一种真正的、尽管是潜意识的联系。翻译依然是引领某物越过某个鸿沟，使某物去到它未去的地方。如同传统是某物移“交”或传“下”（原意是某种物质）给别人那样，翻译是把某物从某个人、某个地点或某种状况传递或输送给另一个人、另一个地点或另一种状况。尽管其意义已被“精神化”——被传递或移交的东西，是从一种语言到另一种语言——但是它仍暗含那种实质上或地理上的分隔感，并且很强烈。各种语言就像分隔的（通常是对抗的）社区，各有其习俗。翻译者则是在另一种语言中找出（确认、表述）相似的习俗。

我想简略提及现代翻译概念的三种变体。

第一，翻译作为解释。激发翻译者的努力的，是那个要以知识、透明取代无知及难懂的任务（“我不明白。你能不能帮我翻译一下？”）。翻译者的任务，是澄清、启发。

第二，翻译作为改写。不仅是较自由地使用语言——其主旨是以另一种语言表达原文的精神，如果不是表达其字面形式（一种狡猾的差别）——而且是有意识地创造另一个“版本”（版本一词源自 vertere，意指掉转、改变方向）：“版本家”在古英语中就是用来指翻译者的。实际上，某些翻译者（通常是诗人）不想受制于“绝对”精确的标准，他们完全避开“翻译”这个词，宁取“改写”或“变体”。重写也许是更准确的描述，而如果那诗人是譬如罗伯特·洛威尔，则那个版本就变成他所作的一首有价值的新诗了（如果不是完全原创的）。①

第三，翻译作为改进。这是翻译作为改写的傲慢的扩张。可称得上是对原作的改进的翻译作品中，波德莱尔翻译的埃德

---

① 有人在隐喻的意义上使用“翻译作为改写”，令人想起翻译一词较古老的、实质性的意思：从一种媒介翻译（换）到另一种媒介。关于更紧跟原文而不是更不跟原文，或（一如通常推荐的）选择一个较差的作品来炫耀自己的才能，结果将产生什么东西，都没有任何指导原则。当《柏林亚历山大广场》被赖纳·维尔纳·法斯宾德“翻译成电影剧本”时，这位电影导演保留了德布林这部杰作的大部分精神，并拍摄了一部也是杰作的电影。另一个则似乎是相反的例子，但结果同样堪称典范：亨利·伯恩斯坦的《梅洛》远远算不上一出伟大戏剧，但是阿兰·雷奈的《梅洛》谨小慎微地紧跟伯恩斯坦这部写于 1928 年的娱乐性情节剧的文本，却拍出一部伟大的电影。雷奈并不需要改进伯恩斯坦的剧本。他只需要加上自己的天才。——原注

加·艾伦·坡的诗作是一个没有引起太大争议的例子。（较有争议的，至少可以说，是几代有教养的德国人的判断，他们认为施莱格尔—蒂克的莎士比亚译本，要比英语的莎士比亚好——年纪够大、有机会认识学术界或其他专业里那些希特勒时代的德国犹太难民的美国人，可能还会记得曾听过这种狂热的观点。）翻译作为改进，亦有自己的亚变种：翻译作为朦胧（像“在翻译中听起来更好”），即对原文进行装饰或删节，而这可能需要积极地篡改原文，也可能不需要。

翻译的准确性，不仅是一个技术问题，而且是一个意识形态问题。它还有一个道德部件，当我们拿忠实的概念取代准确的概念时，这个道德部件就变得明显起来。

在翻译的伦理学中，规划中的东西是一个完美的仆人——这个仆人永远愿意承受更多痛苦、持续更久、重新修改。好、更好、最好、理想的……无论译本多好，永远可以改进、做得更好。会有一个最好的译本吗？当然。但那个理想的（或完美的）译本是一头永远在后退的怪物。不管怎样，所谓理想的，是根据什么标准？

（你大概已经注意到，我正假设存在着“原著”文本这样一种东西。也许只有现在，当完全缺乏写作实践的常识和缺乏对写作实践的尊重的各种理念在学院大行其道的时候，似乎才有必要这样说。我不只要作出这个假设，更要提出，翻译的概念不要太广泛地延伸或太隐喻化，否则会使人说出各种傻话，包括原文本身也应被视为一个译本——譬如说，作者意识里某种东西的“原译本”。）

理想译本的概念，可能要交由两种长期相反的翻译标准来衡量。一种是最低程度的改写。它意味着译本会给人一体的感觉：它保留甚至炫耀原文的节奏、句法、语调、用词癖好。(这种忠实于字面意义的翻译理念的最有争议的现代拥护者，是弗拉基米尔·纳博科夫。）另一种是完全归化。它意味着翻译者必须把原文完整地化“入”新语言，使得在理想的情况下，我们一点也不觉得是在读一个译本。无可避免地，这种驱散译本背后潜藏的任何原文的痕迹的做法，要求自由地处理原文：这些调整或创新不只是正当的，而且是必要的。

乏味的逐字直译与不切题的重写——这些当然都是极端，在这两个极端之间，才是大多数认真的翻译者的用功之处。然而，有两个翻译概念在流通，而在这种不同背后，存在着一个重大分歧，就是应对“原著”文本负怎样的责任。大家都同意，翻译者必须服务——这个形象是一个强有力的形象——文本。但是，为了什么目的？一位翻译者可能会觉得行使一定的自由，才能最好地服务文本（“原著”），也许有助于使它更易懂，或更多地赢得一些潜在的新读者。

是忠实于作品？忠实于作家？忠实于文学？忠实于语言？忠实于读者？我们可能会假设（也许我的意思是说我可能会假设）这是不证自明的，也即忠实于作品，忠实于作品的文字。但问题并不这么简单，无论是从历史角度或从规范角度看。就拿拉丁文版《圣经》之父圣哲罗姆来说吧，他被称为翻译者的守护神。哲罗姆不可能由于他最先提出翻译理论而获得这个美名，因为，一如我们可以预料的，这个荣誉属于柏拉图。也许，哲罗姆获得这个美名，是因为他是历史上第一位对翻译、对翻译的质量提出抱怨的人：指责无知、粗心的抄写员和篡改段落的无耻甜食商；以及为更大的准确性而奋战。然而，正是同一位哲罗姆在书信《优秀翻译的原则》中说，除《圣经》外，翻译者不应感到非要生产逐字直译的译文；认为译出那意思就够了。

从一种语言翻译成另一种语言，译文应合理地忠实（不管忠实是什么意思），这种看法如今已获普遍接受。如今，对原文忠实的标准，肯定要比二十年前高得多，更不用说比一个世纪前。近来，翻译，至少就翻译成英语而言（尽管翻译成譬如法语，不能这样说），一直是由更注重直译的——我应说，更严谨的——标准来衡量的，无论大多数译本实际上还存在什么不如人意之处。一部分原因是，翻译本身已变成学术思考的对象，而译本（至少是重要著作的译本）都有可能受到学者们的检视。翻译者的任务似乎已被学术标准同化，在这种情况下，一个愈来愈有可能的现象是，任何非当代的重要文学作品，都会在页底或书后附有翻译者的“注解”，阐释原文中一些被假设为难解之处。事实上，愈来愈少译本会预先假设读者对历史或文学或任何语言技巧拥有最基本的知识。最近颇受欢迎的《魔山》重译本，把至关重要的“沃尔珀吉斯之夜”这一章中汉斯·卡斯托尔普与克拉芙迪娅·舒夏特之间憯妄性的谈话——谈话是用法语进行的，这对故事非常重要，H·T·洛-波特1972年的旧译本直接用法语——变成英语。以斜体字标出英语，这样，英美读者（他们对法语的无知被视为理所当然）也许就能“感到”这是用一种外语进行的谈话。

一个个译本就像一座座建筑物。如果它们有任何出色之处，时间的光泽会使它们更出色：弗洛里奥的蒙田、诺思的普卢塔克、莫托的拉伯雷……（是谁说过“十九世纪最伟大的俄国作家是康斯坦斯·加尼特[①]”？）最受赞赏和最持久的，并不是最准确的。

同样地，就像建筑（动词）一样，现在的翻译也制造了一些愈来愈短暂的东西。没几个人相信权威译本——即是说，毋须重译的版本。还有，存在着一种求新的时尚：一个“新”译本，就像一辆新车。受制于工业社会的规律，译本似乎更快地用坏、过时。另有若干（必须承认只有若干）作品，则有过多译本。1947 年至 1972 年，有十一个《道连·格雷的画像》德译本，自二十世纪五十年代以来至少有十个新的《包法利夫人》英译本。翻译是似乎仍由进步理念统治（与譬如声学形成对比）的少数文化实践之一。原则上，最新即是最好。

新的文化平民主义坚持一切都应使每个人明白，这就带来一个后果，也即一切都应翻译——或至少都应是可翻译的。这不禁令人想起一个相反的例子，旧《纽约客》——如果愿意，你可以把该杂志称为充绅士派头或反平民主义——有一个政策，就是不发表翻译小说。

想想“语言障碍”——语言设置在一个人（或社区）与另一个人之间的障碍，翻译所要“打破”的障碍——这一习惯说法的力量。因为语言是与其他社区分隔的实施者（“你不说我们的语言”），也是社区的创造者（“这里有谁说我们的话吗？”）。

但是，我们生活在一个承诺不停地发明传统——即是说，摧毁对特定、当地的过去的忠诚和认识——的社会。一切都要重新混合、重新制造——最好是以最便于携带、可轻易传播的

---

① Garnett，Constance（1862—1946），托尔斯泰、契诃夫、陀思妥耶夫斯基、屠格涅夫等俄国作家的杰出英译者。

形式。

在一元化、超国界的资本主义世界文化中，我们意识形态的一个主要特色，是翻译实践。我援引：“今天，翻译是我们地球村互相沟通的生命线之一。”从这个角度看，翻译成为不只是有用的、必要的实践，而且是迫切的：语言学上的障碍，是商品最自由流通的障碍（“沟通”是贸易的委婉语），因此必须克服。这种普世主义意识形态的基础，是无限制的商业的意识形态。永远要使产品抵达更多人的手中。这种无限制翻译目标除了暗含普世主义主张外，还暗含另一个主张，也即任何东西都是可以翻译的，只要你懂得如何翻译。《尤利西斯》、杰勒德·曼利·霍普金斯，什么都可以。并且，有很好的理据证明这种说法是正确的。（也许唯一不能翻译的重要作品是《芬尼根的守灵夜》，理由是它不是只用一种语言写的。）

这种翻译的必要性的理念，不可避免地工具化，成为“翻译机器”，它向我们表明，拥有一种世界语言的古老梦想，已经成真，并且好端端活着。圣哲罗姆像大多数早期基督徒一样，理所当然地认为，所有语言都起源于一种原始语言（希伯来语，人类原初的语言，直到人类放肆地建造巴别塔）。现代的理念则是，通过电脑，所有语言都可以被变成一种语言。只要我们拥有一台可以“自动”为我们翻译任何外语的机器，或只要我们能够想像这么一台机器是可行的，则我们并不需要一种实际存在的世界语言。当然，诗人和爱讲究的散文作家立即会跳出来，一如往常哀叹不可避免地“在翻译中丧失”的东西（韵律、味道、双关语、掺进的方言），哪怕是由经验丰富、独特、“真正”的翻译家翻译的。想像一下如果翻译者不是一个人而是一个程式，丧失程度将是什么样的！一个“泰诺”镇痛药瓶的使用说明译成任何语言也不会丧失。若是茨维塔耶娃的一首诗或卡洛·埃米利奥·加达的一部小说，情况就不同了。但是一部翻译机器的计划提出的是另一种语言理念，它把语言等同于信息流通：说明。在这种新的柏拉图式实践中，根本不必把诗人逐出理想国。他们将被译得不可理解，这已够他们受的了，因为他们用文字制作的手工艺品是不能用一部机器处理的。

这种普世主义模式与顽固的语言分隔主义并存，后者坚持文化的不可通约性、身份（政治的、种族的、解剖学的）的不可通约性。因此，在前南斯拉夫，一种语言正被变成很多种语言，以至发生这种提出爱国主义呼吁，要求有不同译本的闹剧。两种模式同时存在，也许还互相依存。随着一个国家追求导致国家主权基础遭削弱的经济政治学，语言爱国主义可能会继续增长，就像最危险的民族特殊性的神话可能会继续控制一个民族，尽管该民族已愈来愈依附消费资本主义的文化装备，而消费资产主义是无动于衷地超民族的（日本制造、美国制造）；或依附电脑技术，这些技术不可避免地促进一种世界语言——英语——的增长。

本文以一段轶事开始，说明根植于翻译实践中的某些意识形态悖论。我将以提及另一段个人经历结束本文：我参与将我自己的作品传递给其他语言的经历。翻译《火山情人》尤其是一项艰巨的任务，原因是它有多种的叙述声音，多层次的语言。这部出版于 1992 年的小说，已存在或即将存在于二十种外语；而我曾逐字逐句检视四种主要的罗曼语系的译本，并回答几种我一窍不通的语言的翻译者提出的无数问题。你也许会说，我着魔于翻译。我则觉得，我是着魔于语言。

我没有时间将我与各位翻译者的对话的故事告诉你。我只想以几句话结束，也即我希望我能够不回答他们的问题。我希望我能够放弃试图看见那些文字，也就是我自己那些句子，也就是英语，焕发光亮。那是既忧伤又迷人的工作。不是我翻译。是我被翻译——既是就其现代意义而言，也是就威克里夫使用的过时意义而言。在监督我的翻译的过程中，我也是在监督我的文字的死亡和换置。

[1995]

（黄灿然　译）

说　明

"A Poet's Prose" was written as an introduction to Marina Tsvetaeva, *Captive Spirit*: *Selected Prose* (Virago Press, 1983).

"Where the Stress Falls" appeared in *The New Yorker*, June 18, 2001.

"Afterlives: The Case of Machado de Assis" is the foreword to a reprinting of *Epitaph of a Small Winner* (FSG/Noonday Press, 1990).

"A Mind in Mourning" appeared in the *Times Literary Supplement*, February 25, 2000.

"The Wisdom Project" appeared in *The New Republic*, March 16, 2001.

"Writing Itself: On Roland Barthes" is the introduction to *A Barthes Reader*, ed. Susan Sontag (Hill and Wang, 1982).

"Walser's Voice" is the preface to Robert Walser, *Selected Stories*, ed. Susan Sontag (Farrar, Straus and Giroux, 1982).

"Danilo Kiš" is the introduction to Danilo Kiš, *Homo Poeticus*: *Essays and Interviews*, ed. Susan Sontag (Farrar,

Straus and Giroux, 1995).

"Gombrowicz's *Ferdydurke*" is the foreword to a new translation of Witold Gombrowicz, *Ferdydurke* (Yale University Press, 2000).

"*Pedro Páramo*" is the foreword to a new translation of Juan Rulfo, *Pedro Páramo* (Grove Press, 1994).

"*DQ*" was published in Spanish translation in a National Tourist Board of Spain catalogue, "España: Todo bajo el sol," in 1985; it has never before appeared in English.

"A Letter to Borges," written on the tenth anniversary of Borges's death and published in Spanish translation in the Buenos Aires daily *Clarin*, June 13, 1996, has never before appeared in English.

"A Century of Cinema" was written for and first published in German translation in *Frankfurter Rundschau*, December 30,1995.

"Novel into Film: Fassbinder's *Berlin Alexanderplatz*" appeared in *Vanity Fair*, September 1983.

"A Note on Bunraku" was a program note for performances of the Bunraku Puppet Theatre at the Japan Society in New York City on March 12—19,1983.

"A Place for Fantasy" appeared in *House and Garden*, February 1983.

"The Pleasure of the Image" appeared in *Art in America*, November 1987.

"About Hodgkin" was written for *Howard Hodgkin*

Paintings, the catalogue of an exhibition organized by the Modern Art Museum of Fort Worth, Texas, in 1995, and subsequently seen at the Metropolitan Museum in New York. It was first published in Britain by Thames & Hudson in 1995.

"A Lexicon for *Available Light*" appeared in *Art in America*, December 1983.

"In Memory of Their Feelings" was written for the catalogue *Dancers on a Plane: Cage, Cunningham, Johns*, which accompanied an exhibit at the Anthony d' Offay Gallery in London from October 31 to December 2, 1989.

"Dancer and the Dance" first appeared in French *Vogue*, December 1986, in French translation and in English.

"On Lincoln Kirstein" is a revision, done in 1997 for a publication by the New York City Ballet, of a tribute to Lincoln Kirstein written ten years earlier, on his eightieth birthday, which appeared in *Vanity Fair*, May 1987.

"Wagner's Fluids" was the program essay for a production of *Tristan und Isolde* staged by Jonathan Miller at the Los Angeles Opera in December 1987.

"An Ecstasy of Lament" was the program essay for a production of *Pelléas et Mélisande* staged by Robert Wilson at the Salzburg Festival in July 1997.

"One Hundred Years of Italian Photography" is the foreword to *Italy: One Hundred Years of Photography* (Alinari, 1988).

"On Bellocq" is the introduction to a new edition of E. J.

Bellocq, *Storyville Portraits* (Jonathan Cape and Random House, 1996).

"Borland's Babies" is the preface to Polly Borland's *The Babies* (Power House Books, 2001).

"Certain Mapplethorpes" is the preface to Robert Mapplethorpe's *Certain People: A Book of Portraits* (Twelvetrees Press, 1985).

"A Photograph Is Not an Opinion. Or Is It?" was written as an accompanying text to Annie Leibovitz's *Women* (Random House, 1999).

"Homage to Halliburton" was published in *Oxford American*, March/April 2001.

"Singleness," one of a group of essays inspired by Borges's "Borges y yo," was collected in *Who's Writing This?* ed. Daniel Halpern (Ecco Press, 1995).

"Writing As Reading," a contribution to a serise called "Writers on Writing" in *The New York Times*, appeared on December 18,2000.

"Thirty Years Later..." is the preface to a new edition of the Spanish translation of *Against Interpretation* (Alfaguara, 1996). It was first published in English in *Threepenny Review* (Summer 1996).

"Questions of Travel" appeared in the *Times Literary Supplement*, June 22, 1984.

"The Idea of Europe (One More Elegy)"started as a talk delivered at the conference on Europe held in Berlin in late

May 1988. It has never before appeared in English.

"The Very Comical Lament of Pyramus and Thisbe (An Interlude)" was written for the catalogue of an art exhibition in Berlin and first published there, in German translation, in *Die Endlichkeit der Freiheit Berlin 1990*, ed. Wulf Herzogenrath, Joachim Sartorius, and Christoph Tannert (Edition Hentrich, 1990). It appeared in English in *The New Yorker*, March 4, 1991.

"Answers to a Questionnaire" was written in July 1997, in response to a questionnaire sent by a French literary quarterly. It was published, in French, in "Enquête: Que peuvent les intellectuels? 36 écrivains répondent," *La Règle du jeu*, n.s. 21 (1998), and has never before appeared in English.

"Waiting for Godot in Sarajevo" was first published in *The New York Review of Books*, October 21, 1993.

"'There' and 'Here'" appeared in *The Nation*, December 25, 1995.

"Joseph Brodsky" was written in 1997 as the afterword to Mikhail Lemkhin, *Joseph Brodsky/Leningrad Fragments* (Farrar, Straus and Giroux, 1998).

"On Being Translated" was a speech given in November 1995 at a conference on translation held at Columbia University and organized by Francesco Pellizzi, the editor of *Res*, and printed in *Res* 32 (Autumn 1997).

图书在版编目(CIP)数据

重点所在/(美) 桑塔格(Susan Sontag)著；陶洁等译.
—上海：上海译文出版社，2018.4 (2023.11重印)
(苏珊·桑塔格全集)
书名原文：Where the Stress Falls
ISBN 978-7-5327-7574-3

Ⅰ.①重… Ⅱ.①桑… ②陶… Ⅲ.①文艺评论—文集 Ⅳ.①I06-53

中国版本图书馆 CIP 数据核字(2017)第 216134 号

图字：09-2002-637 号

重点所在
〔美〕苏珊·桑塔格/著 陶 洁 黄灿然/等译
总策划/冯 涛 责任编辑/冯 涛 装帧设计/张志全工作室

上海译文出版社有限公司出版、发行
网址：www.yiwen.com.cn
201101 上海市闵行区号景路159弄B座
南京爱德印刷有限公司印刷

开本 890×1240 1/32 印张 13.5 插页 6 字数 244,000
2018 年 4 月第 1 版 2023 年 11 月第 2 次印刷
印数：6,001—7,500 册

ISBN 978-7-5327-7574-3/I·4639
定价：94.00 元